魅丽文化　蝶天工作室

朝思暮你

怀愫 著

广东旅游出版社
GUANGDONG TRAVEL & TOURISM PRESS

中国·广州

图书在版编目（CIP）数据

朝思暮你 / 怀愫著. — 广州：广东旅游出版社，
2020.5

ISBN 978-7-5570-2105-4

Ⅰ．①朝… Ⅱ．①怀… Ⅲ．①言情小说－中国－当代

Ⅳ．① I247.5

中国版本图书馆 CIP 数据核字（2020）第 028383 号

出　版　人：刘志松
总　策　划：邹立勋
责 任 编 辑：白　洋

朝思暮你
ZHAO SI MU NI

广东旅游出版社出版发行
（广东省广州市环市东路 338 号银政大厦西楼 12 楼）
邮编：510060
邮购电话：020-87347732
湖南凌宇纸品有限公司印刷
（湖南长沙县黄花镇工业园凌宇纸品）
880 毫米 ×1230 毫米　32 开
10.5 印张　326 千字
2020 年 5 月第 1 版第 1 次印刷
定价：38.00 元

目录

CONTENTS

苏南一头长卷发散乱着，一只手拎着包，另一只手拎着一只高跟鞋，光着两只脚，满屋子找另一只鞋。

身上这条刚被匆匆套上的红色针织连衣裙，还没来得及拉服帖，包里塞着被揉成一团的丝袜和围巾，苏南努力不惊动浴室里正在洗澡的男人，好不容易找到了滚在床底下的另一只鞋，她伸长了胳膊，指尖刚钩到鞋跟，水声戛然而止。

苏南咬牙蹿到门边，刚把门拉开一条缝，门就被一只湿漉漉的大手给按了回去。

门锁"咔嗒"一声锁上了。

苏南被迫要和自己的一夜情对象用语言交流，她视线向下，落在那个男人的脚背上，麦色肌肤，指甲修剪得很干净，骨节分明，竟然很好看。

宿醉过后，苏南能想起来的唯一一个片段，就是她怎样扯出这个男人塞在西服里的领带，把他拉向自己，倾身吻他的唇。

金属门把手映出她犹有余晕的脸，苏南吸了一口气，伸手撩一撩长发，准备转身和这位"有品位"先生说个明白。

既然是一夜情，那天亮了就该结束了。

苏南转过身来，两只手环在身前，雪肤黑发，红唇微启，笑意还未绽放，理智就先炸成了烟花："夏衍？"

眼前这个裹着一条浴巾的男人，有一张既熟悉又陌生的脸。

男人哼了一声，算是回应，两道目光把她从头看到脚，在看见她因为紧张蜷缩起来的脚指头时，他意味不明地哼笑一声。

一夜情惊遇初恋，羞愧和懊恼瞬间被抛之脑后，苏南怎么也想不到，她和夏衍的重逢会是这种场景。

苏南盯着夏衍，夏衍也在盯着苏南，她的脸上涌现着另一种生动，和昨天晚上他见过的那种曼妙婉转不同，他还以为苏南勾着他的脖子吻他，是因为认出了他。

苏南如遭雷劈，接着又心怀侥幸，既然是夏衍，那么她就不用担心那些乱七八糟的病，说不定他们其实并没有做。

毕竟夏衍以前连跟她接吻都不情不愿。

她抬起头："我们是不是……没有……"

"做了。"夏衍薄唇微翕，他把手里握着的红盒子给她看，一盒六个，被苏南扯破一个，现在整盒就只剩下一个了。

苏南望着夏衍的目光飘忽不定，她腰腹酸痛，腿脚发软，记忆在酸痛感中回笼，开始想起昨天晚上更多的细节来。

比如她是怎么像藤蔓一样缠绕住他，而他又是怎样挑逗她，让她在他手心里绽放的……苏南舔舔嘴唇，两条笔直细长的腿轻微颤抖，这才发现自己根本就合不拢腿。

这种场景，苏南无法面对，夏衍向前一步，她就顺势退后一步，不再有片刻犹豫，夺门而逃。

夏衍连浴袍都没来得及套上，他怔了片刻，"呵"一声轻笑，她连逃跑的姿势都跟十七岁的时候一模一样。

苏南一直冲到酒店大堂玻璃门边才想起自己没有拿大衣，上海的冬天虽然不下雪，阴风却能冻掉人的骨头。

她有片刻的踟蹰，又实在不想跟他再有什么牵扯，便用围巾裹住头，勇敢地冲进寒风里。

苏南回了家，整个人冻得哆嗦不已，火热的脑袋也冻得硬邦邦的，脑海里全是——夏衍回来了，他们睡了。

"啊啊啊……"

"你脑子有毛病？"沈星顶着鸡窝头拐进来，看苏南像溺水死狗一样在床上扒拉，毫不客气地拿脚对着她圆翘的屁股踹了一下。

这一脚把苏南踹回了魂，她翻坐起来，认真地问："我好看吗？"

沈星嘴角抽了抽，白了她一眼，回到客厅沙发上继续睡。

苏南不依不饶跟在她身后，扒开她的被子问："我好看吗？"

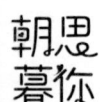

002

"好看，好看，好看。"沈星随口答，她昨晚修片到半夜，困成狗了。

苏南胸口蓄积的郁气消了一半，她满意了，这世上有一个男人和一个女人不肯随意哄她开心，一个是夏衍，一个就是沈星，连沈星都说她好看，那就一定美得很。

浴室的镜子映照出她宿醉贪欢后的脸，苏南对着镜子细看，睫毛膏微微晕开，T区泛着油光，眼影、腮红、高光不知道蹭到什么地方，但昂贵的口红和粉底液替她守住了最后一丝尊严。

经过一夜，皮肤依旧泛着光泽，口红还余下一点残色，半妆的她气质依然我见犹怜，沈星果然没有骗她。

苏南美滋滋地欣赏镜子里的自己，心里只计较一件事——久别重逢，至少她还很美。

她暂时假装忘记这一切，放了满满一浴缸热水，倒精油、点香熏，整个人浸在水里，然后……感受到了与水无关的那种滑腻。

当她清洗自己时，那种难以启齿的羞愧和更难以启齿的欢愉卷土重来。

"啊啊啊——"

"我说，你到底在干吗？"沈星推门进来，看见苏南雪白皮肤从锁骨到胸口布满了点点殷红，沈星"嘿"一声，"约会啦？约到个丑男？活儿还差？"

苏南咬着舌头绝不肯承认夏衍比过去更帅了，至于活儿……这个斯文败类衣冠禽兽，都已经看清楚是她了，为什么还要睡？

沈星看她不开口，"啧"一声退出去倒向沙发，留苏南湿漉漉闷在水里，卸妆、洗脸、洗澡、洗头。

包着干发巾给自己抹了厚厚一层身体乳，撕开面膜包装的时候，她晒笑一声，"前男友"对"前男友"，可以说十分应景。

她敷上面膜，等身体乳吸收，五分钟后再冲一次澡，再抹一次身体乳，两次之后，皮肤光滑得好像刚泡过牛奶浴。

她穿着浴袍收拾衣服包包，红裙子很贵，舍不得丢掉，但那股味实在让人受不了，苏南将它打包准备送去干洗，收拾包的时候，从里头掏出手机。

她扫了一眼，发现手机被刷屏，除了两个未接来电之外，还有三条微信。

【在哪儿】

【大衣】

【我送你】

夏衍穿上衣服下楼，胳膊上搭着苏南那件剪裁修身的黑色呢子大衣，他在酒店大堂里搜寻一圈也没看到她，打电话她不接，于是给她发微信。

那时候的苏南无暇顾及，她根本没听见手机振动。苏南握着手机看了半天，夏衍什么时候加了她的微信？

苏南想不起来是什么时候加的他微信，猜测是自己喝醉了加上的，她不懂夏衍加她干什么，诉离情？她手指一滑想把他给删除。

刚要点红键，她又停住了。

退回界面，她给夏衍发了一个两百块钱的红包，留言【服务不错】。这场欢愉是她买来的，而且只值两百块。

接着，她就像搓掉夏衍留在她身上的味道那样，删掉了他。

苏南哼着歌搁下手机，回到化妆台前，对着镜子说："我为你骄傲。"

沈星爬起来上厕所，听见这句，白眼翻到天上去："神经病。"

苏南不介意，路过沈星时拍拍她的肩，摇头微叹，异常可惜："你真的不知道，我今天有多了不起。"

了不起的苏小姐刚刚坐上床，电话就响了起来，她低头一看，屏幕上闪烁着夏衍的名字。

夏衍刚刚回国，极少交际，之前从没收过微信红包，"服务不错"四个字让他犹豫了一下，点开一看——两百元。

司机小陈从后视镜里看见夏总脸上多云转阴，目视前方，不敢说话。夏总刚刚回国就从北京总部调到上海，看着很斯文很有教养，但谁知道脾气究竟怎么样。

在等红灯的时候，小陈突然听见夏总问他："微信红包最高多少？"

他一下没反应过来，结巴了一下才回："两百，最高两百块。"

最高值，这个回答让夏衍阴转多云，他两根手指捏着手机转动，点开通讯录，找到陆豫章，问陆豫章【包夜多少钱】，想一想又加一句【男人】。

手机立刻振动了十几下，夏衍的眼睛掠过上面七八条无意义的感叹词，找到关键信息，退出界面，打字发送【包夜八千】。

对话框里显示信息发送失败。

夏衍轻笑一声，撩完了就跑，哪有这么容易。

陆豫章的电话马上打过来，开口就是连珠炮："不是……我不是说你……我是说，你怎么……怪不得你不来见老同学，你怎么……去美国一趟性取向就改了呢？万恶的美帝国主义……不是……我说老夏……我真的不歧视你，要不咱俩见一面？"

夏衍沉默听完，言简意赅："不是。"

陆豫章松一口气："真不是啊？不是就好，不是就好。"

他不再追问夏衍问这个干什么用，但毕竟还有些担心，他"嘿嘿"干笑了两声："那什么苏南一直都在上海呢，你想不想见一面？要不要我帮你约她？我正好要去上海出差签合同，说不定你们死灰复燃呢？"

夏衍微带笑意，不想告诉陆豫章他们已经见过了，也已经复燃了，于是他说："用不着。"说着，挂断了电话。

趁陆豫章再打过来之前，他拨了苏南，电话一直在响，但她一直没有接，再打第二次的时候，响一下就被挂断了。

第三次还是这样，他被拉黑了。

夏衍和苏南的重逢并不是巧遇，这世上所有的久别重逢，都是别有用心。

他会到那间酒吧，会从里面带走苏南，当然不是偶然的。

本来没想进行到那一步的，他们应该给彼此预留多一点时间重新熟悉，他只想让她好好睡一觉，还替她预约好了第二天的客房早餐和酒店SPA。

没想到苏南喝得烂醉，还能轻而易举地引诱他。

夏衍所有的激荡和宣泄都只有一个对象，而昨夜他的定力却远远不如以前，他根本就经不起叫作"苏南"的诱惑。

这团火在他体内烧了这么久，一点火星就足以燎尽理智，最后主动的是他，他挑逗她，撩拨她，看她接纳他，因为他而愉悦。

那种肆意到极致的快乐，是夏衍之前没有体验过的，他们不是没有过，但没有这么激烈过。

微信发不出，电话打不通，夏衍随即拨通了陆豫章的电话，用意明显："你什么时候来上海？"

陆豫章正觉无趣,暗暗唾弃夏衍这人永远口是心非,假道学假正经,他惦记了苏南多少年,还真以为别人不知道。

他就不像夏衍这样拖泥带水,喜欢就在一起,不喜欢就分,一把年纪假装什么纯情,他正想让秘书预订场子晚上嗨皮,就接到了夏衍的电话。

陆豫章咧嘴一笑,打个响指:"就这两天,这事儿哥们儿包了。"

他保证能够约到苏南,苏南这人的脾气很简单,欠了人情一定会还,他没有人情债能讨,但他能找着人来讨这笔人情债。

苏南今日容光焕发,她看着屏幕上不停闪烁着夏衍的名字,没有接,但也没有按掉。

她想象着夏衍的等待,电话每响一下,她就美滋滋地哼一声,直到电话超时自动断掉,她才慢悠悠解锁,将他的号码拉入黑名单。

不过一会儿,苏南就接到了一个老同学的电话,一个她没想到的人,老邻居、老同学、老同桌——孙佳佳。

孙佳佳说要来上海出公差,请上海的老同学聚一聚:"就要百年校庆了,你回不回北京?我前两天回家看我爸妈,还看到了苏叔叔,他精神很好,身体也很健康。"

苏南听见她说起爸爸,突然柔软,刚要答应,就听见对面有个男声在问:"怎么样,怎么样?她同意了?"

孙佳佳声音变小,好像捂住了听筒:"你等一下。"

这两人的语气都太过熟稔,让苏南一时间以为时光不曾拨动,没有旋转,他们都还停在原地。

苏南已经猜出来电话那端的男人是谁,可她还是问:"谁啊?"

孙佳佳停顿了一会儿,有些歉然:"陆豫章,现在是我老板。"

"你在替陆豫章工作?"

孙佳佳笑一笑:"是啊。"

长久停顿,苏南想问问孙佳佳现在是不是还在暗恋陆豫章,想劝她别在一棵树上吊死,又想起两个人已经不再是能说这些话的关系了。有关于夏衍的一切,早就被苏南扫来打包,关在盒子里,而他突然出现,不费力气就撬动了盒子的锁,妖魔鬼怪、各路神仙都跳出来了。

苏南笑一笑,把散落的头发别到耳后,她确实很想知道老苏的近况,她每个月按时打钱回去,但又不愿意去打扰老苏的新家庭。

老苏过得太辛苦了，好不容易又有了美满的家庭，她不想横在中间，当宋阿姨心里的那根刺。苏南长得太像母亲了，而宋阿姨到了这个年纪也只能勉强夸上一句有福气。

她无法拒绝孙佳佳："行吧，你什么时候过来，给我打个电话。"

陆豫章在苏南看不见的地方对孙佳佳比了个大拇指，转头立马给夏衍打电话邀功："你看，我约到了人家，怎么样，哥们儿我替你鞍前马后啊。"

夏衍难得对他道谢："谢谢。"

陆豫章因为这句谢谢心中一热，想了想还是得劝劝自己这个老铁，这么多年，明明念念不忘，偏偏又要假装不在意。他咂着嘴开口："其实吧，你们那会儿都年轻，歌里还唱呢，太美的承诺因为太年轻。你看那部电影里，青春嘛就么回事……喂？又挂老子电话。"

夏衍没有继续听下去，他和苏南的事儿他很清楚，过去清晰，未来也很清晰，他这次来上海，是来重新开始的。

苏南旁敲侧击，跟孙佳佳打听聚餐那天都有谁在，孙佳佳很诚实地告诉她："本来就是夏衍攒的局，你说会有谁来？"

苏南没想到夏衍真会做这些事，她先是怔住，接着呵一声，他攒这局，就是没安好心。

呵得孙佳佳笑起来："怎么？你们见过了？重燃旧爱了？"

"你这话倒像是陆豫章嘴里吐出来的。"苏南掸掸指甲，翻翻指甲色卡，给自己挑了一个春日蜜桃色，把白皙丰腴的手伸给美甲小妹，点点指甲说，"在这儿画个桃心，要金边儿的。"

也该给自己招招桃花招招财了，最好能防烂桃花。

孙佳佳听苏南拐着弯地骂陆豫章是狗，嗤笑一声，两人的距离一下子就拉近了，于是她劝："其实这么多年了，也没有什么说不开的，那时候我们班里谈的那几对，一对都没成。"

现在回想那时简直太年轻了，一哭一笑一喜一怒都以为是惊天动地的，其实根本就撼动不了这世界分毫。

真的进了大学，接触了更大的世界，这些小鸳鸯，不必铁棒去打，自己就散了。

苏南和夏衍是当年一中最不被看好的一对，两人分手在校友之间一点水花都没溅起来，大家都认为他们终究会开的，不过是早晚的事儿。

　　"那你呢？给暗恋的人打工，一打就是四年。"这句话脱口而出后，苏南马上就又后悔了，她把手从泡手碗里抽来，湿嗒嗒的手摸着手机，"我不是那个意思，我是说陆豫章那棵歪脖子树，太耽误你了。"

　　孙佳佳也难得能在旧友面前嘲弄自己两句，她一向心态很好，笑眯眯地跟苏南说："你跟夏衍分手之后，肯定也谈过恋爱吧？你觉得有哪一个比他好吗？"

　　苏南沉默了。她不能否认，刚分手的时候，自己就像个缺爱的孩子那样，她的长相可以直接从 S 大飞升到电影学院去，自从进了校园开始，追求她的人就没断过。

　　苏南享受这些"爱"，从诸多追求者中挑挑拣拣，选出对她最好、最肯迁就她的那一个，然后不停地折腾他们，证明自己被爱，证明自己拥有很多很多爱。

　　她在大学里交的那些男朋友，没一个能在苏南的毒辣手段里坚持半年，时间最长的那一个，在大雨天里横跨半个上海给她买网红芝士蛋糕，而苏南根本不是自己吃，她挖了一口就送给了室友。

　　这些男孩追到她的时候，都指天誓日会对她好，但没有一个坚持到她软化。苏南以为他们只是不成熟，只要成熟了就会给她更好的爱。事实证明，离开了校园，男孩变成了男人，只会加倍地斤斤计较，一点点的付出，都会写在他们心里的账本上，想从别的地方讨回来。

　　苏南拒绝以自己的身体为代价回馈这些迁就，于是这些人纷纷离她而去，她慢慢也学会了收敛，但效果依旧不好，上一任男朋友分得尤其难看。

　　虽然沈星替她出了那口恶气，但她自己知道，伤敌一千，自损八百。

　　孙佳佳见她沉默，停下了在处理的工作，对她说："他回来找你，不论怎么样都坐下来说个明白。"说着自嘲一笑，"别跟我似的，说都说不明白了。"

　　可苏南没能去聚餐，在约定好的前一天，她接到了继母宋淑惠的电话。

　　宋阿姨在对面吞吞吐吐，压低了声音："南南，你最近怎么样？忙吗？你要是有空，能不能打个电话劝劝你爸爸，你爸爸他就听你的。"

苏南怔住了，握着手机努力镇定："怎么了，宋阿姨，出了什么事？"

宋阿姨在电话那头，还努力压低了声音："你爸爸去体检了，医生看了片子说肺部有阴影，劝他去做个详细检查，怎么说他都不肯。"

苏南没有片刻犹豫，马上答应："好，我马上回去，让小北把体检报告拍张照片发给我。"小北是苏南同父异母的弟弟。

宋淑惠没想到苏南一口答应，赶紧点头："好，我让小北拍，拍完发给你。"

苏南挂断电话立马买了回北京的高铁票，随手抓了个包，往里面塞了几件衣服，匆匆忙忙出家门，她跟还在客厅给照片调色的沈星说："我要回北京一趟，过几天回来。"

不等沈星答应，她就抓着包冲进夜色中，人还没到火车站，沈星就给她打了一万块钱，只给她发了简单的三个字【你先用】。

苏南根本顾不上说谢谢，宋阿姨这么多年从没有主动给她打过一个电话，能让宋阿姨打电话过来，医生一定说得非常严重。

苏南买了晚上的高铁票，等车的时候不断查询肺部阴影，跳出来的都是癌症。她一面发抖，一面在车上想办法联系旧朋友旧同学，托关系找找人，看能不能替老苏挂个专家号看一看。但她已经想不起当初那些考医科的同学，于是她只好打通了孙佳佳的电话。

孙佳佳还在处理工作，电话一通马上接了起来，声音非常清醒，以为苏南要问她聚餐的事，带着笑对她说："苏南，又纠结啦？"

苏南吸口气："我……我爸体检有些问题，我想问，咱们班同学里，有没有人学医？"

孙佳佳顿了一会儿，惊讶道："怎么会？我上次回去叔叔还很精神。"立刻让苏南稍等，"你等等，我记得石杨考的医科，我找找他的电话。"

苏南整个人都在发抖，她连声说好，不断感谢："麻烦你了。"

孙佳佳安慰她："你先别着急，我一查到就马上发给你。"

苏南除了再次感谢，没有别的话能说，孙佳佳找石杨的电话用了些时间，苏南一收到电话号码赶紧拨打过去。

对方立即挂断，她这才注意时间，已经是深夜了。整个车厢都很安静，苏南赶紧发短信，以示自己不是什么诈骗电话，希望石杨能回条短信。

【石杨，你好，我是一中七班的苏南，我有些医学方面的问题想

要咨询。】

苏南握着手机想再发一条短信过去，她已经不记得石杨了，可能石杨也根本不记得她了。他们本来就不是一个圈子里的人，要不是夏衍的外公顾老师和老苏是一条胡同里的老邻居，她和夏衍也根本不可能有交集。

苏南整整等了半个小时，石杨才回了消息【你好，苏南，可以把片子和报告发到我手机上，我们加个微信。】

苏南慌慌张张发送添加好友申请，把报告发过去，没想到这位老同学这么肯帮忙，她和石杨在学校里从来都没有交集，心里万分感激【实在非常感谢。】

等了很久，她才又收到回复【不用客气。】

孙佳佳把苏南找她的事告诉了陆豫章，成功地把陆豫章的注意力从女人和酒的身上挖出来。陆豫章赶紧打电话给夏衍，刚刚拨通，就听见自己这位万能秘书已经替苏南找到了石杨。

陆豫章伸着指头抠抠耳朵眼："你说谁？你替苏南找了谁？你可是要了老夏的命了。"

夏衍清冷开腔："谁要我的命？"

陆豫章挤挤眼睛，声音绷得正经，脸上却绷不住，笑成一朵万寿菊，沉痛说道："那个谁，万年老二，苏南的爸爸身体不大好，苏南找石杨去了。"

"什么时候的事？"

陆豫章听一句学一句，声音骤然低沉，问孙佳佳："什么时候的事？"

孙佳佳从他们的对话里知道了一点当年的隐情，有些吃惊："大概两个小时之前。"

陆豫章忍着笑安慰自己的老铁："老夏啊，你也别紧张，原来那小子不行，现在也不行。"

对面挂断了电话，陆豫章"啧啧"两声，把手机插到口袋里。

孙佳佳有些犹豫，她难得提起旧事："原来石杨喜欢苏南。"

陆豫章咧开嘴笑："那可不，老夏那会儿盯得多紧啊，这家伙才没有可乘之机，也不知道现在是不是急得火上房了。"

夏衍挂了电话就订机票回北京，苏南感情脆弱，只要是关于她爸爸的事，她就会失去判断力，做出最错误的那个选择。

落地时是清晨五点，他拎着登机箱回老胡同守株待兔，夏衍的外公外婆一直住在这个院里，他初中时父母离婚又再婚，他就搬过来跟外公一起住，也就是这样认识了苏南。

外婆已经身故，外公一大早就出门去打太极，夏衍没有钥匙，站在院门边，看冬日的太阳裹在浓浓晨雾里升起。

苏南踩着这冬雾进了院门，一进门就看见夏衍靠着墙点烟。

夏衍个子很高，进门的时候总要微微低下头，他这会儿就斜倚在墙边，斑斑驳驳的旧墙面和红门框，明明与周围格格不入，却又和谐得像是一幅画。

猝不及防，这幅画就这么撞进苏南眼里。

夏衍立即把烟掐灭了，看见苏南时，他皱了皱眉，两步走过去，解下自己的围巾套在她头上："怎么又穿得这么少？"

苏南后退了一步也没能躲开他的围巾，夏衍长手一钩，几乎要将她圈进怀里，被她伸手推开了。

苏家的灯还没亮起来，苏南不想吵醒老苏，准备在门口等着，等到宋阿姨出门买饭，她再假装刚刚到。

夏衍看她冻得脸色发白，脱下大衣罩住她，想要握住她的手："先去吃早饭。"

苏南很冷很饿，听见夏衍说吃早饭，就想到胡同口的糖油饼和豆腐脑，他们过去上学之前的早餐标配，哪怕前一天吵了架，夏衍嘴上再傲气，也总会买好糖油饼在胡同口等她。

她凝滞片刻，问他："你回来干什么？"

苏南一双眼睛天然带媚，不化眼妆的时候媚里又半含纯情，此时这双眼睛正紧紧盯着夏衍等他的回答。

夏衍呼出一团白雾，带着淡淡的薄荷味，皱眉笑道："你说呢？"

两人分明已经不再是情侣，却又有了亲密关系，那种深入亲密瞬间打破了苏南这么多年建立的壁垒。夏衍直接跳过那些光阴和苏南用光阴构建起来的隔阂，又一次撩动她的心弦。

苏南有一刻差点就去探究这三个字所包含的情感走向，但她收回了心思，即刻镇定，翻了个白眼，还给夏衍三个字："说个鬼。"

一个字也不肯多，一个字也不肯少。

两人到胡同口的早餐摊吃早饭，豆腐脑上了桌，苏南捏着勺子缓缓搅动，热气熏蒸着她的脸，她饥肠辘辘，舀起一勺豆腐脑，轻轻吹气，然后夏衍的大腿贴了过来。

桌子很窄小，但也没有窄到这种程度，他是故意的，故意用结实紧绷又热烘烘的腿贴住她，让她瞬间产生了些难以言喻的联想。

苏南放下勺子："我们应该好好讨论一下，那天晚上的事。"

夏衍挑挑眉毛，他以为她不会先提起的，伸手往她碗里加了两勺辣椒油，才开口说："是你先引诱我的。"

像这场谈话一样，是她主动的，那天晚上她歪在他身上，钩住他的脖子，扯他的领带，亲吻他，在他怀中厮磨，火星"噌"一下就燎遍了全身，然后由他来控制方向盘。

"我喝醉了。"苏南强调这一点，然后她睨他一眼，用满不在乎的语调说，"不是你也会是别的男人。"

谁知道夏衍抬抬手腕又给她加了一勺醋，语调清淡，声音笃定："说谎。"

不仅说谎，还打算用这种拙劣的谎话来激怒他，达到伤害他也伤害自己的目的，夏衍伸手摸摸苏南的头："要不要吃奶油炸糕？"

她朋友圈里晒出来的食物都是些绿叶子，怪不得腰细得过分，让他在情动的时候害怕她受不了。

苏南倏地红了脸，手机突然振动打断了她的思路，一看是石杨的消息，问她到没到北京。

苏南低下头"啪啪"打字【我刚到北京，请问下午来就诊可以吗？】

【可以，我来联系。】

夏衍知道苏南在回谁的微信，他抬抬眼皮，没有说话。

苏南把心思调回老苏那张胸片上，石杨能替她挂到专家号，苏南出于感激要请他吃饭，邀请发送出去，石杨隔了很久才回复【如果方便的话。】

夏衍打包了早点，跟在苏南身后回小院，刚进院门，就听见苏南的爸爸闷吼："谁让你打电话给南南的！"

跟着是抽泣的女声："我不告诉南南，你怎么肯去医院？"

苏南闯了进去。

老苏的声音一下子低了，他站起来搓着手，脸上的怒意褪得干干净净，看见女儿马上露出笑容。苏南已经两三年没回家了，老苏的笑容里带着讨好，他站起来拍拍腿："南南回来了，饿不饿？爸爸给你买糖油饼去。"

宋淑惠尴尬地笑，摆手对丈夫说："我去买，我去买。"

夏衍走进来，客气地说："叔叔阿姨别忙了，我们已经吃过了。"手里还拎了两袋包子和油条，正好够苏家人吃早餐。

老苏从女儿身上扫到夏衍身上，微张着嘴，眼睛里突然迸出光来："南南也不说你们一起回来，今天包饺子。"

苏南知道爸爸误会了，可她已经很久都没在老苏的脸上看到过这种笑容，她无法直面这种笑容告诉老苏这是误会，忍怒转身对夏衍说："你不去看你外公吗？"

夏衍好脾气地笑一笑："好，我先去看看外公，过会儿来吃饺子。"

老苏越听越高兴，他难得用父亲的口吻对苏南说话，当着夏衍的面，仿佛苏南是个不懂事的小女孩儿："南南啊，你也去问顾老师好。"看出女儿不情愿，他拉住苏南的手，轻轻捏捏她，"别不懂事。"

这样的亲昵让苏南马上退让了，她低低应一声，跟着夏衍出门。老苏在她身后笑得合不拢嘴，连对妻子的口气都马上变好了，笑呵呵说："咱们多包点饺子，这小子能吃。"

夏衍的外公也有些日子没见过外孙了，老人家的活动很丰富，早上打太极，下午就在胡同口下棋，这地方他住了快有一辈子，怎么也不肯搬，看见苏南跟在外孙身后进来，叫她："南南回来啦？"

苏南为什么一去上海不回来，外公心里是有数的，当初两个小年轻一起玩，整个胡同谁不知道？学校觉得他们俩带坏了风气，请了多少回家长，每回都是他这个老外公去，当了一辈子的高级教师，年纪大了反而要听小辈们的训话。

顾老师不是那种老顽固，年轻的时候就是接触新思想的先锋，原来也没少替外孙打掩护，看见苏南跟在外孙身后进来，还以为两人重修旧好。

"顾爷爷好。"苏南站在门边，听见老苏叫儿子的声音，让小北赶紧起来，姐姐回来了，然后又让妻子去菜场割肉买菜，自己和起了面，要给女儿做顿饺子吃。

苏南觉得尴尬，隔着门她都能感觉到小北和宋阿姨的不自在，她站着不动，夏衍把她拉进他的房间里。

外公的屋子全部重新粉刷装修过了，只有夏衍这个几平方米的小房间还是旧时模样，白墙壁微微泛黄，桌椅床铺都像原来那样，他高中时看的书斜斜排在书架上。

苏南几乎是一踏进来就想起这间屋子里都发生过什么，她扭过脸去，要往外走，夏衍按住门："你叫了我的名字。"

那天晚上，苏南喝得酩酊大醉，眼睛迷迷蒙蒙的，扯着夏衍的领带叫他的名字。

苏南不相信，她抱着胳膊，站在门边不肯走进这个小空间，这里曾经有过的愉悦和激动都不能替换掉她的伤心和失望："你说谎。"

夏衍走向靠墙的那张单人床，铺开被褥，拍拍松软的枕头被子："睡一下吧，你累了。"

苏南从昨天晚上到现在都没合过眼，她确实又累又困，额角一抽一抽地疼着，但她不想在这间屋子这张床上休息，可她也没有别的选择。

夏衍知道她不会轻易妥协，退后一步："我出去，你睡会儿。"说着迈步出去，还关上了门，隔着院子对老苏说，"南南累了，我让她睡一会儿。"

苏南坐到床上，松了一口气，夏衍的房间很长一段时间是她休息的地方，是逃避现实的港湾，现在她又在这港湾里停泊，她慢慢往后仰，倒在枕头上。

一睡就睡了四个多小时，苏南睁开眼就闻到了饺子香，是小茴香馅的，是她最喜欢吃的。

苏南坐起来，书桌上搁着一杯咖啡，她喝了一口，感觉精神振奋，慢吞吞地起来，掀开窗帘一角就看见夏衍和老苏坐在院子里说话。

苏南一出房门就被盯住，老苏满脸都是笑意，口气比刚才还亲切："饿了吧，你先去吃两个饺子垫垫肚子。"

苏南正好要去厨房找宋淑惠，悄悄跟她保证下午就会带老苏去医院。

宋淑惠低头站在锅边，闷头煮着饺子，当着苏南她总抬不起头来，不为别的，就因为丈夫对女儿过分看重，这个家里谁也不能跟苏南比，不管是她还是儿子。她知道苏南这么多年不回来是不想让她不自在，于是头更低："真是麻烦你了。"

谁知道一锅饺子才刚端上桌，老苏就自己提出要去检查，还笑眯眯地告诉苏南："小夏说已经替我联系好医院了。南南放心，爸爸肯定健健康康的。"

苏南扯着夏衍的袖子把他拉出去："你跟我爸说什么了？"老苏

 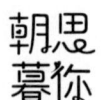

有多固执，她最清楚不过。

夏衍手里还端着饺子汤，他喝了一口，气定神闲："我说我们打算结婚了。"

苏南还没有见到石杨，他就先在老苏的面前坐实了正宫身份。

苏南铁青着脸，她急于撇清，而他纠缠不清，气得在原地兜了两步，然后转身抬腿踹了这个王八蛋一脚。

这一脚踹在他小腿上，尖头皮靴的威力让夏衍倒抽一口气，看他终于皱起眉头，苏南觉得痛快了，她笑一声："行啊，等我爸看完了病，我们老账新账一起算！"

听她说要算账，夏衍眉梢一挑笑了起来，他原本长得薄唇星目，一副薄情相，不笑的时候尤其冷峻，可一旦笑了又仿佛盛夏凉风，十七八岁的苏南绝对抵抗不了，但现在的苏南可不吃这一套。她呵了一声，扭头进屋，吃完了饭就带老苏去医院。

苏南虽然狠狠踹了夏衍一脚，但她心里知道，她还真没有办法让老苏能这么欢欢喜喜地去医院。

无论哪一种办法，老苏和宋阿姨都是要吵架的，吵过一场，老苏虽然还是会去看病，可他不高兴，宋阿姨也不高兴，弟弟小北要两边看脸色，当然也不高兴。

现在这个局面，除了苏南自己硌硬之外，一家人个个都很开心。小北去上学之前，还从夏衍那里得到了许诺，期末考试要是能进前十，就给他买乐高死星。要是他能完整地拼出死星，就带他去乐高乐园。

夏衍如今在小北心里的地位，瞬间超过了苏南，他背着书包去上学的时候一路都在跟同学炫耀，邀请他们到家里来一起拼乐高。

这些都是宋淑惠告诉苏南的，她搓着围裙角，很是局促："那个太贵了，太破费了。"儿子一直都想要一个，而家里不会拿出这么多钱给他买玩具。

苏南只好开口宽慰："不要紧的，小北高兴就好。"等事情过了，就把夏衍从黑名单里放出来，把钱转给他。

夏衍不光说了他和苏南打算结婚，他还为老苏描绘了一个愿景，他告诉老苏，苏南想在结婚的时候挽着爸爸的手进礼堂。

他说苏南觉得爸爸肯定希望看着自己出嫁，两人还准备积极响应国家号召，生两个孩子，最好是一个女儿一个儿子。

老苏听着这个清俊的年轻人说这些未来的打算，除了说"好好好"之外，其他的一个字也说不出来。夏衍一表人才，年轻有为，还知根知底，女儿托付给他，老苏满意得不能更满意了。

一直以来老苏都觉得是自己亏欠了女儿。

苏南的妈妈是江南水乡养出来的美人，长得很像当时正当红的一个明星，苏妈妈从小城镇出来，漂到北京想当明星拍电影，被所谓的导演骗了色，无依无靠，生活落魄，像一朵被冷雨打过的花，就是这时候她遇见了苏南的爸爸，被他感动，嫁给了他。

老苏虽然人才普通，但有北京户口，有房有固定经济来源，平白捡到这么一个大美人，他捧在手里怕掉了，含在嘴里怕化了。

从苏南有记忆开始，家里就是老苏做饭，老苏洗衣服，老苏陪她玩、哄她睡、送她上学、带她去游乐园、给她讲故事。

而妈妈穿连衣裙高跟鞋，学电影明星的样子烫头发，到歌舞厅跳舞。偶尔妈妈才会带她去看电影，看苏南看不懂的电影。

老苏乐呵呵陪着妻女，默默打点一切，等女儿大一点就坐在他的自行车车筐里，去少年宫学跳舞、拉手风琴，老苏还在那筐里给苏南加了一层粉红色的软垫子。

苏南是少年宫里最显眼的孩子，即使化着大红脸也漂亮得像洋娃娃，汇报表演的时候她穿着层层叠叠的小裙子，扎两朵大绢花，站在最前面。

这张照片一直都压在饭桌玻璃板下。

九十年代人们纷纷下海，老苏一个老实人没有那么多心思，也不会做什么生意，老老实实工作，遇上了下岗。

两人过了两年争吵不断的日子，通常都是老苏闷头坐着听，身影越来越弯，背佝偻着，在妻子面前抬不起头来。

苏南的妈妈转身跟个导演走了，后来听说又去了美国，之后就没有一点消息，她再也没有回来过。

老苏的脑袋垂得更低了，就在胡同口支了个修车摊，好就近照顾女儿上学放学中午吃饭。一直到苏南读中学的时候，老苏才又再婚。

以前也有人给他做媒，但他怕别人薄待了女儿，可女儿越来越大了，要买胸衣了，要用卫生巾。他拜托班主任，拜托老邻居，没有个女人在，他没有办法照顾好女儿。

他娶宋淑惠，看中的就是她人温柔贤惠，两人结婚的时候请了胡同里的老邻居们吃了一顿饭，隔一年又添了一个儿子。

儿子的出生虽然没有降低苏南的地位，但或多或少分走了老苏的注意力，宋阿姨在她面前多了笑容，看着儿子咿呀学语，一家人和乐融融，苏南觉得自己才是多余的那个人。

苏南一直都这么想，家里的亲戚也一直都这么说，连邻居也是，说老苏做了十年白日梦，也该醒了，这样的美人，哪里是他有福气留住的。

老苏觉得是自己没本事才没留住妻子，让女儿小小年纪就没了妈妈；而苏南觉得是因为有自己的存在，所以才耽误了老苏再婚，两人互相觉得亏欠，不断弥补。

老苏的弥补是顺着女儿，苏南的弥补是减少出现，宋阿姨才是要陪老苏过一辈子的人，宋阿姨能做到的，自己永远也没办法做到。

苏南决定暂时忍耐，等到老苏检查完了，她就跟夏衍说个明白，他想重新开始是不可能的，不管那天晚上发生了什么也不能改变他们的关系。

在夏衍决定出国，放弃她的那天，一切就都结束了。

石杨等在医院大厅，大冬天掌心出了一层薄汗，黏糊糊的，从白大褂口袋里掏出纸巾擦了又擦，他从没想过有一天苏南会主动联系他。

他们加了微信，然后石杨在好奇心的驱使下点开了苏南的朋友圈。

石杨一直单身，读医学院很辛苦，好不容易毕业实习，身边不乏亲戚给他介绍女朋友。医院里还有偷偷暗恋他的小护士，突然之间曾经暗恋过的校花联系他，他心里自然而然起了一点涟漪。

拿手术刀的手从来都是很稳的，但点开苏南的照片时竟然紧张得手抖，穿粉红色护士服的小护士路过他身边，笑着把他从头看到脚："石医生今天特别帅嘛。"

石杨长得一副文弱书生模样，戴着细框眼镜，被护士这样夸奖，微微发窘，托了托眼镜架，往大门望去，一眼就看见了苏南。

比他记忆里的要更明艳，比照片里的又更生动。

他还没迎上去，就看见陪在苏南身边的人，石杨一下子卡了壳，这么多年竟然还是夏衍。

苏南的目光在大厅里搜寻，她还没找到石杨，夏衍已经先她一步看见了。他对石杨扬起微笑，长腿一迈，上前一步，率先跟石杨打招呼，一把握住石杨的手，用力收了收手掌："石杨，好久不见，真是麻烦你了。"

石杨脸上全是尴尬笑意，感觉自己又一次窥探了别人的女朋友，可他看了苏南半年的朋友圈，里面根本就没有夏衍的影子。

石杨想起自己第一次也是唯一一次给苏南写信，他花了一年工夫才决定鼓足勇气，可那封信还没塞进苏南的课桌，就被夏衍拦截了。夏衍当年也是像现在这样笑，问他："你想跟她说什么？"

书呆石杨满头都是问号，什么时候夏衍和苏南变得这么熟络？然后他才知道苏南每天都是坐在夏衍自行车后座来学校的，那封信，就被扔在了角落。

苏南越过夏衍对石杨道谢："真的谢谢你，改天请你吃饭。"

本来想今天晚上就请石杨吃饭的，可有夏衍横插在中间，苏南觉得不太合适。

石杨点点头："不用客气，都是同学，应该帮忙的。"

夏衍去缴费，苏南挽着老苏的胳膊等待，老苏笑眯眯地和石杨分享他的喜悦："石医生，南南和小夏要结婚了，到时候要来喝喜酒啊。"

老苏的想法很简单，要办喜酒肯定要请老同学，石医生这么帮忙，应该请人家喝杯喜酒。

石杨满面尴尬，除了点头说"恭喜恭喜，一定到场"之外，他还能说些什么呢？

夏衍还不知道老苏维护了他的正宫身份，缴完费回来就看见石杨像个正经医生那样在看老苏的体检报告，对老苏格外温和："伯父别有心理负担，阴影也可能只是炎症，还得找专家看了再说。"

石杨是骨科医生，但苏南愿意相信，她满心赤诚地希望石杨说的是真的，老苏只是肺部炎症，不是什么大问题，看着石杨的目光简直在发光发亮。

夏衍垂下目光上前一步，挡住了苏南，把单子交到她手里，一行人到二号楼去看专家门诊。

石杨实在没有话题能跟这两个人聊天，他想到中午刚刚收到的消息："班级群里说这两天要举办同学聚会，你们去吗？"

苏南进了大学之后，一次同学聚会都没参加过，不是不想去，而是她从来要面子，但这些同学个个都知道是夏衍甩了她。

她瞥一眼身边站着的男人，笑问石杨："董丽娜去不去？"

石杨一心读书，但这桩惊天八卦还是知道的，当年夏衍出国，董丽娜后脚就跟着一起去了，在班级群里无疑是八级地震。他看看夏衍，老实回答："听说这次人很齐。"

苏南红唇微抿："那当然是一定要去了。"

老苏肺部右下方查出了两厘米的圆形占位，因为位置不好，不建议做穿刺，要先做消炎治疗，然后再观察占位的强化情况。

老专家告诉苏南："不排除有恶性肿瘤的病变可能性。"

苏南坐在诊桌边，夏衍把手按在她肩膀上，微微用力，好像在给她力量："没有你想得这么坏。"

老专家把开好的药单递给苏南："病人自己还是乐观的，家属也不要有这么重的心理负担，看看消炎之后的情况如何，再定下一步的治疗方案。"

苏南拿着药单出去，当着老苏她马上换了表情，笑眯眯地告诉他："医生说是炎症，先消炎再来复诊。"说着挽住老苏的胳膊，"必须戒烟。"

说着，她从老苏口袋里摸出香烟和打火机，扔进自己的手包里，没收。

老苏拿女儿最没办法，苏南告诉他肺部炎症难消，之后还要再去复诊，规定他不许抽烟，清淡饮食，早睡早起，健康生活。女儿说得越多，老苏的嘴巴就咧得越开，他一边笑还一边叹气："我就说不用来看，就是咳嗽，多吃点消炎药就行了。"

老苏原来是不抽烟的，苏南的妈妈走了之后，他就开始抽烟了，还越抽越多。苏南问了宋阿姨，说他现在烟瘾很大，一天要抽两包才勉强过瘾。

苏南久违地跟爸爸撒起娇来，只有宋阿姨和小北不在的时候，她才会这样，老苏高兴得不得了，拍着女儿的手："好好好，戒了戒了。"

可还没把老苏送到家，他的烟瘾就犯了，苏南赶紧下单订了一堆戒烟糖又买了电子烟，还给老苏买了白菊花、金银花煮水喝。

苏南埋头忙这个，车却到了胡同口，天已近黄昏，老苏要留她在家住，苏南顿住了，她睡小卧室，小北睡哪儿？已经几年没进过家门了，她很不自在。

夏衍马上接话："我在总公司附近有间公寓，想要重新装修，想带南南去看看。"

老苏笑呵呵的："你们忙你们的，装修是个功夫活，平常要是不能看着，就交给我，我闲着也是闲着。"

苏南答应了，这下老苏就更高兴，自己背着手溜达回家。苏南从后视镜里看见他有韵律地摇头晃脑，一下子就湿了眼眶，已经很多年没听老苏哼过京戏了。

夏衍瞥了她一眼，看见她眼底有泪光闪动，从口袋里摸出纸巾递过去。

苏南抽出一张纸巾按在眼睛上，把心里涌动的悲伤压下去。夏衍突然低声解释："董丽娜跟我不是一个学校的，我们不在一个州。"

如果不是今天苏南特意提起，他早就不记得这个人了。两人分手，并不是只有苏南一个人伤心。

他刚去美国，压力很大，专业书籍一堆一堆摆在他面前等他去啃，他还必须要拿奖学金，要做的事情这么多，根本没有余力去关注别人。

董丽娜确实到夏衍的学校来找过他，可几次之后她就不再来了。在美国这几年，两人根本就没有联络。苏南看向他，他没有回过头来，夏衍是从来不骗她不哄她的，只要是他说的，就是真话。

"那她为什么发你的照片？"苏南耿耿于怀。

董丽娜发过许多她在夏衍学校里拍的照片，其中有一张是夏衍的背影，苏南一眼就认出来了，他抱着一沓书，走在校园林荫道上。

这张照片一下子就戳破了苏南的玻璃心，让她知道她离夏衍这么远。而夏衍根本就无暇关注这些，他都不知道董丽娜曾经拍过那些照片，还把它们发了出来。

年轻的苏南绝不肯拿这些照片去问他，哪怕是喝醉了大骂他的时候，也咬着牙不肯说出半句示弱的话。

可她现在问了，既然要算账，就把留在心里不能释怀的一切问题都问个明白。

"你应该去问她，我不知道她什么时候拍的照片。"夏衍皱起眉头，

"你当时怎么不问？"

苏南不说话了，太阳落下去，余晖照进车中，并排坐的两个人都被勾勒出一明一暗的两张面孔。

"你不相信我。"

"是。"苏南硬声硬气，她刚刚还眼眶泛红，柔顺得像只猫咪，现在却像多了毛的刺猬，"我凭什么相信你，你在我看不见摸不着的地方，连什么时候能回来都无法向我保证，我为什么相信你，等你？"

就像老苏等了那个女人这么多年却没结果一样，走了的人是不会回来的。

如果要问这个世界上有哪个国家让苏南痛恨，那一定是美国。她妈妈抛下她去了美国，男朋友也要抛下她去美国。

准确地说，提分手的人其实是苏南，她定下了规则，只要夏衍出国，他们就完了。

而夏衍不想放弃眼前摆着的机会，苏南既不肯支持他，也不肯相信他，他不是没有许诺，是她不肯相信，给他唯一的一条路就是留下。

除非他留下，不然就分手。

十八岁的夏衍满心烦躁，既不能安抚恋人，又不能放弃机会，他有自己的骄傲和理想，可无论保证多少次他会回来，苏南都不相信。

她的情绪崩溃反反复复，偶尔有些松动了，马上又会故态复萌，夏衍已经没有时间再等了，他们经历了最大的一次争吵，终于分道扬镳。

以前的夏衍不懂，她为什么不肯成熟一点，认真地考虑这份感情的未来，后来他懂了，苏南自从被妈妈抛下，就再也没有长大。

"可我回来了。"夏衍终于看向她，摊开手向她展示自己确实做到了，像他曾经告诉过她的那样，"我回来了。"

刚刚还硬声硬气的苏南红着眼瞪他："谁要你现在回来。"

孙佳佳在这个时候打了电话进来，苏南接起来，孙佳佳问她："叔叔怎么样？"

苏南略带鼻音："医生说要先消除炎症，然后再诊断是良性还是恶性。"

孙佳佳马上安慰她："你先别想得这么坏，你要想现在就发现治疗是件好事，对不对？"

"我知道，还要谢谢你帮我找到石杨。"苏南心情慢慢平复，她假装夏衍不存在，"我还要在北京待两天，我们一起吃个饭。"

孙佳佳知道苏南也要去参加同学聚会，这才打来电话的，听见她这么说笑了："那只能请你来我公司附近了。"

"好啊，你把地址发给我，我来挑家餐厅。"

和孙佳佳的邀约一岔，苏南觉得心里好受了些，她昂着头抬起下巴，对夏衍说："找个宾馆把我放下来。"

他们遇上了晚高峰，堵在环线上一动不动。

除了车还是车，一眼望不到头，天越来越黑，气温越来越低，还飘飘扬扬下起雪来，苏南瞪着夜幕里的一盏盏车灯路灯，心里爆了百十句粗话。

夏衍从后备厢里拿水给她喝，拧开瓶盖塞到她手里，苏南接过来喝了一口，伸头去看前面和后面的车，只看见影影绰绰的灯火，恍若要堵到天荒地老。

车队缓慢移动，车窗上积起一层细雪，苏南睁眼等着，越等越累，两天她只睡了四个小时，刚刚又情绪激动，消耗了最后一点精力，她没力气跟夏衍算账了。

困意席卷而来，迷迷糊糊间感觉有东西盖在身上，带些薄荷的清冽味道，夏衍的声音在夜色、灯色和雪色里显得朦胧，苏南听见他说："我自己要回来的。"

她很累了，头脑发木，但她咬死了不肯松口，乌浓的眼睛含着水光："你放弃了我。"

夏衍似乎是叹息了一声："难道你不是吗？"

苏南醒来的时候已经睡在被窝里，被子又暖和又柔软，裹在身上让她一时不想爬起来。

她昨天晚上一忍再忍，最后还是哭崩了，眼泪就像湿毛巾拧出来的水那样"哗哗"流个不停。

夏衍放弃她，是她心里过不去的一道坎，她绝不肯承认自己也放弃了夏衍，把自己放在受害者的位置，不必承认软弱，这让她心里能舒服一点。

是夏衍把她抱回来的，他竟然真有一间公寓，他脱掉她的外套，把她塞进被子里，给她倒了水关上灯。

脚步已经迈到门边，又折返回来，他坐在床边，客厅漏进来的灯光勾勒出他的身影，他伸手想要摩挲她的额头面颊，被苏南拒绝了。

夏衍俯低身子，凑到苏南的耳边，问她："我们都坦诚一点，好吗？"

苏南紧闭双眼，既不说话，也不看他，绝不肯让他察觉出一点松动。直到夏衍离开，她才睁开眼，盯着漆得皎白的天花板，心里的声音替她做了回答。

苏南熬得双眼通红才终于睡去，一沉入梦乡便醒不过来，竟然一夜无梦。她在床上呆坐一会儿才摸出手机，已经下午一点了，她捂着昏沉沉的头，觉得口干舌燥，还没睡够。

关掉飞行模式后瞬间涌进来十几条消息，沈星问她还需不需要钱，孙佳佳问她今天情绪怎么样。

床头柜上摆着一杯水，玻璃杯下压着一张便笺，上面是夏衍劲瘦的字迹。

【我有些公事要处理，晚上回来，门锁密码是生日。】

夏衍久不回来，房间有人定期打扫，可冰箱里什么也没有，热水倒是烧好了，苏南喝了大半杯，一条一条回复微信。

滑到最后一条是杂志社发来的，更改了拍摄日期，把原定的时间提前了两天，后天下午要拍第一组，然后会从入选的人中挑表现最好的外拍。

苏南先回复工作信息，然后打电话问孙佳佳，能不能把后天的晚餐改成下午茶，孙佳佳收到消息给她回了电话："我公司楼下有家不错的咖啡厅。"

苏南一边打电话，一边在屋子里兜圈，客厅有一扇全景落地玻璃窗，雪下了一夜，从高处看出去，外面一片白茫茫的。

房子里没有太多的生活痕迹，夏衍只添置了生活必需品，客厅里摆着一张真皮沙发，房间里只有床和衣柜，设备最齐的是厨房。

整个屋子空荡荡的，干净得一点人气都没有，唯一可食用的只有两包咖啡豆。

苏南穿着夏衍的拖鞋，来回走了一圈，屋子里只有大拖鞋踢踢踏踏的声音，她绕到浴室，在抽屉里摸出了新牙刷。

她一边刷牙一边点开微信，找到黑名单把夏衍从里面放出来，然后转了他一千块钱，就当是房费。

昨天哭成这样，眼睛自然肿着，苏南在包里翻了半天也没翻到眼膜，只好抽两张纸巾，浸湿了放进冰箱，等两分钟拿出来冰敷。最后只上一层气垫，然后把头发吹干扎起来，翻出一件奶茶色毛衣套在身上，领子松松裹住皎白颈项，她从大学开始当杂志模特，还从来没有这么朴素过。

对着镜子实在看不下去，给自己补了一点口红，哑光正红色薄涂，整个人马上精神起来，她拎上她所有的东西，离开了夏衍的公寓。

孙佳佳以为会看到个妖娆的苏南，没想到她穿得这么乖巧，生得丰艳，打扮得又这么规矩，坐在咖啡厅里，反而引人瞩目。

来这儿的都是谈生意的，嘴里分分钟上亿，人人西装革履，只有苏南慵懒着眉眼，靠在椅背上，一双眼睛不断搜寻。

孙佳佳知道她美，隔这么些年，她都美成这样子了，怪不得叫人一见再倾心。

孙佳佳一副职场装扮，套装黑裙裹着玲珑身段，走到苏南桌前坐下，细眉一弯，问她："喝点什么？"

昨天电话里听出苏南在哭，知道她要强，孙佳佳没有说破，今天看着气色好了很多。

两人自从高中毕业就没再见过，可从小在一个院里长大，彼此也没陌生，苏南眨眼一笑："草莓汁。"

孙佳佳给自己点了美式，接着又要了一份黑椒牛肉意面，苏南看着她吃："你不会到现在还没吃饭吧？"

孙佳佳一直忙到现在，确实没顾上吃饭，苏南看着她面前的咖啡："你别告诉我，你等会儿还要加班。"现在都已经快到下班的时间了。

孙佳佳咽下一块牛柳："那还能怎么办呢？"像苏南这样靠脸就能吃饭的女人毕竟少，大多数还不是像她一样，汲汲营营谋一日三餐，生得美，便已经得天独厚。

凭苏南的长相条件和文化课成绩，当年去考影视学院说不定能拿个第一，为什么没去，老邻居都知道，真要去了，就是要了老苏的命。

孙佳佳把最后一点面吃掉，这顿饭总共花了五分钟，比煮面、炒面、煎牛肉花的时间还短。她喝了一大口咖啡，冲淡口腔里的黑椒味，单刀直入地问苏南："你和夏衍怎么样了？"

苏南摇摇头，旧情旧怨，以为能扯明白，张了嘴才发现根本说不明白，还越缠越乱了。

"你单身，他也单身，这么多年好不容易才又有了这个机会，为什么不肯给彼此一个机会试一试呢？"

孙佳佳一开始是最不看好这段感情的，可现在她反而是最看好这段感情的人之一，另一个是陆豫章。

夏衍在国外这么多年，回来找的还是苏南，已经可以说明一些问题了。孙佳佳问苏南："你还记不记得吴越和宋晓菁？"

苏南点点头，她曾经无比羡慕宋晓菁，他们俩是班里高中毕业上大学后第二对好上的，比她和夏衍要顺利得多，两人考上了同一所学校。

"他们大学毕业之后分了手。"孙佳佳刚刚收到结婚请帖，是宋晓菁的，她和一个相亲认识的男人将要步入婚礼殿堂。

"一直在一起的那些人，也没有走到头，你干吗跟自己过不去呢？往好的地方想，夏衍成熟地回来了，他的坚持不是更有含金量吗？"

苏南搅着杯子里的草莓汁，退让了就好像过去的自己输了，丢掉了坚持，她看向孙佳佳，十分好奇："那你为什么还喜欢陆豫章？为什么跟自己过不去？"

孙佳佳细肩一抖："因为人们在指点别人的感情问题时，总是分外精明的。"

苏南笑了一声，她一笑，周围便有目光投到她身上，刚刚话题的男主角突然出现，陆豫章梳着三七头，穿着蓝西装，径直走过来，冲孙佳佳说："你喝个咖啡怎么这么久，我找你几遍了！"

扭头看见苏南，他满眼惊艳，磕巴了一下，想起这是老铁的墙脚，伸出去的手又缩了回来："苏南啊，好久不见。"

苏南眼看话题聊不下去，拿着账单要去结账，陆豫章抢先一步。苏南看了孙佳佳一眼，就这么个看见美女走不动道的德行，她怎么还能死心塌地暗恋这么多年？

孙佳佳只是微笑不语。

账已经有人结过，那人不仅结了账，还留下一张名片，指明是要给穿毛衣的小姐，陆豫章把这名片揣在兜里没拿出来，心里给自己默默点了个赞，替老铁守住了墙脚。

苏南站起来要走，孙佳佳看见她拎着个圆筒包，里面鼓鼓囊囊的，问她："晚上要不要来我家？公司替我租的公寓就在附近，我把密码告诉你，冰箱里有酒。"

苏南还有些犹豫，孙佳佳又说："放心吧，公司还给我配了车。"

苏南掀掀眼皮，陆豫章给的待遇还真不错，她正好十分需要，笑着答应了，把旅行包交给了孙佳佳。

乘电梯上楼的时候，陆豫章伸手从孙佳佳那儿接过旅行包，问出苏南晚上要和石杨吃饭，飞快地给夏衍打了个电话。

夏衍"唔"一声，他知道这件事，陆豫章急了："你不知道，苏南穿得……穿得……"

夏衍收紧了下颌："穿得怎么样？"他瞬间想起苏南那天晚上的红裙。

"特别……纯情。"陆豫章有一肚子不正经的词能用来形容，但他不想挨揍，于是挑了个比较好听的，接着安抚起夏衍来，"你放心，晚上她住孙佳佳那儿，我公司租的公寓。"

"还有空房吗？"

陆豫章嘿嘿笑："我那间还空着，对门儿。"

苏南不知道夏衍究竟在干什么工作，他看上去很体面的样子，又这么快就买了房。可她克制着不问，就像她克制着自己不去搜寻他衣柜，找找有没有女人痕迹那样。

苏南这几天听得多了，常常想起原来的同学们，和夏衍初恋的那些事，也时常从她脑海中破土而出。

尤其是，她曾经和夏衍待过的那间体育楼一楼的器材室。

六月盛夏，体育课后，汗水浸湿了女生们的白色运动服，隐隐露出里面胸衣的形状和颜色。

青春期的男孩们很惹人讨厌，血气方刚无处挥洒，总是过分关注这些，而苏南又是他们最关注的那一个。

夏衍臭着一张脸把她拉进体育楼器材室，打开了电风扇，从运动裤口袋里掏出一罐冰可乐递给她。

苏南晒得面颊通红，碎发贴在额颈上，汗珠不停地滑进衣领里，她又渴又热，拉开拉环急喝了两口，呛了一下。

然后，夏衍就把她抵在门上，额头轻轻抵着她的额头，轻轻喘息着。

这一举动突破了纯洁的界限，风扇在头顶盘旋，夏衍急促的喘息声充斥着苏南的耳郭，比窗外的蝉鸣更热烈躁动。

苏南到现在还记得那个场景，咸，是夏衍的汗水；甜，是她手里的冰可乐。

一直到上课铃声响起，他们才分开，那是苏南第一次从夏衍的眼睛里明明白白感受到情潮涌动，这才知道他原来看着她的时候，心里都在想什么。

苏南手机一振，就收到了孙佳佳的消息，说她已经下班了。

刚刚还说今天一定要把策划案做完才能下班的，突然又提前了，苏南搞不清楚孙佳佳的工作性质到底是什么，正好路过羊肉店，便问她要不要吃羊肉，给她打包两斤带回去。

孙佳佳的回复很简单【要五斤。】

苏南没想到孙佳佳这么瘦却这么能吃，以为她是工作压力太大，这么个食量还这么瘦，叫人羡慕忌妒恨，便拎着满满几盒肉在路边等车。

孙佳佳洗了澡，擦干头发等苏南，听见敲门声打开门，从苏南手里接过一大包外卖，就在门口挑出一大半来，送到对门去。

苏南弯腰换鞋，看见陆豫章开门出来拿羊肉，翻了个白眼，然后就看见陆豫章身后站着的夏衍。

他解开了袖口的扣子，把衣袖挽到手肘，那双充满力量的手插在裤子口袋里，靠在门框上正看过来。

他看苏南，苏南也在看他，夏衍的目光停在她毛衣领子上，然后苏南就看见了她回忆中的那种眼神，想要迸发，又偏偏克制。

她被这目光烫得一颤，缩回孙佳佳的屋子里，一定是房间的供暖太足了，所以她才会觉得热。

苏南打开冰箱，里面整整齐齐码着一打啤酒，苏南听见关门声，问孙佳佳："有红酒吗？"

孙佳佳散着头发走过来，打开一罐啤酒，"咕咚咕咚"灌下两大口，伸出一只手指着柜子："自己拿去。"

苏南这才发现孙佳佳柜子里什么酒都有，随手拎出一瓶红酒，没有玻璃杯，就用一次性塑料杯，倒出来醒一会儿，抿上一口。

孙佳佳啃羊肉，苏南陪着喝酒，房间里供暖充足，热得两个人都穿上了吊带，孙佳佳的目光不停地在苏南那片雪白胸脯上来回，真是本钱雄厚。

都是女人，苏南不怕孙佳佳看，喝了半杯问她："你怎么想的，跟陆豫章住对门？"

"公司福利。"其实是方便陆豫章差遣她，孙佳佳喝完一罐又开一罐，津津有味地嗑着羊骨头。

苏南酒胆很壮，但酒量奇差，喝了这点脸已经烧得绯红。她醉后话多，开导孙佳佳："你这么个暗恋法，什么时候才是头？要么就拿下，要么就另谋高就。"

"怎么拿下？"

苏南喝得面颊酡红，娇艳欲滴，水润润的红唇勾起来："你得叫他知道，你随时都可以走，别让他觉得你离不开他。"

苏南说着拍起桌子来："明天你请假！我们去逛街，就是白领也是白领丽人，你底子这么好，怕什么！"

孙佳佳给苏南拿了一条毯子给她裹在身上，这才看见苏南随意拿的那瓶红酒是陆豫章出国带回来送给自己的，度数比国产的要高。

刚要哄她上床睡觉，苏南就摇摇晃晃站起来，打开门去拍对屋的门："王八蛋，你给我出来！"

门开了，出来的是夏衍，夏衍一把搂住她，两只手才止住她不往下滑，苏南伸出手，一巴掌拍在夏衍面颊上。

敲门的时候气势还很足，一声脆响过后，夏衍还没说话，苏南就先哭起来了。她磕巴着告诉夏衍："体育楼要拆了。"

第三章

ZHAO SI MU NI

陆豫章跟在夏衍身后，才刚走到门口，就看见苏南一巴掌打在夏衍的脸上，陆豫章还以为要糟。

老夏这人死要面子，这么一巴掌招呼上来，还不得尥蹶。他刚想上去劝两句，大着舌头一个字还没吐出来呢，就见夏衍牢牢搂着苏南的腰，根本没把这一巴掌当回事。

然后陆豫章就被闪瞎了眼，他看见多年老铁夏衍抱着苏南轻轻摇晃，贴着她的耳朵哄她，然后两个人在门框边吻起来。

苏南哭着往他身上蹭，把眼泪擦在他衬衣上，夏衍将她抱在怀里。两人贴得那么近，火星又一次燃起来，夏衍把头埋下去，捧住苏南的脸，亲吻她。

陆豫章和孙佳佳两个站在各自的门框下，眼看这两个人亲得难解难分，陆豫章想问问孙佳佳该怎么办，要不要给这俩人挪个地方。

他的眼睛在孙佳佳身上瞟了一下，努力收回来，想把注意力放在她的……她就穿了一件吊带，眼睛还能往哪儿放！

"那什么，你回去套件衣服？"

要保持纯洁的革命友情，也不是他想得这么容易。

孙佳佳扫他一眼："我怕长针眼。"

"我就不怕长针眼？"陆豫章的眼睛根本没地儿看，刚刚还斩钉截铁说他和孙佳佳是革命友情，心里突然不得劲，缩着脖子溜进屋去，还顺手把孙佳佳拉回了自己屋。

孙佳佳拿起桌上喝了一半的酒，陆豫章喉结滚动，这一罐是他喝过的，他大步迈回自己卧室，把门紧紧关上了。

朝思
暮你

030

苏南喝的酒后劲足，情动火起抵不过酒劲，她把夏衍扒得只留一件衬衫，扣子都全解开了。夏衍激动昂扬，正从脖子往下一路吻她，吻得她细细微喘，然后她就睡着了。

　　身下的人突然不再发出难耐的细嘤声，夏衍以为是自己没能照顾她的喜好，抬眼一看，苏南嘟着嘴巴，呼吸又轻又浅，她睡熟了。

　　积攒的火力瞬间无处发泄，夏衍深呼吸一口气，调整了半天火气还没消，干脆用被子把苏南整个人都罩起来，不让她露出一寸皮肤。

　　醒着的时候固执、倔强、任性，睡着了又这么安谧，夏衍叹口气，放过了她。小腹那团火气渐渐消散，他凑过去吻吻她的鼻尖，手指梳着她的长发。

　　苏南从夏衍的怀里醒过来，整个人被他结实的胳膊圈住，她这回睡够了，睁开眼就看见挂在落地灯罩上的吊带睡裙，她还以为自己又没把持住，再一次把夏衍给睡了。

　　她一动，夏衍就醒了，伸手按按她的头，不让她在怀里拱来拱去，省得她把昨天那团没燃尽的火星再点起来。他知道她最在意的是什么，拇指顺着她的脊骨刮了一下，嘴唇贴着她的耳朵："没有。"

　　苏南拱在被子里不敢动，是夏衍先坐了起来，套上衬衣，穿上裤子，伸手揉揉苏南的头："晚上要不要一起去？"

　　苏南把被子拉到头顶，听见夏衍轻笑两声后，穿上衣服离开了。

　　等孙佳佳回来刷牙洗脸，就看见苏南一脸颓丧地坐在沙发上，看着她进门就说："我以后再也不喝酒了。"

　　孙佳佳有些羡慕这种一喝就醉的体质，别人是借酒撒疯，苏南是借酒撒娇，偏偏孙佳佳自己千杯不醉，没有条件撒疯撒娇。

　　孙佳佳烤了两片面包，又泡了一碗麦片，她问苏南："你们这算是和好了？"

　　苏南十分羞愧，没把那些美好回忆关牢，让它们从心里钻出来影响她的情感判断，她决定认真反省自己，不能再模糊这条界线。

　　孙佳佳吃了整整一碗麦片，看苏南抬不起头来的样子，莞尔一笑："那……你们俩这是准备暂时先当'炮友'？也对，做生不如做熟。"

　　苏南整张脸红得像烫过的西红柿，孙佳佳以前是最温柔文静的，从小到大都没听见她说过脏话，真是近墨者黑，苏南捂着头："你这口气，活像陆豫章。"

孙佳佳笑了，昨天晚上害羞溜走的不是她，而是陆豫章，天天说自己老司机，结果连看她一眼都不敢。

孙佳佳撑着下巴："你不是让我请假，要帮我改造形象吗？我请完了。"

她就穿着那件吊带敲开了陆豫章的门，把他推醒："我今天要请假。"

陆豫章正处于每个男人晨间最放松的那个时刻，除了答应放她的假，还能怎么办呢？

苏南带着孙佳佳买衣服去了，孙佳佳竟然还有一笔置装费，她买衣服可以报销，苏南一点心理负担都没有。苏南给她挑了一件鹅黄色的雪纺连衣裙，还有几件针织衫，孙佳佳多少年没穿过的轻嫩颜色都上了身，偶尔两件深色还是宝蓝、驼色，光这些还不够，丝巾、系带胸链、手镯都是必备品！

苏南替孙佳佳改头换面，把她身上女性的部分充分挖掘出来，修眉、化妆、配隐形眼镜，摘掉她戴了多年的细框眼镜。孙佳佳削肩细腰，头发烫成松松的卷披散在肩头，这么一打扮，竟然十分惹人怜爱！苏南不看好陆豫章，但总得让孙佳佳去试一试，苏南对她握拳："勇敢追爱，祝你成功！"

等两人携手出现在同学聚会地点的时候，孙佳佳让人眼前一亮，但最动人当然还是苏南。她精心装扮，心里憋着一口气要出，就算事隔多年，她也绝不肯饶过董丽娜那些小伎俩。

苏南和董丽娜是新仇加旧怨，董丽娜当年的举动闹得尽人皆知，她在校园广播电台"匿名"点了一首《只对你有感觉》，指名道姓送给（7）班的夏衍，落款是"一颗红豆"。

这个化名几乎全班皆知，午间休息时校园广播电台报出歌名和点歌者，两个主持人都差点笑出声。

她董丽娜弄得这么光明正大，苏南也不跟她客气，还了她一首《想太多》。

董丽娜一听这歌名就开始掉眼泪，几个女孩义愤填膺，用目光声讨苏南。苏南坐在后排翻了个白眼，原来只许她自己闹大，不许别人反击。

苏南没有匿名，字条写得非常直白，高二（7）班的苏南点一首《想太多》送给同班的董丽娜。于是第二天苏南就被教导主任叫到办公室去，教导主任给她做了整整一个小时的思想工作。

教导主任就是董丽娜的爸爸，他问苏南："你点那首歌是什么意思？"

董丽娜哭了一晚上，她告诉她爸，她在班级里说要考个好学校，被同学带头嘲笑了。这个带头嘲笑的人就是苏南，不光在班里嘲笑她，还点歌打击她。

苏南笔直站着，掀掀眼皮："董老师怎么不问问董丽娜是什么意思？"

一颗红豆，真是古典哀怨又缠绵。

董主任马上怒了："你这是在跟谁阴阳怪气的？你就这么打击你的同学，你还觉得自己有道理？"

苏南也不是好惹的："校园广播也没禁止我点歌，董丽娜能点，我也能点，董老师怎么不问问她点了什么歌？"

董主任还不知道女儿那点八卦，但董主任没少听说苏南的事情，上课不认真！还跟老师对着干。

班主任跟他们谈了这么多回，两人谁也不认错，班主任都已经处于半放弃的状态了，董主任觉得是得跟苏南好好谈一谈了。

董主任收了收脾气，劝道："老师是给你留面子，你干了什么事，你自己心里知道，带坏了整个班级的风气。你们是学生，主要任务是学习，就应该将心思全部放在学习上，年轻冲动不是好事，别等以后后悔。"

董主任觉得自己苦口婆心，偏偏这时候校园广播又开始了，今天是夏衍点歌送给苏南，仿佛连续剧的剧情，他点的是一首《无与伦比的美丽》。

校园广播掀起腥风血雨，董丽娜昨天就已经把眼睛给哭肿了，这下绷不住，哭得趴倒在桌子上。

那个学期的校报，几乎期期都有带影射意味的轻小说，绘声绘色地写了校花校草的风云事迹，苏南一开始还看得津津有味，期期不落。再后来有个笔名横空出世，开始描写三角恋，普通女孩吸引了校草的目光，于是校花转成反派，结局一个比一个差。

也是那一年学校取消了苏南的助学补贴，那个补贴是给贫困生的，老苏下岗多年没工作，苏南的班主任年年都替她申报，可偏偏那一年的没有批。

董主任一度想要关闭校园广播台，觉得电台干扰了学生学习，受到学生们一致抗议，于是改成除了发布学校相关的消息之外，不允许学生再自由点歌送歌。

这些陈芝麻烂谷子的事全从心底翻出来，苏南的眼睛在大厅里扫了一圈也没看见董丽娜，哼了一声，难道她不敢来？

石杨早早就到了，尽职尽责守在门口，看向苏南的目光依旧难掩惊艳，他走过来迎接苏南和孙佳佳说："还有一半人没到。" 现在的同学聚会花样越玩越新，这次人多，干脆定了栋轰趴别墅，露台烧烤，一楼二楼是娱乐场所，桌球、麻将、唱K、看电影应有尽有，三楼是住房，玩得晚的就住下。

大厅里先来的人已经玩了起来，喝酒吃零食，苏南扫过一张张熟悉的脸，有人没变，有人变化巨大，几乎认不出来。

石杨站在苏南身边，有些犹豫，最终还是低声说："那边那个……是董丽娜。"

她从上到下，一点也看不出原来的样子了。

孙佳佳还不习惯隐形眼镜，以为是自己没看清楚，苏南却是火眼金睛，董丽娜眼睛鼻子嘴巴脸，没有一个地方没动过刀。

整容是一件很普遍的事，也是对自己的一种投资，让自己看上去更好一点，在经济状况允许的情况下，没有什么大不了的。

苏南所在的这个圈子，整容的女孩有很多，在哪儿动刀的都有，为了让自己更漂亮一点，大家都肯下血本。就连苏南也是医美常客，换季补水、消除水肿都是基础项目，在上镜之前是很必要的，保养品费用也随着年龄的增长在翻倍。

董丽娜开了眼角，垫高了鼻梁，削了下巴，凑在一张脸上像个网红，再仔细一看，连孙佳佳都看了出来，她这是照着苏南整的，五官分开来看都有些相像，可拼在一起，一点都不同。每个人的骨骼不同，硬把一样的五官凑在不同骨架的脸上，是拼不出同样的美貌的，董丽娜生搬硬套，效果并不好。

不管她整得漂亮不漂亮，苏南都像吞了苍蝇一样恶心。

于是苏南摇曳着走过去，坐在董丽娜身边，原来没注意的也都明白过来，正品和山寨的区别让大家一时静默。

苏南偏过头，对董丽娜微微笑道："好久不见。"好好的人不做你要画皮，你画得像嘛你！

董丽娜自己还不知道这是一场惨烈的对比，她看见苏南就装腔作势，问："夏衍怎么没跟你一起来啊？"以为这样说就能再次戳爆苏南的玻璃心。

苏南没在怕的，她撩一撩长发："他马上来。"

仿佛是为了印证她的话，下一个迈进门来的果然是夏衍，他和陆豫章两个一起进了门，几乎是一进门，他的目光就落在苏南身上。

夏衍先从冰箱里拿了罐可乐，拉开拉环插上吸管，送到苏南手边："不是说好一起来的，怎么没等我？"

原来不敢说话的同学们一个个都嗨起来，搞了半天，这俩人竟然还在一起，硕果仅存的一对，大家纷纷要求他们结婚一定得请全班同学。

"咱们那会儿可没少跟着挨骂，结婚摆酒席怎么也得请我们。"

可乐苏南没有接，夏衍自己喝了一口："我还在重新追求苏南，真的有喜事，肯定会请你们喝喜酒的。"

这话一出口，全场先是静默了一秒钟，接着又欢呼起来，一个个跑来拍夏衍的肩膀给他加油打气。

董丽娜的脸色难看到了极点，这可不是大家记忆中的夏衍会说的话，除了那次点歌，夏衍从没有在这么多人的面前说过这样的话。

苏南这还是高中毕业之后第一次参加同学聚会，高考结束，不论考得好坏大家都出来玩，只有她不参加，也就是在那次聚会上，董丽娜高调宣布，自己也要出国了。

于是苏南的不到场，蒙上了失败的阴云，女生们炸开了锅，谁也没想到最后竟然是董丽娜赢。她除了有个当教导主任的爸爸之外，在（7）班样样都不出挑，怎么偏偏会是她？

女生们私底下议论，苏南好歹是校花，美得风生水起，和夏衍的故事不光是班级年级，整个学校都知道。董丽娜追着校草去了美国，她们接受无能。

刚刚夏衍公开说了要重新追求苏南，时隔七八年，大家终于知道了真相，搞了半天原来当年是夏衍被甩了。

苏南被七八个女同学围住，个个都端着一张八卦脸想要挖出一点细节。那会儿谁都知道是苏南更迷夏衍，现在夏衍当众表白，苏南怎么能不感动。

"你就不心动？"

苏南其实有一刻是心动的，除了心动之外，她还觉得出了一口恶气，董丽娜脸色铁青，苏南看她一眼都觉得爽快。

原来是夏衍端架子，终于也轮到她了，苏南握着杯子摇晃红酒，专门说给董丽娜听："那就让他追追看吧。"

苏南心里这口恶气还没出，还有人给她递话："我们还都以为夏衍出了国，董丽娜费劲吧啦地追出去，得有点什么事呢。"

苏南微微笑道："这个我不知道，他说从来也没见过。"

孙佳佳端着烧烤盘子进来了，递给苏南一盘烤鸡翅和烤蔬菜："吃不吃？"

苏南为了晚上这一顿又是一天没吃饭，靠蔬菜汁撑着，孙佳佳知道她回去就要拍片："我少油少盐了。"

苏南接过盘子，指一指麻将桌，冲她笑得暧昧："你不过去看看吗？"

陆豫章这个大傻子，进门就没找过孙佳佳，孙佳佳回了苏南一个笑，端着手里另一个盘子，正准备要给他们送过去。

她特意站到陆豫章对面："大家吃点东西吧。"

陆豫章手里摸着牌，一抬头看见孙佳佳，张大了嘴半天合不上，他见过她穿校服的样子、穿工作服的样子，还没见过她穿得这么温婉，在灯光下笑得这么动人。

几个男同学比陆豫章反应快，伸手接过盘子，目光在孙佳佳和陆豫章的脸上扫来扫去："我听说你没毕业就跟'章鱼'创业去了，你们俩……怎么着啊？"

孙佳佳是上过生意场的，更过分的话都听过，这点调侃算什么。她笑眯眯地把手搭在那个男同学的肩上，拍他一下："我们是纯洁高尚的革命感情。"

除了连衣裙，苏南还替孙佳佳配了一条玫瑰金细链，说她颈项纤细，皮肤又白，这一点点细链流动的金光，会给她添十二分的温柔。

陆豫章看习惯了不觉得孙佳佳变化大，还当她是学校里那样，这些同学却大吃一惊，有个上学时候就跟陆豫章臭味相投的问他："她还是单身吧？"

陆豫章瞪着人："怎么着？"

"又不挖你的革命队友转换阵营，你那感情升华不了，我这儿纯洁的同学情还能升华升华嘛。"

陆豫章立刻认真，开启了相亲模式，伸出手指头比画："我们老孙一个月工资这个数，不算奖金补贴，年终我再给她发这个数，你一个月赚多少？”

男同学立刻哑了火。

苏南冲孙佳佳点点头，陆豫章死鸭子嘴硬，就看受不受得了这些刺激，接下来孙佳佳就要减少加班，出去相亲。

这边大家八卦的热情还没过，从苏南和夏衍就说到了当年班里毕业后的另外几对，宋晓菁和吴越是当时大家最看好的一对，两人算是细水长流，水到渠成。后来他们还考上了同一所大学，在大学里继续爱情故事，可没想到眼看就要开花结果了，反而分了手。

七年感情抵不过三个月的新鲜感，最后还是吴越出了轨……

苏南不愿听这些，便到露台去拿了一杯果汁，夏衍跟在她后面出来，两人同在一个场合，目光不牵绊，情绪也在牵绊。

夏衍看她的盘子已经空了，问她：“还要吃点什么？烤鸡皮、鸡心、韭菜？”

这都是苏南喜欢吃的，以前晚自习的时候他们会偷偷翻墙出去吃烧烤，夏衍先翻过去，然后他会张开手，让苏南跳进他怀里。

不等苏南回答，他已经挽起袖子挑出鸡心、鸡皮，刷上油翻烤起来，空气里满是五香粉和孜然的味道，油脂滴进炭里，发出"噼啪"轻响。苏南看他修长的手指翻弄烤串，突然想笑。

这么接二连三的接触，她已经没办法冷脸对他了。

苏南喝了酒，有三分醉态，她抬眸看了夏衍一眼。这一眼让他上前一步，伸手搂住她的腰。

乌沉沉的双眸中情潮涌动，一时潮来一时又潮退，苏南心口不住抽动，她分明是还没有醉的，但她伸出双臂，钩住了夏衍的脖子，踮脚含住他的嘴唇。

夏衍抽了一口气，一直在体内蛰伏没有得到释放的欲望探头冒出来，他的声音瞬间哑了，唇畔贴着苏南的耳畔："是想要抱抱，还是……想要？"

他知道她没有醉，是需要一点温存。

苏南被看穿了，她面颊发热，觉得恼火，重逢相遇的时候他没有这么绅士，偏偏现在要问得这么明白。于是，她发起了脾气，两只手使力要推开他，在他怀里扭动，气哼哼地想走。

夏衍懂得她的意思了，他似乎是笑了一声，把她抱得更紧，扣住她的脑袋倾身吻她，先是舌尖磨着舌尖，给了她一个温情的吻。

夏衍停下猛地吸了一口气，额头抵住额头，看着苏南："回去，还是在这里？"

苏南不想等待了，她渴望更多的拥抱，胡乱点头，不知道自己答应了什么，渴望又说不出口。

夏衍立即推开最近的房门，把苏南带进去，关门上锁，两人靠在门上相互吸吮，让苏南想起他们躲在体育楼里的那些时光。

偶尔也会有同学们抬着球筐经过窗台，外面的人在大声说笑，而他俩躲在屋里，在别人看不见的地方说着悄悄话。

有人三三两两经过门边，熟悉的陌生的声音在交谈，每经过一个人都让他们更火热，薄薄的门板还被人推了推，发现这间上了锁，外面的人笑了起来。

苏南舒展着身体躺在床上，她知道夏衍会照顾好她，就像刚刚的吻那样，总是先等她习惯了，再开始激烈。

相逢的第一夜，他明明那么亢奋，她还是被保护得很好，没有受伤，全程都是愉悦的体验。

苏南丝毫没有招架之力，他们用最传统的方式，律动了一个晚上，迷迷糊糊的时候苏南还在想，他究竟把小红盒子藏在什么地方，这东西怎么越变越多。

夏衍越释放就越精神，汗珠顺着鼻尖滑落，他吻湿了苏南的额角："下次我们试试新的，再薄一点。"

苏南"唔唔"两声，她还陷在余韵里，面颊酡红，唇畔漏出轻浅呼吸，整个人贴在他怀里，夏衍握着她的手抚摸自己。

苏南是在温暖的怀抱中醒来的，她还记得自己被抱得多么紧，难受伤心害怕无处可栖，可当她醒了，又迷茫了，她自己都说不明白是不是原谅夏衍了。

他躺在她身边熟睡，这么睡着的时候，还能看出些年少时的影子，薄唇眼尾都暗藏锋利，可苏南知道他看向她的时候是什么样子的，吻她的时候又是什么样子的。

她悄悄地套上衣服，想从这里溜出去，开门下楼，屋外的车走了一大半，只余下零星几辆。沙发上倒着几个人，都是昨天喝大了，房间又全被占了，只能睡在这里。

苏南用围巾裹着头，碰到了孙佳佳。

孙佳佳上下扫她一眼，笑了一声："睡完了想跑？"

她全身上下都收拾得很好，可苏南还是从孙佳佳眼底看见了一点别样风情，苏南指着孙佳佳，难道她首战告捷，昨天晚上就把陆豫章拿下了？

孙佳佳没想到被苏南一眼看破，有点羞赧，对苏南招招手："走不走？"

孙佳佳是开车来的，要走当然是跟着她走更方便，苏南跳上了车，两个无胆"匪类"一起逃跑，苏南克制不住好奇心："你们昨天……是酒后？"

当然是酒后，推给酒精万事大吉，孙佳佳请教苏南："我一时没把持住，现在该怎么办？"

苏南这个狗头军师再次上线，她想了一会儿："要不然，你也给他发个红包？"

苏南这神来一笔让孙佳佳笑得靠在车座上："也？你给夏衍发过红包？"

孙佳佳想笑，又要克制身体的抖动，昨天晚上的事，认真来说是她把陆豫章给睡了。

苏南看她这样笑，猜测是昨天晚上她和陆豫章太激烈，以过来人的口吻劝她说："你这两天，最好克制一下，先停一停。"

两人就住对门，又刚刚突破界限，从纯洁高尚的革命感情，升华成了男女关系，说不定就天天烈火烧干柴，以孙佳佳现在的身体状态，最好先休息两天。

孙佳佳明白她的意思，脸上的红晕还没消退又升起来。苏南十分好奇："我还以为陆豫章是个老司机呢？"

孙佳佳握着方向盘："他？他可能以为我有经验。"

等他醒来看到床单的痕迹，不知道会有什么反应，孙佳佳表面看着再理智，心里还是紧张的，她不知道要怎么面对陆豫章，又好奇他的反应。

苏南"啧啧"两声，这下陆豫章更不知道怎么办好了，其实她也不知道怎么办才好，她贪恋夏衍的怀抱，他紧紧拥抱她的时候，她确实是动摇的。

苏南捉摸不透自己，不知是不是该顺势原谅他，可她又很明确，心里的那道坎还横在那儿，她耿耿于怀，绝不能忘。

孙佳佳发微信给陆豫章请假【身体不适，请假一天。】

为什么不适，让他自己去想，接着她采纳了苏南的建议，要撩拨

就撩拨到底，就不信他不跳脚。

她点开微信发送红包的界面："发多少？两百元？"

苏南冲她摇头："这种服务，要打个对折，给他一百元。"

于是，孙佳佳给陆豫章发了一百块钱红包。

陆豫章收到了孙佳佳要请假的消息，红着眼盯着那"身体不适"四个字的时候，又收到了一百块钱红包。

陆豫章掀开被子跳起来，白色床单上那触目惊心的一点红，让他一下子腿软，想把头埋在被子里，恨不得把自己闷死。

他睡了老孙，不对，老孙把他给睡了，老孙还是个……这是造了什么孽。

夏衍醒过来没看见苏南，知道她又脚底抹油溜走了。他打开手机一看，这回很好，连红包都没了，于是他给苏南发消息。

【扣除两百，剩余四次上门服务。】

那天的一千块转账，就当是预付款，两百块一夜，一千块可以换五夜。

打开门就看见对面房间里陆豫章正在掀着头发来回踱步，夏衍叫他一声，他脸色煞白，扑过来就想抱着老铁痛哭一场："我完了完了完了……"

他被夏衍无情推开："你……睡了谁？"

陆豫章满腔委屈无处诉说，他明明是被睡的那一个，不仅被睡了，还收到一个红包，耕耘一夜，就这么一百块钱，搬砖都比他挣得多！

陆豫章大彻大悟，他看着老夏，拍了拍老夏的肩膀，用充满同情和欣慰的口吻问："苏南也给你发红包了？"

夏衍很镇定："嗯，一千块。"

陆豫章被一千这个数字给打击了，凭什么老夏就有一千块，他只有一百块？可他不敢质问孙佳佳，连回消息都不敢。

夏衍心情大好地开导陆豫章："你准备怎么办？"

陆豫章抹了一把脸，他要是没感觉，那也成不了："你说……她是不是一时冲动？"万一她要只是生理欲望呢？万一她睡完了翻脸不认呢？

"你戴套了没有？"夏衍递给陆豫章一支烟。

陆豫章脸色更差，套还是她准备的，好像有备而来，专门准备睡他："我现在怎么办？"他一直拿老孙当哥们，可她竟然睡了他。

"男人点。"夏衍扣上西服扣子，手机在口袋里一振，苏南这回没把他拉黑，还回复了他的消息，夏衍把她那声【呸】当作撒娇，立即问孙佳佳两人在哪儿。

"要么说清楚，要么负责任。"夏衍收到线报，打开手机预订航班。

陆豫章挠青了头皮，他能想到男人点的办法，就是逃跑，跑出去三五个月，不行就三五个星期，避一避风头。

"孙佳佳可不会一直这么等你。"

陆豫章一直没有回复，孙佳佳的脸色越来越差，苏南看法却不同："他要是真能当这件事没发生，对他一点影响都没有，他就不会缩脖子装孙子了。"

狗头军师苏南分析得头头是道："他躲你越久，说明他越在乎，他越是在乎，你就越要假装不在意，这一招叫以退为进。"

苏南掰着手指头数："以我的估计呢，他大概也就躲你一个星期。"

陆豫章这种皮货，牵着不走打着倒退，不如孙佳佳先甩开手。这么多年他们一直在一起，一旦发现孙佳佳走远了，陆豫章还不跟只哈巴狗似的跟在她屁股后面。

孙佳佳给苏南这个"哈巴狗"的形容词点了个赞，她靠边停车买了杯咖啡，给苏南要了一杯橙汁。她越是接触苏南，越不明白苏南的感情观："怎么你对别人的感情就这么乐观？"

从头到尾苏南都觉得她能拿下陆豫章。

苏南卡住了，她确实只对自己的感情没有信心。就像圣诞节那天晚上，她一看见闺密苗苗的新邻居新老板，就知道这人比苗苗的邻家哥哥要可靠，会对苗苗很好。

车里有片刻静默，孙佳佳的手机响了，她举起一看，是夏衍的消息，问她苏南在哪儿。孙佳佳对苏南扬一扬手机，问她："要不要告诉他？"

苏南沉默，一时拿不定主意，她喜欢这种追逐，又不知道该不该被追上。那些亲吻和拥抱，是只有情人间才会有的爱和欲。

她迟疑不说话，孙佳佳已经明白苏南的意思，低头含笑，把苏南的航班和座位号发到了夏衍的手机上。

"你后悔吗？"苏南确实对孙佳佳有信心，但在爱情里，患得患失是正常的，万一最后他们没有在一起呢？

"你后悔吗？"孙佳佳巧妙反问，她确实无法体会苏南心目中的爱，如果陆豫章肯像夏衍这样，她会一头扎进去。

作为感情中付出更多的那一方，孙佳佳自觉有些发言权："我不后悔，但如果不是昨天晚上，我已经打算这次不成就放弃了。"

苏南的长睫毛微微掩着乌漆眼珠，迷雾蒙蒙的双眼看向孙佳佳，好像知道她在说什么，又好像根本听不懂。

生得好看的人真是占尽便宜，孙佳佳被苏南看这一眼，恨不得事事顺了苏南的心愿，但她还是说道："别过分消磨感情。"

苏南一时沉默，嘴唇微微抿起，仿佛有许多话要对人倾诉，既脆弱又倔强："他要是真走了，那就不是真的爱我。"

每个人的爱情都是谜题，谜面千变万化，谜底绝无标准。

孙佳佳送苏南到了安检口，伸手和她再见："与君共勉。"

北京机场的安检十分严格，苏南的东西不多，到得又早，很快进了机场。在登机口附近找了一间咖啡厅，坐下来喝个咖啡的工夫，便有人上前搭讪："请问这里有人吗？"

咖啡座一半是空的，却专门来跟她拼桌，苏南早已经习惯了这种事，她打发这些很有一套，连眼睛都没抬起来，直接回绝："对不起，这座位有人了。"

夏衍应声而来，当着那人面坐在苏南对面，递给她一瓶橙汁："你什么都没吃，别光喝咖啡，对胃不好。"

明明昨天晚上大半夜都没睡觉，可他依旧一身清爽，苏南知道他要来，心里有微妙的满意，她接过橙汁喝了一口，那个搭讪的人识趣离开。

"你知道像这样搭讪的人，我一年能遇到多少个吗？"苏南开始了，她准备开始要说刺激他的话，以表明自己还没有原谅他，还没有认输。

"我相信有很多。"夏衍把她的那杯咖啡拿过来，狠灌一口提神。他确实得今天回上海，下午有个商务会议，从包里拿出笔记本，他要先看一下对方送来的策划书。

苏南一拳打在了棉花上，气得拿起橙汁要走，夏衍一只手开电脑，另一只手按住她，又用那乌沉沉的眼睛看她："乖点，上了飞机再说。"

苏南沉着脸，登机之后她才知道为什么夏衍会说上了飞机再谈，他替她升了舱，两人的座位挨在一起。

苏南坐在靠窗的位置，他们最先上飞机，夏衍一坐下就打开电脑，抓紧时间打电话。苏南听他用公事化的语气发号施令，既新奇又有些不习惯。

她不懂商务上的事，只听孙佳佳说到过一些，知道金策是个投资公司，陆豫章的项目能做起来，就是靠着金策的A轮资金。

苏南给老苏打电话，告诉他，她要回上海了。

这两天她每天都会和老苏通话，一两分钟的通话时间里，她说的话都是一样的，问老苏今天怎么样，补品有没有吃，叮嘱他要好好戒烟，等过段时间再回北京，陪他去检查身体。

老苏总是等不及地马上抢过话，让她去上海好好工作，不要担心家里，三餐按时吃，每天夜里按时睡，跟夏衍有什么事别任性，夏衍是个难得的好对象。

老苏这么一病，父女俩的关系比原来缓和了，苏南好像找到了关心爸爸的途径，她还加上了小北的微信。

夏衍说送小北乐高死星，小北就每天都拼命学习想要获得奖品。

他第一次联系苏南，就很有信心地告诉苏南【姐姐，我肯定考得好。】

苏南心软了，小北是她看着出生的，宋阿姨和爸爸两个人忙工作的时候，苏南也看过小北，老苏再不肯让女儿帮忙，也实在有没办法的时候。

小北还小的时候跟苏南是很亲近的，他有一个这么漂亮的姐姐，从幼儿园的时候开始就有小朋友羡慕他。

可他越是长大，越是知道爸爸最爱的是姐姐，也知道他和姐姐不是同一个妈，姐姐叫妈妈是叫阿姨的。

苏南悄悄订购了乐高，第二天就送到家里，宋淑惠没办法把这么大的盒子藏起来，小北一放学就高兴疯了，但宋淑惠坚持他必须考出好成绩才能拆玩具玩。老苏很高兴，他乐于看见儿子和女儿亲近。

苏南拨通了老苏的电话，听见一阵风声，老苏有些喘："我和你宋阿姨出来走走，呼吸新鲜空气。"

听得出来，老苏的心情很好，苏南嘱咐他几句，夏衍不知何时打完了电话，一只手钩住苏南的肩膀，另一只手从她手里取过手机："叔叔不要担心，我会照顾好南南的，今年和南南一起回来过年。"

苏南用手肘撞他，老苏碰到夏衍总要多说两句，直到飞机要关舱门，夏衍才挂了电话，他问苏南："过年的时候，我们请一家人去海南好不好？"

苏南不喜欢宋家和苏家的亲戚，有一个最好的解决办法，就是带着全家去旅行过年，挑一个温暖的地方，泡泡海水，玩玩沙，好好休闲一下。

苏南已经四五年没回北京过年了，亲妈那边的亲戚也多少年都不走动，宋阿姨的家人都在北京，他们一大家子人热热闹闹看春晚守岁吃饺子，她插进去连站脚的地方都没有。

今年过年肯定是要回去的，可苏南又不想面对那些亲戚，出去旅行是个好办法，老苏这么多年都没有出门旅行过。

老苏突然生病，让苏南觉得一味躲避不是办法，为了老苏，她可以忍受那些不愉快，她瞥了夏衍一眼，既不拒绝，也不答应。

她从包里掏出化妆镜，把头发梳起来扎成一个丸子，抽出卸妆巾仔细卸妆，再拍上爽肤水，贴上一张保湿面膜。

这两天分明吃得很油腻，但"运动量"大，没去健身房都能感觉得出腰细了，连皮肤都变好了。

夏衍盯着她看，苏南有点羞，不想让他看自己卸妆的样子，她伸手挡住夏衍的眼睛，被夏衍握住手。空姐送饮料时，他正在低笑："你什么样子是我没见过的？"

苏南贴了蚕丝面膜，只露出一双眼睛，光看眼睛就知道是个美人，空姐难得看见这么出色的一对恋人，忍着笑意问："请问喝些什么？"

苏南微微脸红，要了杯水，她拉紧面膜，让蚕丝裹住皮肤每一处，撸起袖子把精华抹在胳膊和脖子上，瓮声瓮气地替孙佳佳刺探军情："陆豫章准备怎么办？"

她迷迷糊糊地说话，语调往上卷，像小刷子似的勾动人心，夏衍立马卖了老铁："他要跑出去几天，避避风头。"

苏南哼一声："胆小鬼。"

夏衍握过她的手，涂了精华的手掌滑腻腻的，指甲修得圆润，涂了蜜桃色的指甲油，昨天就是这双手在他身上勾雷动火。

他们缠绵，身体是诚实的，感情却不坦诚，夏衍问她："你想好了吗？是接受我呢，还是让我继续追求你？"

苏南的长睫毛又一次遮住了眼珠，夏衍笑了，语气满是纵容："我知道了，你想我继续追求你，那么需要上门服务的时候，不用客气。"

还是刚刚那位空姐过来送点心，她听见这句话，脑补出整个故事，看苏南的眼神都冒着粉红小星星。

苏南闭上眼,没一会儿就昏昏欲睡,昨天晚上明明是两个人一起运动,怎么夏衍就生龙活虎,她却这么累。

苏南一闭上眼,就又梦见了那个夏天,夏衍最辉煌,而她最灰暗的那个夏天。

夏衍第一年参加数学竞赛没能进六人组,第二年杀了进去,那一年中国队夺得了冠军,然后他就收到了各大名校的橄榄枝。

夏衍没有选择国内的学校,他选择去美国。

苏南把自己关在小屋里,压抑着不能哭出声,不能被老苏听见。老房子的结构拉开窗帘就能看见夏衍的房间,他的房间亮着灯,苏南的房间里却是一片黑暗。

他已经决定要出国了,这是他的机会,他没有靠父母,靠自己得到了名校青睐,而他很快就选定了方向,他不走科研方向,要读金融。

梦里的苏南还是撕心裂肺地痛苦,她忍着不哀求,可梦里的自己是诚实的,几次想要冲出屋门去,去敲夏衍的窗户,问他能不能不走。

苏南知道自己在做梦,她像旁观者那样站在院子的角落里,看见夏衍在窗边台灯下填出国资料。

梦中场景转换,夏衍去老师办公室交材料,外面艳阳高照,北京的天没有这么蓝过,蓝得好像风铃草。

苏南在楼道台阶下来来回回,等夏衍出来,想最后问问他是不是一定要走?经过的人们窃窃私语,好像人人都知道苏南被抛弃,董丽娜大摇大摆地经过她身边,对她说:"我会跟他一起出国。"

这是假的,是梦境捏造的,苏南心里知道,却忍不住愤怒。她的怒火还没发泄,夏衍穿着白衬衫运动裤从楼上下来,她几乎就要冲上去了。

就在这时被夏衍拍醒,苏南磨牙了。

苏南掀掉眼罩,眼睛里含着泪花,她气冲冲地盯着夏衍,打了他一下:"王八蛋!"

飞机快要到达目的地,空姐过来收杯子,她震惊了,刚刚两人还像情侣,却突生变故,两个小时的航班她见证了一场爱恨情仇。

飞机落了地,苏南自己打车回了住处,她还没从悲伤里缓过来,决定绝不接受夏衍的追求,管他去死。

一点点心软,都是对十八岁自己的背叛,苏南点开微信,把夏衍再一次拉黑了。

苏南一落地就在和沈星、苗苗的三人微信群里发消息："亲爱的们，我回来啦。"

沈星发了一个呕吐的表情包，她不喜欢被苏南称为亲爱的，苗苗发了三只小猫咪紧紧抱在一起的图，问苏南【晚上一起吃饭吗？】

【我的苗苗小可爱，我晚上要拍片，明天一起吃饭。】

沈星日常不冒头，苏南一回家就看见沈星又趴在沙发上，屋里还算干净，她急急忙忙换衣服打车到拍摄地去。

沈星抬起脑袋打了个哈欠，像一只慢慢腾腾的乌龟："你拍到几点？要不要小爷去接你？"

这种拍摄很不好说，以苏南的经验来说时间不会短，人越多拍摄起来越困难，她带了一个大包，塞满了化妆品，又往里面塞了两双高跟鞋，一双素色，一双缎面带水钻。

急匆匆出门，赶到拍摄地的时候，人差不多到齐了，准备好的旗袍已经挑得差不多了，余下一件绿色嵌着黑边的，苏南拿在手里一看，料子是绿色透纱的，这种颜色的料子除非皮肤雪白，轮廓突出，身上没有一丝缺陷才能穿得好看。

苏南无所畏惧，换上了这件别人挑剩下的，化妆师给她烫了个三十年代的贴额卷发，化上大红唇，化妆师小姑娘对着她看了又看："车墩那儿有部年代剧在拍，我去跟妆，你想不想去串串场？"

苏南有些犹豫，她账面上没钱了，沈星给的那一万块钱大部分给小北买了乐高死星，这个月扣掉信用卡和房贷，她卡里所剩无几，还有一个月就要过年，她想带老苏去旅行，近一点的也要去海南岛。

"什么角色？"苏南感觉到余下三个模特都看了过来，化妆师轻声说："我待会儿偷偷给你拍几张照，给选角导演看看，要是能选上，大概是这个数吧。"

她悄悄伸出一只手掌，比苏南拍杂志赚的钱多，美妆节目不能上了，苏南失掉了固定收入的大头，眼前放着机会，不能放弃，苏南加了化妆师的微信："谢谢你了。"

化妆师替她整理衣服："你这么好看，怎么不去拍电视剧呢？"

为什么不？当然是因为老苏不允许，他怕苏南走她妈妈那条路。

苏南是最后一个化妆的，她到得最晚，一共三个化妆师，看上去有经验的老手都被挑走了，轮到她就是这个跟妆的小姑娘，年纪轻轻，长得又软又嫩，像是在校大学生出来打工赚钱的。

前面三个模特都没挑她，没想到这个小姑娘的手艺最好，像这种带有年代感的浓妆，一不小心就会显得妆面脏脏的，可她完全体现出了苏南的轮廓优势，还给苏南提供了一个捞外快的机会。

苏南本来就容貌出众，裹着绿纱旗袍化了浓妆出来，乌浓浓的头发贴额盘起，胸腰腿紧紧撑住旗袍，肌肤白腻，云发丰艳，是该出现在月份广告牌子上的美女。

几个旗袍女郎从化妆室走出来，摄影师看到苏南的第一眼，就把她安排在了最显眼的位置，预备给她一个正面。

这是四个旗袍美人打麻将的场景，借了一间老公馆实景拍摄，苏南趁着摄影师在拍别人，靠在彩色玻璃窗边，让化妆师小姑娘替她拍了几张照片。

布景打光需要一些时间，每个人还有单人照，最后才是合照搓麻将，苏南和小姑娘两个人坐在道具亮皮长沙发上等候，苏南这才知道为什么大家都不选这件绿旗袍了。

原来是因为这张道具沙发是绿皮的，仿老式的那种绿皮，本来就是墨绿色，再穿一身绿坐在上面，立马融入背景，显得不出挑了。

化妆师小姑娘把苏南看了又看，笃定道："你坐这上面都不吃亏。"

同人不同命，就算把苏南裱到墙上，她也依旧最吸睛。

苏南笑起来，她耳朵上挂着造型夸张的水钻耳环，一笑一动就有光晕摇曳，苏南摸出自拍神器，飞快给自己拍了几张照片。

化妆师小姑娘也有微博，她问苏南："我能不能把这个放到我的微博上？"

苏南点头答应，她的脸就是画布，是化妆师的作品，当然可以放上微博，小姑娘笑得很稚气："说不定我还能接到复古妆面的活儿。"

化妆师小姑娘的微博名叫"一颗圆溜溜的栗子妹"，发了苏南倚在彩色花窗玻璃边的照片，写着【今天跟妆，跟到一位美人小姐姐。】

苏南关注了她，随手转发这条微博。

她的气质在日系杂志中并不是最讨喜的，只是身材比例好，又能够驾驭轻熟系风格，反而是这种浓艳的复古妆，把她的气质完全渲染出来，这条微博的点赞和转发都比过去要多。

很快就到了正式拍摄时间，四个模特坐到麻将桌前，手腕上套上镯子，手指上戴上假钻戒，摸一副象牙麻将牌，假装在打麻将。

摄影师取了好几个角度，让她们不要特意看镜头，就当是真的在打麻将，要笑要嗔，要假装彼此之间在交流。

苏南没拍过这种场景照，她一般都是表现妆容和服饰，这回让她表现自己，她反而更拿手了。

几个场景拍完，摄影师助理上前问她："你有没有兴趣拍珠宝杂志？"

她的气质适合戴那些夸张的造型和大颗粒切割的珠宝，妖而不冶，媚而不俗，眼睛里又流露出一点纯真。

摄影师看了几张照片，就挑中了苏南，问助理说："你看她是不是有点柏雪的意思？"

摄影师看出来了，《红楼金粉》的选角导演也看出来了，化妆师唐栗才刚把照片发过去，选角导演立刻要苏南的素颜照，基本决定用她，还说既然是唐栗推荐的，就给她安排个重要点的角色。

那张照片花团锦簇，苏南身后的浓墨重彩也没有把她的艳色压淡一点，就算把她放在斑斓的场景里，她也能压得住场子。

唐栗跑过来问苏南要联系方式，又问她有没有过表演经验，只是惯例一问，基本请过去就是在年代剧里当个花瓶摆设的。

苏南这么多年在街上不知遇到过多少次星探，当年当模特拍照片也是被挖掘的，她把联系方式和简单的个人简历发给了唐栗，一个工作接着一个工作，感觉很充实。

苏南最后一个拍单人照，躺在那张道具长沙发上，打上光之后这件旗袍显些翠绿色，细纱裹着雪白胴体，反而有种不一样的味道。

摄影师似乎对苏南有了点别的意思，别人拍起来半个小时搞定，轮到苏南拍了又拍，还不断上前来给她变换姿势，借着摆姿势摸手摸脸，又让化妆师不断给她补妆。

苏南来的时候已经做好了准备工作，皮肤吃饱了水分精华，吸粉吸得很服帖，除了 T 区微微出油之外，妆都没有花。

唐栗趁着补妆提醒苏南："摄影师是不是有点别的意思？我等你拍完吧。"这么漂亮的小姐姐，不能白白被人吃豆腐。

话还没说完，几个摄影师已经在相约拍完之后去吃烧烤了，连带没走的模特，一共七八人的局。

苏南不想放弃工作机会，如果能得到这本珠宝杂志的拍摄机会当然很好，但如果非得付出些别的，她不愿意。

苏南不是第一次遭遇这事，皓腕贴在腿上，摆着姿势微微动唇，对唐栗眨眨眼："不要紧，我叫我朋友来接我了。"

唐栗被这个眨眼秒到，这么漂亮的小姐姐，弯了弯了。

说曹操曹操就到，朋友沈星一身皮衣皮裤出现，男仔头染成银灰色，脖子上还戴了一条铆钉颈链，打扮得像个日本乐团主唱。

苏南躺在长沙发上勾唇微微笑，对摄影师说："不好意思啊，我女朋友来接我了。"

这话一出口，屋里十来个人都盯着她看，苏南飞了个媚眼给沈星，红唇微启："亲爱的，等我一下。"

苏南很快拍完，换完衣服出来，摄影助理给了她一张名片，拉了一个工作群组，说再有拍摄工作，会联系她。苏南走的时候，伸手把栗子妹也给带出来了。

怕她年纪小刚出社会被人骗，吃吃烧烤喝喝酒，谁知道会出什么事。

唐栗正觉大开眼界，沈星就松开了苏南的腰："下回我可要按钟点收你保护费。"每回都要说，从来没有真的收过。

唐栗递上崇拜的小眼神儿，跟苏南挥手："我们片场见。"

沈星是开车来的，开着苏南代步用的那辆小Polo，苏南把大包小包的东西塞进后备厢，在后座躺倒，地方太小，她伸不开腿，于是随口许愿："等我赚钱了，一定要换辆车！"

沈星负责开车，"啧"一声："你先把房贷车贷还完再说吧。"

苗苗有奶奶留给她的石库门老房子，沈星四海漂泊，所有的东西打包只有一只箱子，苏南明明美得不像个正经持家过日子的姑娘，却是三个人里最有计划最有打算的。

回去路上已是万家灯火，苗苗准备了日式火锅等她们一起吃，三个女孩挤在小阁楼里，矮矮一张桌上，一半是素菜一半是荤菜。

苗苗吃豆腐汤涮素菜，沈星点了烧烤外卖，啃着烤鱿鱼、烤鸡心，苏南挑锅里的牛肉，跟沈星打招呼："你那个钱，等我这笔进账了就还。"

沈星往锅里下乌冬面，"呼噜呼噜"吃个饱，哪里还有刚刚小姐姐的酷样："我还吃你的住你的呢，算个啥。"

孙佳佳在这时候发消息过来【如你所料，他跑了。】

苏南一边吃肉，一边打电话给孙佳佳。

陆豫章请了一个星期的假，用邮件通知了全公司的员工，孙佳佳在他抄送的那一栏里，还是最后一个。

 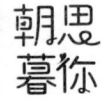

公司才刚刚融到第一轮资金，正在跟金策谈股份占比，老板这时候跑了，小员工满脸懵逼，都跑来问孙佳佳："孙姐，不会出什么事吧？"

孙佳佳笑眯眯地告诉大家："他是去痔疮开刀了，不好意思告诉大家，大家不要担心，我会代表大家送果篮去的。"

老板确实很要面子，孙佳佳一句话就稳定了军心，大家纷纷表示绝不拆老板的台，就当不知道老板去割痔疮。

苏南笑翻在桌边，接着孙佳佳问她："你是不是又把夏衍给拉黑了，怎么着，又纠结了？"她又问，"他问我要你的地址，给他吗？"

苏南依旧不吭声，孙佳佳却感觉到她这回不吭声是不愿意，便不再劝了。

孙佳佳把自己的想法告诉夏衍，夏衍回复她"谢谢"两个字，又问她能不能看到苏南的朋友圈【我想知道她今天过得怎么样。】

苏南是个朋友圈狂魔，一点点小事都要发朋友圈发微博，朋友圈里发张照片，瞬间就有百来个点赞。

就算孙佳佳不说，别人也会说，她点开苏南的朋友圈，最新一张照片中苏南穿着绿纱旗袍，躺在长沙发上。

这张照片是苏南从摄影师电脑里翻拍下来的，还没修图，她当然选了最美的一张，一记飞眼柔情似水。

孙佳佳点开转发给夏衍，也不知道夏衍看了这张照片还睡不睡得着觉，她问夏衍【你就没有担心过吗？苏南和她前男友是差点要结婚的。】

夏衍半天都没有反馈，孙佳佳挑挑眉毛，戳完刀就把消息界面关了。真的想要追，他自己会想办法去打听苏南在做什么。

苏南挂了孙佳佳的电话，又拿起筷子吃起来，一边吃一边继续宣布好消息："你们马上就要在电视上看见我啦。"

苗苗皱皱眉头："你以前不是不肯拍这些的吗？"

苏南为什么不肯跟影视圈搭上关系，沈星和苗苗都不知道原因，只知道她父母早年离异，妈妈出了国，没再回来过。

苏南想多赚点钱，万一老苏的病有什么变化，她得当爸爸的靠山，她甩甩筷子说："有钱不赚是傻子。"

苗苗的性格最包容温和，听见苏南改变主意，就替她打气："到时候我给你剪视频。"

沈星嚼着鸡肝浇冷水："说不定出场一分钟就挂了。"

苏南踹她一脚："挂了好啊，我听唐栗说了，要是演的角色挂了，还能再拿个红包。"

火锅吃到最后，连汤底都没留下，苏南和苗苗都控制饮食，只有沈星一个人吃到底，最后那点汤底精华被她拌了白饭。

苏南啧啧："你看你这个叫花子吃相。"嘴上损她，又把自己碗里的肉拨到她碗里去，沈星刚从撒哈拉回来，一路跟着车队拍照，人本来就瘦，这次回来都瘦成人干了，当然要多吃点补一补。

沈星酒足饭饱，喊了个代驾送她们回去。苏南半醉，沈星还很清醒，她把苏南塞进后车厢，自己坐在前面，路上跟苏南说："你要缺钱就开口，反正我只用养活我自己。"

沈星哪有多少余钱，她拍照赚的那点钱，要么买了镜头，要么付了旅费，马上还要去拍极光。追极光不知道要砸多少钱进去，苏南怎么也不会跟她开口。

她在车上就已经半梦半醒了，强撑着卸了妆，倒头就睡，又做起了那天在飞机上的那个梦。

这回场景转换，院子里灯光昏暗，夏家和孙家都没人，夏家应该是去庆祝夏衍要去美国了。孙家摆了谢师宴，只有苏南，漫无目的地在校园里逛了一圈又一圈，无处可去，还是回家。

苏家的灯昏黄，映出幢幢人影，刚刚下过一场雨，温度骤降，这个夏天难得有些凉意，风吹着院子里的梧桐叶，窸窸窣窣响个不停。

胡同里原来常有人调侃，说老苏种了梧桐树，所以引来了金凤凰，金凤凰下了个蛋，孵出一只小凤凰，又飞走了。

苏南浑浑噩噩走到家门边，薄薄的门板挡不住声音，她听见宋阿姨和老苏在争吵，苏南站在门口没有进去。

难得竟是宋淑惠的声音比老苏要响，老苏头一回在第二任妻子面前哑了火，他在辩解什么，苏南隐隐约约听见"大学""去上海""太贵"这些字眼。

风越来越热，雨后鸣蝉声越来越响，苏南耳朵里灌满了蝉声，只听见宋淑惠尖叫了一声什么，跟着一声脆响，屋里死一样寂静。

苏南全身血液都在血管里冻住，眼泪涌出眼眶时还是热的，落到面颊已经冰冷，她缩身在门边，害怕被发现，又害怕没人发现。

她跑出去，蹲在大门口的台阶上，胡同里家家门口都亮着灯，左右两条路空荡荡的，苏南蹲在那儿，等啊等，想等夏衍回来，可夏衍没有回来。

苏南睁开眼，从噩梦中醒过来。

这个就是她心里填不满的窟窿，她说不出口的话。

天阴阴的，看上去要下雨，冬天的雨凉透人心，苏南一看手机才五点多，反正也睡不着了，干脆就爬起来，收拾收拾东西，化了个淡妆，开车去影视城。二月就要到了，还款日期再次逼近。

《红楼金粉》是部谍战剧，主角是十里洋场的公子哥儿，前期拍的是三十年代上海滩的纸醉金迷，然后红楼成空金粉一梦，主角奔着更高的理想投入了革命，用花花公子的外表来掩饰他地下党的身份。

苏南只是来客串，跑个高级点的龙套，角色本来应该是仙乐斯的舞女，穿上旗袍带着全妆，在场子里晃来晃去。

选角导演一眼看中她身上那点和柏雪相似的气质，给她分了一个更好的角色，让她演仙乐斯的当红歌星，站在台中间扭着身子假唱两句，后面一圈露大腿的伴舞。

这个角色不用跟男群演抱在一起跳舞，价钱还能再涨两千。

头一次客串就能接到这么好的角色，真是吉星高照，唐栗在片场等她，带她去化妆，看着她的时候眼睛闪闪发光，问她："你带吃的喝的了吗？"

这是一场群戏，主演有大段的台词动作，所有的群演都要站位。苏南好些，她是站中间舞台的，只要悄悄做个记号，她还能下来休息休息，露脸的那些群演才是真的要站位，动都不能动。

这场戏很可能要从早上拍到晚上，站上一天，现在是冬天，男人穿西装还暖和点，女的都穿旗袍露大腿，屋里几台暖风机分给导演主演，群众演员们只好靠贴暖宝宝取暖了。

苏南没准备，她以为自己是来试镜的，没想到马上就上戏了："没有，这附近有卖的吗？"

唐栗虽然脸嫩，但在剧组跟妆已经是老手了，她笑嘻嘻地摇了摇她的包："我带了，我还带了个保温壶。"

化妆间很简陋，比模特拍杂志的摄影棚化妆室差多了，可这一天收入高，苏南换上旗袍已经冻得发抖，今天幸好是室内戏，要是室外更冷。

唐栗掏出暖宝宝给苏南，让她贴在不显眼的地方，最重要的是腰和肚子，她替苏南化妆的时候说："我要把你化得像柏雪，别介意。"

同屋原来那个演歌星的哼了一声，她被换下来后去找过导演，选角导演很直白："你有人家那张明星脸吗？"

苏南摸摸脸颊，她从来没觉得自己和柏雪长得像，没想到还能沾柏雪的光。唐栗"嘿嘿"笑："你放心，两分像我给你化到八分，你侧脸的这个角度最像她，到时候摄影一定会从这个角度拍你。"

唐栗一边给苏南化妆，一边告诉她片场的事，这一部主要是男主戏份多，男一男二势均力敌，女主角是走清纯流的，要不然苏南没这么容易就拍定，女明星的经纪人要确保出现在镜头里的每一个人都不能抢女主的戏。

"你要是想发展，得选个经纪人，要不是我，你拿不到这个价钱的。"唐栗有些小得意，她爸爸唐教授是这部片子的艺术顾问，别的人她一般可不告诉。

苏南伸手捏捏她的脸，微微侧过脸去，跟唐栗抛了个媚眼。唐栗脸红了，苏南笑起来，问她："你是不是柏雪的影迷？"

唐栗红着脸点头，要不然那几个模特里，她怎么独独看中了苏南，然后愤愤地说："你比那个打'小柏雪'旗号出道的更像，她那张脸，一看就整过！"

这场戏果然拍了很久，从早上一直拍到天快暗，冬天天黑得早，下午就下起雨来，整个屋子里又是潮气又是冷风，群演们冻得瑟瑟发抖。只要一喊停，唐栗就像小鸽子那样飞到苏南身边，给她披上大衣。

雨下得越来越密，这一场长镜头拍完，副导演果然让摄影师在苏南身边补拍了几个镜头，像唐栗说的那样，专挑她的侧面，怎么像柏雪怎么拍。

整场戏终于结束的时候，群演们都累瘫了。苏南只来这一天，薪资当天结算，她换了衣服掏出手机一看，十几条消息进来，有几条到账信息，是上个月的拍摄和微博推广费用结算，私信里又有新产品推广等她筛选。

苏南累了一天，小腿发木，感觉腿都不是自己的了，可看到钱进账，还是很高兴。她滑到最后一条，是夏衍的消息，几个小时之前发来的。

【我在门外。】

苏南从转门转出去，看见夏衍撑着一把黑伞，靠在车边站在雨幕里，她一站定，他就走过来了，剧组的车都没他的车挨得近。

苏南诧异了片刻，才明白过来，夏衍的车太贵，剧组的人还以为是明星的私车，就这么让他开了进来。

大黑伞遮住她头顶："走吧，我送你回去。"

苏南看看他："我自己开车来了。"

"车钥匙给我，我让司机开回去。"天黑雨大，怎么能让她自己开车回去。

苏南不想让人看戏，群演们路过她身边，纷纷用一种原来有金主的眼光看她。苏南一把推开了夏衍的伞，从包里摸出雨伞走进雨里。

"我不会让你自己开车回去的。"夏衍难得强硬。

苏南回头冲他冷哼一声："你不在的这么多年，这种路我不知道开过多少回了，现在来说，有什么用？"

♥ 第五章 ♥

ZHAO SI MU NI

　　苏南扭头就走，她穿着皮靴一路溅起无数泥点，从"仙乐斯"走到停车场有一大段的距离，雨越下越大，先前还能碰见几个群演，再往前走就没人了。大家都缩在屋里躲雨，整条路上就只有苏南一个人。

　　影视城冷冷清清，有剧组在赶夜间戏的地方点缀着许多灯，男女主角淋在雨中互诉衷肠，可苏南走的这条路上只有昏黄路灯，照得整条路凄凄惶惶。

　　夏衍一直都跟在苏南身后，保持着一步开外的距离。苏南走过影视城内搭造的小外白渡桥时，猛然一阵风，把她手上撑的伞吹得翻过去，她瞬间就被雨水浇湿了。

　　夏衍上前两步，将她严严实实盖在伞下。

　　苏南在他怀里挣扎，但夏衍把她箍得牢牢的，不让她挣脱。高中毕业之后，他就没做过这么幼稚的事了，这二十多年来他所有的情绪外露都只和苏南有关。

　　夏衍几乎是一夜未睡，让他睡不着的不是黑咖啡，也不是苏南那张妖娆的旗袍照，而是孙佳佳说的那句话，苏南可能会嫁给别人。

　　被孙佳佳一语道破他最深的恐慌，他放弃了众多竞争者争夺的职位，放弃更能提升资历的工作，一心回国，是因为苏南，他发现自己承担不了失去她的后果。

　　这是他进了校园开始就瞄准的职位，他并不比别人优秀更多，他只是知道目标在哪儿，当年一起参加竞赛的六人组，几乎都投身科研，只有夏衍在参加比赛之前就明确自己的方向在哪儿。

　　苏南被夏衍圈在怀里，刚刚冷雨兜头浇下，早上贴的暖宝宝早就不热了，皮靴里也灌进了雨水，整个人冻得发抖。

夏衍扯开大衣罩在她身上，苏南执拗着不肯动，远处剧组的灯光投映在她漆黑的眼仁里，星星点点，倔强的眼神仿佛含着无数泪光。

夏衍隔着大雨吻她的面颊，叹息着亲吻，两个人脸上都是水，苏南在他眼底看见了心疼，她不挣扎了，但也不看他。

"我们上车再说。"这把伞根本无用，两人紧紧相贴的那部分干燥温暖，其余的部分全都冰凉透湿。

苏南还是上了车，她坐在副驾驶座上，夏衍发动车子，打开暖风，替她脱掉湿大衣，挂在椅背上，绞干了围巾让她擦头发用。

暖风熏热了苏南的脸，冻僵的指尖也渐渐有了温度，她问："你怎么来的？"

他回答："我找到了你的微博。"

他在国外是没有社交账号的，苏南找过，她在董丽娜的关注列表里翻了又翻，也没有找到夏衍，没想到原来他也会干这种事。

苏南在微博上反而说得更多些，她转了唐栗的微博，在评论里回复粉丝说可能要客串一部年代戏，试试拍电视剧好不好玩。

今天一早苏南就发了微博，配上一张暗沉沉的天空，告诉她的五十万粉丝，她去上工了。

夏衍又点进唐栗的微博，找到她之前发过的剧组照片，锁定了车墩，他处理完工作，马上赶了过来。

"车里有水吗？"

苏南摇头，夏衍的头发全湿了，他脱掉了外套毛衣，只穿着一件白衬衫，看上去更像十八岁时的他。

这个人太熟悉又太陌生，他们分别的时光里发生了许多事，不再知道彼此的喜好，也不再知道彼此的伤痛。

夏衍又叹息一声，苏南乌沉沉的眼珠颤动一下，他以前是从不叹气的，好像整个世界都尽在他的掌握中，好像什么事都能够解决。

苏南脱掉靴子扔到后座，把紧紧贴在皮肤上的湿袜子脱掉，她摆出一副不怕夏衍看的姿态，故意露出被袜子紧紧裹住的丰润肌肤。

夏衍的目光并没有在她的身体上停留，他把脱下来的干毛衣递过去给苏南盖在身上。这辆车大概是二手的，应该有些年头了，暖风打了半天身上还是不热。

苏南不肯给他好脸，她想赶他下车，可外面夜色深浓瓢泼大雨。

正当她情绪胶着无处缓解时，唐栗发来了微信，八卦地问苏南【来接你的是你男朋友吗？】

说着配了一张图，是两个人的背影，苏南掉头就走，而夏衍紧紧跟在她身后，一把红伞一把黑伞一前一后，暗色调的天空蒙蒙的水雾中，两人光是背影就很夺目。

这张照片拍得非常有美感，像一张油画，亮点是那把红雨伞，苏南盯着看了很久，想起一论坛精华帖里的一张旧照片。

和这一张差不多，也是苏南在前面走，夏衍跟在她身后，手里还抛着篮球。

春天白色的木绣球花开满了校园，他们俩穿着校服，走在红墙白花间，被校园采风记者偷拍下来，印到了校报上，配的文字是"风华正茂"。

在智能机还没普及的年代，这是他们俩为数不多的几张合照之一。

苏南记得那时夏衍是在跟别班打比赛，别班的女同学都早早准备好了毛巾和水，苏南坐在球场边，胳膊里还夹了一本英语书，假装不在意这场球赛。

（7）班和（6）班对决，夏衍是场上的得分王，抢篮板之后回头直直看向看台，所有的女生都穿白上衣蓝裤子头发扎起来，苏南没有例外，却是例外，她永远是最显眼的那一个。

夏衍大汗淋漓地朝看台跑来，几个女孩对夏衍递出手里的水瓶，孙佳佳手里的那一瓶被陆豫章抽走了。

夏衍除了苏南，谁也没看，头发被风吹得飞扬，阳光落在他身后，画出一个光圈。他冲苏南伸出手，苏南脸上镇定，手里的英语书卷成了卷儿。

照片上两个人穿过学校花廊去买水，苏南给他买了可乐，他从冰柜里翻出一支可爱多，塞到她手上。

苏南想到这些，心口抽动。

苏南没有回复，唐栗发来了好几个小爱心，又告诉了苏南一个好消息。

苏南在《红楼金粉》客串的角色是当红歌星，今天拍了几个特写镜头，为了连戏，她还得再来一次，这一次苏南会有两句台词。

有台词又不一样，薪资继续往上提，按照副导演的拍摄进度表，是在半个月之后，苏南理所当然答应了，把这事提前记录在日程里。

 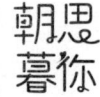

车厢狭小，一点点声音都震颤耳膜心房，两个人唇畔漏出的呼吸都像是在彼此缠绕，夏衍沉默地等待着，等她的注意力收回来时，他握住她的手，不让她挣开："你有事没告诉我。"

不是疑问语气，他肯定有什么秘密被她深藏，她计较的事，下雪的那天已经都计较过了，再计较也不会这么坚决。

雨水不断冲刷着车窗，车窗外既没有灯光也没有人声，窗前升起一团团雾气，整个世界都是安静的，安静到她好像能听见夏衍胸膛里心脏跳动的声音。

此刻的氛围和梦境重合，苏南把头靠在椅背上，脸扭向车窗，虽然她一个字也不肯说，可心里反反复复在回想宋淑惠的那句话，和老苏甩出去的巴掌。

夏衍发动汽车，从车墩开回市区，一路上苏南都不说话，直到夏衍开到酒店："你的大衣湿了，我那里有一件。"

苏南知道这是夏衍的伎俩，但这一刻的勇气让她觉得自己能破釜沉舟，既然事情是在这里再次开始的，就在这里结束。

她勇敢走进电梯，走过酒店的长廊，夏衍打开门，在苏南去拿大衣的时候，从背后拥抱她："只要你想说，你可以告诉我任何事，我可以替你分担。"

这是苏南最喜欢的拥抱姿势，从背后整个抱住，感觉自己被牢牢保护着，苏南的勇气飞走了，这个秘密她在心里压了六年，压得她喘不过气。

夏衍从落地玻璃窗上观察她的表情，苏南的脸像是映在外滩灯影霓虹里，他把她抱起来，抱到床上，掀开被子，用对待小女孩的态度来对待她："舒服一点躺在床上说好吗？"

苏南其实就是个孩子，她没有长大，那时候的夏衍没有能力精力照顾这个孩子，现在他有了。

苏南蜷在床上，她已经软化了，她想倾诉，哪怕有一个人分担这件事也好，夏衍偏偏在这个时候跪在了床边，关掉台灯，关掉吊灯，关掉屋里所有的灯，只有窗外霓虹送进来一点光亮。

他就跪在床边，干燥温暖的手掌抚摸她的鬓发，从额角摸到耳朵，反反复复用这种办法来安慰她，另一只手探进被子里，握住了苏南空落落的手掌。

"想说吗？"柔软的吻落下来，落在苏南额头上，沿着发际线吻到耳朵，在耳垂上停留片刻，嘴唇比手掌更软。

苏南合上眼，黑暗和温暖让她觉得安全，等了很久很久，夏衍的姿势也没有变过，他还握得那么紧。

苏南发抖抽泣，于是夏衍爬上床，掀开被子，敞开怀抱紧紧抱住她。哭声终于抑制不住，她抽泣着开口："我不是……我不是爸爸的女儿。"

这就是那一天，宋淑惠喊破的秘密，老苏没有反驳她。苏南在门口站了那么久，希望能听见一声反驳，粗话也可以，可传出来的是无力的巴掌声。

夏衍把她反转过来，扣住她，把她紧紧埋进胸膛，给了她一个深长的拥抱。

苏南没勇气去证实这是不是真的，老苏的沉默和巴掌已经默认了这一点，怪不得她的血型和老苏不同，跟小北更是没有一点相似之处。

苏家一家除了苏南都是中人之姿，寻常长相而已，扔在人堆里找不出来，老苏去学校开家长会的时候，没人相信他是苏南的爸爸。

老苏把这一切都推给苏南的妈妈，说她长得像妈妈，鼻子眉毛眼睛连身高身材都像。胡同里见过苏南妈妈的老邻居也都这么说，说苏南越长越像妈妈，还说老苏这么宠她，是因为忘不掉前妻。

这就是宋淑惠耿耿于怀的原因，不是亲生的女儿老苏养了十八年，宠爱了十八年，在家里经济拮据的情况下，还要供她到上海去读书。

而小北在这个家里连一张床都没有，只能每天晚上在客厅里架钢丝床，老苏这么疼爱她，宋阿姨还能对她这么客气。

夏衍隔着毛衣解开她后面的扣子，手掌来回抚摸她的背脊，好让她放松呼吸平静下来。苏南被拥抱被抚慰，面颊贴着滚热胸膛，她伸出手攥住夏衍的衬衣一角。

她一股脑把所有的负面情绪都发泄在夏衍身上，怪罪他有合适的时机和正当的理由，在受伤害的时候痛恨一个人，能让她心里好过一点。

"如果你想确认，我可以替你确认；如果你不想，我们就当没有发生这件事。"

苏南摇头，她恐惧这件事，绝不想确认，说不定宋淑惠说了谎呢？说不定连老苏都没确认过呢？

夏衍长久地抚摸她，从耳朵到脖子再到脊背，纯然的安抚，不带一点情欲："那就好好睡一觉，有什么我们明天再说。"

可苏南开始索取更多，她要更多拥抱，更贴紧，更纠缠，她冲着夏衍的胸膛张开嘴，咬了他一口，小小一口，咬在心口的位置。

夏衍喘一口气，身体急速热起来，接着苏南的手溜进衬衫里，她又想索取那种温存了，夏衍按住她的手："我是很想要，但不是今天，我们不能每次都靠这个来解决问题。"

就像吸毒，只是转移注意力，这不健康。

说完，他重重吻了她一下，吻在额头上。

苏南愿意这样，她不依不饶，任性着索取，而且非得得到。夏衍的呼吸越来越急，他不能推开她，他放弃了抵抗，任由苏南在他身上点火，终于反守为攻。

二次之后，夏衍回到她身边，她侧过脸去，目光湿漉漉的，问他："为什么？"为什么只让她愉悦？

他额间全是汗珠，忍耐克制比肆意放纵更难办到，他也在喘息，腥热喷到苏南脸上，这气味让她身体轻轻颤动。夏衍握住她的手，掌心交叠："你可以随时撒娇任性倾诉，你可以一直这样。"

"你受不了。"苏南的声音软绵绵的，口气却很笃定，没人受得了，那些口口声声保证一切的，都做不到，最后还会要求她成熟一点。

"那你为什么只愿意告诉我呢？"

因为她只想告诉他，苏南被戳穿，恼羞成怒，可又没力气发脾气，她的摇摆反复兜圈子，捡起来又扔掉，扔掉了又舍不得，全被夏衍一眼看穿了。

夏衍把她搂在怀里，让她枕在自己手臂上，胳膊圈住她，对她说："别人不会更好，我们试一试好吗？"

现在他才是那个乞求者了，苏南还不觉得满足，但她暂时满意了，她的呼吸越来越轻，越来越浅，终于睡着。

苏南睡得又深又熟，这个晚上她没有做梦，第二天天刚亮她就醒了，夏衍不在她身边，她听见他在外面打电话的声音。苏南听了几句，全是商务上的事，他马上要出差去。

苏南摸出手机，昨天晚上沈星给她打了好几个电话，问她怎么不回来？夏衍替她回复，说她会在外面待一夜，让沈星不要担心。

她想起来了，可她找不到衣服，裹着床单打开衣柜，里面成排的衬衣、西服和皮鞋，还有一抽屉的领扣袖扣，比她的衣柜还要整洁，而且整个衣柜都弥漫着女士香水味。

最下层有一个白色礼盒，上面系着宽绸彩带，香水味的来源就是这个，专柜小姐会在礼盒上喷香水，苏南一眼认出上面的品牌，是高级定制。

苏南咬着嘴唇，从衣柜里扒下一件衬衣，随随便便给自己套上，下摆刚刚遮到大腿根，她走出去问他："我的衣服呢？"

夏衍知道她肯定看见了那个盒子，看她假装一脸坦然的样子一时卡壳，忍住笑意，握住听筒："送洗了，吃早餐吗？"

昨天就没吃，剧组的盒饭实在太油腻了，苏南为了保持身材没碰盒饭，晚上她确实饿着，夏衍喂饱了她，现在她是真的饿了。

客房服务送来早餐，牛奶、咖啡、橙汁，热乎乎的英式松饼配冻奶油和蔓越莓酱，冷燕麦杯和烤土司、煎鸡肉、香肠，摆了满满一推车。

苏南缩在房间里，等服务生关上房门，她才出来，盘着腿吃早餐，依旧还是那副不怕夏衍看的姿态。

"我明天要出差，去深圳，可能要两三天的时间，我们不能不联系，可以把我从黑名单里放出来吗？"

苏南吃着松饼，她虽然不点头，可在夏衍伸手拿她手机的时候，她没有拒绝。

于是，夏衍得寸进尺："年前有商务晚宴，每个人都要带女伴。"

苏南知道那个盒子是干什么用的了，她哼了一声，往松饼上抹了厚厚一层冻奶油，冻鲜奶油的口感和热松饼包裹在一起，在她口腔中层层推进，就像昨天晚上夏衍对待她一样。

她忍不住刻薄："你混得这么惨，没人要了？"

夏衍笑了："我怕她们趁我酒醉非礼我。"他捧出那个白色礼盒，摆到苏南脚边。

苏南不屑一顾，不肯低头看一眼那个盒子，可心里却忍不住猜测，猜测他会给自己挑一件什么样的礼服。

夏衍要去工作，让司机送她回去："你的车开去洗了，明天送过来。"

苏南捧着盒子回到家，沈星还在昏睡，她踮着脚溜进房间，把盒子放到床上，抽出一层一层的丝绸带子，打开了盒盖，是更清新的香水味。

里面是一件白色修身礼服，袖子是纱的，上面钉着小花朵，胸口的花边能够掩盖曲线，整件衣服既纯洁又春天，除了露出脖子和肩膀，别的地方都紧紧裹住，一点都不暴露。

穿这样的裙子，只能搭配淡妆，苏南鄙视夏衍这种行为，但她又很享受，她在镜子前面摇晃时，沈星推开门，一把捂住鼻子："你掉香水里了？"

沈星再粗枝大叶也能感觉出苏南心情变好，和前两天半死不活的她完全不一样，问她："你中彩票啦？"

苏南确实又一次从情绪的深渊里出来了，不同的是这回她不用自己费力挣扎着爬出来，夏衍把她捞上来了。

苏南十分不好意思，她瞒着沈星和苗苗，不敢告诉她们王八蛋回来追她了，只能搪塞："我又接到几个新工作。"

她脱下裙子挂在衣柜里，把那一万块钱还给沈星，点开手机查找去海南三亚的行程机票。难得带老苏出去，想让他住个好点的酒店。

一看春节期间的价钱，她决定多接两个推广，打开手机筛选私信的时候，收到一张夏衍拍来的照片，他拍的是会议室，告诉苏南他在开会。

苏南不打算回复，但她把这张照片放大了细看，除了能看见陆家嘴的高楼大厦之外，她还从玻璃的反光里看见夏衍的同事们。

半圈都是男性，但夏衍的左手边坐着一个女人，模糊的光影显示是个很知性的女人，那个女人的目光落在夏衍身上。

这种目光苏南一点都不陌生，从高中起这些目光就不断地投在夏衍的身上，她打开微信界面，想了半天，咬着指甲回复了微信。

夏衍拍完照就锁上手机，他以为苏南不会回复他消息的，没想到隔了一会儿屏幕就亮了，消息跳了出来。苏南说她很喜欢那件礼服，特别是袖子，夏衍诧异地挑挑眉毛。

夏衍的手机屏保是苏南那张绿纱旗袍照，屏幕一亮，坐在他右边的男同事一眼瞄到，惊艳发问："这是你女朋友？模特？"

夏衍点头，投行里有很多这样的事，金融圈跟娱乐圈好像分不开，坐在这里的这些人谁没有谈过几个小模特小明星。

人人不以为怪，但夏衍的脸上带着笑意，趁着会议还没开始，他说："她是模特，我们高中的时候就在一起了。"

夏衍一开口就承认了苏南女朋友的身份，他剪去当中这些年来的细枝末节，仿佛他们爱情长跑了许多年。

夏衍的话刚刚说完，同事们的眼睛就有意无意往他身边瞟去，谁都知道沈黛看上了夏衍，还追得很紧。

两人一个学校同期毕业，又同时回国求职，夏衍刚调到上海没多久，沈黛就带着项目跟过来了，而且指名和夏衍共同合作，这次的短期出差就是两人一起。

　　同事们都羡慕夏衍艳福不浅，沈黛长得端庄秀丽，家世又体面，她年纪轻轻能坐到这个位置，没有点资本人脉是不行的。

　　大家暗中传言，公司董事沈华东和沈黛有些亲戚关系，沈黛自己虽没说过，可总部很照顾她。夏衍要是和沈黛成了，起码少奋斗五十年。

　　人人都知道沈黛这次过来是醉翁之意不在酒，可没想到夏衍竟然有女朋友，还爱情长跑这么多年。

　　照片虽然是惊鸿一瞥，但美色动人，看着夏衍一本正经，人很清高的模样，原来他的品位倒是很忠于男人本性。

　　沈黛被这么多带着看好戏的眼神打量，她的脸色毫无变化，低头翻阅了几页手上的策划案，把长发勾到耳后，细珍珠链在黑色套装里若隐若现，她笑道："那这次年会要不要把人一起请来？"

　　沈黛原来就猜测过夏衍的女朋友是很美的，又是年少时的美好初恋，所以他才能念念不忘这么多年，从刚刚同事惊艳的目光中，她确认了这一点。

　　可她不是被动的性格，从来都是主动出击，夏衍就像个铁桶，周身毫无破绽，沈黛家世良好，绝不屑于用那些手段，同事们是怎么看她，又是用什么样的眼光来看这次出差的，她都知道。

　　在学校里的时候，沈黛就知道夏衍有个女朋友，两人关系火热，和夏衍一同租房子的外国室友告诉她，经常听见两个人打电话。

　　他是这么形容夏的女朋友的："她真是个热情如火的女孩。"

　　电话里只能听见她的声音，连绵不断，为什么猜测是女朋友，因为夏只要接到她的电话，一整天的心情就会非常好，他几乎不说话，但嘴边带笑听女朋友唠叨。

　　"我要是女人，一定也会爱上这种笑容，夏有女朋友，艾丽莎你不考虑一下我吗？"

　　沈黛还知道最后那一年，也是夏衍最艰苦的时候，那个女孩没有再打电话过来了，迈克替自己多年室友叹息："他是真的爱她，你该看看他那个样子。"

　　沈黛以为他们结束了，过去再美好，人也应该向前看，总会有新恋情取代旧恋情。她时刻都在等待机会，希望用温柔体贴可以让他走

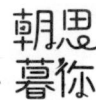

出阴霾，可夏衍转身就放弃了那个众人竞争的职位，他明明拼杀出一条血路，可他放弃一切回国了。

一个华人脱颖而出是多么不容易，沈黛无法理解他的选择，也再无法忽视这个女人在夏衍心里的分量，她跟着回国，一部分原因是她没有满意的职位。

夏衍看了沈黛一眼，想到那件礼服穿在苏南身上的模样，他笑了："那是当然。"

沈黛为了这次年会也早早就准备好了礼服，就像在学校里的毕业舞会那样，而夏衍让她两次都落空了。

会议前的小插曲很快结束，他们要去深圳参加一次关于医疗投资方案的会议，沈黛确实是想在这次出差时发生点什么的，可她现在知道这不可能，她知道夏衍有多坚定。

如果不是他这么洁身自好，她也不会一路沉迷。

会议结束之后，沈黛跟到夏衍的办公室去，他脱掉了西装，挽起袖子，正在拆箱子。沈黛把出差要用的补充资料放到他桌上，像个老同学那样问他："买了谁的画？"

她以为夏衍投资艺术品，在学校里的时候还真不知道他的艺术品位，夏衍经济不宽裕，他没有闲钱玩这些，刚到学校的第一年，他替人做课题赚生活费，替那些游戏人间的富家子弟写论文做课题，报酬丰厚。华人圈子很小，沈黛就是通过朋友认识他的，他的生活和她的生活完全不同，向她打开了一扇门。

夏衍回头看见她把资料放在桌上，点头道谢，从纸盒里抽出一幅油画，沈黛自恃对艺术品的品位上佳，上前两步，却完全没看出什么来，这种画顶多用来装饰一下乡间别墅。

红墙白桦、绿荫和阳光，除了这个没有别的，画框填得很满又没有主题，沈黛想了又想夸奖一句："色彩丰富，对比强烈，节奏明快，这画的是哪里？"

如果不是画作本身吸引人，那么就是画的地方，夏衍把这幅画落地摆放在他办公桌的对面，窗外投进来的光，给这画镀上一层蒙蒙的光。

夏衍把画摆好，把衬衫袖口扣上，他站在桌边低头翻阅资料，沈黛能看见他勾起了的嘴角，光是这一点笑容就让人心跳。

"是我的母校。"

沈黛刚刚落地的心又往下沉了沉，他们同校，这画的不是学校里任何一个地方，那就是他的高中了。

沈黛抱着胳膊点点头："我记得你好像是一中毕业的，今年是不是一中的百年校庆？"沈黛也是北京人，当然知道一中，只是她高中就出国留学了，要不然她会和夏衍是同学。

"是，应该会很热闹。"夏衍坐到桌前，打开电脑摆出一副准备办公的姿态，沈黛知道闲聊完了，识趣后退，还替他关上了门。

经理们顶多眼神八卦，小职员却不一样，三两个聚集在茶水间里，听刚刚进会议室发材料倒茶的小秘书八卦了夏总的女朋友，知道他们爱情长跑，都纷纷猜测跑了几年。

"夏总今年才二十六岁吧，高中时候就认识，那不是快十年了？"

大家纷纷激动，夏衍个子最高，身材最好，关键是颜正，西装上身比男明星也不差多少，原来还这么专情，简直让人激动。

沈黛拿着咖啡杯进来倒咖啡，于是茶水间里立即安静，她笑一笑："怎么了？休息时间可以放松一下。"马上就到午餐时间了，她本来是想借送材料的机会约夏衍共进午餐的，但那幅画让她退却了。

沈黛倒了咖啡出去，里面就低声讨论："我还是觉得沈经理跟夏总更配。"职场女性崇拜的对象，还以为这两人能成呢。

"别胡说，人家爱情长跑不知道多少年了，修成正果有什么不好，想想就超浪漫，不知道他们婚礼是什么样子。"

夏衍轻轻叩门，进来泡茶，几个职员马上噤声。沈黛是好脾气，夏衍却从来不苟言笑，要是他能经常笑一笑，还不知道身边会围多少追逐者，可他现在笑了："十年，到时候一定给你们发喜糖。"

苏南还不知道夏衍当着同事的面亲口盖章她女朋友的身份，她挂好那件礼服，坐在床上把这张照片放大了又放大，不放过任何一点细节，她心里有个预感，这次夏衍出差，会不会是跟这个女同事？

沈星一大早煮泡面，往里面卧了两个鸡蛋，放了两根香肠，又扒拉出冰箱里的火锅材料，往里面倒了肥牛泡菜，煮得满屋子辣面汤味，端着锅呼呼吃个不停。

她进来问苏南要不要吃一口，看苏南恨不得拿个放大镜对着手机细看，吸溜了两口面问苏南："你干吗，你要改行当刑侦？"

苏南站起来，一把搭在沈星的肩膀上："亲爱的，我需要你。"

沈星嘴里还含着一口面，整个吐回锅里："请你自重。"

苏南让沈星把这张照片调得更清晰，要清楚到能看见玻璃窗里那个女人的倒影，沈星用筷子敲了敲锅："杀鸡用牛刀，拿什么犒劳我，一锅泡面可不行。"

苏南刚刚拿到三笔结算，手头终于宽裕，拍着沈星的肩："请你撸串。"

沈星"嘿"一声，替她从玻璃里抠人像。苏南调了面膜，敷在脸上，还没等面膜干，沈星就把照片调好了，她捞着锅里的香肠和丸子："就这已经是最清晰的了，这女的长得还不错啊。"

苏南趴在电脑前，照片比刚才清晰得多，已经能看得清长相打扮了，是很知性又很温婉的那种女人，她看向夏衍的眼神含情脉脉。

沈星可什么都没看出来，两只眼睛顶多看得出大小。

苏南不高兴，放大缩小来回看，沈星继续吃泡面，把锅底的汤都喝了一半，满足地打了个饱嗝，然后问："我们去哪儿撸串？"

苏南的直觉从来都是很准的，读书的时候就是这样，本班的外班的，哪个女生用什么眼神看夏衍，她扫一眼就知道了，所以她才会和孙佳佳关系最好。

陆豫章花了这么多年才知道孙佳佳喜欢他，苏南看孙佳佳一个眼神就明白了。

她想发消息质问夏衍，是不是和女同事去深圳出差，可她现在又没有这个立场，在房间里来来回回，就快忍耐不住。

沈星看她这样子，再神经大条感情迟钝也明白了："你……这是在吃醋？"

苏南脸上的面膜裂开，她劈口反驳："当然不是！"只是她确认了眼神，是来抢男人的人。

苏南越是否认，沈星越是用一种了然的眼神看她，同时又觉得有些惊奇，苏南还没为了哪个男人这样过。

大学里追求过苏南的人可以在操场上排一圈，沈星在宿舍里的主要作用就是往楼下浇热水，拿大喇叭赶走道德绑架的求爱者。

就算是苏南想要将就的那个前男友，她也没有这样过，要不然那个男人也不会在她眼皮子底下搞大了女下属的肚皮，都到筹办婚礼的地步了，苏南还什么都不知道。只要她肯花上一点心思，也就不会发生那些事情了。

这会儿的苏南连玻璃窗反光的一点倒影都要斤斤计较，恨不得把鼠标戳进电脑屏幕里去。

"最多就这么清晰了，你以为我是FBI。"沈星咂着嘴巴，把泡面锅扔进水斗里，强忍着不补刀，不去戳苏南的玻璃心，从冰箱里又摸出一根火腿肠，"是是是，你没吃醋，咱们撸串去吧？"

这哪里是醋坛子翻了，这都醋流成河了。

苏南很想问夏衍是不是跟女同事去深圳出差，可又实在问不出口，这话问出来就好像她真的在吃醋一样，夏衍还不知会有多得意。

可她心里的预感不断冒头，关掉图片，打开网页，搜索金策资本，找到官网，点进公司主页，开始搜索投资团队中每一个职员的名单。

不管名字是男性化还是女性化，她一个都没放过，一分钟之后她就找到了倒影中的女人——投资经理沈黛。

点开主页是一张半身照，沈黛化着精致幽雅的淡妆，在一众男性中十分显眼。白色套装粉色雪纺衬衣，头发松松披在肩上，胳膊抱在胸前，手上戴着一枚珍珠戒指。

苏南认出那个珍珠戒指的品牌，看着小颗，其实颗颗都价值不菲，低调又奢华。

苏南在相貌上的自信说是与生俱来也毫不夸张，她从小到大收到过无数的夸奖追捧殷勤，男人看她的目光和女人看她的目光虽然不同，但都证明一件事——她很美。

比长相苏南绝不输，但沈黛的个人主页上除了她的简介、电话、邮箱，她感兴趣的投资领域之外，还有她的个人爱好和教育背景。

她喜欢跑步、徒步旅行、阅读和欣赏艺术品。

这些苏南全不喜欢，她跑步只是为了保持身材，阅读量基本来自于夏衍房间里的书架，徒步旅行会要了她的命，更别说鉴赏艺术品了。

沈黛高中就出国留学了，大学和夏衍是同一个学校同一个校区。

苏南深吸一口气，像当年翻董丽娜的社交账号那样，用沈黛的英文名加出生年份经过筛选排查找到了她的社交账号。

沈黛不是个社交狂人，她放上网的照片要么是美术馆、画展、雕塑展，要么就是分享书籍，徒步旅行的地方路崎岖难行，还是个登山爱好者。

沈星全程围观整个操作，惊得目瞪口呆，敬仰之情油然而生，她把火腿肠叼在嘴里，空出两只手替苏南鼓掌，咬一口再取出来："你当模特实在太屈才了。"

苏南很快翻阅照片，最后停在一张生日宴会的照片上，整个屋子全是人，各种肤色的都有，大家都笑得很开心。沈星瞥了两眼，看了一眼日期："啧，人家的二十岁。"

沈黛穿着一件水蓝色的裙子，腰掐得很细，捧着蛋糕，脸上还抹了点奶油，她站在照片的中间，身后是人、泳池和阳光。

苏南、沈星和苗苗，一个宿舍三个人，都没家人在身边，只能相互过生日。苏南的生日总是很热闹的，她的追求者们会送各种各样的礼物，如毛毛熊、巧克力和玫瑰花之类。跟这个一对比，瞬间冷冷清清凄凄惨惨。

苏南在意的不是这些，她在照片的最角落里看到了半个背影，大家都在拍照，只有这个人往后退。苏南把这张照片保存放大，虽然没有正脸，但这确实是夏衍，他们早就认识了！

沈三刀终于捅刀："这是你新任情敌？诚实地说，我都有点喜欢她。"

苏南证实了自己的猜测，气得把电脑"啪"一声合上，从沈星手里抽出火腿肠扔到桌上："走，咱们撸串去。"

苏南套上件羽绒服和沈星出门，三个人里只有苗苗毕业之后乖乖找了一份朝九晚五的工作，她正在赶美食杂志的报道，没法偷溜出来吃饭。

苏南和沈星两个人点了个鸳鸯锅，辣的半边归沈星，她刚刚才吃了一锅面，现在又拿了满满两盆串串下进锅里。

苏南也能吃辣，但吃这些对皮肤不好，只能看着沈星吃，自己吃点烫藕片，实在忍不住点了个冒脑花："你那是个胃，还是个窟窿？"

沈星拍拍胸膛："我是'骆驼型'，吃一个月管三个月，我下月要去拍极光，现在得多吃点积攒热量。"说着抓了一把腊肉肠扔下锅，开了冰啤酒吃得热火朝天。苏南无比忌妒，沈星明明吃得重油重盐重辣，还天生好肌肤。

苏南点的脑花上了桌，沈星看着她吃，皮兮兮地说："你是得好好补补脑，刚刚用脑太过度。"女人的嫉妒心真是可怕，掘地三尺也把人给挖出来了。

沈星看她这样，苗苗不在，只好自己安慰她："就是个公司同事，一张会议室的照片你能看出什么来？"

"方方面面。"苏南恶声恶气，她几乎是肯定了这个女同事对夏衍不怀好意，用筷子戳脑花，红油溅上桌面。

沈星抢过脑花碗："不吃别浪费。"她才八分饱，还能再撑一撑。

苏南眼睛一转想到了办法，她扔掉筷子，登录微博，在相册里找了又找，找到一张没发过的照片，是夏天时去海边拍的照片。

照片上只有腿的特写，宽大草帽盖在大腿上，草帽上的蝴蝶结丝带垂到大腿根，掩住了大部分风光，露出细白笔直的小腿，远处是一片海，是一张既纯洁又诱惑的照片。

苏南十分满意，发上微博，配了很简单的字【想看海。】

微博里发了，她又发到了朋友圈，瞬间获得无数点赞，还有人留言邀约，说正打算出国去，问苏南要不要一起。

苏南哼哼哈哈地拒绝了，说什么工作好忙啊，要连戏。朋友圈里那些塑料姐妹马上问她是在拍什么戏，苏南盯着时间，在心里倒计时，就要看看夏衍隔多久才来找她。

她不能自己去找夏衍，她得让夏衍先来找她。

夏衍明天要出差，今天得先把工作安排好，还打了个电话问孙佳佳，问她文件签了没有，会议安排得怎么样，陆豫章的电话还打不通。

孙佳佳在对面笑得凉飕飕的："老板还在手术休养中，暂时不方便安排会议。"她一边笑一边磨牙，这家伙躲了一个星期还不够，竟然还不出现，除了割痔疮之外，她只好再给他安个毛病。

夏衍问："什么手术？"

孙佳佳突然提高声音，说给办公室里所有的职员听："是肾结石外加尿路感染。"

夏衍沉默了一会儿，陆豫章的电话已经几天没打通过了，看来他十分不能接受自己玷污了这份纯洁高尚的革命感情。

夏衍清清嗓子，卖了队友："他可能是跑他爷爷家去了。"

陆豫章的爷爷为国家奉献了一辈子，年纪大了就到北京郊外种花养鱼逗鸟，过退休生活。

陆豫章每次犯了什么事儿，逃不过爸妈的教训就去找爷爷。他爷爷对别人严肃，排行在前的几个孙子都被他千锤百炼，犯一点错就去站军姿，可对这个最小的孙子却十分宽容，说他最像自己，淘气点就淘气点。

夏衍把地址告诉了孙佳佳，文件不能再拖了，必须签掉。孙佳佳十分感激，投桃报李提醒夏衍："你有没有看苏南的朋友圈？"

夏衍挂了电话打开微信，点开那张照片，倏地笑了。

这根本就不是一张照片，这是一张邀请函。

他站到办公桌前，拍下他摆在墙边的画，发了朋友圈，配上校报当年的文字【风华正茂】。

夏衍的朋友圈只有苏南一人可见，然后他打电话过去，响了七声，对面才接起来："怎么，想我了？"

苏南面颊发烫，假装没有想他："胡说八道。"

这对夏衍就是肯定，他喉头滚动，一时情热："晚上我来接你。"

苏南哼哼了两声，娇滴滴的，沈星马上吃不下东西了，她坐在苏南对面，做了一个呕吐的表情。

苏南的心情瞬间好起来，她挂了电话，点开夏衍的微信，他从没有发布过任何内容，但突然跳出来一张照片。

苏南握着手机，克制不住嘴角上扬，那幅画里的两个人还在一起。

苏南变脸就像变天，刚刚还焦躁不安，现在又眉开眼笑。沈星看她这副样子一点都吃不下了，把手里咬了一半的腊肉肠扔进锅里。

恋爱中的女人不仅仅是FBI，还是神经病。

苏南美滋滋欣赏着那幅油画，接着又研究了一下夏衍的办公室，淡金色的墙面、黑地毯、黑沙发、黑色办公桌，只有那幅画是这间屋子里唯一的亮色。

苏南心满意足地把手机按掉，扔掉了烫藕片，倾身过去甜腻腻地对沈星说："亲爱的，咱们逛街去吧。"她伸出一根手指头，"我就买一瓶香水。"

那扑闪扑闪的目光差点闪瞎沈星，她万分惋惜地摸摸肚皮，刚刚明明还能再撑一撑的，被苏南这么一恶心，她连晚饭都不想吃了。

沈星伸出手指头掏掏耳朵，难得决定顺着她的心意："行吧行吧，我也消化消化，你要是过分，老子抬腿就走。"

沈星的过分，意思就是不能逛一个小时以上，她可以坐着越野车穿越撒哈拉拍星空沙海，但她忍受不了陪苏南逛街，一个小时已经是身体和心理上的极限。

苏南冲她比了个OK的手势，让店员过来数竹签买单，沈星一个人就吃了三百多，是这家店人均消费的三倍。

苏南抖抖单子："走吧，骆驼。"

她心情大好，拉着沈星杀向商场，只逛一楼化妆品柜台，准确地找出了礼服盒子上喷的同品牌香水。

专柜小姐看她一眼，就把四款中的纯香型拿出来："您适合这一款。"

喷在试香纸上，苏南拿在手里轻轻扇风，鼻尖香气萦绕不散，礼服盒里的是淡香，留香不久，夏衍衣柜里的西服并没沾染上更多的气味。

这一瓶是浓香，就是她要的。

苏南很快刷卡买单，既然都买香水了，就替苗苗和孙佳佳都挑一瓶，苗苗是果味甜香型，孙佳佳呢，就是清新温柔型。夏衍替她搭配了衣服首饰，忘记替她挑一款香水。

沈星离崩溃还有半个小时，她不知道买一瓶香水竟然要这么多时间，像个直男一样瘫在柜台后的沙发椅上，打开手机杀起游戏来。

苏南过来推推她："亲爱的，你要不要买一瓶？"

虽然沈星身上的女性特质所剩无几，这几年还越来越少，但苏南总想替她努力一把。

沈星一把游戏正打到火热，听都没听见苏南问她什么，苏南翻翻白眼，决定送她最实用的香水——六神花露水。

至于那个沈黛，看上去就是个木香型女人，柏木香根味，香得既冷感又高级，但骨子里还有一点浪漫主义。

苏南对女人的事样样精通，仿佛与生俱来，她知道夏衍最喜欢什么味道，对什么味道最无法抗拒。

苏南拎着纸袋回家，沈星中途接到了兄弟的电话，找借口溜之大吉。苏南一边挑选今天晚上出去要穿的衣服，一边给孙佳佳打了个电话，想把香水寄给她。

孙佳佳很快接起来，电话那头的声音嘈杂，陆豫章的惨叫声十分具有穿透力。苏南停下动作，问她："你……你把陆豫章怎么啦？"

孙佳佳按照夏衍给的地址顺利找到了陆豫章，她原来就知道陆豫章的家世，陆爷爷到现在身边还配着警卫员，孙佳佳费了半天口舌，才见到了陆豫章。

小会客厅里极具八十年代装修风格，沙发上还搭着沙发巾，孙佳佳一杯茶喝得见了底，陆豫章才磨磨蹭蹭从屋里出来，他缩着膀子，穿着拖鞋，头发油腻腻乱糟糟的，看见孙佳佳，就像老鼠见了猫。

孙佳佳从包里拿出要签的合同和印章，摆在桌上，话说得十分冷淡没有一丝火药味："我本来想等陆总身体休养好了再说，可这份合同不能再等了。"

陆豫章坐在她对面，几次想要说话都开不了口，她这么提刀杀上门来，把他吓得缩在屋里不敢出来，在房间里做了半天心理建设，没想到她来就是签合同的。

孙佳佳拿出签字笔，"啪"一声搁在桌上："签字！"

陆豫章瑟缩了一下，他那点威严本来就所剩无几，现在也别提什么威严了，一个指令，比对着陆爷爷还乖巧，麻溜地签完了字。

孙佳佳打开红泥印盒，盖上公司的公章，仔细检查过一遍，把合同收进文件夹里，站起来告辞："那么我先回公司了，陆总好好休息，希望周一的会议，陆总能够准时出席。"

陆豫章蔫头蔫脑地跟在她身后，孙佳佳走到门边，又转过身，眼看着陆豫章退后一步，她问："卫生间在哪儿？"

隔壁就是陆豫章的房间，他带着她去房间里上厕所，在屋子里踱来踱去，刚凑近厕所门想跟她说点什么吧，听见里面的响声，又红着脸退后两步。

一睡不可收拾，谁知道把兄弟一睡，夜里都已经梦见两回了，每回都是孙佳佳拉过他的手，解她的裙带。

就在这时，厕所门开了，孙佳佳穿上外套，准备出去，陆豫章终于开口："那什么，你觉得……你想……你就说我怎么补偿你！"

孙佳佳冷冷地看向他："你准备怎么补偿我？"

陆豫章马上又害怕了，人家第一次，他能怎么补偿？

"公司股份？"谈钱实在说不出口，他能给的最贵重的就是公司股份了。

孙佳佳本来就是公司创始合伙人之一，陆豫章出钱她出力，当年就已经分了股份，她冷笑一声："你准备给我多少？"

"老孙，你别这样，我那天晚上真的是喝多了，要不然也不会那样，是我浑蛋，我没把持住。你想要多少，你开口。"

两个人进屋的时候就没关门，陆豫章也不敢关，他随时准备跑，谁知道这句话被陆爷爷听见了。

陆爷爷一位老共产党员，一位经受过战火洗礼的革命者，脑海中浮现出了恶霸少爷强占良家妇女的旧社会剧情。

陆爷爷为了建设新中国奋斗了一辈子，老了孙子竟干出这种丧尽天良的事，他气得身子往后一仰，警卫员赶紧上前要扶，就见老爷子身手矫健地迈步上去，拎着拐杖一棍子打在孙子的屁股上。

"嗷"一声，陆豫章跳起来蹿到院子里，院子两边挂的鸟笼子里的鸟扑棱起来。孙佳佳想拦，根本就没处下手，就在这时候接到了苏南的电话。

陆豫章不敢使劲躲，他也怕老爷子身体受不了，谁知陆爷爷实战经验丰富，蹿两步就能拦住他，照着屁股抽上两下，两人在小院子里转了两圈，陆豫章身上就挨了十几下。

陆爷爷喘起来，撑着拐杖要给孙佳佳主持公道："姑娘你别怕，爷爷给你做主。"他扭头就冲着陆豫章瞪眼睛，"小鬼子我都打了，我打不着你这孙子？"

苏南听了个直播，在电话那头笑得花枝乱颤，她问孙佳佳："我是不是马上就能喝你们的喜酒了？"

孙佳佳没有笑，她对苏南说："没有喜酒，算了吧。"说着挂掉了电话，她走上去对陆爷爷说，"谢谢爷爷，我先走了。"

经过陆豫章身边，她没有看他一眼："希望陆总以公司为重，这么多人指着你养家糊口，周一的会议，我已经把材料都准备好了。"说着出了陆家小院，开车回到公司，对员工们说，"我看过陆总了，他恢复得还可以，下周应该能回公司了。"

办公区里一片欢欣，孙佳佳让助理买了下午茶点心请大家吃，自己回到办公室，打开文档，敲下"辞职信"三个字。

等这个项目结束，拿到她该拿的钱，她休长假，把这么长时间攒的假期全部用掉，带薪休假的同时再找一份新工作。

苏南听孙佳佳刚才语气不对，又打电话过来，孙佳佳告诉她要辞职的事："我全力以赴过了，不行就是不行。"

苏南站在镜子前，瞬间眼眶湿润，心里又在为了别人的感情难过，夏衍打电话过来问她想吃什么晚餐，苏南一开口，他便问："怎么啦？"

苏南立刻呜咽："我累，觉得疲倦，觉得累，觉得提不起勇气，觉得没意思。"

"那晚上我们不出去，到我家来。"

苏南吸吸鼻子，摸不着头脑，夏衍的轻笑声从听筒那头传来："你就没关注过对面搬进来的新邻居吗？"

夏衍本来是打算晚点告诉她的，家具还没有准备齐全，这几天他依旧还住在酒店里，他的话刚说完，就听见苏南碎步跑动的声音，猜她是趴到门上去观察对门了。

苏南果然跑到门边，透过猫眼在看隔壁住户的门，这才发现门都已经换了新的，还装上了密码锁。

夏衍忍耐着笑意，问她："你要不要进去看看，密码你知道。"

苏南呼吸一重，夏衍就轻笑一声，他放软了声音交代行踪："我先去酒店拿些东西，然后过来，你在家里等我。"他要收拾好行李，准备第二天一早去机场，今天晚上应该没有精力再回酒店了。

苏南哼哼两声算是答应，她没空替别人的爱情难过了，挂了电话又做了一个补水面膜，重新洗过澡，在镜子前挑选内衣，黑色、深红色、玫瑰色，最后她挑了一套白色蕾丝的，肩带上打着褶皱，看上去无比纯洁。

从里到外她都穿得很乖巧，从柜子里翻出一件白色松领的毛衣，头发吹得半干散在肩上，嘴唇一点点水润艳色，自己都觉得自己乖得过分了。

门铃声响起来，苏南毛手毛脚，暴力拆开了香水盒子，从里面取出细长瓶身的香水，撩起毛衣在胸口喷了两下。

一点点就已经足够，香味会随着体温慢慢散发出来，时间越久香味越浓，这个香水比她想象中还要更浓一些。

夏衍在门口等了一会儿，干脆先打开了自己的房门，把箱子放在门边，转过身来看见站在他面前的就是这样一个苏南。

她没有化妆，睫毛往下垂，掩住眼珠，眉目分外灵动，嘴唇上一点点微微的红，微微噘起，好像有许多话要对他倾诉。

夏衍本来是打算好怎么也要带她出去吃个晚餐的，马上就改变了主意，他伸手抚摸她的长发："怎么？刚刚怎么不高兴了？"

苏南要抱要撒娇要安慰，被紧紧搂住，又想起了陆豫章，火气立刻上来了，她抬着下巴冲夏衍发脾气："陆豫章怎么回事？佳佳都要辞职了！"

夏衍了然，他想了一会儿："金策应该有合适她的职位，要我替她打声招呼吗？"

他看见苏南怒气冲冲，乌浓浓的眼睛里闪着火光，全心全意地替孙佳佳打抱不平。

夏衍马上笑了，她根本就不会去沾染这些，把她搂得更紧，夏衍问她："你想让我做些什么呢？"

当然是把陆豫章敲一顿，苏南刚要开口，就听见电梯"叮"响了一声，她瞬间瞪大了眼珠，害怕是不是沈星回来了。

苏南伸手把夏衍推进对门，夏衍顺势把她拉了过去，两边的门轻

轻关上，苏南急得跺脚，她还穿着睡裤和毛茸茸的拖鞋，除了揣在睡裤口袋里的香水，手机钥匙全没带出来。

而电梯里出来的不是沈星，是另一边的住户。

苏南扒在门上盯着猫眼，夏衍从身后贴紧她，撩起长发，拉下她毛衣的衣领，像是浅吻又像是深嗅，把鼻尖和嘴唇贴在苏南颈项上。

今天接他电话的时候，她也是这么可爱地趴在门上，夏衍轻笑起来，鼻尖喷出的温热呼吸痒得苏南颤抖着笑了一声。

她刚刚笑出声就知道不好，身后的人方才还很温柔，听见她笑便张开口，吮住她颈间，舌头湿腻腻往下探，把她翻转过来。

苏南已经脚底发软，还在负隅顽抗，她偏头躲过一个吻，更绵密细致的亲吻就落在额角、耳垂、锁骨上，越是往下，香味越盛，吻到锁骨间的时候，她听见夏衍急喘了一声。

苏南人已经往下滑，全靠腰上他的手掌支撑，却撑着胳膊推开他："我还没有原谅你。"

"我知道。"她可能永远都不会原谅。

苏南蹙起眉尖，眼睛聚集着水雾，显得乌黑眼仁水润明亮，她虚张声势："我不想我们这样，我不想要。"嘴里说着拒绝的话，一边说却一边瞥了他一眼。

夏衍从她颈项间抬起来，明白这一眼的含义，他把她整个抱起来，抱到房间里，床上铺着黑色床罩，苏南像一堆云轻轻落进黑夜里。

苏南醒的时候，屋里已经开了灯，窗帘拉上了，夏衍还躺在她身边，早已经醒了，也可能根本没睡，两人还维持着拥抱的姿势："饿吗？"

苏南不理他，他伸手去握她的手，苏南就把手捏成拳头，拳头也无所谓，都被他一掌包裹："我确实是跟女同事出差，但这是工作，我不会去挑剔工作对象。"

苏南还把头埋在床单上，现在整个屋子里都沾着她身上的香味，被子和床单因为汗湿香得更浓。

"如果你还想知道得更多一些，这位同事原来还是我的同学，同学时就是同学，同事时就是同事。"夏衍是贴着她的耳朵说的，抚摸她光滑的颈背，"还有什么想知道，你可以问我。"虽然他确实很享受这种试探。

苏南睁开半只眼看他，长发散乱着铺在床单枕头上，一点眸光就让夏衍凑过来："再这么看我，我明天就上不了飞机了。"

沈星一晚上都没有回来，苏南在这里过了一夜，半夜里，他们又做了一次，这回是她主动索取的，不能再要的原因是，他们终于把套套都用完了。

天蒙蒙亮的时候，夏衍光着身子去洗澡，他隔着门对苏南说："替我拿一套衣服进来。"

苏南懒得动，不想理他，但她马上想到他的衣服都在箱子里，她爬起来，只套一件毛衣，光着两条腿轻而易举破了箱子的密码。

就像夏衍能轻易地解锁她的手机那样，苏南也能很轻易地打开他的门、他的箱子、他的手机。

她摸出睡裤里放的那瓶香水，把箱子大开着，往空中喷了两下，房间里瞬间下起一场香水雨。

苏南翘起嘴角，抱着衣裤一回头，就看见夏衍斜倚在门上，目光深邃地看向她，脸上纵容的笑意，好像知道她在干什么，为什么这么干。

沈黛在登机口等了夏衍很久，他早该到了，却在最后才赶来，她笑盈盈迎上去，正想问他是不是路上堵车，她鼻尖一动，闻到了女人的香味。

沈黛滞了一下，以为自己恍惚了，夏衍入行不久，可他的严谨在业内是众所周知的，他把学生时代洁身自好的坚持也带到了工作上，沈黛从未听说过他有什么花边趣谈，除了他那位模特女朋友。

凝神再闻，确实是女人香，虽然香得妖娆，但是非常大众品牌的香水。

"路上堵车吗？"沈黛假装没有闻到，拎着电脑，像个朋友那样问，"我还以为你要错过航班了。"

"路况还不错。"为什么会晚，他没有说。

夏衍的头发还带着湿气，沈黛看在眼里，并不说破，他穿了一件沾染着香水味的外套，头发又还没干，肯定是跟个女人热烈告别。

夏衍不得不又洗了一次澡，至于他为什么迟到，当然是因为苏南。

她身上就穿着一件白毛衣，踮脚踩在地板上，露出两条莹洁丰腴的腿，弯腰翻他的衣箱，又偷偷摸摸地摸索出毛茸茸的睡裤里的香水瓶。

夏衍就靠在门边，他看着她偷偷摸摸，看着她眼睛溜来溜去，看着她弯下腰，他想看见的都看见了，身上裹着的浴巾发紧。

所以他们又有了一次，这次没有套。

夏衍和沈黛先上飞机，沈黛坐在靠窗的位置，她正想打开资料和夏衍细谈，扭头就看见他满脸严肃，盯着手机在翻阅资料，登时有些微的紧张："怎么了，是合作项目有什么漏洞吗？"

这次的合作应该没有问题，舅舅找人替她把关过，但夏衍能够在金策升得这么快，除了因为几次投资项目获利颇多之外，还因为他眼光很毒，总是能发现对方的漏洞和破绽。

夏衍一脸严肃在看的不是补充资料，而是在查事后避孕药对女人身体的伤害，他在最后的关头克制住了，并没有留下什么。可苏南软得好像一汪水，连夏衍自己也不能十分确定是不是真一滴都没有。

如果有孩子当然很好，但苏南还没有准备好，她根本就没有想过除了爱情之外的任何事，年少时他从没有让她担心过这些事，现在也不想让她担心这个。

这时候苏南应该还在睡，长发铺散在床上，半边脸枕着枕头。昨天晚上到今天早上，她很累了，他离开时吻她的额头，她长睫毛一颤一颤的，睡着了比醒着要乖得多也诚实得多。

夏衍看过资料，找到相熟的医生，问出吃哪一种对身体的损伤最小，把药品的名字发给苏南，说他不能百分之百保证一点都没有漏，还担心她吃了药身体不适，皱着眉头不住后悔，刚才还是应该忍住的。

看来他很需要一个床头抽屉，这种存货总还是越多越好，有备无患。

听见沈黛发问，他这才分出神来回答她："不是，我在看另一个计划。"

沈黛有些惊讶："你这么快就又有新项目了？可以问问是什么方面吗？"

夏衍简短地说明了一下："有关于医疗方面的。"

沈黛不再说话了，他们这次去深圳就是关于医疗制药方面的投资项目，他这么快又有了新方向，又是同一个类型，于是她识趣地不再多问了。

苏南一觉睡到大中午，窗帘透出一丝光，被单上潮乎乎的，汗味还没消散，她爬坐起来，捶着被子骂了一句王八蛋。

拳头打在松软的被子上，就像她骂的那句脏话一样，并不十分认真。

苏南洗了澡，穿回衣服，两条腿微微打战，她又骂了一句王八蛋，伸手揉着大腿根，王八蛋不在，她可以放心地脸红。

眼角眉梢都染着一点点红晕，苏南在镜子前照了又照，不肯承认镜子里那个女人是她自己。

她不确定沈星回家了没有，也不知道沈星昨天晚上去哪里浪了，现在已经中午十二点了，夏衍家里什么也没有，冰箱里还只有两袋咖啡豆，于是她顺手偷了一袋，假装自己是买东西出门的。

套上毛拖鞋，蹑手蹑脚地关上门，要是沈星不在，她就再溜回来。

刚关上门，电梯就打开了，沈星看见苏南站在门口，套着一件飞行夹克，问她："你去哪儿了？"

苏南马上说谎："我一个朋友给我送咖啡豆来，我下楼去拿，钥匙锁里头了，幸好你回来了。"

沈星挑着眉毛看她："你就穿成这样下楼了？"

毛衣、睡裤，还没化妆，平时苏南就连倒个垃圾都是要化妆的，据她说这是女人的自尊和底线，像沈星这种基本已经可以开除女人籍。

然后，沈星又看见苏南穿了一双毛拖鞋："外面还在下雨。"

苏南慌里慌张，她绝不能让沈星和苗苗知道夏衍回来了，还搬到她对门的事。毕竟她当着这两人的面赌咒发誓过，要是夏衍回来她还啃回头草的话，她就是小狗。

"地下车库，她在车库等我。"

沈星没多追究，她自己都累得半死，一边开门，一边对苏南说："我后天就走，你出门可得记得带钥匙。"她这回要去瑞典追极光。

苏南一把抱住了沈星，像个小妻子留恋丈夫一样："亲爱的，又要去多久？"

沈星伸伸手假装推开她，突然鼻子一动："你身上这是什么味？"

苏南笑嘻嘻："香水味啊。"

沈星向来鼻子很尖，觉得这香水香得很不对，可哪里不对，她又说不出来，就像是某种甜腻腻的水果熟透了的味道，她一脸嫌弃地扭开脸："难闻。"

苏南自己也感觉到了，她身上是情动过后那种味道，她退开两步，清清喉咙，赶紧把话题扯开："去追极光？"

沈星"嗯哼"一声，她一直想去拍极光，追极光要去好几个国家，先前她一直都没有经费，突然能去，心里是很高兴的。

苏南从衣柜里翻出她买的滑雪服，还是新的，她还没来得及用上，给沈星塞在包里。沈星这点小身板，刚从沙海回来又要扎进雪山，真怕她冻死。

沈星从小阳台上摸出她那只久经沙场的登山包，往里面塞东西。苏南溜回卧室拿手机，手机上有许多未读消息。

夏衍告诉她已经落地，到了酒店，准备商务会议，还给她发了一个定位，靠着海边的酒店，冬天的海很沉郁。

再往上翻是一大段话，他说他不能百分之百地肯定有没有在里面，问她自己感觉到没有？苏南低咒一声王八蛋，她抓着头发，想不起来涌射的瞬间，她到底有没有感觉到，好像有，又好像是她自己的。

沈星想借双防雪靴，苏南嚷嚷着要去瑞士滑雪很长时间了，行动没有，装备齐全，两人脚一样大，正好能穿她的。

沈星推开门就看见苏南倒在床上，蜷成一团滚来滚去，仿佛一个智障，一般这种时候就是她谈恋爱的时候。

沈星手里拎着登山包，问她："那男人是谁？不会是你上次一夜情那个吧？"

沈星想拎着苏南的耳朵让她长点心，上回那个已经是人间极品的渣子，没想到这么快苏南就又恋爱了。时间这么短，已经发了疯，等她从芬兰回来，还不知道这女人得疯成什么样。

"我一走，就留下苗苗，还像上回那样，让苗苗替你兜着？"沈星觉得自己像是在当爹，仿佛要养两个女儿，一个艳杀四方，但没脑子；一个有脑子但又太软，起不了什么作用。

苏南嘟嘟嘴，她不滚了，她从毯子里看沈星："才不会。"

沈星翻了个白眼："不想管你。"说完，扭头出去继续收拾东西，打开食品柜，把巧克力条塞进背包里。

苏南还在烦恼吃药的事，忽然接到了《红楼金粉》拍摄助理的电话，问她能不能今天下午过来连戏，拍摄计划突然加急，当然了她们这些算是特邀，是要加钱的。

苏南开着免提，点开唐栗的微信，飞快问她是怎么回事，是不是确实有拍摄在进行。

唐栗很快回了过来，她也在往剧组赶，今天接的活算是黄了，但她希望能继续跟组，当然要扔掉零活赶紧回去。

苏南这才答应了，问明白时间，收拾东西，要赶到影视城去。刚挂了电话，唐栗的电话就打进来了，张嘴像竹筒倒豆子似的抱怨："肯定又是男主角出幺蛾子，我都已经连着赶了几天了。"

两人一边商量一边收拾东西，这回苏南准备充足，除了全套护肤品之外，她带了轻薄保暖衣、保温杯，还带了些小点心。唐栗说她认识编剧助理，要是太晚了，三个女孩可以将就将就挤一间屋子，于是苏南又带了简易床套。

　　男主角在原定拍摄计划的那一天，要参加一个商演活动，于是这场大戏只能挪到今天下午来拍，所有人都绕着男主角转。

　　唐栗一边给苏南上妆，一边叨叨："这场戏肯定早不了，他自己什么演技心里没点数吗？非得找老戏骨给他搭戏，又怕人家压他的戏，我估计咱们肯定得在小宾馆里窝一夜了。"

　　还真被唐栗猜中了，苏南演的歌星先是在台上献唱一首，然后就钩着剧中大佬的胳膊，到男主角面前，几个人有一场谈话，她的作用就是当个完美的花瓶。

　　群演们还好，化妆师累过了一拨也能歇一歇，唐栗认识的编剧小助理跟着老师现场改剧本，唐栗把人指给苏南看："你看，这个叫飞页，一边写一边拍，这边老师写三行，那边就推几个镜头。"

　　苏南看得目瞪口呆，怪不得现在电视剧越来越难看："这戏的男主角很有名气吗？"

　　唐栗点点头："流量明星嘛，三个男主角的设置本来是三条线，现在要侧重在他身上，我也是难得看见他，一般看见的都是他的替身。"几个群演麻木听着，今天又下着雨，天气阴冷，大家都缩在一起取暖。

　　苏南这回带了一件长羽绒服，穿着旗袍从头罩到脚，没一会儿助理带她去跟搭戏的老戏骨对戏。

　　老师上了年纪，穿着绸衫，笑起来很和气的样子，因为赶进度，把苏南那两句台词给砍了，连嘴型都不拍，到时候找个配音来配上。

　　知道苏南是第一次拍戏，老先生很和蔼，告诉她不要紧张。两人先练习了一个挽手走路的姿势，老戏骨说台词的时候，她只需要笑得嚣张娇艳就行了，苏南相当于本色出演。

　　被唐栗不幸言中，连苏南都比男主角演得到位，她笑得脸都僵了，男主角还没能把台词顺下来。老戏骨还能保持风度，苏南踩着高跟鞋，小腿都麻了。

　　这场戏没完没了，一直拍到半夜里，等苏南拿出手机的时候，上面有七八个未接电话，是夏衍打来的，苏南这才想起来，她还没吃药。

　　他们早上七点最后一次，也就是那一次没有做措施，苏南数着手

指头，现在快晚上十二点了，已经过去了十七八个小时了。

夏衍又一个电话打进来，这回苏南终于接起来，听见他在电话那头压不住的火气："为什么不回我一个电话？"

他翻到微博知道她去连戏了，可一连就是十几个小时，期间半点音讯也没有，怎么不叫人着急。

他竟然还敢有火气？苏南才火大呢，她握着手机火星子直冒："你为什么不忍住？"

夏衍在电话那头顿了顿，声音突然就柔软下来："讲讲道理，圣人也忍不住。"

在他想要忍耐的时候，是苏南勾引他的，她不肯轻易放他跟女同事出差也好，识髓知味贪得无厌也好。

不管是哪一种，都让她钩着夏衍的腰，不许他不动。

苏南不说话了，轮到夏衍问她："吃药了吗？"

……

夏衍猜她是忘了，要不然怎么会既不撒娇又不发脾气，轻轻两声呼吸泄漏了他在笑的事实："其实，最后那次应该没有多少，你把我都掏空了。"

苏南红着脸气急败坏地挂掉了电话。

夏衍听见忙音，没有再打过去，总算联系到她了，也能暂时安心了。他把手机放进口袋，转身想回去，碰见沈黛出来。

这个晚上夏衍一直心神不定，几乎是隔一会儿就要看一眼手机，借着出来抽烟的工夫不停给苏南打电话。

沈黛全看在眼里，玻璃窗上映着夏衍的影子，他一定是联系到了想联系的人，连影子都感觉放松了。

会议过后的应酬已经可留可不留了，她走过来对夏衍说："我说我有点头疼，你要不要跟我一起回酒店去？"

接下来的局就不是现在这种素局了，这些人大概要转战荤局，沈黛陪得差不多了，再陪下去，他们也不方便，她给自己找了个借口离开。

夏衍并不挑剔合作同事，但一定要挑，他并不喜欢和女同事一起出差，像这样的三方会议，金策不能全不到场。

但沈黛竟然替他找了理由，夏衍抬手揉揉额角："正好，我也有些头疼。"昨天晚上睡眠不足。

但这样的离开让人误会，那几个人以为沈黛和夏衍是一对，有女朋友在场，当然不能陪着他们去荤局，很轻易就放走了夏衍。

夏衍解释了一句，他确实是头疼："我真有些头疼，可能是要感冒了。"

沈黛也笑盈盈地接话："你们别乱开玩笑了，他和他女朋友感情特别好。"像个朋友那样替他解释。

但这种事在行业里并不新鲜，男女一起出来出差，发生点那什么，那简直是一定的，人人看向他们的目光又多了一重含意。

夏衍不再解释了，他和沈黛一起回到酒店，沈黛看他确实疲惫，让前台送来了感冒药，送到她自己的房间里，然后她脱掉外套，给自己补了一点唇蜜，西柚色的，配她身上的毛衣裙，显得非常温婉，她拿着感冒药去敲了夏衍的门。

夏衍好一会儿才来应门，手上还握着手机，他又在打电话。沈黛的小计划落空了，她没想到对方是这样的高手，让他着急，又缠着他不放，该黏人的时候黏得这么紧。

沈黛面上微笑不变，她把药盒拿在手里摇了摇，递到夏衍手里，又给了他一个了然的笑，手指在唇间做了个嘘声的手势，保证自己不出一点声音，好像她和夏衍有什么秘密。

可电话那头的苏南已经听出动静，她正告诉夏衍好消息，然后就听见门铃声，她马上问："是谁？"

夏衍当着沈黛的面偏过头笑起来："是一起出差的同事，过来给我送感冒药，等年会的时候我介绍你们认识。"还在通话中就跟沈黛说，"麻烦你了。"

沈黛从他的笑容里回过神来，她笑一笑，干脆大大方方说话："注意休息。"

沈黛的计划落空了，她本来是打算照顾夏衍的，替他烧一壶热水，看他吃药，可能还会替他收拾收拾东西，既掌握在朋友的分寸中，又让他能感受到温暖，她猜测夏衍的女朋友不是会照顾人的那种类型。

可没想到他不懂事的女朋友，会在他最需要休息的时候还和他打电话。

沈黛站在门边一时没有离开，隔着门还听见夏衍的低笑声，他回酒店的时候明明显得很疲倦的，现在又笑得这么愉悦。

沈黛对这个模特女有了高度的好奇心，她非常想见识一下，能让夏衍丧失冷静的女人到底是什么样子的。

苏南跟着唐栗到了剧组包下来的小宾馆，小宾馆的房间里一股潮乎乎的霉味儿，唐栗那个朋友的工作还没完。

她要跟编剧老师两个人开夜车继续改剧本，匆匆跑回房间拿了两桶泡面就走了，只来得及跟苏南打个招呼。

唐栗拿出水壶烧水，她也有一辆小车，车子后面装备齐全，还给苏南洗了两个苹果，很老到地告诉苏南："这屋子已经算条件好的了，起码一个人一间，有两张床，剧组那几个小演员，妈妈跟着，还得跟人拼床，更惨。"

苏南看了一天戏了，那几个小演员演得可比男主角强多了，嘴巴也很甜，还有一个跑到苏南跟前来，跟她说："姐姐你长得这么好看，一定会火的。"

苏南心花怒放，她不是那种做明星梦的女孩，她妈妈的经历足够让她知道，这一行当里的陷阱比鲜花要多，可她没想到有没有名气的待遇这么天差地别。

本来苏南也有一间房的，她算是这场戏里的次要演员，虽然没台词，但每个镜头都会带到她，她的资质上佳，这两场戏她半点都没怯场，表演非常到位。

这一场戏里，她是非常吸睛的，四五个男演员中，她是唯一的女性角色，本来只是点缀，但美貌让她成为不容忽视的亮点。

大佬有大佬的气场，而美人有美人的风情，整个画面就像被割裂开来，流量男主角被框在这个镜头里黯淡无光，对比实在太惨烈了。

导演一双眼睛阅人无数，点了点监视器里的苏南，她穿一件金色旗袍，娇媚天成，扮相就很能说服人，让人一看就是能得到大佬宠爱的女人："这是哪个找来的？底子不错啊。"

别的不要紧，最要紧的是有明星相。导演自己也有个影视公司，这剧里推的女主角就是自己公司的，女主角是纯真型的，苏南要是没签约，正好可以发展一下。

副导演本来要替苏南开一间房的，唐栗死死拉住她，不让她离开自己身边半步，跟副导演打哈哈："我和我姐姐住一起就行。"

把苏南升了一级，副导演吃不准这是不是唐教授家的亲戚，还是真的过来客串的，可他也能看得出来，苏南的家庭不会太好，圈子里最多的便是底层出身的美人。

苏南心里觉得好笑，唐栗这个小孩儿，还当她这些年是白混的，她捏捏唐栗的脸，跟着一起到了小宾馆。

房间设施虽然差点，好在能洗热水澡，唐栗拿了衣服准备洗澡，看见苏南在屋里绕圈子："怎么啦？有蟑螂啊？"

声音都在发抖，她最怕蟑螂了，苏南摇摇手："不是，这附近有没有药店？"

唐栗以为她冻到了，赶紧去翻背包，倒出一个药盒，粉色的，上面还贴满了粉红色的小爱心。

她微微脸红，抱怨两句："都是我哥，还拿我当小孩子呢。"说着打开了小盒子，简直就是个百宝箱，"我这儿什么药都有，感冒、胃痛、头疼什么都能治，你要什么药呀？"

苏南："呃……"

苏南说不出口，唐栗的哥哥肯定不会给妹妹准备避孕药，唐栗总有一种苗苗的感觉，但苗苗很早就独自生活，人情世故很通透，唐栗一看就是良好家庭养出来的乖宝宝，这话她没法说出口。

"我还有红糖姜茶呢，你是不是姨妈要来了？"

苏南得救了，她算一算日子，明后天就该来了，她在安全期，怪不得她小腹坠坠的，本来还以为是不舒服。

唐栗给她泡了一杯红糖水，先进浴室去洗澡，苏南靠在窗边给夏衍打电话，她一边啜着红糖水，一边哼哼着得意："我安全期。"

接着她听见电话那头响起敲门声，"笃笃笃"轻轻三下，夏衍打开了门，苏南心头无名火蹿起，这个时间还能有谁？

夏衍拿了药关上门，打开了视频通话，让苏南看看他身边没有人，其实他好像不是感冒，是神经紧张引起的头疼，苏南打电话过来之后，这种症状就缓解了。

他看见苏南在简陋的小宾馆里，房间床上堆满了女孩子的东西，她还化着妆，红唇欲滴，夏衍半躺到床上，一只手拿着手机，一只手撑在脑后，问她："你一个人睡吗？"

苏南收到了一条短信，是个陌生号码，消息在手机顶端停留，上面写着今天那位男主角的房间号，想约她到他的房间里对戏，还会派车到这个小宾馆来接她。

她还没出道，就先遇上了潜规则？

夏衍看见她表情变化问她："怎么了？"

苏南盯了他一眼，意有所指："职场性骚扰。"

夏衍笑出声，他在面对苏南的时候微微敞开了睡袍，露出胸膛，今天早上这胸膛上还满是因她而沁出的汗珠。

"这是工作，也只是工作。"

夏衍听懂了苏南话中的含意，他确实知道沈黛对他是有好感的，可那是她单方面的，是她自己的问题，他不能控制别人的思想，也不想浪费时间精力来处理与他无关的感情。

单方面对他有好感，与他无关。

就算是这次的合作项目，沈黛挑了他来合作，确实别有意图，但就像他说的那样，和她同学的时候就只是同学，同事的时候就只是同事。

哪怕沈黛真的和沈华东有亲戚关系，但董事会不止一个人，上面还有合伙人，公司是看重他在这类方案上的经验才委派了他。

他享受苏南的醋意，可眼下不是享受的时候，苏南的脸在屏幕上定格了。

苏南点开了短信，轻声读了出来，这短信连遮掩都不遮掩，赤裸裸给她发了一个酒店位置和房间号，最后才算是给了一个理由，说邀请她去对戏。

夏衍轻吸口气，屏幕上苏南的脸立刻又灵动起来，她关掉了短信瞄住夏衍："你看，这也是工作。"

这当然是假话，是用来堵他刚刚那句话的。

夏衍哑口无言，苏南隔着屏幕用灼灼目光盯着他，夏衍道："这个项目结束之后，我会尽量避免再次做合作项目，但有些事是无法规避的。"

苏南其实没有正经进入过职场，她骄傲又娇气，受不了闲气，又因为长得过分好看了，职场对她尤其艰难，这份工作丢了，就再找下一份，没有长远的规划。

她对他的工作不了解，但那没关系，等他回去，可以解释给她听。

比如这个项目，对他的事业有提升，就连沈黛都会在签下这个项目之后升级，他不会把这个机会拱手让人。

苏南却不这么认为，她认为那个女人已经表现得非常明显了，干的事也足够恶心，孤身男女一起出差，半夜敲门送温暖，和那个流量小生的夜读剧本邀约有什么不同？

这个行为只不过看上去高级一些，但这并不能让她的意图更高尚，想的一样是肉体关系。

而夏衍对她一点点举动心思都了如指掌明察秋毫，怎么能对这么明显的行为视而不见呢？接着苏南又开始怀疑夏衍根本不像他说得那么好听，他们现在也不是男女朋友关系，说不定他在公司里根本就没有拒绝过沈黛的示好。

夏衍没有一口保证，苏南已经开始冒火了，这种想象又火上浇油，她哼哼冷笑一声，把原话又还给了他，随口撒谎："之后我还有几天拍摄，和他对戏也是无法规避的。"

说着，她挂掉了电话，开启了飞行模式，并不打算回复那个让她去讨论剧本的邀约。

唐栗洗了澡洗了头，出来就看见苏南一脸阴沉，问她："怎么啦？肚子很疼吧？我给你灌个热水袋吧。"

苏南点开短信，把消息给唐栗看了。

唐栗瞬间激动，像只圆滚滚的仓鼠那样在屋子里蹿来蹿去，她还是第一次见识到潜规则，这种事竟然就在她的身边发生了！

激动过后，她开始理智分析，打着男主角的名头骗人的，剧组里不是没有，群头骗群演的有，选角导演骗新人的有，人人都说自己有门路，能帮忙上戏，这种事一点都不稀奇。

可这个是真的，唐栗点点手机屏幕："这个酒店一晚上四五千，整个剧组只有他住在那儿。"唐栗搓着下巴得出结论，"这个电话号码可能是他助理的。"

别的演员都是住一千一夜的周边酒店，可流量咖岂能跟青黄不接多年的主演们住一起，非要把自己的咖位提高，远离大家，原来不光是为了咖位着想，还为了方便办事。就是看着苏南是素人，又没经纪公司，就算发生点什么，也没人替她炒一拨，动她太容易，勾勾手指头就来了。

苏南今天和流量男主角才见了一面，她一直不太喜欢这种长相的男星，太漂亮太精致，看上去没有男子气概。

而且唐栗还说了，她的老师是替主角化妆的，这位流量小生整过容。

虽然他脸比苏南的还小，骨架子又细，对人还算客气，苏南刚想说这人倒也不讨厌，没想到就接了这么一条短信。

"这戏也就这样了，服化道再精心也没用，投资这么大，男主角这么瞎，拿一众绿叶也衬托不出他这朵红花，估计到时候火的全是配角。"唐栗八卦完了，问苏南，"你怎么办呀？假装不知道？"

苏南过来连戏那天就签了个工作合约，她没有经纪人，但她有小唐栗。唐栗替她看过了，又补充上几则条款，按场次来算价钱，薪酬不低，要是惹怒了男主角，可能这戏就黄了。

现在都已经这么晚了，苏南决定假装没有收到这条短信，她和唐栗两个本来想挤一张床的，那个编剧助理要赶夜工不回来了，于是两人一人分了一张床。

苏南贴上面膜躺到床上，心里很想关掉飞行模式看看夏衍着不着急，可她还在生气，咬牙忍耐不理他。

唐栗看着苏南护肤，美人果然不是谁都能当的，她贴着面膜，给全身抹身体乳，指缝间都涂抹到位了。苏南还告诉她说这只是初级的护肤，在家里的时候还要泡澡去角质。

苏南看唐栗趴在床上托着下巴看自己，轻笑一声，问她："你接不接化妆的活？"

专业和非专业之间还是存在差别的，苏南跟着唐栗学到几招，本来是足够年会用的了，可既然沈黛在场，苏南决定要把钱花在最能刺激她的地方上，比如脸上。

唐栗听她这么说，马上答应了，还给了苏南一个优惠价："我保证整场下来你的底妆都服帖光滑，艳光四射。"

第二天一早，唐栗要先起来去给演员们化妆，苏南还能再睡一会儿，反正有两辆车，她磨磨蹭蹭起来的时候，天已经亮了，打开手机跳出几条夏衍的短信和电话。

最后一条是他说他会让人来接她下班，苏南气得戳了好几下夏衍的头像。

苏南昨天没回家，沈星在群里发了【走了】。

苗苗乖兮兮回复一路平安，苏南赶紧发了个飞吻。

滑到最后一条，原来昨天流量小生还给她发了一条短信，说她的戏很好，可以在这个剧里争取更大的演艺机会和空间。

苏南不为所动，她怒火高涨，起来收拾东西去了片场。

可剧组没开工，流量小生今天起晚了，从早上到中午都没来，他的助理跟导演打招呼，说他昨天晚上身体不舒服，所以早上想要休息一下，下午开拍。

导演脸色发青，想怼上两句，又不知道明天的通稿会被写成什么样，这位小爷身后的营销团队惹不起。可导演又控制不住自己的脾气，让副导演顶上，自己去了别的组，拍两个中年主演的对手戏。

好不容易把人等来了，场景都安排到位，那个流量小生对苏南笑一笑，都不用他来挑刺，助理上来了，告诉副导演说："昨天那个搭戏的女演员，个子太高了。"

苏南穿着高跟鞋挽着大佬的胳膊，老戏骨个子并不高，年纪也挺大了，下了戏就是个和蔼可亲的老人，对人非常和气，可只要一上戏，眼睛眯着笑一笑，还是和气的模样，可整个气场完全不同了。

苏南对他尤其佩服，特别是昨天 NG 那么多场，老戏骨干脆给苏南说戏，告诉她就算没台词，也不是拍特定，她也不能木呆呆站着，眼睛里要有戏，对所有说的台词，她都要给出反应。

昨天已经拍了一天，女演员不合适，到现在才说话，其中有些镜头导演已经准备选用了，比如挽着胳膊一路走来的场景已经拍完了，不用再走一次了。

现在灯光机位都已经调整好了，昨天簇拥着大佬的舞女群演都不用再调动，流量小生的话一出口，全盘要重来。

副导演皱了眉头，又得再拍半天，可那边的意思就是要把苏南换掉，换成原来那个演歌星的女演员，她已经化好了妆，专门在一边等着。

唐栗听了全程，气得握紧了拳头，苏南已经不是第一次遭遇这种事了，内心肮脏的男人们总是有各种丑恶嘴脸逼人就范。

老戏骨皱皱眉头："小苏昨已经跟了一天戏了，表现很不错。"

副导演也知道苏南表现很不错，可有什么办法，一场戏调动那么多的群演、这么多的机位，今天又一定要把这场戏拍完，苏南这么个小角色，牺牲就牺牲了。

苏南瞥了那位流量小生一眼，她笑眯眯的，眼睛从他的头瞟到他的脚，像苏南这样的美人，追的人太多，她知道用什么目光看男人，最能打击男人的自尊心。

她现在就是用那种眼光来看那位男主角，这位流量小生昨天确实看中了苏南，他的台词一直说得不顺，一部分原因是苏南就穿一件薄纱旗袍，曲线毕露地站在他面前。

光是这样还不足以勾人心神，她本来还拿捏着姿态站着，等到老戏骨给她说完戏，就不一样了。

她眼睛里下了钩子似的在他身上打圈，就像剧里说的那样，男主角是很引人瞩目的，大佬都要亲自和他交谈，当红歌星也对他充满了好奇。

苏南的目光把他看得心浮气躁的，他以为这女人真的对他有意思，还打算给她点甜头尝一尝，结果她竟然敢把他干晾着。

到这时候大家基本也都明白是怎么回事了，老戏骨手里有根拐杖当道具，他手里捏着拐杖捶了一下地，行业乱象无法改变，他昨天算是当了苏南半天的老师，她确实很有天分。

从业这么多年，形形色色的人见得多了，像苏南这样的小姑娘，长得这么漂亮，眼睛这么清澈，今天这事也算他没看错人，他对苏南说："小苏，真想吃这口饭，正经去上课读书，什么歪路子都走不长。"

苏南并不想吃这口饭，但她有些感动，她最受不了老人跟她说这些，两人还套着戏服呢，一个是大佬一个是小情人，可姿态像是爷孙。

不让她上就不上，反正昨天的钱得结，本来就是个外快，她大大方方道谢："谢谢老师。"

苏南转身去跟剧务结钱，唐栗气得眼圈都红了，亏她还曾经喜欢过这个流量小生，觉得他颜值戳人，她气得要哭，被苏南揉揉脸："下回再有这种活，还叫我。"

三天进账很丰厚，差不多是她接个推广的价钱，本来还想靠这个再涨一拨粉丝，接到更多推广，这下没戏了。

苏南的演艺生涯就此斩断，反抗职场性骚扰的下场就是丢了工作，她收拾东西准备走，跟老戏骨最后打声招呼，还有选角导演和副导演。

几个人都凑在一块，苏南拎着包刚刚走过去，手上的包就被一个穿西服有些年纪的男人接过去了："先生派我来接您回家。"

几个人看苏南的目光马上不同，这个司机的打扮很讲究，皮鞋锃亮，西装笔挺，脸上的笑容很有分寸，恭恭敬敬站着，比剧里演大佬的司机的演员还像样。

苏南：……

她刚刚受过气，知道这就是夏衍说来接她的人，输人不输阵，她把包递过去，跟导演演员们打招呼，目光绕过流量小生的时候，轻蔑地"哧"了一声。

外面停的就是夏衍的车，唐栗满眼都是小星星，她一路跟着送苏南上车，眼睛扫过车身就笑了，这车比流量咖那辆要贵。

唐栗十分解气，这种小道消息在剧组里一传播，马上全组都知道了，流量小生平时人缘就不好，从此业内流传了一个八卦——

某流量小生想潜规则特邀女演员，结果他的车还没有对方的贵。

外面在下冻雨，阴冷阴冷的，司机拿着一把黑伞等在门边，又一路撑着伞护送苏南上了车，苏南一路都受到各色目光的洗礼。

无形的一巴掌狠狠甩在流量小生那张整容脸上，苏南都怕他鼻子会塌，眼睛会下线，转身走的时候高跟鞋踩得"啪啪"响。

等坐上了车，她才想起自己那辆小 POLO 还停在影视城的停车场里，打脸是很爽，现实是她还得把车开回去。

司机等她坐稳了，告诉她车里有水有毛巾还有些小点心，最后又说："夏先生交代我找代驾把车替小姐开回去，后座有个药盒也是夏先生交代的。"

苏南打开一看，里面是事后避孕药，她摸出水，吃了一颗。

司机把她送到小区里，把夏衍的车钥匙给了苏南，苏南打了个电话给夏衍。

响了一声他就挂断了，很快回复了消息给她，十分简短【会议中】。

苏南撇撇嘴巴，不是很高兴，接着他又发了一条消息过来【到家了】，简单得连个标点符号都没有。

苏南依旧不想回复，她倒在床上，点开手机 APP，打算给自己点个轻食外卖，这两周忙得没空去健身，只好在吃上苛刻自己。

外卖还没点完，夏衍的消息又来了【买了水果】。

苏南皱皱眉头，不知道买了水果是什么意思，门铃适时响起，苏南爬起来去开门，外卖员送来了两袋水果。

苏南收下来拆开袋子一看，是鲜切水果拼盘，橙子、苹果、草莓、蓝莓、香蕉，一共两盒，每盒足够她吃一餐的。

苏南又躺回床上，窝在软绵绵的被子里，她一动都不想动了，捏了草莓塞进嘴里，又大又甜，咬在嘴里满是汁水。吃了半盒，她才又点开手机，慢慢悠悠回复夏衍的消息。

回了他一个小兔子表情，是苏南从唐栗那儿偷来的，唐栗有许许多多小兔子表情，每回发给苏南，苏南都想捏捏她的脸。

苏南跟着下载了一拨，挑其中一个满意抖脚的表情发了过去。

夏衍又隔了一会儿才回复她【好好休息，我明天回来。】

这话单独看并没有什么不对的地方，但合在一起看，让苏南有了一些联想，她突然想看一看夏衍手肘上的那块白疤还在不在。

她想发消息问一问的，唐栗的信息先传了过来。

苏南点开一看，是个微博截图，流量小鲜肉的营销团队今天发了他通宵研究剧本的通稿，还说他因为是和陈老师对戏，所以心里十分紧张，晚上都没有睡好，又怕影响了第二天的拍摄，所以吃了安眠药。

陈老师就是教苏南用眼睛肢体演戏的老戏骨，他今天早早就到了片场，化好妆换好衣服，和所有的群演一起，等了流量小鲜肉整整一上午。

苏南一时兴起，打开了微博，这条果然上了热搜，是小鲜肉和陈老师的照片，两个人拿着剧本，镜头大半边都是小鲜肉，恨不得把陈老师的身体全截掉。

两人的对比在照片中依旧惨烈，剧本部分虽然已经模糊处理了，但还是能看得出来陈老师的剧本上密密麻麻的，一行一行都是手写字体；而小鲜肉的剧本连台词都没有画出来，干净得就像没读过的课本。

这条微博下面全是粉丝在心疼她们的哥哥，点赞最多的几条评论是"我们哥哥真敬业啊，这戏一定非常好看""拜托哥哥不要吃药了，哭脸哭脸""不要伤害自己的身体啊啊啊，我们心疼啊啊啊"。

苏南和唐栗哑口无言。

两人隔着屏幕哈哈大笑，苏南笑得小肚子疼，她伸手揉揉小腹，唐栗又发来一段偷拍小视频，这场戏到现在还没拍完。

陈老师遇上这种后辈，好脾气也成了坏脾气，拍了半天还不行，那个女演员演苏南的戏份，总是显得很僵硬。

媚骨这种东西，全凭天生，别人学都学不来。

唐栗飞快打着字，一大段一大段发给苏南，告诉她这场戏等于全部重拍，导演都快气疯了，不能骂流量小生，只好骂副导演。

唐栗还悄眯眯地告诉苏南："我听他们的意思是要把她全剪了，还用你的那些戏份。"反正拍苏南和老戏骨的那几个镜头十分完美，小鲜肉自己再补拍特写就行了。

"导演还问我呢，你有没有意向进娱乐圈，就签在他的公司，有合适你的角色就替你安排。"因为下午那一出，导演的口气都客气了很多。

苏南犹豫了，这个行当太累，比她当个小网红还要累，她连自己的微博都没精力好好经营，更别说是进娱乐圈了。

她也知道青春饭吃不久，可就是没有更好的发展。

晚上夏衍打视频电话过来，苏南接起来之前，先从床上跳起来，把房间里的灯关掉，然后打开了她床头缠绕的玫瑰花灯。

苏南躺在她粉红色的床上，背后是公主大靠垫，好像睡在玫瑰花里，这还是夏衍第一次看见她的房间长什么样。

不只是她一个人耍了小心机，夏衍赤着上身，露出身上的肌肉线条，苏南知道他是故意的，深圳再热，他也不用一副暴露狂的样子，可她还是被吸引了，就像夏衍也被她吸引一样。

他察觉到她的目光，手机镜头往下，浴巾堪堪围在腰线上，露出紧实小腹，苏南看不见他的脸，便以为他也看不见自己，大大方方地欣赏他的身体。

屏幕那头传来他的笑声，问她："好看吗？"

苏南脸红了，但她假装正经，大方发问："我想看看那块疤还在不在？"

夏衍把手机举起来望着她，目光里没有调侃和引逗了，变得幽深，苏南懂得这目光里的含意。

她突然伸出手，一颗一颗解开睡衣的扣子，先露出锁骨，然后露出莹润肩头，指尖在蕾丝花朵肩带上打了一个圈，红唇微启，眼神自下而上地撩动他。

夏衍低喘了一声，然后苏南就得意扬扬地挂掉了电话。

苏南先是被引诱，接着又反向挑逗了夏衍，等挑起了他的兴致就挂断了电话，然后她感觉自己身体发热。

苏南搬起石头砸了自己的脚，她反复告诉自己这没什么，男模她也见得多了，从来也没起过色心，她并不是受不了夏衍的诱惑，仅仅只是因为她是个成熟女人，她有需求。

苏南关掉了屋里的空调，伸手对着面颊不停扇风呼气，这样还不行，她还是发热，于是她打开冰箱，里面果然还有沈星留下的冰可乐。

沈星日常不喝水，要么啤酒要么可乐，苏南挣扎了半天，终于从冰箱里掏出一罐来，打开盖子，喝了两口。

一晚上她都没睡安稳，将要清晨，苏南捂着肚子爬起来，她觉得腿间湿漉漉的，小腹又坠又涨，是姨妈来访。

原来她昨天体温升高不是因为夏衍的腹肌，只是因为姨妈要来了，而她还作死喝了冰可乐压火气。

苏南哀叹一声，揉着肚子进了厕所。

柜子里原本存的姨妈巾全没了，苏南爆了句粗口，这肯定是沈星拿走的，她虽然像个男人，到底还是女人，每回出门都要带上足够的姨妈巾，徒步的时候这东西特别有用。

除了姨妈巾，沈星还会带上保险套，苏南头一次发现她包里装了三四盒套套时，人生观都差点被颠覆了。但沈星说，这些卫生用品，在野外都有大用场。

苏南当时就拍着她的肩膀，预祝她："希望你能让套套干它的老本行。"

没想到沈星这回搜刮得这么干净，日用夜用全没了，苏南没力气下楼去买，先给自己垫上厚厚几层卫生纸，躺回床上，叫了个外卖，让外卖小哥给她送卫生巾来。

苏南模模糊糊快要睡着时听见了敲门声，她挣扎着起来去开门，站在门口的，不是快递小哥，是夏衍。

苏南"啊"一声捂住脸，不让他看自己的脸，她刚刚上厕所的时候照了镜子，脸色发黄，下巴隐隐要爆痘，还没洗头，这种样子怎么能让他看见。

夏衍手里拎着箱子，他一回来就先来敲苏南的门，看见苏南惨无人色的样子，以为她病了，伸手拨开她，把掌心贴住她的额头，她并没有发烧。

苏南七手八脚要把他赶出门去，她现在素颜，状态又这么差，十分不想见人，尤其这人还是夏衍。

他本来应该是今天晚上才回来，为什么清晨就到了？

夏衍当然不肯让她把自己推出去，昨天晚上明明还好好的，她还有闲情逸致勾引他，撩拨得他小腹升腾起的热意怎么都无法消散，反正工作已经结束了，干脆提前回来。

两人一个推一个挡，就在推搡时，外卖小哥到了。

他手里拎着一大包姨妈巾，以为苏南遇到了麻烦，正义感瞬间爆棚，冲到门口，质问夏衍："你要干什么？"

外卖小哥一副只要苏南开口求助，他马上就撸着袖子干翻坏人的样子。

苏南没了办法，只好气哼哼地放夏衍进屋，顺便感谢外卖小哥，给了他二十块茶水费打赏，然后她抱着一堆姨妈巾进了厕所，还把门给反锁了。

夏衍看了单子，知道她在生理期，他伸手摸摸西装口袋里的小盒子，惦记了一晚上的好事就此落空。

夏衍把箱子放在门边，脱掉皮鞋，叩一叩厕所的磨砂玻璃门："怎么样？肚子疼吗？要吃点什么吗？"

苏南在里面支支吾吾，她洗了澡洗了头，用热水冲小腹，在厕所里折腾了将近一个小时才出来，除了抹上护肤品，还给自己扑上一层晚安粉，显得皮肤有些光泽。

夏衍却像是没看见她的变化那样，解开大衣扔到沙发上，只穿一件衬衫，把袖口卷起来，揉揉她的脑袋："想吃什么吗？"

苏南摇摇头，她什么也不想吃，只想要好好睡一觉，等她睡足了，就要跟夏衍好好计较一下"职场性骚扰"的事。

夏衍没有离开房间，他坐在床沿，苏南的房间和他的住处风格迥异，他除了必要的家具之外不添置任何东西，而苏南的屋子，从里到外都塞得满满当当的。

夏衍觉得他们以后会需要一个很大的衣帽间，漆成灰粉色，有足够的储物空间，摆她喜欢的这些零碎小玩意儿。

苏南伸手推推他："你走。"

嘴上让他走，可她拉起被角，遮到眼睛，偷偷从被子缝里看他。

夏衍觉得好笑，他干脆躺上了床，占据了苏南单人床的三分之一，让空间显得更狭小，也更安全。

"你睡一会儿，等睡醒了，想要谈什么我们再谈。"

苏南满意了，她的呼吸越来越轻，越来越浅，眉头舒展，嘴唇就

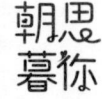

像欲绽未绽的玫瑰花蕾。夏衍凑过去，偷吻她一下。

苏南马上眯起眼睛，她在装睡，看他离不离开。

夏衍把手探进被子里，握住她的手，让她抚摸自己的手肘，嘴唇贴近她藏在乌发里的耳垂，告诉她："你不是想看看它吗？它一直都在。"

他的皮肤已经晒成了小麦色，可手肘处那个伤疤一直都比别的皮肤要淡一些，月牙形的，永远留在他身上。

苏南的手指头从被子里伸出来，指尖攀上他胳膊，摩挲着那块皮肤，她眯着眼睛，画了一个月牙形。

夏衍有一个秘密，他从未说过，苏南缠得那么紧，都没有撬开他的嘴。一开始他们确实是碰巧遇见，后来就不是了，他跟在苏南身后，所以才能在她遇到危险的时候及时出现。

那些上学放学路上也不是巧合，是他刻意放慢了脚步，故意在等她，看她像只骄傲的天鹅那样，昂着头出现。

她跳上他的自行车后座，手环住他的腰，他根本就不敢回头，怕最原始的冲动和欲望会升腾，那一天的心跳声，不仅仅是苏南的，也有他自己的。

苏南躺着也不老实，摸到了那块伤疤，指尖上下游走，夏衍应该是今天晚上才回来的，为什么清晨就到了，意图十分明显。

她就要看他被撩得火气升腾，但又不能动她的样子。

她的手抚过手臂，在他掌心画了个圈，然后继续往下，在她到达危险地带之前，夏衍一把握住了她："我们不是巧遇。"

苏南的目光凝住了，她明白了他话里的意思，隔了七八年，他终于坦诚，爱情是由他而始的。

他们虽然经历了同一场爱情，但感官却是错位的，她看见的和他看见的，一直都不相同，直到此刻才真正同步。

"想吻吗？"他问。

苏南乌黑的眼仁缓缓转动，她盯住夏衍，然后他们接吻了。

这个吻和所有的吻都不同，两人谁也没有激动，连气息都是平缓的，他们缓慢地吻着，舌尖舔舐舌尖。这个吻结束之后，苏南就阖上眼，她睡着了。

夏衍听她的呼吸越来越轻，越来越浅，陪了她好一会儿，这才站起身走到厨房，他知道苏南这时候会想吃什么，糖水荷包蛋。

这是老苏告诉他的，老苏十分满意夏衍这个未来女婿，他竟也跟儿子学会了发微信，偶尔会问夏衍忙不忙。

替夏衍和苏南操心，老苏知道苏南的脾气——娇气任性，老苏本来就宠爱她，等她妈妈走了，就更是百依百顺。他怕女儿跟夏衍也发脾气使性子，怕夏衍受不了，于是加倍地关怀夏衍。

老苏很会做饭，可唯独这个是苏南妈妈做给她吃的，这个简单又不费工夫，是用来哄苏南的，她吃了一次就觉得妈妈做的才是美味，从此再也没有忘记过。

宋淑惠进了门，老苏就没再颠过勺，只有女儿生日的时候或者是苏南心情不好的时候，才会给她做些吃的，这一样是从来都不能缺的。

哄她去跳舞练琴，在她坐在门边等妈妈回来，而她妈妈永远都不会再回来的时候，老苏也给她打一碗糖水荷包蛋。

老苏把这个告诉了夏衍，说："南南这个工作，太伤身体，麻烦你照顾照顾她。"

夏衍一一允诺，他很仔细地记录下苏南的喜好，那些他知道的，还有他不知道的。

夏衍从冰箱里翻出鸡蛋，又在柜子里找到白糖，他出国之前什么都不会做，家里自有保姆处理一切，出国后一个月，他就能给自己做简单的饭菜了。

苏南舒舒服服睡了一觉，醒过来就闻到屋子里甜甜的香味，是她记忆里的味道，一时分不清是在现在，还是在过去。

夏衍端着碗进了房间，把这碗加足了糖的糖水荷包蛋送到苏南手上，苏南嘴巴一抿，肚子饿了。

苏南用勺子喝糖水，甜滋滋的，蜜意流淌到心里，这是属于她的最温暖的回忆，苏南咬开一口，鸡蛋还是溏心的，蛋黄还没有完全凝固。

她几乎快要原谅他了。

接下来的几天苏南都没有拍摄工作，她开始准备年会晚宴，挑选微博广告张罗推广的合作对象，从中挑出几个刚进入国内市场的平价欧美化妆品来，想趁着年前再多赚一点，好带老苏去海南。

苏南精神抖擞，在小客厅里架起了美颜神器，给自己打光，挑拍摄背景，试录一段，看气色如何，又打开了星星灯，这是日本新出的产品，夹在照相机上，拍出的视频就好像她的眼睛里有星星。

苏南做这些都是亲自上阵，拍视频、剪片子、调色，一个试妆视

频要洗无数次脸，为了免得卸妆上妆太频繁，对皮肤不好，一个视频可能要拍两三天的素材才能剪出来。

夏衍只要下了班就会到她这儿来，苏南对他的态度软化了，他心里明白。

偶尔在他下班早的时候，会下厨做饭给苏南吃，苏南那间小厨房里，第一次弥漫出了红烧牛肉面之外的香味。

都是些很简单的家常菜，一荤一素一个汤，两个人吃足够了，夏衍不爱西餐，他在美国这些年已经吃够了，再也不想吃了。

苏南能帮忙的也就是洗洗菜打打鸡蛋，老苏从小就没让女儿干过活，苏南家里条件不宽裕，可她样样都不会干。当年苏南到上海来读书，把老苏头发都愁白了。

家里有了男式拖鞋，厨房里挂着大号围裙，夏衍炒菜的时候，苏南就在客厅里来来回回偷偷看他。

他一回身就抓住了她的视线，对她笑，指挥她干活："把盘子拿出来。"

突然就开始了居家生活，苏南还不习惯，但她乐在其中，悄悄拍下那些简单的家常菜，等不及凑齐九张就急急忙忙发了朋友圈。

这条朋友圈，屏蔽了夏衍，她因为这个高兴，可又不想让他知道。

但她每一天都过得很快乐，两人吃了晚饭之后，就窝在小沙发上，夏衍坐着看书，苏南就躺在他腿上。

有时刷剧，有时也看看别的网红是怎么拍视频的，想给自己涨涨粉。

苏南的条件比大部分人都好，可她一直不温不火，别人像坐了火箭一样涨粉，而她慢慢悠悠，快两年了，还是只有这点粉丝。

之前客串的《红楼金粉》倒给她一下子加了十万多粉，剧组在鲜肉炒敬业话题之后，放了一张流量小生和陈老师对戏的照片，照片角落里的是苏南，穿着旗袍，分外妖娆。

陈老师基本是不上微博的，他要么不拍戏，要拍就拍口碑作品，这次之所以接下这部剧，是觉得角色是他从未演绎过的，他好父亲的形象在观众心中根深蒂固，这次也想挑战尝试笑面虎的角色，粉丝们对他都满怀着敬仰之情。

陈老师转发了微博，没有像剧组那样拍鲜肉的马屁，他说，小苏后生可畏，一点就透。

那是一张现场照，却掩不住苏南的样貌和身材，粉丝们看了照片就摸到了微博来，第一张就是苏南的旗袍照，那张照片引发了新一轮的点赞和转发。

害苏南丢掉工作的职场性骚扰成了件好事，流量小生可能也没想过，会给苏南带去一拨粉丝量，让她立刻又多了些广告可以接。

夏衍看她每天为了推广发愁，放下书问她："你有没有想过签一个公司？如果这是你想干的事。"

苏南眨巴眼，她确实知道很多网红是会签公司的，可她早早入了模特圈，当年也差点就签了经纪公司，为什么没有，是因为见过签了霸王条款之后，想要脱身又脱身不得，不得不让家里帮着赔违约金的。

苏南绝不能让爸爸担风险，她一直都是单干，对于签长期合约十分谨慎。

"你可以签一个营销团队，有人替你抓时下热点，做数据规划，引流引关注，一开始确实是虚的数据，但如果时机抓得准，马上就会转化成有效数据。"这些有效数据会带动她的商业价值。

到时接广告、出席活动都不一样，如果她还想拍戏，待遇就会完全不同了。

"如果你有顾虑，合约可以让我把关，或者我可以去找个有熟人的公司，不会给你太多限制。"

苏南一直看着他，看得他放下书，抚摸她的发际，问她："怎么啦？不愿意？"

"你如果不愿意就不签公司，现在这样很自由。"夏衍还以为她想要个职业规划，她确实可以不必担心这些，但如果她想，能够做得更好。

苏南确实想要规划一下自己的职业道路，手里捏着个微博号，不停有经纪公司找上门来，想签下她，包装她宣传她，让她从小网红变成大网红。

可苏南有些话很想问他："你重新追求我，没觉得我的职业不好吗？"她上一任男朋友就是用这个理由跟她分的手。

男方的母亲觉得她不够居家，长得就不是什么好女人的模样，希望她不再打扮，最好也不要工作，本来模特也不是什么正经工作，说出去太丢人，留在家里相夫教子才是好女人该干的事。

苏南当场甩手走人，等她知道这人一边贬低她一边出轨，气冲冲跑去大闹婚礼现场。

在那个老太婆眼里不是个正经女人的苏南，根本没让她儿子碰过，她儿子讨进门那个看上去规规矩矩的新娘子，反而情史复杂，亲戚朋友前任们欢聚一堂，满场狗血。

夏衍认真看着窝在自己腿上，躺得舒舒服服的苏南，微微皱了眉头："这是你的职业，我为什么觉得不好？"

觉得不好也是因为她没有规划，明明可以有更好的发展前景，但她稀里糊涂，只由着性子高兴，浪费了天赋。

"你哄我的。"苏南藏起笑意，假装不在乎。

夏衍把书摆到一边，俯下身，伸手抬起苏南的下巴，轻啄一下："这一句不是哄你。"

那哪一句是哄她？

苏南没有问，她仔细考虑了夏衍的建议，也还牢牢记得夏衍说过会替孙佳佳介绍一个合适的职位，握着话筒问孙佳佳："你呢？你怎么样？请假了吗？"

孙佳佳打开了视频通话，她在海边度假，穿着比基尼泳衣，戴着大墨镜和草帽，告诉苏南："我请了一个长假，把所有的年假都用上了。"

孙佳佳在去过陆爷爷的小院之后，就没再主动和陆豫章联系过，两人的关系一下子跌到谷底，连朋友都不如。

苏南有点佩服孙佳佳的果敢，可一想到她之前磨蹭了这么多年，又好奇地问她："你怎么突然就下定决心了？"

孙佳佳望向蓝天碧海："在他说要补偿我的时候。"

感情能用什么东西来补偿呢？

这次她请长假，陆豫章根本就不敢拒绝，连问都不敢问，还提前把她的年终奖给发了，比往年还要多百分之五。

以公司的情况来看，他确实一直都没有在经济上亏待过她。

比如公司买的第一辆车就是给孙佳佳的，她是女孩儿，跑业务的时候有辆车更方便，陆豫章自己皮糙肉厚，跑跑也没什么大不了的。

就是这些事，让她想断又断不了，终于迈出那一步，才开始清醒了，他根本从未设想过和她发生点别的关系。

"那你现在有新方向了吗？"

"还没有，我打算先好好休息一段时间，你呢？不是要参加夏衍公司的年会吗？"

还有两天就是年会，苏南开始了她的皮肤密集护理，运动流汗排毒,补水保湿紧致,确保脸上一个毛孔都看不见,她把手指点在脸上,对孙佳佳炫耀自己的护肤成果:"素颜。"

孙佳佳笑了,她也让苏南看了自己穿比基尼的照片,苏南冲她吹口哨:"Wow。"

换成是苏南她可能会发朋友圈,专门让陆豫章看见,让他知道,离开他自己的日子一样过得多姿多彩。

孙佳佳到海边日落时分,在朋友圈里发了一张海滩照。

她坦坦荡荡没有屏蔽任何人,陆豫章看见这张照片的时候,正和员工一起聚餐。

其中一个员工点开朋友圈,看见这张照片,"哇"了一声:"佳佳姐是去海边了,她这个身材,穿比基尼一定好看。"

陆豫章点开手机,翻出孙佳佳那张照片,里面只有海滩落日,阳光热辣,海滩上到处都是肌肉猛男,他猛地抽了一口气,紧紧盯着那个下属:"你哪儿看见她身材的?"

陆豫章简直火冒三丈,眼睛恨不得要把男下属戳出个洞来,他还敢偷看孙佳佳的身材?削不死他!

下属呆住了,本来大家开玩笑是常态,年轻的公司氛围也轻松得多,没想到老板会突然发飙。

已经有同事猜测孙佳佳要离职了,老板回来上班之后,对她的态度就很古怪,好像看她不顺眼,这次她休长假,更是印证了大家的猜测。

为了缓和气氛,另一个员工说:"佳佳姐太瘦了,她这么忙,这回是不是跟男朋友一起去的?"

陆豫章的眼神立刻像刀子一样扎过来:"男朋友?她哪儿来的男朋友?老子……我怎么不知道?"

老板不在那几天,孙佳佳每天都打扮一新来公司,气色好得不得了,还时常请大家吃下午茶,大家都以为她这是谈恋爱了。

可老板一回来,大家全都掉进了冰窟窿。

老板割了痔疮,那地方比较疼,大家也都能理解,可也总不能天天摆一张被捅过菊花的脸给人看。

陆豫章折腾到了半夜还睡不着,他喝了酒,打电话给铁哥们夏衍,想要倾诉一番,电话打过去很久都没人接。陆豫章反正睡不着,一个接一个地打,想找老铁诉苦,心里这别扭劲儿怎么都过不去,他竟然会觉得没了老孙,这日子过不了了。

夏衍终于接起了陆豫章的电话，陆豫章酒醉之中还有三分清醒，还没张嘴呢，夏衍语气里的火气能透过电波讯号传过来："你闲着，我很忙。"

苏南拱在潮乎乎的被子里，露出半张小脸，她张嘴微喘，夏衍挂掉了电话。

陆豫章握着手机，再打过去，他已经被夏衍拉黑了，心中无限悲愤，这个年头，男人和女人一样靠不住。

♥ 第八章 ♥

ZHAO SI MU NI

　　沈黛等这一天很久了，她从知道夏衍有了女朋友到现在，也不过短短半个月的时间，可这个女人的存在感如此之强，激起了她另一重好胜心。

　　她很想看看夏衍的女朋友究竟是何方神圣，又到底有些什么手段，能把夏衍勾得这么牢，甚至能让他放弃工作安排，一大清早就从深圳赶回上海去。

　　沈黛穿着套装，纤细的颈项中是她一贯喜爱的珍珠饰品，用的香水味道清新淡雅，兼顾了职业性与女性的柔美。

　　晚宴要到七点半开始，之前还有商务会议，金策目前是业内数一数二的投资公司，沈黛调到了上海办公室，又被提升，她笑得春风得意，换发她的新名片。

　　偶尔目光会投在夏衍身上，喝茶小憩时，她捧着茶杯，当着几个同事的面问："你女朋友什么时候来？"

　　这话问得很自然，可几个男同事还是互换了眼色，夏衍从深圳回来工作的第一天，午餐时大家几乎都在，沈黛拿出感冒药给他："你把药落在房里了。"

　　这是保洁清洁房间的时候收拾出来的，前台把药盒交给了同行的沈黛，沈黛打开那盒子一看，里面一颗药都没动过，她把这盒药装在包里，带来了公司。

　　这话说得暧昧，听上去像是在关心同事的身体，可经过有心人的耳朵，就编织出了新的故事。沈黛这种家世长相都无可挑剔的女人，还有什么撬不动的墙脚。

朝思
暮你

一桌坐着几个同事，夏衍没有伸手去接，用餐刀切下一小块牛排，送进嘴里仔细咀嚼："这个药我吃了副作用特别明显。"

沈黛的脸色顿时有些尴尬，她没有再说什么，这之后也再没有对夏衍有公开示好的举动，直到年会，她才问起了夏衍的女朋友。

男人们对花边桃色新闻也一样兴致深厚，但夏衍不想给他们看戏的机会，他笑一笑："她晚宴的时候会到。"

沈黛似乎只是随口一问，转头又问起了另一位同事的太太，她是整个团队里唯一的女性，问这些并不会显得特别突兀，也不会引人反感。

这次的年会比往年更为隆重，金策最大的股东姜先生会到场，姜家在香港几代经营，在大陆经济腾飞的初期，就快速地入驻了大陆市场。这一任的掌舵人更是眼光独到，除了开发房地产之外，还投资了许多新兴产业。

金策资本雄厚，其中很大一部分来源于姜家。

姜先生不会出席白天的商务会议，他能在晚宴时分露上一面，已经引得各路媒体蠢蠢欲动，守候在酒店门外，等着拍下姜先生的照片。

苏南为了这一天已经准备了很久，唐栗中午过来，苏南从前一天开始，就连水都不敢多喝，她知道今天是要去见夏衍所有的同事。

她没给自己安上女朋友的身份，但夏衍对外已经宣称了苏南是自己女朋友，两人这么模糊着，好像复合又好像并不那么认真的状态，让她觉得安全。

唐栗吭哧吭哧拎着一只巨大的化妆箱到了苏南家，到了一看她差点趴在沙发上起不来，苏南这里应有尽有，全套的化妆刷、各色妆前乳、粉霜粉膏，最重要的是苏南还有一张粉红色的、带着一圈灯泡的化妆桌。

唐栗虚脱般趴在沙发上，她今天是全凭自己的力量才把这个化妆箱子拎来的，再这么多来几趟，她的肱二头肌将不可限量："早知道都有，这些我就不带了。"

她带的东西可比给剧组化妆用的要高级得多，整个箱子支起来就是一个化妆台，插上电还能亮灯，可这些苏南都有。

苏南还提前做了皮肤管理，注意饮食清淡，连糖都不再碰了。她本来皮肤底子就好，密集护肤之后，看上去吹弹可破，哪怕是素颜出门也无所畏惧。

唐栗给她打了一个清透水润的底妆，苏南那件礼服是春款，不能再化复古的大浓妆，眼线淡淡勾勒，睫毛微微卷曲。

苏南是天生的五官绝佳，不用浓描已经很美，浓淡相宜，淡妆反而让她看上去年轻了几岁，薄薄打上一层腮红，宛若少女。

等唐栗把妆都化完了，她痴迷地打量苏南："这个妆，应该叫初恋。"

苏南十分满意，今天场合不同，不能艳不能妖，她嘴上不说，可心里已经在替夏衍考虑了。

裸露在外的皮肤，通通拍上一层身体美白粉，苏南本来就白，这点完全承袭她的母亲，再抹上粉，皮肤泛着珠光，白色礼服穿上身都压不住这皎白肌肤，通身都是无辜感。

苏南亲了唐栗一口："请你吃饭。"

唐栗感叹一声："吃饭不用，能不能让我拍张照片？"这个妆是偷师明星柏雪的电影节妆发造型。

柏雪蛰伏几年，靠着一部电影打了翻身仗，去参加柏林电影节的时候，就化着这样的妆，唐栗仿了很久，才仿出来，能找到苏南这样神似的人来试验这个妆，唐栗激动得手都在抖了。

苏南让她拍照，唐栗拿着相机按个不停，两人头碰着头，一张一张翻找过去，找出其中最好看的那几张，投票表决，最终选出一张，唐栗把这张发了微博上。

苏南换上了礼服，才想到自己没有相配的珠宝，唐栗看着她在日光下呈现出淡淡珠光的皮肤，对她说："你根本就不需要珠宝。"

苏南的头发全盘起来了，做了个优雅的造型，她还是找出一副水滴型耳环戴上，唐栗盯着她看了又看，转头发了微博。

【世界上有这么多好看的小姐姐，幸福到眩晕。】

苏南给唐栗点了一个赞。

苏南提前十分钟到了酒店，她怕路上堵车提早出发了，夏衍还没下楼来接她，于是她在酒店大堂里顾盼。

眸光一扫看见一个穿着黑色礼服的女人，她窄肩细腰，胳膊的线条很好看，腰也掐得很细，她的身材很适合这条纪梵希经典小黑裙，脖子上还挂着一串圆润的珍珠项链。

赫本穿这条裙子是因为她明眸大眼，虽然身材玲珑，但五官深刻，沈黛身材合适，可是她的长相太淡。

苏南"客观"地评价过这条裙子，伸出手解开大衣的扣子，露出里面那条礼服裙，她轻轻往前迈两步，高跟鞋敲出愉悦轻快的音符，

两只手搭在身前："请问，会场往哪儿走？"

沈黛刚刚才换上礼服，露出精致锁骨，重新化过妆，补上口红，她对着镜子前后照了好几遍，确定自己状态良好。听见问话，她挂着职业微笑转身。

然后她就怔住了，她在看见苏南的那一刹那，就知道苏南一定是夏衍的女朋友，这是女人天生第六感。

沈黛还能从苏南的目光中看出她叫住自己是故意的，苏南知道自己会赢，带着夸耀和比美的心思上前来，可美貌带给人的感官冲击这么强烈，在瞬间就突破了沈黛的骄傲防线。

沈黛见过很多美貌的女人，其中不乏明星，如果认真比较，苏南并不比那些女明星更美，可沈黛在她们的面前绝不会这样失措。

因为她面对的，是夏衍的女朋友。

沈黛爱好登山，夏衍就是她的目标，是等待她攀爬的崇山峻岭，是她终将会攻克的险峰，等她登上了峰顶，就会领略到无尽风光。

夏衍越是提到他的女朋友，越是在她面前表露对女朋友的不同，就越是能激起沈黛的好胜心，她并不像她的外表那样温和柔软。

在见到苏南之前，沈黛一直都对苏南保有一种优越感，就算知道她长得漂亮也一样，美貌是最经不起时间考验的，资本会逐渐累积，而美貌只会贬值。

但这种想法在面对苏南的时候消散了，沈黛被苏南带来的感官冲击压制了，她甚至来不及摆好表情，就已经泄露了一点心虚。

两个女人彼此知道对方抱着什么心思。

沈黛顿了顿，扯出笑容来，给苏南指了一个方向："往那边走。"

苏南的美貌本来就是压倒性的，何况她还火力全开，她点点头，心里知道自己赢了这一场，笑意便格外骄矜。

苏南微一侧身就看见出来接她的夏衍，她甜美地笑着，夏衍上前握住她的手，有一刻没能说出话来。

他见过苏南各种不同的样子，她穿着蓝白色校服的样子一直都留在夏衍的脑海里，可他还是第一次看见苏南这样盛装打扮。

这件保守的礼服穿在她身上，颜色明明这么乖，可她只要愿意，就绝不会是静悄悄地四月花开。

除了锁骨和半边肩膀，全身都包裹住了，苏南个子高挑，这条裙子只到她的小腿，露出小腿到脚踝的一小片肌肤，她站在那里，像一枝百合又像一朵玫瑰，光看见就觉得芳香。

夏衍用男人的目光欣赏她，然后又用男人占有的姿态钩住她的腰："怎么不打电话给我？"

"怕你忙。"

沈黛就站在苏南身后半步的距离，可夏衍连眼波都没扫过她，除了苏南他眼里谁也没有看见，沈黛眼睁睁看着他们俩相携入场。

沈黛在场外站了很久，这件礼服裙是她精心挑选的，几乎把她身体最美好的地方都坦露出来了，可这没有用，她一时竟没有勇气进场。

夏衍搂着苏南的腰进了场，酒会已经开始，他的同事们只知道他女朋友在当模特，但没想到她这么美。

他们走到夏衍的面前，跟他打招呼，问候过后，互相聊天，聊今天商务会议上讨论的投资新方向和今年最引人瞩目的项目，人们一边说话，一边把目光有意无意地投在苏南身上。

苏南很明显地对他们说的话并不感兴趣，她的目光在灯光和酒杯间游走，眼梢漫不经心扫过什么，又再转回来听上两句，然后继续走神。

苏南是在回味刚才的胜利，她不时扫过会场的门，沈黛久久都没有进来，于是她隐秘笑起来。

正在和夏衍聊天的同事放慢了语速，夏衍搭在苏南腰上的手收了一收，他知道她为什么高兴，她是故意的。

苏南正好碰见了沈黛，于是故意向沈黛问路，迫不及待地打击她女人的自尊心，夏衍假装不知道这件事，不参与女人之间的战争。

苏南没再看见沈黛，这些过分打量的目光，她也早就已经习惯了，她还想悄悄问问夏衍，他们的年会到底有没有抽奖。

就在宴会开始之前，这个略显沉闷的会场终于骚动了一阵，姜先生到场了。

在场这些人，一半都希望能够在姜先生的面前出头露脸，认识他，得到他的赏识，

夏衍站着不动，在他有足够的能力打动姜承航之前，他是不会像他的同事们那样用巴结的笑容来讨好姜承航。

夏衍不打算带着苏南去做这种讨好公司大股东的事，她已经站了很久，应该是有些累了，他凑过去问她："累吗？要不要歇一歇？"

苏南摇摇头，她穿着高跟鞋站一天工作的时候有很多，夏衍想带她入座让她休息一下。姜承航被人群簇拥着往前，在经过夏衍和苏南

的时候，他的目光越过重重人群，落在了苏南的身上。

苏南望向人群中央，她知道姜承航，不是从财经版上知道的，是从香港各大媒体的娱乐版新闻里熟悉了这个人，看向他的目光带着纯然的好奇心。

姜承航是姜氏唯一的继承人，他从接手姜氏之后，姜氏便脱胎换骨，将事业重心发展放到了内地，财经新闻里总少不了他的身影。他是顶级黄金单身汉，除了资财，还有长相学历背景，就算在豪富之家中，他的经历也引人瞩目。

在财经版他占头条，但在娱乐版里他只能是前弟媳柏雪的花边点缀，姜老先生丧偶多年又再续娶，娶的是知名影星靳易廷的母亲，而靳易廷又和柏雪结婚了。

姜家一家有两个明星，还是当年受无数人追捧的金童玉女，媒体小报只要抓到一点蛛丝马迹就要大书特书。

这段爱恨情仇交织着的狗血剧情，苏南百看不厌，这可比大陆明星的八卦要劲爆多了，要是能拍电视连续剧，可以拍八十集。

姜承航和蚝油千金订婚之后又解除婚约，身边就再无女伴相陪，据说他金屋藏娇，媒体还猜测他连私生子都有了。可谁也没有拍到那个女人究竟是谁，他们既不结婚也不公开。

和他传出绯闻的就是柏雪，唐栗心中的女神，苏南八卦之心熊熊燃烧，一个女人在继兄弟之间周旋，屏幕上已经够美了，不知真人会美成什么模样。

苏南颜盛色茂，在人群中最扎人眼，她这么去看姜承航，夏衍一只手挽着她腰，用拇指轻轻刮了她一下。

苏南怕痒，不经人碰，这么一下，差点就要笑出声来，她转回目光，把视线落回夏衍身上，知道他这是吃醋了，眼睛里就像是裹了蜜丝般地看着他。

她费尽心思打扮了这么久，就是想从夏衍的眼睛里看见惊艳的目光，可他藏得太好了，她根本就没看出什么不同来，除了他搂着她腰的手比往常要更紧几分之外。

这下苏南得意了，她悄悄把手伸到夏衍手边，指尖挠了挠他的掌心，抬起下巴问他："我今天好看吗？"

夏衍脸上一本正经，好像在追随众人的目光看向姜承航，对姜承航的出现展现礼貌微笑，但他的手却在轻拍苏南的腰肢，告诉她："等回去，你就知道好不好看。"

男人为什么送衣服给女人，是为了亲手脱掉它。

姜承航的目光微微停顿又再挪开，他那一眼苏南自己都没感觉到，可夏衍感觉到了。等人群过去，夏衍搂着苏南的肩，把她带离人群，到稍远的地方给她拿了一杯饮料。

苏南还是第一次参加这种晚宴性质的年会，没了烦人的目光，她举着杯子兴致勃勃问起夏衍会有些什么节目："会抽奖吗？"

苏南的模样让夏衍想伸手揉揉她，她怕把自己精心做好的发型弄乱，微微撇过头去，水滴型的耳环在颈项边轻晃，灯影交错，好像她的脖子上落着无数水珠，正在她雪白颈间缓缓往下流淌。

夏衍抿紧了嘴唇，他原本是想把苏南介绍给自己所有的同事的，但现在他有些后悔了。

那种目光一涌上来，苏南就笑了，刚刚的夏衍还是让她陌生的，他掩藏了骄傲，说着她听不懂的话，对所有人都很客气，但在只有他们两个人的时候，他就又变回她熟悉的那个人了。

"累吗？"

苏南摇头，她知道夏衍还得去跟人应酬打招呼，他的同事们都去了，几乎人人都带着女伴，那她当然也要跟着去，她伸手挽住夏衍的胳膊，露出最得体的微笑。

夏衍看她一眼，收敛下颌："你不用笑。"不用笑得这么多。

一直没有出现的沈黛也在此时出现了，她跟在沈华东的身边，到此刻公司的传言才终于落定，沈华东确实和沈黛是亲戚关系，沈华东向人介绍沈黛，说她是家中小辈。

同事们原来的猜测成了真，沈黛带着舅舅沈华东来到夏衍面前，向沈华东介绍："这就是我时常跟您提起的同学。"

沈华东对夏衍点点头，另有所指地说："我知道。"

沈黛曾经在沈华东面前毫不掩饰地表露过对夏衍的欣赏，说他从高中起就出类拔萃，到现在也是一样，她自以为把倾慕之意藏得很好，可还是被舅舅一眼看破。

沈华东知道这个新秀确实表现不俗，是很有潜力的年轻人，他含蓄地对外甥女说："既然他这么优秀，那也不妨接触接触。"

沈黛从小跟着舅舅舅妈长大，连姓都改了，说是外甥女，其实和亲生女儿也差不多，她听见舅舅这么说，微红了面颊："我们只是同学同事。"

"那你为什么执意要调到上海办公室去？家里住着不舒服吗？"

沈华东戳破了外甥女的小心思，看她绯红着脸说："这个年轻人如果确实很有才华，而你又是真的喜欢他，舅舅是不反对的。"

沈黛从没在舅舅面前说过夏衍已经有女朋友的事，沈华东看向夏衍身边的苏南，并不是用看外甥女情敌的目光，他陪在姜承航的身边入场，姜承航的那一眼，他注意到了。

沈华东看看外甥女，又看看苏南，像提携晚辈那样对夏衍说："姜先生不会停留太久，你要不要跟我去打个招呼？"

这个年轻人如果真像他一直以来表现出来的那么上进聪明，知道钻营的话，就该懂得这句话里的意思。

夏衍瞬间明白了沈华东的意思，他笑容不变，手却在沈华东看不见的地方紧紧收起，然后他开口感谢沈华东的提议，表示很期待能被介绍给姜先生。

等沈华东带着沈黛暂时离开，夏衍贴近苏南，对她说："我胃有些不舒服，你能不能替我去前台要些胃药？在座位上等我。"

苏南眨眨眼睛，以为他是空腹喝酒所以胃疼，她微微蹙了眉心，张嘴埋怨他："你是不是中午忘了吃饭？"

夏衍皱起眉头点点头，抱歉地笑着："今天太忙了。"好像他真的胃疼那样。

苏南赶紧到酒店前台替他拿药，她等了好一会儿才拿到，进去的时候就看见夏衍在沈华东的身边，正被他介绍给姜承航。

苏南找到自己那一桌，要了一杯温水，发消息告诉夏衍她已经找到位子，药也拿到了，等他有空的时候，先来把药吃了。

夏衍一个人来到沈华东身边，沈华东看了他一眼，眼睛搜寻着苏南的身影："女朋友呢？"

夏衍笑一笑："她去化妆室了。"

沈华东明白夏衍确实注意到姜承航的眼神了，可他并不打算拿自己的女朋友"献美"，一个男人喜欢什么样的女人，从某方面来说很能反映出他是怎么样的人。

沈华东以为夏衍不过是贪恋美色，这个行当，灰色的事有很多，别说女人，有些人连自己都能奉献，这样的大好机会摆在眼前，他竟然这么放过了。

沈华东没有再问更多，他把夏衍介绍给了姜承航，姜承航还记得苏南，一个相似的侧影、一点熟悉的轮廓都能让他想起柏雪。

姜承航洞悉了沈华东的心理，这让他反而高看了夏衍一眼。

苏南等了很久，没等到夏衍，却等到了沈黛。她和苏南坐在一桌里，一坐下就对苏南点点头："我听夏衍说过你很多回了。"

"是吗？我倒不怎么听他说起工作上的事，有什么同事也都不知道。"苏南把从陈老师身上学到的演技运用起来，她笑着问沈黛，"请问你是？"

沈黛差点就笑不出来，两人短兵相接，她又输一场。

苏南把自己假扮成一个脾气特别好、特别乖巧又特别听话的女朋友，张口闭口就是"他说"，沈黛问她要不要喝些香槟酒，苏南满脸为难："有没有无酒精的？他不喜欢我喝酒。"

夏衍确实不喜欢苏南喝酒，但只限于人多的时候，如果只有他们两个人，他是很喜欢喝上一点的，喝过酒之后的苏南更能放得开。

沈黛知道自己会见到个难缠的女人，但她设想是因为手段高超所以难缠，没想到会碰到无脑的女人，因为无脑而难缠，让她无从下手。

苏南还打量起了整个大厅，非常傻白甜地跟沈黛打听："这个大厅，用来当婚礼会场是不是要提前一年租借？"

沈黛："这……我倒不清楚。"

她说这话楚楚动人，好像真的要当新娘了，又去问服务员，脸上娇羞色一起，服务员马上给了苏南一张销售人员的名片。

苏南接过来，连声道谢，开始跟服务员东拉西扯，问她这里能不能挂吊灯，最多能排开多少桌。

服务员以为她真的打算在这里举行婚宴，把自己知道的都告诉了她，还说："从这个门进来，婚纱的拖摆能拉得最长。"

苏南的眼睛在闪闪发光，她描述的场景打击了沈黛，也迷惑了自己，最后服务员又告诉她："那边的落地玻璃窗还可以放冷烟火。"

苏南把手举到胸前，无比造作地"哇"了一声。

沈黛握着杯子，脸上的笑意就要撑不住，她不相信夏衍这么快就要结婚，她问苏南："你们定好日子举办婚礼了吗？"

苏南微微叹息，美目流盼，十分忧愁："我还没想好呢，你说是古堡婚礼好呢，还是海岛婚礼好？这个大厅又实在很漂亮。

"古堡我就能穿复古的婚纱，像王妃那样；海岛呢可以站在海水里宣誓，还能放烟火，但我又想让全部的亲戚朋友都见证我的幸福。"

苏南完全没有在意沈黛的反应，自顾自说着，又每一句都戳到沈黛的痛脚。苏南突然看向沈黛，问她："我穿中式礼服也一定很好看的吧。"

沈黛终于笑不出来了，她跳过苏南的问题："这是很难决定。"她实在听不下去了，假装有人找她，离了席。

苏南挑挑眉头，收起刚才那种满怀着憧憬的口吻，翻了个白眼，靠在座位上，跟她斗，段位还太低。

晚宴将要开始，夏衍才回到座位，苏南赶紧从手包里拿出胃药，掰出一片给他，夏衍面不改色地接过去，把药片嚼了咽下。

刚刚那位热心的女服务员又来了，还带着酒店的婚礼销售，她笑眯眯地对苏南说："小姐，您有什么问题可以问我们的销售，祝您幸福。"

穿西装的男销售马上递出名片，他对苏南说："您好，我负责酒店的婚礼销售，这是我的名片，请问有什么可以帮到您吗？"

夏衍看向苏南，眼底笑意熏染，语音上挑："婚礼销售？"

苏南不知该怎么向夏衍解释，婚礼销售王先生笑意殷勤，告诉苏南他们这个大厅是全上海婚礼大厅中位置最好，配置最好的。

大厅顶上横四竖四八排灯架，可以全场打光："新娘子完全不用担心打不到灯，哪里都能追光，我们的设备是全上海最齐全的。"

如果不是最齐全的，金策也不会在这里开年会。

王先生又说："外面整个回形走廊都可以当布置区，现在的新人对婚礼都有很多自己的理解，我们这里可以提供足够的空间。"

苏南越听眼神越飘忽，见夏衍一直在笑，真是可恶。

她决定不解释，他都可以用婚礼来讨好老苏，那么她也用婚礼来打击沈黛，她确实成功了，沈黛落荒而逃，避出去到现在还没回来。

夏衍轻轻握住苏南的手，不管她是口是心非，还是口非心是，能从她的嘴里听到婚礼两个字，他都很高兴。

苏南当着他同事的面，不能挣脱他，她微红着脸，两人真的就像是即将步入婚礼殿堂的新人那样。

王销售卖力地介绍，同时又指出了国外办婚礼和国内酒店办婚礼的种种不同："我们还有个露台小花园，如果包大厅的话，婚礼那天可以在平台上举行草坪仪式。"

苏南对婚姻一直是充满憧憬，夏衍知道这一点，握着她的手，在她柔软掌心中轻轻画圈。苏南觉得痒，想抽手，但她一抬眼，看见沈黛走过来，于是她乖乖被夏衍握着，手指头反扣住他的手掌，冲他笑得万分柔情蜜意。

沈黛施然落座，她已经完全平静下来了，看见夏衍和苏南两人面前站着婚礼销售，两人的手还紧紧交握，她目光划过，神情微妙。

轮到夏衍开口问细节了："草坪婚礼可以坐多少人观礼？这大厅能摆多少桌？"

沈黛向后靠在椅背上，脸上微微带笑，目光在苏南和夏衍之间来回，她刚刚听说了一桩有趣的事。

原来他们之间的关系根本就没有表现出来的那么牢不可破，至少苏南不是这样。

沈黛刚刚出了大厅，去了一趟洗手间，对着镜子看着自己的脸，想要冷静下来，苏南越是这样，就越是要冷静。

苏南这么急切地打击她，就是因为苏南本身就不自信，如果苏南真像她表现出的那么笃定，真的对这份爱情充满了信任，又怎么会表现得这么明显，当着她的面特意说那些婚礼安排。

这只能说明一个问题，她和夏衍还远远没有到那一步。

沈黛明白这些，可心中还是充满怒火，恼怒自己无能为力，第一个让她有这种感觉的人是夏衍，第二个是苏南。

她从化妆包中取出补水喷雾，喷在耳后，凉意让她清醒，在梳妆台前站了一会儿，她取出粉饼补妆擦掉鼻尖油光，听见隔间里有人小声说话："你看刚刚前台那个人是不是章侃的女朋友？"

"是她！她一回头我就看见了，我怎么觉得她好像比以前更漂亮了。"

沈黛很不喜欢女人爱在洗手间、茶水间里八卦别人的习性，在公司里她还能保持礼貌，维持风度，在这里听见，只觉得心情更加糟糕。

可她也不想回到宴席上去，摸出唇膏补口红，一边补一边想到苏南轻轻咬唇就娇艳欲滴的模样，心头涌上一股陌生的灰心丧意，又隐隐生起一团怒火来。

那两个聊天的人到洗手台前洗手补妆，她们的话题还没有结束，继续在聊："章侃都已经在挂牌卖房子了，这个女人真是厉害，跑他们小区里贴传单大字报，闹得他住不下去，只能把两套房都卖了，刚刚装修的钱全亏了。"

一个抹唇彩，一个洗完手继续八卦："想想章侃和陆梦婷也确实欺负人，在谈结婚的时候突然被分手，这边小三还大着肚子，是你，你不闹？"

"那女的叫什么来着？陆梦婷跟她比，我都觉得章侃是瞎了眼。"

沈黛不愿意听这些，她补完口红，走到门边，洗手间的门又厚又重，刚刚伸手拉开，就听见里面另一个人说。

"好像是叫苏南，还是个模特，章侃到处嫌弃她不干净。"

沈黛步子一顿，脖子微微昂扬，像是想起什么似的回转身，走到她们身边去，用酒店的护肤乳涂手，想从她们嘴里再听到些什么。

可这两个女人不再说话了，她们已经聊完了八卦，匆匆忙忙出了洗手间。

沈黛靠在洗手台前，消化她听到的八卦，对着镜子笑了。

她打电话到前台，询问今天在这里举办年会的还有哪几家公司，酒店二层一共三个厅，最大的给了金策，余下两个小的一家是基金投资公司，一家是电脑软件公司。

沈黛把这两家公司的名字记录下来，又把"章侃"这个名字记在手机备忘录里，只要去查，总能查到。

她有些兴味地想，不知道夏衍知不知道这件事，他在美国的时候独善其身，连生日派对都要三请四邀才肯露脸赏光，据她所知夏衍从没有和别人暧昧过。

他刻苦读书念念不忘要回国来的时候，他亲爱的女朋友差点儿就跟别人结婚了，还是被抛弃的那一方。

夏衍这么骄傲，怎么能接受当备胎，怎么能接受女朋友背叛他？

沈黛优雅端坐，笑眯眯看着苏南和夏衍，听上几句之后还能开口应和两声，让同席的同事对沈黛刮目相看，这个女人真是能忍。

"我倒觉得那种海岛婚礼很好，两人对着大海天空宣誓，一定很浪漫。"沈黛一边举着杯子喝酒，一边给这场即将到来的好戏添油加醋。

这个女人果然是从头到脚都配不上夏衍。

苏南觉得沈黛简直有毛病，刚刚还一脸尴尬，现在又换成高深莫测的笑容，她决定不理会这个人，今天给沈黛的打击也足够大了，要是沈黛还不知难而退，那也太没脸没皮了。

宴上菜色很不错，苏南挑了些蔬菜色拉，又夹了一只白灼虾，虾子是她爱吃的，热量低蛋白质高，自从夏衍开始做饭，她已经很久没有叫过外卖了。

但她为了配这条礼服新做了指甲，剥虾壳时翘着手指头，她很喜欢这条裙子，怕汁水溅到白裙上。

夏衍把自己面前的盘子和苏南的盘子换了换，他脱下手表，取下袖扣，递给苏南，苏南把这些东西都放进手袋里。

夏衍把手伸到她面前，对她说："卷起来。"

平时的苏南绝不会理他，但她这时候很愿意多秀一点恩爱，手指头替他挽起衣袖，夏衍很快替她剥了半碗虾，指着酱料碟子问她："要醋吗？"

苏南瞥了他一眼，她吃虾不蘸醋，他是故意这么问的。

沈黛说话了，她一直看着，夏衍越是这样，她越是替他觉得不值得，她开口对苏南说："夏衍以前在学校里的时候，大家都知道他有个很热情的女朋友，他的室友一直跟我们说起，你们经常打电话。"

苏南觉得不自在了，那些电话是她打给夏衍的，只要喝醉了，她就会打电话过去，不分昼夜，痛骂他一顿，出出心里的气。

沈黛现在提起，除了让她不自在，还让她回想起他们刚刚分开的时候，她过得有多么艰难。

夏衍看了苏南一眼，知道她心里在想什么，用筷子点点她的碗："吃你的。"然后抬头对沈黛，"她小时候就嗓门大。"

沈黛很有兴致听夏衍说这些，越听越是惊叹："原来你们还是邻居？那真是青梅竹马。"她希望夏衍能说得多一些，现在说得越多，等知道自己被背叛的时候就越是无法接受。

苏南觉得沈黛的行为说不出的古怪，好像一下就变了一个人，难道她受的刺激太大了？苏南隐隐觉得不安，可又不知道自己漏掉了什么细节。

沈黛只是微笑，又变回那个大方得体的同事同学，还说："等你们办婚礼可一定要请我，让我也沾沾喜气。"

苏南在心里翻了一个由内而外的白眼，暗暗骂着沈黛。

宴会中途姜承航就起身离开了，坐在主桌那几个跟着送他出去，陆陆续续有人离场，不等尾声将至，人已经走了一半。

夏衍心猿意马等候多时，问苏南："累吗？"

苏南还惦记着他胃疼的事，席上的菜要么生冷要么油腻，都不适合他吃，想回家去给他煮点粥，电饭锅的煮粥功能，她还是会用的。

116

她点点头，假装困倦："累了。"

夏衍带她提前离场，苏南确实也有些累了，在车上就忍耐不住要睡，夏衍让她躺在后座,脱下西装垫在她脑袋底下,对她说:"你先睡一会儿,到家了我喊你。"

苏南今天的精力全放在沈黛身上了，她暂时满意自己的战果，很快就睡熟了。等夏衍摇醒她的时候，她觉得自己长长睡了一觉。

进了屋门，她就知道夏衍为什么让她睡这一觉了。

夏衍几乎是一进门就搂住了她，苏南人还在迷糊中，耳边两颗水珠形的耳环轻轻摇晃，被夏衍一口吮住了耳垂。顺着颈项滑下去，苏南瞬间清醒，夏衍的手在她后背游走，摸到裙子的拉链"嗞"一声，把裙子拉开到腰窝，他在那里揉了一把。

苏南轻颤一下，她并不拒绝，两只手像猫咪一样搭在夏衍胸前。

"今天高兴吗？"夏衍问她，从各种意义上来看沈黛在她的面前都毫无招架之力。

"不高兴。"苏南腰肢轻摆，从鼻子里哼出一声来，她还有许多情绪没释放，假模假式不是她喜欢的方式，她最想的是指着沈黛的鼻子把话说开。

"那正好，我也不高兴，我们一起来做一点高兴的事。"

苏南睁开眼，想问问他为什么不高兴，明明整个晚宴他都很风光，姜承航跟他说了话，和他们一桌的同事都用另一种羡慕嫉妒的目光看着他。

可她还没问出口，那条裙子就从脚踝被提起来，一直提到腰间。

苏南的胳膊软绵绵的，虚虚推了夏衍一把："你不是胃疼嘛。"

"是。"夏衍继续那个谎言，鼻尖在雪白绵软间深嗅,拉着苏南的手，滑进西装裤中，轻轻按了一下，"这里的痛更急。"

♥ 第九章 ♥

　　晨光透过灰粉色纱帘照进屋中，手机在床头柜上振个不停，苏南还想睡，往被子里拱一拱，在夏衍的臂弯里找到一个更舒服的姿势。可手机持续在振，苏南发脾气了，她怪夏衍，伸出手在他大腿内侧轻掐一下，把他掐醒了。

　　夏衍昨天晚上消耗过大，搂着苏南睡得又深又沉，鼻子凑在她脖子上摩挲，胳膊伸出去摸手机，摸到了一看，哑着嗓子问："你的小天使是谁？"

　　"我的小天使"是苏南给苗苗的备注，给沈星的备注是"刀爷"，苏南一骨碌坐起来，她接起苗苗的电话，想起今天要去乌镇外拍。

　　苏南这两天把心思全花在年会上，昨天回家的时候她还记得要去乌镇，杂志社包了车，还告诉了她集合地点集合时间，和苗苗说定了的，可现在她还躺在床上。

　　苏南嘴里"唔唔"两声："没没，我没睡过头，我马上就出发了。"

　　苗苗一听就知道她没醒，好声好气地说："那我让车等一等，你别着急。"

　　夏衍圈住她的腰，苏南被他一碰，差点笑出声，她怕苗苗听见声音，紧紧捂住手机，等挂了电话才告诉他："我今天要外拍。"

　　苏南本来已经失去这个机会了，接到系列拍摄的是那天和摄影师们去吃烧烤的女孩，苏南根本没当一回事，这种事情在圈里实在太常见了。

　　可她那张绿旗袍的照片在网上小火了一拨，苏南借着《红楼金粉》那阵小小东风，粉丝量持续上升，她所有的照片里，那张照片角度、灯光和服饰妆容最出色，转发量很大。

苏南在评论里说出了杂志的名字，竟然有两千多条评论，里面一半是说要去买这本杂志的。

这条微博被杂志官微注意到了，官微难得转发，平时都是转发珠宝杂志的女明星封面照，苏南这张新面孔反而引人注意，关注这本杂志的读者留言说很久都没看见这么漂亮这么具有复古气质的小姐姐了。

这本来就是个美食专题，要拍一系列的照片，苏南从内页成了封面，要是换作服饰珠宝类杂志，苏南也就妥妥没戏了。

她挂了电话一秒钟都没停，着急忙慌冲了个澡，头发是来不及洗了，昨天洗完之后没来得及好好吹干夏衍就贴过来了，现在头发乱蓬蓬的，她也来不及再吹，用围巾裹住了头。

苏南从化妆桌底下掏出她的万用外拍包来，里面有她外拍要用的所有东西，全套的化妆品和卷发电热梳，来不及化妆，只拍了一层水乳，她要冲出门去的时候，夏衍套了条裤子站在卧室门边："来得及吗？要不要我送你？"

明明是双人运动，苏南完全没睡足，眼睛还浮肿着，夏衍明明是出力的那一方，可他刚从床上站到地上就精神抖擞。

苏南迟疑了，她是很着急，但不肯让夏衍送，万一让苗苗看见了，她不知道要怎么解释，要怎么说他们的重逢是一夜情？

她还没有准备好把夏衍介绍给陪伴她那些年月的朋友，她还没有完全妥协。

可苏南也不想破坏他们现在的关系，她推着夏衍："不用不用，苗苗在等我，我自己去就行了，才刚刚六点半，你再睡会儿吧。"说着像只逃命的兔子那样跳出了门。

夏衍抱着胳膊看她逃走，眯起眼睛，苏南已经见过他所有的同事了，他们共有一个同学圈，他身边几乎所有的人都认识苏南。而他像是被藏起来的地下情人，没见过苏南的朋友，也没见过她的同事，她的世界对他而言既是敞开的，又是关闭的。

苏南很顺利地拦到了出租车，好在过年了，街上没什么人和车，司机师傅一脚油门把她送到了集合地点，她还不是来得最晚的那个。

苗苗看见苏南时松了一口气，看她满面惺忪睡意，让她先上车去，还没发车，天阴阴的又要下雨，细蒙蒙的雨丝落在地上。

苏南脱掉外套盖在身上，她很想把自己又和夏衍在一起的事告诉苗苗，可她又说不出口。

苗苗从背包里拿出吃的来，问她："要不要吃水果？"

苏南嘬着吸管喝了一盒牛奶，又吃了半个苹果，她的体力昨天晚上消耗殆尽，不补一补不行。

苗苗贡献出自己的肩膀让苏南靠，对她说："你工作也别太辛苦了，身体最重要。"

苏南告诉苗苗昨天有个工作，所以才晚了，苗苗这么关心她，让她心虚了。

她闭上眼睛假装熟睡，包里的手机却时不时振动一下。苏南把头靠在玻璃窗上，掏出手机看，是唐栗给她发的微信，说自己过年也没休息，还在剧组里跟妆。

她告诉苏南说她给苏南化的柏雪月光妆，被一家化妆品公司看中了，想让苏南做一个仿妆视频，全用他们公司的产品，也算是推广，问苏南愿不愿意当模特。

对方开了一个不错的价钱，苏南大小是个网红，其中还有给苏南的模特费，苏南同意了。她还在考虑夏衍给她的职业建议，像她这么单打独斗，确实走得艰难。

仿妆视频刚刚兴起，苏南还没做过，就当是帮唐栗她也会同意的，何况还有钱赚。苏南咬咬唇，她确实应该找一个靠谱的公司了。

今天天气阴冷，又下小雨，苏南在化妆换衣服的时候，摄影师和摄影助理跑了乌镇的水桥小巷，最后找到了一条窄巷，要拍苏南在窄巷靠着砖石的照片。

苏南穿了锦缎旗袍，没有袖子，露出两条藕节似的白嫩胳膊，寒风穿巷吹过，冻得她起了一层鸡皮疙瘩。摆上两个姿势，苏南就扛不住了，苗苗跟服装妹子打好关系，找到一条毛茸茸的披肩，给她搭在肩上，摄影师一边慢慢拍她，一边叼着烟问："你女朋友呢？"

苏南明白了，他换了这么多的姿势，又一定要她贴着冷冰冰的墙，一会儿说妆不合适，一会儿又说衣服不合适，不停地挑毛病，就是因为那天她没有赏脸去吃烧烤。

"她去实现摄影梦想，追极光去了。"

苏南大大方方暗讽，摄影师的脸色不太好看了，他哼笑一声："一个女人跑冰天雪地里去追极光，也不累。"

苏南用轻蔑的目光看了摄影师一眼，一副看不起人的模样，连口舌都不想浪费。

摄影师让苏南持续换了几个姿势，站在雨里拍了大半天，眼看天色越来越暗，雨越下越大了，他又说要去船中再拍，拍苏南穿着无袖旗袍，坐在乌篷船里的照片。

苗苗一看这个架势，跑到营业的民宿里，花钱让民宿里的老板熬了点生姜红糖水，用保温杯装了满满一杯，一等那边停下来，她就赶紧抱着羽绒服套在苏南身上。

她捧着保温杯给苏南喝姜茶，还告诉苏南说："等回去你吃个感冒药预防一下。"

苗苗心里很内疚，觉得自己没有照顾好苏南。好在这些照片拍出来很美，苏南趁现在热度不错，出的两个推广商家都有意再度合作，她从这些照片里挑了一张她坐在船中，撑着油纸伞的照片发到了微博上。

夏衍正替苏南收拾房间，手机"叮"一声跳出来一条消息提示，是他唯一关注的苏南发了微博。

这张照片很美，也很有意境，天色水色昏茫茫，只有苏南穿着织锦旗袍，是天水间的一抹亮色。

夏衍皱起眉头，她穿得太少了，他穿上外套，拿上车钥匙，准备去乌镇。

苏南平时体质不错，很能抗冻，这次下来也有些吃不消。

天越来越阴，雨停了，风还没止，今天的拍摄总算是完成了，苏南换上毛衣牛仔裤，把冷冰冰的脚塞进雪地靴。

苗苗要去和程先生约会，苏南不愿意跟这些人去吃饭，推说头疼，回民宿休息。

民宿的房间不大，热水倒还行，苏南洗了澡，正要给自己泡包板蓝根吃，夏衍的电话就打进来了，他问："你在哪儿？"

苏南皱皱眉头："我在乌镇，今天赶不回去。"

苏南刚刚还拍了一张房间阳台的照片放到微博上，加了个油画滤镜，配上文字【终于休息了】，粉丝给她点赞，让她好好休息。

"你在哪一间？左边还是右边？"

夏衍微微有些喘息，连语气里都透着温度，他从市区开车过来，不知道苏南住在哪儿，只知道一个大概位置。

苏南拍的照片，对面挂着一串腊肉腊鸡，夏衍沿着河边，爬到桥上一间一间细看，终于找到了，底楼一共两间房，不知哪一间里住着苏南。

苏南难以置信，她打开门就看见夏衍站在门边，他好像是跑进来的，看见她散了头发，卸了妆，手里还拿着杯子，闻见感冒药的味道问她："不舒服了？"

苏南喉咙哽住，说不出话来。

她赶紧转过身，她差点就要哭了，那些委屈对她来说已经习惯，但其实她不是真的习惯，只是原来没人疼，哭也没人看。

民宿能做的菜很有限，每家都按着同一个标准做，但景区里还有两间酒店，酒店是可以点菜的，夏衍搂着她问："能走得动吗，我们去酒店好不好？"

酒店环境更好，能享受的服务也更多，她要是愿意可以去做个 SPA 放松一下，或者泡泡脚驱寒气。

苏南突然矫情，怎么也不肯，她缩在床上，一步也不走。夏衍脱掉大衣，看她喝了感冒药，知道她现在又是苏宝宝了，搂着她拍了拍："那我去买来好不好？"

苏南拽着他衣角，夏衍埋头笑了："那我叫人送来。"

他打电话到酒店，问酒店餐厅有什么特色菜，听一个就问苏南一声，她不答应，于是夏衍就问有什么热汤，听说有鱼头汤云吞，低头看苏南的时候，她在被子里动了一下。

夏衍笑了："就要这个。"报出民宿的房间号，让服务员送过来。

苏南躺在床上喝热鱼汤，鱼汤很鲜，云吞里裹着鲜虾，她又是一天没吃东西了，胃里暖烘烘的，心满意足地缩在被子里。夏衍突然问她："你还不相信我是吗？"

苏南躺在他的臂弯里，她缓缓转动眼珠，夏衍继续说下去："你不介绍朋友给我认识，也不愿意我参加你的家庭聚会。"

他在找感冒药的时候，翻到了苏南已经订好的机票，她准备带全家去海南旅行，人员名单里并没有他。

"我以为我们已经有默契了，你究竟是嫌弃我，还是准备放掉我？"夏衍从不喜欢这种被人牵扯着的感觉，为了苏南，他可以忍耐。

苏南看着他不说话，夏衍从口袋里摸出一只抽绳绒袋，绒袋已经很旧了，磨得绳子颜色都暗淡了。他从里面掏出一枚老气的银戒指，

上面有一颗小小的圆形翡翠。

他知道苏南没有安全感，害怕他再次离开："你要是怀疑，我们可以马上结婚，这是我外婆的戒指。"

上次回北京的时候，他从外公那儿要来的，说要送给苏南一件具有纪念意义的求婚礼物，外婆手上的戒指戴了几十年，人走的时候说要把这戒指给外孙媳妇。

苏南泪水迷蒙，她看着夏衍把这枚戒指套在她的无名指上，她指尖微屈，不想这么乖乖接受，可这戒指还是套在她手指上，老银嵌着一点绿，停在她指上。

窗外就是河，有船摇过，躺在床上就能听得见摇橹声和水面被桨划开的声音，苏南的心就像这河水一样，因为夏衍这支桨波动。

苏南终于出声打破了这美好的一刻，她搂住夏衍的脖子，用亲密的姿势问他："你以前走，是因为我们睡了吗？"

夏衍不笑了，他盯住苏南，认真回答她："有一部分是，但不是你想的那样。"

他知道她想的是什么，因为到手了所以不认真了无所谓了，给他打上渣男的标签，她也确实是这么做的。

苏南抚摸了他一下，手指顺着发根刮过，舒服得让他眯起眼睛来。

"那是什么样？"

夏衍抱着她，目光诚恳："首先，我们是否承认，我们的付出是一样的？"

她是初恋，他也是，她是第一次，他也是，给予和回馈都是同样的，他们的感情浓烈炙热，没有谁的付出高人一等。

苏南同意这一点，她轻轻点头，她是现在才这么想的，在经历过数次失败之后。

夏衍松一口气，谈话继续："我想的是要承担更多的责任，我告诉过你无数次，我会回来。"他以为这能让他们的关系更坚定更牢固。

"你不相信这不怪你，我们都年轻，我们都很骄傲，你不肯妥协爱情，我不肯妥协梦想，但别美化过去，我知道你回忆的都是些好事，但我们也争吵过、冷战过。"

苏南想不起来那些争吵了，每一次总是夏衍先道歉的，他先来找她，放下身段哄她，然后他们再和好，吵的时候好像这辈子都不再往来了，但和好了就又如胶似漆，每一次争吵过后，就比原来黏得更紧。

窗前又划过一条乌篷船，这回坐船的是一对小情侣，他们笑闹嬉戏，搅得整个河面都热闹起来。

"我不能假装我喜欢那些争吵，我不想和你争吵，有些是可以避免的，以前不能，现在可以。"其实他们两个人的脾气很相似，当他见得更多、懂得更多的时候，就能包容她更多的任性、倔强、喜怒无常。

苏南不说话，夏衍以为她接受了，倾身去吻她，嘴唇和嘴唇轻碰，苏南昨天已经饕足，胸脯上一点点都是殷红。但她不抗拒这些吻，热情被慢慢唤起，她翻身坐在夏衍身上。

等到夏衍快要到达顶峰的时候，她对他说："我拒绝。"

夏衍的腰被紧紧夹住，他抽一口气，两人终于也尝试了一次打架一样的做爱。

夏衍整个人都汗湿了，可他不放过苏南，翻身把她压在身上，这张有了年头的床吱吱呀呀响个不停。

不管哪样都好，结婚也好，恋爱也好，炮友也好，他都不会放手的。

民宿的墙很薄，两人越是角力，动静就越大，一直到夜深人静还响个不停，隔壁的住客终于忍无可忍，拍了拍墙板："哥们，歇歇吧。"

苏南埋头在被子里笑，闷起头来昏天暗地睡到天光大亮，苗苗打电话过来，想找苏南一起出去吃饭。

电话响了一声就被夏衍接起来，苏南不介绍他，他总有办法："南南在睡觉，等她醒了我让她回电话。"

苗苗在电话那头愣了很久，她听出了夏衍的声音，是苏南一喝醉就要打电话的那个人，他们是什么时候又在一起的？

"能不能让苏南接个电话？"

夏衍伸手拨开苏南的长发，露出她安谧睡脸，嘴巴微微嘟起来，眉头拧着，好像怎么也不能让她满意，像个被骄纵得无法无天的孩子。

她可以无法无天。

"你的'小天使'打电话来了。"夏衍的手划过她的背脊，苏南迷迷瞪瞪痒醒了，身体是极舒服又极疲倦的，等她看见电话已经被接起了，睡意飞走，盯着电话不想接过去。

夏衍无所谓，但苏南有所谓，她好半天才伸手接过电话，她还没告诉苗苗自己和夏衍又纠缠在一起了，还纠缠了好几个月的事。她对着苗苗又变成苏宝宝，嘤嘤两声，满腔委屈，委屈自己经不住色相吸引，委屈夏衍总是能掐住她的七寸。

苗苗在那头连话都问不出来，苏南羞愧得挂断了电话。夏衍已经洗过澡，满身清爽地躺在她身边，也拿着手机处理工作邮件。

这下完了，苗苗肯定是要问她的，然后沈星也知道了。苗苗这关好过，撒撒娇就行了，沈星大概会晃着她的脑袋让她抖干净脑子里的水。

她当年不由自主地、带着报复心态，把夏衍说成了贱人、渣子、王八蛋。

苏南不知要怎么解释，怒气冲天，扑上去咬了夏衍一口。

是真咬，咬在他手腕上，两颗尖牙嵌进皮肉里，留下一排牙印。夏衍疼得"嘶"一声，他把苏南整个抱起来："这可是你自找的。"

夏衍醒过来的时候，身边已经没人了，戒指放在床头柜上，苏南的电话打不通，消息不回复，屋里的东西都收拾走了。

夏衍开车回到家，苏南回来过，家里乱得就像是被人入室行窃过，她那个大包就扔在门口，衣柜大敞着，小箱子不见了，机票和酒店预订单也不见了。

她逃到三亚去了。

夏衍打开冰箱摸出最后一罐可乐，一口气喝了半罐，把罐头捏扁扔进垃圾桶。

夏衍看过酒店预订信息，打电话到前台，报出苏南的身份证号和预订单号，问她更改入住时间是否成功。酒店回复订单已经修改成功，夏衍挂掉电话，买了去海南的机票。

苏南扔下夏衍逃走一回，懂得了孙佳佳扔掉陆豫章是多么舒爽，她一到酒店就给孙佳佳打电话，两人也有好几天没联系了。

"你怎么最近都不放照片了？"

孙佳佳那边镜头一晃，隐约照到了陆豫章，苏南拉下眼镜，瞪着屏幕："这是怎么回事？"

陆豫章这个榆木脑袋竟然开窍了，还知道追到法国去，不知两个人有没有在戛纳海滩边发展出一点奸情来。

孙佳佳清淡一笑，笑得陆豫章心里一揪，她扫了陆豫章一眼，说出他急巴巴找过来的理由："我在和老板谈股份回购。"她问苏南，"你呢？在哪儿？"

苏南美滋滋的，明天老苏就要来了，她告诉孙佳佳："和家人到三亚度假。"

她准备好了整个行程，酒店外就是海滩，小北可以去海边游泳，酒店里还有各种娱乐设施，她可以带宋淑惠去做按摩，还预约了海洋餐厅，可以边吃饭边看着游来游去的鱼群，老苏没看过，一定很高兴。

孙佳佳迟疑了一下："你……你是不是还不知道你们家的事儿？"

苏南脸色变了："什么事儿？"

"你奶奶病了，我也是今天刚听我爸妈说的，说你爸爸已经在医院里陪夜好几天了。"

苏奶奶八十多了，从来身体健康，八十多岁还每天走到菜场买菜做饭，苏南把旅行的日子定在年初二就是因为全家都要跟老太太一起过年。

年前准备年夜饭的时候，苏奶奶突然一跟头栽倒了，就再没爬起来过。

老太太不喜欢苏南，所以苏南也不喜欢她。

苏南完全继承了妈妈的容貌，所以也就完全继承了老太太对她妈妈的厌恶，老苏一辈子就只有这一件事没听苏奶奶的话。

老太太说："那是一只野凤凰，不是小家雀，留不到咱们家里来，养不熟。"

老苏不肯听，他执意娶了苏南的妈妈，老太太就搬到女儿们家里去了，轮流跟着闺女姑爷住，就是不上儿子的门，苏南的妈妈跑了，她也不肯回来。

直到老苏娶了宋淑惠，生下了小北，两边的关系才有所缓和，老太太从女儿家里过来给儿媳妇侍候月子，那时候的苏南已经长得很像她妈妈了。

老太太打心眼里看见苏南就不乐意，苏南就少在她眼前晃，过年过节，苏南的红包总是小辈里最小的一个。

苏南怨恨过老太太，后来就不恨了，她不是老苏的女儿，母女俩耽误了老苏大半辈子，哪个当妈的能眼看着儿子过这种日子。

苏南挂掉了电话，她吸一口气平复，怪不得老苏的电话越来越短越来越急，他总是笑呵呵地说要跟谁去下棋跟谁去遛弯，原来是去医院陪奶奶。

苏南打电话给老苏："奶奶病了，怎么不告诉我？"

隔了很久老苏才回答："原来以为是小毛病，不想让你来来回回地跑。"

旅行是肯定去不成了，苏南说要退掉行程酒店回北京看看奶奶，也被老苏拒绝了，他话说得很婉转："你奶奶不想麻烦小辈儿，你几个哥哥姐姐都没来。"

老苏的谎话还是这么拙劣，哪有过年不回去的，那边吵吵嚷嚷，全是苏家亲戚的声音，苏南耳朵很尖，分明听见哥哥姐姐们都在，是老太太不让她去。

宋淑惠接过了电话："你奶奶叫你爸爸呢，南南，体谅体谅你爸爸。"

苏南答应了一声，今天是大年三十，她一个人在海景套房里，她躺在大床上滚了一会儿，苗苗有了程先生，孙佳佳又在国外，沈星还不知道在哪顶帐篷里。

外面是银沙碧海，她一个人百无聊赖，打电话要了一个客房下午茶，好不容易等到门铃响了，她跳起来去开门。

客房服务的小哥打扮得很正式，穿着黑西装，喷着古龙水，低着头，餐车上还有一大棒玫瑰花。

苏南一下子扑进这人怀里，把眼泪鼻涕都擦在他身上，她呜呜哭："你是不是白痴，酒店哪有服务员穿西装的。"

天这么热，他们都穿短袖。

夏衍一把搂住她，身后跟着的工作人员终于放心这是求婚，替他们把房门关上，夏衍后背都被汗浸湿了，他问："怎么啦？"

苏南抱着夏衍的脖子不松手，她十七八岁的时候还能昂着头假装不在乎，现在像个终于找到人哄她的孩子一样，把头埋在夏衍的西装里。

他紧紧抱着她："你这……是感动？"

苏南说了老苏他们不会来海南和她一起过年的事。

夏衍伸手握住她的手，两人十指交叠："那正好，我也没有地方去，你可以邀请我。"

苏南不理他，哭了一会儿她抬起头，想到泪水对皮肤的伤害太大了，赶紧跑进浴室，从化妆包里抽出一张面膜，贴在脸上，一边吸收精华一边哭。

夏衍哑口无言。

他既然是来再次求婚的，就做好了准备，他打开手机，点开戒指的图册："昨天的戒指是纪念品，算是订婚戒，婚戒你想要哪一枚？"

苏南一开始还不理会，但她受不了珠宝的诱惑，夏衍瞥她一眼："这

127

个是公主嵌，这个是四爪经典款，还有梨形钻石，据说刚刚兴起。"

他在等飞机的时候，看了婚戒攻略，里面应有尽有，专门保存图片给苏南挑选，苏南的注意力完全被吸引过去了。

夏衍斜躺在她身边，脱了西装，解开衬衫扣子，露出胸膛，一只手撑着头，一只手举着手机，一张张滑给她看："你觉得呢？"

苏南觉得每张都好看，她两只手叠在一起，摸着左手无名指，心里暗戳戳地想，她的手长得好看，戴哪枚戒指都会好看的。

等面膜敷得差不多，所有的图片都看完，苏南也就不伤心了。

夏衍把手机放在一边，虽然有些事他无法改变，比如苏老太太对苏南的厌恶和成见，苏南越是长得漂亮，她就越是讨厌苏南，而她对别人，不管是邻居还是亲戚都是和蔼可亲的。

但他能让苏南少难过一些，他走到窗边，指着海滩告诉苏南："据说今天晚上酒店会放烟火。"

现在年味越来越淡，但过年终究是过年，酒店里来来往往看见的都是出来旅行过年的一家子，幸好他来了，要是让她一个人，不知道会闷在房间掉多少眼泪。

苏南坐在窗边，吃椰子蛋糕，餐车上摆的甜品她每样都舔了一口，挑出最好吃的吃个干净，接着又吃了个椰子球冰激凌，摸摸腰上的曲终线，对夏衍说："我要去游泳消耗消耗热量。"

苏南没有带泳衣来，她原本是陪着家人来度假的，正好夏衍也没有，于是两个人先去了酒店的水上用品专卖店。

苏南一眼看中了黑色那件泳衣，后背是细窄的绑带，腰间镂空露出腰线，胸前紧紧裹住，呼之欲出。

夏衍买了泳裤沙滩裤，拿了女式拖鞋，他挑了一双黑色软底的人字拖，两根带子上是闪闪的黑色亮片，一回头就看见苏南拿着那件泳衣在身上比画。

他站在那儿，脑子里已经替她穿上了这件衣服。

苏南从镜中接收了目光，蜜笑起来，回房间换上，手里拿着金瓶防晒霜，抬起下巴，对夏衍晃一晃瓶子，让他给自己抹防晒。

夏衍接受了这个挑战。

防晒霜挤在她背上，分不出是哪个更白，他小麦色的手掌在她奶白色的背上游走，苏南发抖轻笑，突然回身问他："不知道老游泳馆还在不在？"

她的游泳是夏衍教的，他是个好老师，但苏南学了整整一个月才刚刚会扑腾两下，因为她太娇气，而他总不肯放手让她呛水。

夏衍想到往事，他们每天等闭馆之后再进去，不是因为他嫉妒发昏到不愿意让她穿泳衣，而是两人在水下亲密举动太多，他不想被人看见那尴尬时刻，泡着冷水，身体还这么灼热。

最后，他提议："不是非得游泳才能消耗热量的。"

苏南一抬腿，把脚抵在他胸口，只差一点就要被他吻到了。苏南手臂撑起，这个姿势极具诱惑力，她涂着暗红色指甲油的脚在夏衍胸口来回蹭了一下："不行。"

苏南扎在水里像条热带美人鱼，游累了就回到岸上，躺在沙滩椅里要喝冰沙，夏衍不许她喝："那个太凉。"

有人管束分明心里觉得甜蜜，但还是要象征性地任性一下，夏衍配合她演出："晚上吃的时候可以喝点菠萝啤酒好不好？"

苏南点点头，她很满意。

自己快乐的时候就更想到要关心朋友，苏南先给苗苗打电话报平安，然后又打视频给孙佳佳，劝她这个时候千万不能泄气，就要咬牙挺到底。

夏衍捧着咖啡回来，听见苏南指手画脚教别人谈恋爱，问她："老陆跑去找孙佳佳了？"

苏南翻了个白眼："可不是，还说是谈股份回购问题。"

夏衍"哦"一声："我建议她等到第二轮资金投入的时候再出售，到时估值更高，如果一定要现在卖，以每百分之一不低于三十万的价格出手。"

夏衍卖朋友卖得一点心理负担都没有。

苏南张大了嘴巴，她如实告诉孙佳佳，口气喜滋滋得像是自己赚了钱，还问孙佳佳："你手里有多少股份啊？"

孙佳佳笑了，她手里的股份不少，百分之十六，苏南马上算了一笔账，她"哇"了一声，陆豫章虽然在男女事情上浑蛋，但这方面倒很上道。

苏南跷着两条长腿，躺在酒店套房里喝鲜榨菠萝汁，她心情一好，就拿着自拍神器一路拍回来，沙滩大海，还指挥夏衍站住不要动，拍了一张他的背影照。

她从诸多照片里挑出一张海天一色的，发在朋友圈里，玻璃窗上隐约有两个人影，一个是她，另一个影子高大强壮，站在她身后。

这种隐藏式地秀恩爱，是苏南专门给沈黛看的。

年会那天，沈黛特意问苏南要了微信，苏南笑眯眯地加了她，回去就把沈黛的朋友圈翻了个底朝天。她的朋友圈和她的社交网一样，偶尔一张全身照是她登山的照片，看上去素颜没化妆，整个人和山石融合，背后是天光。

苏南猛吸两口菠萝汁，看到沈黛最新发的朋友圈也是在海边，手上拿着一本书，光线耀眼，看不清她看的是什么书。

苏南在加她微信的第一天，就把沈黛归到了她的特别分组中，这个分组的名称叫【贱精神宫】。

这种秀恩爱的照片，是特意为她们准备，好让她们因为看她过得好而夜不安寝、食不下咽，在背后说她的坏话越多，就说明她越幸福。

能被苏南归入这个分组的，全都不是凡品，戏精塑料姐妹们在这个分组里手牵手心连心。

苏南把她们按恶心程度由深到浅排列起来，沈黛当仁不让，荣登宝座。

沈小姐一个人的含金量就能秒杀名单中所有人的总和，苏南知道这些看上去家世良好，受过高等教育女孩是怎么抢人男朋友的。

她温柔，她大方，她事事为你考虑为你着想，仿佛一片丹心可托日月，如果不是夏衍，哪个男人能不被钓走呢？

苏南刚刚把照片发出去，沈黛就给她点了一个赞。

苏南捧着手机"哈"了一声，翻身坐起来把那条朋友圈设置成沈黛一个人可见，然后假装统一回复【在看海边婚礼场地，谢谢大家的祝福。爱心爱心爱心】

苏南放下手机，偷看坐在办公桌前处理工作邮件的男人一眼，这么一想，他还有点好处，心里那个忽上忽下总没爆灯的"喜欢值"小小往上跳了两格。

夏衍有一个视频会议，他穿着西装戴着眼镜，苏南这才发现他在工作的时候是戴眼镜的，不是石杨那种黑框镜，金丝细边架在鼻梁上，一本正经地蹙着眉头，看上去就十分禁欲。

夏衍紧盯着电脑屏幕，突然感觉到了苏南的目光，他回头看过来，

脱下眼镜笑一笑："怎么啦？"

那种禁欲感立马没了，苏南没说话，夏衍拿眼镜布仔细擦镜片，一边擦一边挑眉问她："无聊了？要不要去做个按摩放松一下？"

这么看他有点诱人，苏南心未动，身已远，她跳到夏衍大腿上，"吧唧"亲了他一口。夏衍猝不及防，伸出两只手牢牢接住她，眼镜掉在了地毯上。

苏南眼睛亮晶晶的，她笑一声，手心贴着他的脸，实话实说："我突然间……有点喜欢你。"

两人之间要是没有性吸引，也就不会发展到现在这个说不清道不明的局面了，夏衍深吸一口气，克制住自己，对面正在等他接通，大掌拍了拍苏南的屁股："下去。"

眼神很明白地告诉她，再不下去，就下不去了。

苏南刚刚打击了沈黛，心情愉悦，知道他要工作，乖乖爬下去，拎上她的篮子包，准备到酒店的海滩上逛一圈，看看落日。

苏南一路拿着自拍杆自拍，晚霞一片绚烂，连海面都染上了玫瑰色，细浪卷着银沙，她踏在湿沙上，留下一长排脚印。

苏南站着看海，浪花浸过她的脚踝，她看了海面很久，久到整个太阳都要落进海面去，低下头给所有人发了拜年信息，又特意打开了家庭群，祝大家新年快乐，又问候了奶奶的身体。

这个年家庭群里很冷清，朋友们拜年的微信倒是一条接一条跳出来，苏南群发了祝福。她和苗苗、沈星三个人的小群里，苗苗发了乌镇的各种美食，还有一盏兔子灯；苏南发大海、晚霞和椰子汁；沈星很久都没上线，她也冒个头，发了一张极光星空的照片。苏南点开保存，把这张照片设置成了屏保。

夏衍的消息跳出来了，他连发了好几张照片，是苏南背对着他，站在一层一层紫红霞光染过的天空下，光线让海面椰树都变成了黑色。

苏南的影子也是黑色的，细腰长腿，海风吹过，裙角扬起。

一张比一张的角度更近，苏南握着手机笑了，她回过头，夏衍不知何时站到了她身后。

太阳整个掉进了海面，夜色越来越浓，他们坐在沙滩上看烟火，苏南把头挨在夏衍膝盖上，他细致地抚摩她，突然对她说："我们是不是到了天涯海角。"

这么老的梗，苏南笑了起来。

这个晚上他们没有看春晚，看完烟火回到房间没有开灯就相拥躺进柔软的床上，到两个人都饥肠辘辘，夏衍才问她："要不要叫个晚餐？"

苏南摇头，房间里弥漫的全是那种味道，她不想打开这扇门，听海浪看夜星，两个人的时光不想被打扰，再说夏衍闻不出来，客房服务肯定能闻得出来。

于是夏衍下床去搜刮小冰箱里的东西，水、饮料和两听啤酒，吧台上有零食和泡面，他摇了摇圆桶泡面问她："只有这个，吃吗？"

吃！苏南饿死了，她觉得自己运动量够大了，可以吃，团坐在床上等夏衍烧水泡面，泡面味把房间里别的味道盖住了。

这时候家庭群里开始热闹起来了，拍了年夜饭的照片，他们就在医院旁边定了个饭馆，人人脸上都喜气洋洋的，二姑还专门跟苏南说要她明年早点回来，把男朋友带给她们看看。

苏南靠在夏衍身上吸溜着面条，这是她吃得最差的年三十，可也是她觉得最满足的年三十，喝到汤快见底的时候，苏南摸着肚子："完了完了完了，明天肯定要重了。"

她想跳下床去浴室称称重，刚刚就应该站在秤上吃，每吃一口都能看见数字动一动，非常有效地克制食欲。

夏衍吃了泡面，扫完了饼干薯片，只是半饱，但他已经有力气开始下半场了，他要把这些年没做过的事，都补回来。

苏南半梦半醒的时候，听见夏衍在她耳边轻声诱哄她："14号那天我要出差，跟我一起好吗？"

苏南迷迷糊糊，14号确实没有工作，困倦让她没有矫情就答应了，等滑进梦乡的前一秒才想起来，14号是情人节。

她轻轻哼了一声，夏衍从背后抱住她，伸手捏捏她的鼻子，满怀爱怜地吻她一下，两人拥抱着睡了过去。

这是苏南度过的最舒服的假期，她一回去就开始忙仿妆视频的事，她和栗子妹两人都是第一次接这种欧美大品牌的推广，对于双方都是一种新的尝试。

栗子妹一边给她打底妆，一边欲言又止，终于微红着脸问："苏南你是不是特别会谈恋爱？"

苏南并不会，但她假装自己经验老到所向披靡，抖着脚说："那是当然，有烦恼尽管咨询。"

栗子妹的烦恼就是她好像喜欢上了她邻居哥哥，也是一个青梅竹

马从小到大的故事，这个竹马一直在唐栗身边，从小守护到大，情人节还要约唐栗出去。

"去啊，我来给你挑衣服。"苏南兴高采烈，本来今天跟夏衍约了到他公司楼下吃晚饭的，赶紧发微信取消约会。

夏衍那边隔了很久才回复好，苏南完全没有在意。

沈黛端了杯茶正在夏衍的办公室里，她脸上挂着歉意的笑容，好像说破这件事是她的错一样，用完全为了夏衍和苏南考虑的口吻说："这对女性来说是很受伤害的一件事，还是不要让她知道了。"

夏衍度完假回到公司，每个人看他的目光都跟原来不同，茶水间里的八卦声音更小声，男同事看他的神情也很微妙，当面或者背着他露出嘲讽的笑意。

午饭的时候更是有人说了些莫名其妙的话，一桌人都笑了，只有沈黛皱着眉头，她在午饭后轻轻叩响了夏衍办公室的门。

他们刚刚和一个基金公司接触，要开展新项目，那边过来对接的人叫章侃，他看见了金策年会的照片，在照片里认出了苏南。

沈黛搁下茶杯，伸手轻拍夏衍的肩膀："这其中肯定是有什么误会的，说开了就好了，但这次出差，你还是再考虑一下吧。"

她调查过了，那些八卦都是真的，苏南就在去年还跟章侃打得火热，而依照夏衍的说法，这段时间他们还在恋爱。

沈黛接触过章侃，这个项目就是她在暗地里牵的线，只不过由别的同事负责，自己把自己摘了个干净。

这个章侃模样能力都算出挑，但跟夏衍比不值一提，空有一双好看的眼睛，原来是个睁眼瞎子，这种人竟然能让苏南死心塌地。

沈黛最后点了点茶杯："给你泡的，静静心吧。"说着转身出了门。

夏衍点开了视频地址。

　　苏南一整天都情绪高昂，她和唐栗逛了街，买了新衣服，挑了新口红，终于累得走不动了，才找了一家甜品店吃下午茶。

　　干掉最后一个蛋糕后，苏南决定今天要去夏衍那里蹭跑步机用。

　　夏衍这几天接手了一个新项目，天天都很晚回来，所以他们才会约在他公司附近吃晚饭，苏南放了他鸽子，脑补他一个人吃晚饭有点可怜，结账的时候犹豫再三，给他打包了一个巧克力蛋糕回去。

　　所有的甜食里，夏衍只爱吃特浓巧克力蛋糕，苦味里面有点甜，不知道他这是什么奇特的偏好。

　　苏南回到家换上运动服，输入密码打开夏衍家的大门，把蛋糕放进冰箱里，打开跑步机，跑了三十分钟，她已经有段时间没上私教课了，可是她的体力越来越好。

　　苏南不承认是某些方面的运动让她肢体更柔软有力，她跑得大汗淋漓，想借浴室洗个澡，拿起手机一看，已经九点多了，夏衍还没回来，也没消息。

　　苏南刚刚走进浴室，脱掉衣服，就听见门锁响动，她裹着浴巾缩在卧室里，从门缝中偷偷看他，想跳出去给他一个惊喜。

　　可她听见夏衍叹息了一声，皱着眉头，满面倦容，他走到冰箱前，拿出冰啤酒，拉环"刺啦"一声响，一口气就喝掉了整罐。

　　苏南愣住了，夏衍在她面前，从来都没有流露过这种情绪，他永远能解决一切，他永远照顾她的情绪，让她以为他是不会累的，可他原来也会累。

　　夏衍捏扁了啤酒罐头，伸手去拿下一听的时候，看见冰箱里放着个蛋糕盒子，他整个人变得不同，刚刚还满面倦色，立刻变得有了精神。他笑着看向卧室虚掩着的门缝，叫了她一声："南南？"

苏南后退半步，不知道要怎么面对他刚才的那种情绪，她手足无措，快步钻进浴室，打开花洒，假装自己一直在洗澡。她想问问他怎么了，可心头莫名涌上不安，他情绪的好坏，一向都跟她有关。

夏衍推开门，隔着水雾看见她在洗澡，于是脱掉西装，扯掉领带，打开玻璃门，也挤在花洒下，伸手搂住了苏南的腰。

苏南隔着水雾看他，没有拒绝他的拥抱，问他："怎么这么晚才回来？"口吻好像新婚小妻子，盼着丈夫回来。

夏衍笑了："连着开了三个小时的会，有点累了。"他维持着拥抱她的姿势，长手一伸挤了沐浴露，打出泡沫，涂抹在她身上。

苏南以为他是真的累了，提起来的心稍稍放下，捧着夏衍的脸："你不年轻了，更要多运动。"原来的夏衍可以打上整场篮球赛，再带她去游泳。

夏衍"哧"一声笑了，腰顶向苏南的小腹，惹得她又笑又叫，热水流淌过皮肤，苏南呼出一口气，湿嗒嗒的头发全贴在裸背上，两只脚踩在夏衍的脚背上。

她说："真热。"

那件黑色真丝睡裙没有用武之地，身上已经干了，头发还湿着，夏衍难得比她先睡着，他睡着了，眉头还紧紧皱着。

苏南从来更关注的都是自己的感情，今天突然知道他也会累，他也有不顺心，突然对他满怀爱怜，在他眉间落下一个吻。

然后，她揉着腰爬起来吹头发，把散落了一地的西装西裤衬衫都收拾起来，扔在洗衣篮里，从他的西裤口袋里，摸出了手机。

苏南不小心碰到了按键，屏幕亮了，她看见沈黛发过来的微信消息。

【情侣之间还是要坦诚，有什么话说开了就好，你们十年感情，别因为误会就分开。】

【这件事公司许多人都知道了，需不需要我替你澄清一下？】

【你的精神状态我有些担心，明天休息一天吧。】

【如果你需要一个倾诉对象，我今天会一直开着手机，任何时候都可以打电话给我。】

沈黛锲而不舍，每隔半个小时就发一条消息给夏衍，第一条是他下班进家门的时间，连续发了十几条。

从上滑到下，每一条都直指苏南和夏衍的感情。

苏南飞快解了锁，密码是他们初吻的那一天，她点开微信，里面只有沈黛一个人在自说自话，夏衍没有回复过沈黛，苏南不知道沈黛在说什么。

她一条一条仔细往下翻，夏衍虽然删掉了之前的消息记录，但还是能看见沈黛发给他的链接和图片，苏南一点开链接就知道是什么。

她一口气堵在心口下不来，他知道了。

苏南当时大闹章侃的婚礼并不是因为爱这个男人，只是忍不下这口气，苗苗说她太冲动，沈星说她做事不过脑子，可当时她确实觉得痛快。

她大闹婚礼现场被人拍了视频，这个视频小火了一把，微博上还上过热搜，只是很快就被别的新闻给压下去了。但苏南还是因为这个丢掉了本地电视台美妆节目嘉宾的工作，她那时候一点都不后悔，觉得终于出了一口气。

直到此刻，她才后悔了，那个视频拍得很模糊，但只要夏衍看过，一定能认得出是她。

手机振动了一下，沈黛又发了一条消息过来。

【如果你不想再接触章侃，可以把项目全部交给我，公司里的流言过一段时间就会好的，你要是想清除这些视频，只要开口就行了。】

苏南仿佛当众被剥掉了衣服游行示众，羞耻感和屈辱感蔓延全身，她之前所有的做作，在沈黛眼里该有多么可笑。

他看见了，他在公司里被人嘲笑，回来还要假装什么都不知道，哄她让她高兴。

苏南坐在地板上，望着床上睡着了还皱着眉头的夏衍，眼泪一滴滴掉下来，抱着膝盖无声痛哭。心中顿时怨恨丛生，如果他不走，就不会发生这一切；如果她肯相信他会回来，就不会发生这一切。

夏衍半梦半醒间叫着苏南的小名，伸手去捞应该躺在他身边的苏南，他摸了个空，她不在床上。

他坐起来，眯着眼睛在黑暗里搜寻一圈，看见地板上有一团黑乎乎的影子蜷缩着。

夏衍打开床头阅读灯，那团影子就是苏南，她躺在地板上。马上下床搂住她："你是滚下来了？"

苏南睁开眼，脸上泪痕还没干。

夏衍看见她手里握着手机，伸手拿过来，看见沈黛那一条接一条的消息，他把苏南紧紧箍在怀里："我不介意。"

"可是我介意。"苏南大声抽泣一下，然后又把哭声吞进去，"你骗我，你明明介意，不然你为什么叹气？"

"我确实需要一点时间消化这些事处理这些事，但这跟你没关系，你没有做错什么。"夏衍不想让她知道这些事的。

"那你为什么不告诉我？"

"我知道你会想什么，你会想我不应该走，如果我不出国，你就不会遭遇这一切。"夏衍吻了她一下，目光幽深，自嘲一笑，"就连我自己也是这么想的。"

他甚至没有勇气看完这个视频，是他给一个垃圾机会去伤害她，他不能接受这一点，于是开始因为过去的选择而后悔，他搂着苏南："你可以继续不原谅我。"

夏衍一走，苏南就病了。

她一向身体健康，大学里大家都患流感的时候，苏南还照样给自己化个美美的眼妆，挑一款适合衣服的口罩，整个流感季都过了，她也没咳嗽一声。

沈星都说她这么好的身体底子应该去徒步，穿薄旗袍大冬天里拍戏都没事，这回却倒下了，身体和心理上的双重疲劳压倒了她。

夏衍去出差了，他本来想推掉工作，留下来陪苏南，可苏南不愿意，她不想让自己的情绪影响他的工作。

夏衍多么骄傲，当年他们分手的时候，也不是没有人来跟苏南打听，苏南除了在心里骂他，喝醉了打电话骂他，从来也没有在同学的面前说过夏衍一句坏话。

苏南躺在床上，吸着鼻子，呼唤她的小天使："苗苗，我喉咙疼。"

苗苗围着围裙，听见呼唤从厨房里出来，又给她剥了一颗清凉糖，塞到苏南嘴里，让她含着："好了好了哦，我在煮汤。"

苗苗买了鲫鱼来给苏南炖汤，她觉得苏南会生病，完全是因为平时不好好吃饭，她自己为了减肥都减到月经失调了，正在调理，苏南这样又冻又饿，身体当然吃不消的。

苗苗先是像个小姐姐那样把苏南念了一通，她唠叨起人来也是软绵绵的。苏南吃软不吃硬，她跟沈星偶尔还会怼起来，对着苗苗半点没脾气。

苗苗片个鱼的工夫，苏南已经呼唤了苗苗无数次，用各种各样的理由，一会儿鼻塞，一会儿喉咙疼，一会儿头疼，反正就是要苗苗来看她。

苗苗坐在床边，摸摸苏南的头，哄她说："别撒娇，喝了热汤就好了。"

苏南撇撇嘴，闭上眼睛，因为需求得到了满足，所以暂时不折腾了。她的手机藏在被子里，夏衍隔一会儿就给她发条消息。

苏南发了一张自己贴着发烧冰贴的照片给他看，无事也要三分娇，何况她真的病了，鼻子红通通的，呼吸困难，已经很久都没有病得这么辛苦了。

夏衍这次还是去深圳，和好几个同事一起，其中当然有沈黛。

夏衍拎着登机箱上飞机的时候，沈黛看了他一眼，等坐上了飞机问他："和女朋友没吵架吧？"

"她生病了，又不肯耽误我的工作，在家里休息。"夏衍看了沈黛一眼，是因为那些微信南南才哭得那样，差一点她就又要缩回壳里。

然后，他当着沈黛的面发微信语音："宝宝吃药吗？头还疼吗？"一段一段发个不停，空姐经过的时候，听他这宠溺的语气，还以为他在跟女儿发微信。

"等我回来请她吃饭，谢谢她照顾你，快点睡吧。"说完这条，夏衍才关了手机，戴上眼镜，进入了工作状态。

这和沈黛设想的不一样，她想不明白以夏衍的骄傲竟然还能容忍这样的事，他们竟然没有争吵。

沈黛开始重新看待夏衍，难道他不是她理解的那种，对感情有更高追求的人，他其实也不过就是最普通也最庸俗的那类男人，受不了漂亮女朋友示弱撒娇？

夏衍没有大肆在同事之间澄清什么，他的态度让人疑惑起来，这些人本来是看他笑话的，他风雨不动，反而是他们先怀疑起来。

沈黛的温柔体贴根本用不上，他们开完会之后，男同事们结伴要去嗨一下，沈黛和夏衍两个人先回酒店。

她在几次欲言又止之后，问他："昨天，你没回我消息，我有些担心。"

夏衍回过头看她，目光平静无波，他大概猜到事情是怎么发生的了，到底还是因为他的原因让苏南受了伤害。

事情不会那么巧，所有巧合都是精心设计的结果。

"你有什么事不用闷在心里，我可以替你分担。"

夏衍放下了手上的资料，他直直看着沈黛："我没见过你对别的同事也这么关心，下班之后请不要以私人名义再联系我。"

沈黛抿了抿唇，她的轻笑声听上去有几分尴尬："我以为我们是朋友。"

"我不交别有用心的朋友。"夏衍是个对感情很挑剔的人，陆豫章是纯粹的友情，苏南是纯粹的爱情。

沈黛确实是个很优秀的女人，叠加在她身上的那些附加价值，也许能够让大部分人动心，但他不会，这些并不能吸引他。

这一句戳到了沈黛的痛楚，她明白无论她如何把事情摊在夏衍的面前，都不能动摇他了。她收起那副体谅万分的温柔模样，不再保持形象。

她一定要问个究竟："你明明知道那件事是真的，你不在国内的时候，她找了一个万分之一都不及你的人，你只是不理智不客观。"

夏衍不否认沈黛说的这些，但那又怎么样呢？

他头一回对着沈黛表露出他真实的情绪，毫不掩饰他对沈黛的厌恶："首先，我永远无法客观地看待她，对她，我只能感情用事。

"其次，请你收起你过度的关心和揣测，我们的感情不允许任何人插手，也不用无关人员来评头论足。"

沈黛脸上火辣辣的，她不敢相信夏衍会对她说出这么不客气的话，仿佛自己在他眼里毫无价值。她还想要说些什么，终于只是退后两步，对他说："希望你不会后悔今天说的话。"

苏南和唐栗的仿妆视频在微博上火了起来，搜索量和播放量"噌噌噌"往上涨，唐栗背着一大堆零食、饼干、饮料来看苏南，两人点开视频下的评论，唐栗专挑那些夸奖念给苏南听。

苏南重感冒还没好，躺在床上吸鼻子，一边听，一边不停给鼻翼两边抹润唇膏。

唐栗"咔嚓咔嚓"嚼着薯片，隔一会儿就抬起头，黑亮亮的眼珠子闪着光："百万啦！"没一会儿又抬起头，"两百万啦！"

小栗子广播电台叽叽喳喳，不停播报着新的搜索量。

苏南抽出一张纸巾，擤了下鼻涕，也不觉得奇怪，既然是做品牌推广，视频一发就有品牌方的营销跟进，替她引流量买水军。

虽然微博话题就是"＃柏雪 仿妆＃"但苏南没想到会这么火。

一开始品牌方就是想要蹭柏雪的热度，她又有新电影要上映了，正在前期宣传。这回不再是港台上映，而是全国院线上线，唐栗提前半年就快活得像只囤够了坚果的小仓鼠。

她早早就在朋友圈里发布消息，告诉大家只要去看柏雪的新电影，晒票根她请大家吃爆米花，最后还写着"本条朋友圈永久有效"。

这是苏南见过的追星既走心也走肾的迷妹了，苏南给她点了一个赞，唐栗就马上邀请苏南到时候一起去看电影。

这部电影的卡司（阵容）很强，从导演到演员到投资阵容，摆明了就是冲票房去的。上一部文艺片柏雪拿了影后，可因题材问题在国内并没有上映，唐栗是坐了飞机跑到香港去看首映的。

柏雪过气又翻红，复出拍的第一部电影就拿下国际影后，被那些新晋小花的粉丝说成是票房毒药，拿她二十出头时拍的电影跟现在来比，用九几年的票房和通货膨胀后的票房做数据类比，得出的结论是，影后不如自家爱豆。

唐栗憋了一肚子的火气，就等着电影上映化身自来水，替女神扛票房。这会儿她搓着手，眼看自己做的视频点击播放量越来越大，抱着苏南就想打滚。

苏南一把推开她，哑着喉咙："你还想不想跟你哥哥过情人节了？"

唐栗"嘿嘿"傻笑，把手按在胸前，满面梦幻："我太高兴了，没想到有一天，我能让我的女神上热搜。"

感觉自己简直就是个幕后小英雄，栗子妹悄悄在心里给自己点赞。

苏南擦掉鼻涕，拿过手机，这条微博转发量大得惊人，视频底下的留言一开始还有许多恶意评论，比如"仿谁不好仿个她"。

很快这些评论就被删掉了，转发评论里都是一派祥和，问的都是哪里有卖同款的，那支同款颜色的唇膏网店很快就没货了，连相似色号也卖光了。

品牌方触觉敏锐，一察觉到热度，马上跟进了情人节前的活动，这个活动推广比他们想象中的效果好得多。

视频才出了半天，效果确实不错，苏南和唐栗两个人都尽了最大的努力，但这种热度是普通视频无法达到的。

小英雄唐栗的美梦被苏南戳碎，苏南说："是不是你女神背后的团队也开始运作了？"

柏雪得柏林影后的照片和视频也开始被转发，底下的评论全是安利新电影的，还带上了新电影的剧照。

唐栗也感觉出来了，热搜一路往上涨，好像带着柏雪的大名就所向披靡，一路登顶，热度还居高不下，热搜第二被压得死死的。

送上门的热度不要白不要，这种方式的营销，可比单纯的只出电影片花预告和剧照要好得多，两边都是赢家。

唐栗这下更高兴了，自家女神的团队这么给力，她心满意足。

就像夏衍说过的那样，虚假数据转换成了真实的经济效益，品牌方很快就联系了唐栗，额外又给了一笔钱。

唐栗在屋里来回踱步，苏南躺着不动，但也很雀跃，两人把这钱给分了。

苏南的私信箱里不断涌入大量私信，除了夸奖苏南称赞小姐姐好美的，还有问她怎么化妆，当然其中也有问她是不是整过容的。

剔除这些，是各种品牌找上门来，苏南的身价翻着倍地往上涨，她原来那些推广最多也就三五万，这个价格还是因为她真实粉丝数量很多，转化率高。

就在她看个私信的工夫，她的微博粉丝涨了近一倍，还在继续往上跳。

柏雪的新电影火了一大拨，品牌化妆品火了一小拨，苏南就是那个赚取了差价的中间商，小小火了一把。

这些上涨的粉丝量和热度，足够她接到更好的推广，而热度又是有时效性的，苏南不断刷新私信，寻找更多机会。

新的粉丝开始深度挖掘苏南，发现她不是那种千篇一律打广告的博主，除了分享美食、护肤小方法之外，她还拍杂志、客串演戏，甚至被老戏骨称赞过演戏有天分。

粉丝们很快觉得苏南是个不一样的网红，比起那些只卖脸的，她比较有"真才实学"，她之前拍的那张旗袍照又开始了新一轮的转发。

唐栗看着不停上涨的转发量，终于吃不下了，她把空薯片袋子塞进垃圾桶，握着手机，认识到一个新问题，她看着苏南："你火了。"

确实火了，从微博火到了朋友圈，苏南那些塑料姐妹不断发消息过来，夸奖她两句再调侃两句，还有直接表明想要合作的，让她有什么机会也不要忘了姐妹。

甚至原来那个替换掉苏南的栏目组负责人，也给苏南发了微信，说想做一期明星仿妆节目，主题是普通女孩怎么像明星一样美，问苏南有没有参加的意愿，她的薪酬可以往上再提一提。

看过了那么多的报价，苏南很干脆地没有再理会那个负责人，当初踢走她的时候可不是这副嘴脸。

苏南终于真切地感受到红了是个什么感觉，她很快编辑了一个回复模版，统一回复过去，从里面又挑出知名度更高、开价也更高的品牌，一派商务人士的口吻。

原来她窝在夏衍身上，听他打工作电话的时候，也不是一点收获都没有的。

唐栗的私信内容比起苏南的要简单多了，都是让她再出仿妆视频、推广化妆品的，开的价格也不如苏南，但已经比她跑剧组跟妆赚得多了。

她喜滋滋美了半天，告诉苏南："我终于攒够钱，能给爸爸妈妈订一次邮轮游啦，请他们去美国西海岸。"然后她又说，"还能给哥哥买新电脑。"

苏南顿住了，她要送些什么给夏衍呢？

西装、钢笔还是公文包？

她放下私信，干脆发消息问他【你喜欢什么？】

夏衍正在开会，他还用平常的态度来对待沈黛，但沈黛却不能维持表面的友好态度，她开会时坐得离夏衍最远，也不再和他单独谈论什么，所有的同事都看出来了。

自从年会过后，大家都知道沈黛是沈华东的亲戚，原来就对她颇为殷勤的男同事们，一直都在等这个机会。

夏衍乐得耳朵眼睛都清净，他已经厌倦了那些探究打量的目光，早知道这样就能让沈黛收回她那屈尊降贵式的爱慕，他早就应该这么做了。

手机一振，夏衍看上一眼，嘴角克制不住地上挑，飞快回复【你。】

回复完，他就按掉手机，压在掌心下。

沈黛遥遥看了他一眼，瞥过目光，那句能让夏衍后悔的话，她自己都觉得很没有分量，像电影里的整脚反派，没有别的好说，留下一句虚张声势的威胁，其实根本就动摇不了什么。

可越这样，她就越是不甘心。

苏南远隔千里被撩了一下，觉得夏衍的情话说得越来越溜，她吸着鼻子关掉微信，继续和那些推广谈价钱，她确实需要一个经纪公司，之前能够应付，只是因为她不够红。

一直都有经纪公司在接触苏南，这回来联系她的是柏雪的个人工作室，苏南握着手机不敢相信，她确认了好几遍，抬头告诉唐栗："你女神的工作室，想跟我签约。"

　　唐栗呆住了，她跳起来尖叫转圈，扑在苏南身上问道："那你签吗？"

　　关于女神的公司，唐栗这个小迷妹还是有些了解的，柏雪个人工作室才刚创立没几年，但她是港星里与大陆娱乐圈接轨得最好的明星。

　　工作室虽然是以柏雪的事务为主体，但在推出新人方面一向给力，那些新人已经在电视剧里崭露头角，很快就小红起来。苏南要是跟柏雪工作室签约，公司的宣传和后续项目都是很不错的。

　　苏南拿不定主意，她的年纪太大了，进娱乐圈的年龄上限永远是二十岁，就算科班出身也早早就开始接戏了。

　　她还是更想像夏衍说的那样，签一个营销团队和公关团队，按她现在的粉丝量，每年付出的钱不会太多，收益依旧还是可观的。

　　苏南站在她职业生涯的分岔路口，感觉两边都充满了光明。

　　夏衍结束工作先回了酒店，苏南打视频电话过来的时候，他正准备洗澡，光着身子点开接通："过一会儿再打？"

　　苏南撇着嘴不乐意："我又不是没看过。"

　　她一收到柏雪工作室的合同就发给了夏衍，里面有许多条款她觉得不妥当，用红线画了出来，夏衍抽空看了，又标注了两个重点发给她看。

　　苏南一直忍耐到晚上，等他工作结束了，才打电话给他。她不想让他的同事们听见他打电话，不想让他的同事们再传流言蜚语。

　　夏衍笑了一声，把手机架在沐浴露架子上，让苏南看着他洗澡："那份合同我看过了，像这类合同都是严苛的，如果真的按照上面写的参加各种拍摄，你一年都没有几天能够休息。"

　　他不建议苏南进娱乐圈，但可以试着跟柏雪的工作室签订营销合同和公关合同，由他们来负责苏南的营销推广和各类公关，由乙方变成甲方，将主动权掌握在自己手里。

　　这给苏南提出了一个新的方向，背靠大树好乘凉，柏雪已经三十多岁，年少成名双料影后的光环也不能拯救她，丑闻就快要把她压死了，可她又再翻红，还从中国香港圈入驻大陆娱乐圈，混得风生水起，没有大资本砸钱，是做不到的。

夏衍这段时间也知道了一点姜承航和柏雪的事，要捧一个人，不会做到毫无痕迹，只不过没有人敢爆这些黑料而已。

"不如跟对方谈能不能签他们的营销团队，需要我替你去谈合约吗？"

沐浴房中水汽氤氲，镜头对准了他小麦色的皮肤和结实宽阔的胸膛，他湿了头发，正在打泡沫。

"好。"

听见苏南回答，夏衍笑了一声。

苏南看不见他的脸，但能看见白色泡沫顺着水滑过胸前肌肤往下流淌，偶尔转身还能看见手臂腰腹，一扭一转都让她产生些亲密的联想，它们是怎么抚摸她、摩挲她的。

她喜欢夏衍的身材，就像夏衍喜欢她的。他在美国这么多年，幸好没把自己练成肌肉猛男，适当的健身让他的身材更结实也更诱人。

水"哗哗"流个不停，苏南抽了一张纸巾擦鼻水，大大方方欣赏起来。

在两人还没有确定恋爱关系的时候，他偶尔会邀请她去看比赛，作为带她上学的交换，苏南的自行车老是坏，所以她去看了很多场比赛。

至于她的自行车为什么老是坏，她从来没问过，直到陆豫章说漏了嘴。

"我的自行车，是不是你弄坏的？"

夏衍听见她说话，隔着水声却听不清楚，他关掉花洒，凑到手机屏幕前，伸手擦掉水雾，闭着眼睛晃了晃头，甩掉头发上的水问她："什么？"

苏南换了一个姿势躺着，她喜欢这样看他："我的自行车，是不是你弄坏的？"先是坏了，然后就根本找不到了，苏南没有向老苏提出要买新车，她承包了夏衍的自行车后座。

夏衍笑了，竟然有些得意，主意是陆豫章出给他的，这家伙钩着书包带子，看他在苏南身后紧紧盯着她的背影，拍了他一下："你和她一个院，她要是不骑车，你就能带她上学了。"

陆豫章这个人，基本上不说什么重要的话，也想不出什么万全的点子，这是他说过最有建设性的意见。

夏衍把湿发往后拢，抹了一把脸上的水："我喜欢你从后面抱我，"说着盯了苏南一眼，用一种彼此都懂的语调说，"特别是夏天的时候。"

苏南脸红了，她比同龄的女生发育得要好，从小个子就高，十七八岁就已经腰细腿长，凹凸有致。

这些年少时因为骄傲，因为面子，因为说不清的坚持无法开口的话，现在全说了，夏衍用浴巾擦拭头发和身体，躺到床上，对苏南说："但是，我不喜欢校服衬衣，那会露出你的内衣肩带，我跟那个谁打过架。"

他们背地里谈论今天苏南穿的是什么颜色，夏衍转着篮球路过，把球扔过去，拳头砸在那个人脸上。

苏南同样不记得那个人的名字了，可她记得夏衍被记过批评的事，几个男生没人说他们为什么打架，连陆豫章都守口如瓶，原来是因为这个。

苏南长发散在脑后，她两天都没化妆出门了，但给夏衍打电话之前，先扑了一层晚安粉，又抹了一点彩色润唇膏，吸着鼻子告诉夏衍："我知道你不喜欢。"

所以后来她会在衬衣里穿上小背心，这样就不透了。

两人已经很久没有这样谈过话了，在一起的时候总是谈着谈着，就要做点别的事。

夏衍的手指在屏幕上刮过，想要抚摸她的脸，苏南翻了个身："你还有什么要告诉我的吗？"

"有一件事要告诉你。"他躺在酒店床上，开了一盏暗幽幽的灯，仿佛能闻到苏南被子里的香气，她总是香的，每个时刻都是。

"什么？"

夏衍深呼吸，他努力克制，不想在这种谈话的时候还在想那些事，可他忍耐不住："我硬了。"

这是苏南第一次尝试这种方式，用语言来描述，但她不觉得羞耻，反而很快乐，是和夏衍做这件事，时间和距离都不是障碍，他们其实早就应该做了。

　　夏衍还要上班，苏南也投入了工作，国内某个女装品牌公司，请苏南穿着他们的当季新款去拍照片。

　　这是一个轻熟系的品牌，设计紧跟潮流，都是最新最热门的剧集中女主角穿的类似同款，价钱不高，走的是销量。苏南从对方发来的海量图册里挑了几件，让沈星推荐了一个摄影师给她，带着栗子妹去外拍。

　　三个人跑到公园去，这才发现原来早樱花已经开了，品牌方的要求是希望能拍出春天感，这一片早樱正合适。

　　苏南染了个一次性巧克力发色，唐栗把她的眼睛画圆，大胆尝试桃花妆，在眼尾晕染更多的粉色眼影膏，只勾了一层眼线，化出卧蚕，无辜感粗眉加棕色美瞳，一样是淡妆，但比年会妆要更俏皮也更青春。

　　苏南化复古妆的时候尽显浓艳，化上粉嫩妆容又把天真的那一面展现出来，简直就像换了一张脸，可她眯起眼睛笑的时候，依旧风情外露，看得唐栗心口怦怦跳，这是唐栗这么多年，遇见过的最好看的小姐姐。

　　摄影师也是个女孩，网名叫糯米，三个姑娘找了一块花开得最多最密的地方铺开野餐布，摆上篮子和面包、蛋糕、水果沙拉，还借来了一辆带竹篮的自行车，苏南骑着车在樱花下摆拍。

　　早春系列既要轻薄又要保暖，里面是雪纺裙，外套是针织厚毛衣，戴着毛线贝雷帽，是新上映日剧里女主角的标配。

　　三个人整整忙活了一天，唐栗性格讨人喜欢，跟谁都能打成一片，她在剧组跟妆的时候学的一点打光技巧，全用在苏南身上，拍出来的照片不用精修已经很美。

这一单除掉化妆和摄影的费用之外，比苏南原来做五个推广赚得还要多，照片发给品牌方，对方十分满意，本来只是想蹭个热度，没想到苏南的风格还能这么百变。

等精修之后的图片发上网，就给苏南结尾款。

苏南一边搂一个："走走走，请你们吃火锅。"今天这身打扮不能浪费，等菜上桌之前，苏南脱了帽子，把头发辫成辫子，换了一个风格，糯米又按了好几张，给她当库存用。

唐栗告诉苏南："网红的自我修养就是不管干啥都要发照片，大家就愿意看美照。"她批评苏南竟然只放张喝鸽子汤的照片，就算要放也要端着汤碗拍一张，假装自己是推荐鸽子汤的，笑容要甜美。

唐栗和糯米两个人分吃了桌上几乎所有的牛肉、羊肉、丸子、虾滑，吃得满嘴是油。

苏南把牛肉在清水里滚了滚，刚要送到嘴里，接到了一个意想不到的人的电话。

是陆豫章打来的，他支支吾吾半天问了声好，隔着话筒苏南都知道他想问什么了，结果他竟然嘻嘻哈哈问起夏衍来："老夏最近怎么样啊？你俩好不好啊？"

苏南放下了筷子，继续听他表演，陆豫章一声尬笑："那什么，一中那个百年校庆，你俩回不回来啊？咱们老同学也好久不见面了，出来聚一聚呗。"

明明才刚见过，还没过两个月呢，苏南清清喉咙："说正事。"

陆豫章立即蔫了，他没脸告诉苏南，他追到法国去，年三十那天晚上，他被孙佳佳赶出房门，不知道找了多少个地方，才买到了速冻饺子，华人街那些店都不开门，只有小超市还在营业。

他用他那拉风箱似的英文跟酒店人员沟通，煮了半锅饺子，没有醋也没有蒜，去敲响了孙佳佳的房门。

热饺子都变凉了，她还不开门，陆豫章牛脾气上来了，杵在门边就是不动，直到酒店打电话给孙佳佳，她这才开门了。

陆豫章本来满肚子牢骚要发的，他腿都麻了，饿得不行守着一锅饺子没法吃，可孙佳佳一开门，眼眶泛着红，她哭过了。

陆豫章手足无措，孙佳佳抵住门不让他进去："你走吧，股份的事我委托别人跟你谈。"说什么是爷爷让他来娶孙媳妇的，他只是想用这种办法留下她而已，那话里根本就没有爱情。

陆豫章挤进门去，他一把抱住了孙佳佳："你揍我也行，你可别哭啊。"

孙佳佳已经很多年没有哭过了，遇上什么事她都不担心，陆豫章虽然粗枝大叶，可在关键的时候他总是在她身后，大学里替她赶跑苍蝇似的追求者，替她争奖学金名额；跑商务的时候又替她扛酒，自己吐得昏天黑地，还紧紧护着她，不让人占她的便宜。

是她错了，把同学时期的喜欢心动和之后两人共同进退、携手创业的感情混为一谈了，她冲陆豫章摇摇头："行了，你走吧。"

陆豫章觉得恐慌，突然脚不能踏地，他将孙佳佳抱得更紧，鬼使神差吻她的额头："别闹脾气行不行？你想怎样都行好不好？"

孙佳佳泪眼蒙眬地看着他，把他整个人都看软了，只一个地方硬，然后他就……证明了自己的活确实挺好。

第二天孙佳佳又把他扔下了，自己先回了北京，马上就办好了离职手续，把陆豫章整个拉黑了。

陆豫章终于鼓起勇气："佳佳最近……有没有跟你联系？"

佳佳？苏南挑了挑眉毛，原来叫人家老孙、老铁、好哥们，现在叫人家佳佳了，她笑一笑："有啊，我听说她好像在找新工作，还在相亲。"

陆豫章刚刚还蔫头耷脑的，一下子炸了："她相亲？她把老子睡了又睡，她去相亲？"

他这个口气仿佛一个赶着要去捉奸的丈夫，苏南抓住了重点"睡了又睡"，原来他们在法国又继续纠缠不清了。

要是原来苏南肯定要大肆嘲笑陆豫章，鼓励孙佳佳再找下一春的，可她现在不这么想了，孙佳佳能再和他发展点什么，就是根本没有了断，苏南说："陆豫章，她守了你这么多年，还不够？你要么就死乞白赖去追，追不到不回头；要么就干脆别再惹她，大路朝天各走一边，你自己想想清楚。"

说完，"啪"的一声，挂了电话。

唐栗在对面叼着丸子，哼哼啾啾地问："苏南姐，我以后有什么恋爱问题能问你吗？"

苏南大言不惭："可以可以，爱情咨询，绝不收费。"

夏衍拎着登机箱出了机场，在回家的路上找到一间花店，让店主用各种粉色大花朵扎成了一束捧花，苏南喜欢这些粉嫩的颜色。

他本来是想赶回来和苏南过情人节的，连餐厅都已经订好了，那间餐厅的特色包厢需要提前一年预订，整个包厢只有一张桌子，圆玻璃窗正对外滩夜景。

这是本市的求婚胜地，夏衍打算一鼓作气，两人可以先订婚，套上婚戒再去忙事业，等到想结婚了，再举行婚礼。

苏南不知道夏衍打算求婚，阻止了他，她难得认真地问夏衍："你是真的做完了全部工作，还是特意提早结束回来陪我？"

情人节是很重要，况且这是他们复合之后的第一个情人节，苏南脑子里早早就塞满了各种幻想，对这个节日充满了期待，可她不再只顾自己的喜乐，她替夏衍考虑了。

他已经有一次出差提前离开，这段时间又因为她的原因让他在公司里受同事的嘲笑冷眼，苏南愿意体贴他："我可以等你。"

只要相爱的人在一起，每天都是情人节。

夏衍有些动容，好像苏南突然就长大了成熟了，这让他有些不习惯不适应，他在视频这头问她："真心话？"

苏南扬起脸，翻了个白眼："真心话。"

"没有勉强和迁就？"夏衍薄唇微抿，仔细观察苏南脸上的表情。

她偶尔也会这样，勉强自己来迎合他，但她会不高兴，这些不高兴会积攒起来，就像吹气球那样，她把不满一点一点往气球里吹。等这只气球不堪负荷，她就会爆炸，把积攒在心里的每一分不满意宣泄出来。

夏衍希望她不要压抑自己，有什么不满意马上就说出来，两个人一起消化掉。但撬开她的嘴，比撬开她的心还要难。

"可我有特别的安排。"

苏南鼻尖动了一下，大概猜到他的安排是什么，她其实也有一个情人节推广，工作一忙就完全理解了夏衍的工作状态，她确实需要很多陪伴，可她也希望能够好好工作。

免得连沈黛这种既虚伪又自视清高的人，都能认为她是徒有其表。

"我们都有工作，相互理解好吗？"苏南还要跑下个地方去外拍，月底要去一趟北京签合同，还要去看老苏，去见孙佳佳，把工作一排，谈恋爱的时间特别少。

夏衍简直不敢相信这话是苏南说出来的。

"要不然你把工作处理完了陪我回北京吧？"苏南隔着屏幕撒娇，她最近觉得自己在这方面越来越得心应手，而夏衍出乎意料地十分吃这一套。

她以为自己已经足够了解夏衍了，但恋爱谈得越多，越是发现她原来忽略了的地方。

夏衍确实喜欢苏南的倔强任性骄傲，这简直是他自我性格的一种投射，可他也喜欢看到她温柔，那感觉自己被爱着。

"那好。"夏衍答应了她，他确实要去北京一段时间，说是回总部，其实是他找到了新的方向。

金策确实是个很不错的平台，但只是他的跳板，本来以为能在这块跳板上积蓄更多的力量起跳，苏南这件事还是打乱了他的节奏，他不能忍受有人想要伤害她。

【我飞机落地了，你工作结束了吗？】

苏南很久都没有回复，她在大学校园里拍照片，今天是青春系列，苏南穿前扣式牛仔背带裙，光腿穿着运动鞋，看上去一下子就小了两三岁。

她为了这套衣服，特意穿缩胸内衣，让胸看起来不那么大，更添一点青春感，头发缠成松乱麻花辫，耳朵上挂着两个白毛球。

糯米拍了几张正面侧面照之后，看着屏幕羡慕忌妒恨，这个胸型，这个细腰，这个假装出来的无辜感，真是引人犯罪。

糯米扛着相机，唐栗替苏南打光，学生下课路过纷纷注目，有的还停留下来看上一会儿，苏南跑跳起来，抓拍的照片比摆拍更有活力。

唐栗打开淘宝把这条裙子加入自己的购物车，点开微博喜滋滋看着苏南的粉丝量，告诉她说："再这么涨下去，你出门就会被认出来啦！"

不时有三五个男生过来搭讪，问她们是哪个系几年级的，唐栗本来就是学生，一点都不怵："大四，你学姐。"

这些男生还没出校园，脸上自带一份青涩，听见是学姐便不敢搭讪，少余执着的才会继续要微信。

有上来就问苏南想不想参加社团的，有满脸自信介绍自己的，通通被唐栗挡住，她长得可爱，像颗桂花糖栗子，看着圆滚滚软绵绵，瞪起眼睛来竟然小凶，把人赶赶远了。

苏南早已习惯了这种待遇，她在大学的时候连年都是校花第一热门人选，至于为什么选不上，因为苏南风评不好，大部分的女生都把票投给了她的竞争者。

追她的人太多，她拒绝得太多，每隔一段时间就有人在她宿舍下面摆蜡烛摆玫瑰，还有人用饼干摆过爱心，那东西既不亮放脏了又不能吃，简直不知所谓。

苏南懒得给这种人好脸，以为自己捧点花喊两声就付出巨大，这么廉价的追求方式竟然还有人觉得甜蜜觉得浪漫，她就算不接受也该好声好气地拒绝，这些人脑壳坏掉了。

沈三刀在宿舍的时候，基本任务就是替她赶跑这些苍蝇，点蜡烛就泼冷水，捧玫瑰就扔垃圾桶。至于那个摆爱心饼干的，最后是校工出面，让他拿着大扫把，把自己的爱心给打扫干净。

苏南看都不看这些小男生一眼，唐栗有了她小唐哥哥，糯米还是单身，可糯米觉得自己以二十五岁高龄啃这些小嫩草有点不道德，可等到一个法学院的小男生来加她微信的时候，她张口就叫人家小哥哥。

等那男生红着脸走掉，糯米才对着苏南、唐栗耸耸肩膀："长得好看的都是小哥哥。"

苏南打开手机，夏衍两个小时之前就到了上海，她急得跳起来，赶着回去见他，两人分明才三天没见面，却感觉已经过了好久。

夏衍抱着一大把花，拎着红色购物袋，先回了自己家，打开香槟，点上蜡烛，撒了一地的玫瑰花瓣。

花瓣从门外一直蜿蜒到卧室，做完这些他去洗了个澡，等苏南回来。手机一直都没有消息回复，他知道她今天有工作，便躺在沙发上等她。

苏南急急忙忙从电梯里冲出来，她已经让夏衍等了三个小时了，打他电话他又不接。

还没走到门边就看见地上的玫瑰花瓣，苏南打开门，屋里灯光暗幽幽的，放着轻音乐，点着香熏蜡烛。她顺着玫瑰花一路走进客厅，看见夏衍坐在沙发上，头枕在沙发靠背上睡着了，茶几上摆着一盘小蛋糕和香槟酒。

他等了很长时间，香槟原本放在酒桶里冰镇，那些冰都化成了水，苏南也化成了水。

她扔掉小背包，走过去轻轻叫他的名字，他一动都不动，还沉在睡眠里。

苏南凑过去亲啄他的嘴唇，靠在他身边听他均匀绵长的呼吸声，苏南仔细看他的眉毛鼻子嘴唇下巴，觉得每一个地方都讨她喜欢。

他这回没把衬衣扣到最顶上，解开了第一颗扣子，这件衬衣是苏南买的，她决定送一件两个人都喜欢的东西，这件有些浅蓝色，穿在他身上，比想象中的还要好看。

苏南手指头刮着衬衣扣子，她赶来的时候脑内一串火热联想，这三个晚上虽然他不在身边，可两人一样热情未褪，每一次都是隔靴搔痒，他很直白地告诉她："我没尽兴。"

苏南把手机放在床上，让他的脸压在床单上，这种程度她已经觉得羞耻了，可夏衍哄骗她："情人们都会这样做的，这没有什么好害羞，你不喜欢我因为你激动吗？"

苏南很喜欢，她决定现在就要看着他为自己激动。

她指尖滑到腰下，松了腰带，拉下拉链。

夏衍醒了，迷迷蒙蒙睁开眼睛，闻见她身上的香味，伸手就要捞她，感觉身边一空。苏南已经伏在他身上，抬起头来，对他伸出一根手指，竖在她水润唇间"嘘"。

夏衍猛地喘了一口气，他舍不得苏南做这些，伸手想要抬起她，可胳膊搭在她的肩头不能动作。

苏南第一次，没有经验做得也并不好，只能凭借曾经的感受来摸索，回忆夏衍是怎么对她做这些的。

他在她面前从来都是强硬的，占主导地位的，可现在不是，他只能随着她的动作感受快乐。

苏南知道自己做得并不好，可他这么激动，从耳根红到脖子，在感官中沉沦，用一种从没有过的软弱目光看着她。

苏南轻咬住嘴唇，她拉起那件牛仔裙，坐在他身上，抱着夏衍的脖子，对他撒娇："我想你了。"

夏衍反守为攻，抱着她把她压在沙发上，来不及回应她，就让行动来让她知道，自己究竟多想她，以及他有多么喜欢这个情人节礼物。

苏南蜷在夏衍怀中，偌大一张床，两个人团在被子里，睡在床中间，高质量的鱼水之欢让人满足愉悦。

倦意席卷而来，先睡着的是夏衍，他对苏南纠缠不休，贪尽最后一点欢爱，最后一滴都奉献给她，便把头埋在她颈间沉沉睡去。

苏南还在余韵里，她身体蜷缩着，却觉得心情前所未有地舒展，感官变得迟钝，好像时间都慢了下来，她眯着眼望着卧室里垂挂着的蓝窗帘。

一片海色，刚刚有一刹那叫她以为自己沉在暖海里，被海水温柔托浮着，手、脚、唇和两腿之间都是暖的、热的、酥麻的。

她能听见夏衍心脏跳动的声音，深沉有力，也能感觉到他的呼吸，一呼一吸吹拂她颈间的皮肤，好像洁净的海风吹拂她的身体。

手机在振动，应该是在客厅里，分不清是他的还是她的，苏南闭上眼睛，她不能动，也不想动，伸手抚摸着夏衍的耳朵，他的呼吸一轻，在梦中也非常享受这样的爱抚。苏南越摸越慢，终于她也睡着了。

醒来的时候天已经完全黑了，客厅的光透进来，苏南动了一下，夏衍搂住她，声音饱含着睡意和爱欲过后的散漫,问она："醒了？饿吗？"

苏南摇摇头，她一点也不觉得饿，从身到心都觉得满足，转身投入他怀中，对他呓语："还想睡呢。"

于是两人搂抱着又睡了过去。

等他们完全清醒，已经午夜了。

夏衍搂着苏南，胳膊把她圈在怀里，吻她一下说："我也给你准备了礼物。"

他把刚刚那个当作是礼物，不用礼物这个词，无法描绘它的美好。

苏南半边脸都贴着他的胸膛，眯着眼睛不想睁开，交缠的手指被抬起来，夏衍打开了摆在床边的礼盒。从深红色大盒子里取出一个手镯，用配套的螺丝刀转开它，把这个镯子戴在苏南的手腕上。

苏南觉得手腕一片冰凉，睁开半只眼，看见夏衍摆弄那把螺丝刀。

他买了一对儿，既然苏南不想这么早套上戒指，那可以先套上情侣手镯——黄金手铐，把两个人从此铐在一起。

苏南抬起手，看这个粗手镯，她的是带钻的，夏衍的不带钻，不管是带钻的还是不带钻的都巨丑，就算它很贵，也还是丑。

两只手交握在一起，搁在床单上拍了一张照片。

苏南反反复复欣赏这对丑手镯，觉得不加滤镜不磨皮就已经足够好看了，她决定明天就把这张照片发到自己的微信朋友圈里屠单身狗。

两个人终于肯从床上起来，夏衍光着身子系上围裙，打开了冰箱，在他睡之前是打算给苏南做晚饭的。

蔬菜沙拉已经准备好了，还有一只冰鲜龙虾、两块牛排，用黄油煎一下就能吃了，他不喜欢西餐，可苏南喜欢，她朋友圈里晒得最多的就是西餐厅。

他一边解冻牛肉，一边回工作邮件，苏南套上夏衍的麻质蓝衬衣，慢慢腾腾去摸手机，打开一看有好几个未接来电，是老苏打来的。

还有一条短信，苏南打开来看。

【南南，你忙完了打个电话回来，奶奶今天过世了，我们正在准备后事。】

号码是老苏的，口吻是宋淑惠的，已经过了十二点，苏南握着手机，走到夏衍身边，他背对着她，正在煎牛排。

平底锅里的黄油块很快融化，肉汁和黄油融合在一起"吱吱"作响，满屋子都是肉香味。

苏南和夏衍背对背靠在一起，她把自己身体大部分的重量放在他的身上，半天才说："我奶奶去世了。"

她其实没有多少伤感，只是替老苏觉得难过。

苏老太太从没承认过是苏南的奶奶，从小到大苏南叫她，她从不答应一声，有时苏南和哥哥姐姐一起叫了，她就会假装没有看见苏南，只和另外两个孙辈说话。

苏南妈妈在的时候就是这样，走了之后缓和了一些，等宋淑惠生了小北，也是先教小北叫的奶奶。苏南听见宋淑惠劝老苏说："母子俩哪有隔夜仇呢，婆婆这么大年纪还来给我伺候月子，让小北先叫她，让她心里也高兴高兴。"

可她现在一点也不怨恨苏老太太了，连对宋淑惠都有了另一种看法，老苏从来没有对她表现过什么热情，老苏也曾经充满热情，只是宋淑惠不知道。

但苏南见过，她见过老苏清早起来买早饭的样子，见过老苏满脸讨好的笑容的样子。见过老苏大夏天穿着裤衩背心跑出去买冰棍，剥掉冰棍纸送到妈妈手上的样子，还见过老苏大冬天把烤红薯揣在怀里，烫得胸口发红还乐乐呵呵的样子。

要是前一天卧室里有些什么细碎声响的话，第二天妈妈就会窝在床上什么也不干，连脚都不沾地。

宋淑惠干了家里所有的活，她买菜做饭洗衣服擦地，老苏就像长在了沙发上，在她举着拖把经过的时候抬一抬脚。

夏衍站定了不动，承接她大部分的重量，给牛肉翻面，问她："要我陪你回去吗？"

苏南肯定是要回去的，她知道老苏对苏老太太抱着多么深的愧疚

154

之情，不能想象老太太去世会给老苏多大的打击，也许他偶尔也会后悔，如果当年不接纳苏南母女就好了。

苏南有了力气回复消息，告诉宋淑惠她这两天就会回去，还对夏衍说："你忙工作吧，我自己可以处理这些。"

夏衍沉默了一会儿，他把牛排盛在盘子里，撒上一点胡椒盐。苏南完全依赖他，无法处理情绪的时候他很替她担心，可她突然成长，也让他担心。

"你可以依赖我。"

苏南接过盘子，从抽屉里拿出刀叉，她就穿着那件衬衣坐到桌前，切开一块牛肉轻轻吹气，咬了满口肉汁："我知道。"

因为知道可以依赖他，所以她就有了无限勇气，就像穿上了铠甲，手握着宝剑，她可以面对一切。

她的支柱又回来了，比以前更安稳更坚定。

夏衍伸手摸了摸她的头，倾身吻她一下："你可以住到我那儿去，等过两天我就去找你。"

苏家一定很热闹，进进出出都是人，苏南总不能睡在客厅里，她可以先睡在他那儿，床单都是现成的。

夏衍在老苏眼里就是准女婿，一定要出席葬礼，他也想要出席，在苏南那些亲戚面前正式介绍自己，替苏南撑场面。

苏南处理好工作，便坐飞机回去了。短短一周她赚了原来一个季度赚的钱，终于可以轻松点，给自己买一张商务舱的机票，不用夏衍替她升舱了。

苏南的箱子都太大，拎包又很累，于是她用了夏衍的黑色登机箱，又暗暗给自己买了一个玫瑰金同款。

等待上机前夕，她遇见了最不想遇见的人——沈黛。

沈黛一眼就在人群中看见苏南，看着她拖着箱子招摇过市，一路上的男士都对她注目，走得远了还不停回头看她。

今天的苏南不像年会那天那么精心打扮，可沈黛很远就认出她来，等走到眼前，又认出了她身后的箱子，那上面还挂着夏衍的名牌和一只穿芭蕾舞裙的小兔子。

苏南下了飞机就要赶回家，她没有化妆，衣服也以舒适为主，修身牛仔裤配长筒雪地靴，身上是件简洁剪裁的薄呢大衣，戴一副大墨镜，一路走一路在给孙佳佳打电话。

孙佳佳的父母在帮苏家的忙，她知道苏南今天到北京，反正她已经辞职了，在家里闲着也是闲着，于是开车来机场接苏南。

苏南走过沈黛身边，戴墨镜的好处就是分明看见她了，还能在墨镜里翻了个巨大的白眼，但可以装作不认识她。

没想到沈黛会率先跟苏南打招呼："你好。"

苏南本来想要假装不认识沈黛的，可既然沈黛先开口了，苏南就不能输，她摘掉墨镜，露出惊讶的笑容："是你啊，我都没认出你来。"

这话说得很微妙，年会那天的沈黛也是精心装扮的，那条经典款小黑裙在一定程度上提升了她的美貌等级，眼下她一身职业装打扮，苏南说没认出她意思就是她不起眼，泯然众人。

苏南不懂为什么她还要问好？这种看上去友好平和的问候到底有什么意义，喜欢就是喜欢，讨厌就彼此假装看不见，可她就非得跳出来恶心人一下。

沈黛对苏南抱以礼貌微笑，她还是觉得苏南没有教养，但她说："真巧，你也回北京？"

苏南撩了撩头发，把墨镜放进包里："是啊，这个世界真是小。"

说着，她打开手机，当着沈黛的面点进微信，在朋友圈里发了一张新图，是夏衍和她戴着情侣手镯，双手交叠在一起的照片。

【这个手镯真的有点丑。】

苏南发了朋友圈，她倒要看看沈黛这回还给不给她点赞了。

沈黛看她故意露出来的屏幕一角笑一笑，带着一种不跟你一般见识的意味，时时刻刻都想体现修养，维护着自己的良好形象。

苏南不在乎在陌生人眼中的形象，候机的这些人她一个都不认识，不过坐同一趟飞机而已，说不定这辈子都不会再碰见。

苏南不戴墨镜，翻了个三百六十度的大白眼，当着沈黛的面，先进了登机口，气死她，让她憋到内伤又不能发作。

沈星常说，苏南这种长相这种气质，天生一张坏人面孔，所以光凭几张照片，就能被人看图说话，胡编乱造毫无逻辑的故事放上网，竟然还真有一票人深信不疑。

苏南坚持认为那是这帮人嫉妒她，或者单纯的，就是蠢。

沈黛跟在她身后上了飞机，两人的座位竟然只隔一条走道，苏南"啧"一声，今天出门没看皇历。

苏南不想再跟沈黛有什么虚情假意的客套，她从背包里取出丝绸眼罩箍在头上，趁起飞之前给夏衍发消息。

【我上飞机啦。】

发完文字之后，又点开表情，千挑万选了一只小兔子坐飞毯的照片发给夏衍。

夏衍很快回复【落地再发消息给我，好好睡一觉吧。】

苏南直接回了他一个表情包，是个乖乎乎的小姑娘，眼睛圆溜溜，冲他点头，脑袋上还蹦出一个大字"嗯"。

苏南的表情包都是从栗子妹那里偷的，登机箱上的穿芭蕾舞裙的小兔子也是栗子妹送的，一旦玩起来，她就真觉得自己也变得软绵绵乖兮兮，行为越来越幼稚。

夏衍喜欢她这偶尔幼稚的表现，虽然她不说，可他叫她宝宝的时候，她还是很高兴的，特别是在那种时候，她的高兴会在身体的各个方面体现出来。

蜷起脚指头，轻轻偏过脸，又羞怯又兴奋，她喜欢夏衍在爱她的同时宠她。

苏南没有告诉夏衍她碰到了沈黛，发完消息就把手机调成了飞行模式，拉下丝绸眼罩，假装熟睡。她真的有点累，回家之后要忙苏老太太的丧事，肯定没有时间再拍视频照片，拉着唐栗和糯米加了两天班，拍了视频，换了好几个场景外拍。

这回去北京，还要去柏雪工作室把合约签掉，唐栗十分想跟着去，她还没去过北京呢，想亲眼看一看柏雪的工作室。

苏南邀请两人一周之后再来，等奶奶的事处理得差不多，她也可以招待她们在北京玩一玩，吃羊肉锅子什么的。

沈黛打开工作电脑，无法专注工作，她被气得不轻，注意力全在苏南那里，看苏南歪着头不顾形象地大睡，点开邮件又再关掉。

让她无法专心的不只是苏南，还有夏衍，她刚刚从舅舅沈华东那儿，听到了关于夏衍的另外一些事。

他的父亲明明就是红丰资本的创始合伙人，为什么夏衍还会进金策？单纯只想证明以他自己的能力也能坐到现在这个位置？

沈黛猜测是这样，而在知道这些之后，她更不明白为什么夏衍还能看中苏南？

苏南美美睡了一觉，快要落地之前她收起眼罩，从包里掏出小镜子补一层底妆和口红，把头发梳得蓬松，整个人精神状态极佳。

她转头看见沈黛还开着电脑，指指眼睛下面，对沈黛摇摇头："眼睛旁边的细纹可最难消了。"

用老来打击女人，苏南成功看见沈黛脸色沉下来，她扭头收拾自己的东西，撸起毛衣袖子露出手腕上戴的粗手镯。

孙佳佳在出口等苏南，苏南跑向她，一把抱住她，看了她两眼："你胖了，气色也好了。"

孙佳佳伸手拍拍她的脸颊："你好像瘦一点了。"气色更不用说，看上去就是被滋养过的样子，神采焕发。

苏南着急问她相亲对象的事，孙佳佳的爸妈也到了着急女儿婚事的年纪，孙佳佳休息这两天根本没闲着，七大姑八大姨，还有胡同里的老邻居，一直在给孙爸孙妈介绍合适的相亲男。

苏南乐不可支："你真的两个星期见了七个人？"

孙佳佳一脚迈进相亲圈，就以平均两天回绝一个的速度，正式成为介绍人心中的老大难，介绍人还跟孙妈妈抱怨："我给你的都已经是最好的了，谁知道你女儿的眼光这么挑。"

孙妈妈还要赔上水果牛奶礼盒，要不然人家不愿意再替她介绍了。

"那……陆豫章就没有再找你？"苏南仔细看孙佳佳的脸色，看见她脸上的面具裂了一下。她叹口气，告诉苏南："他这会儿就在呢。"

陆豫章突然游手好闲起来，融资也不继续了，第一轮金策的资金刚投进来，项目后续正是大有可为的时候，他撂下公司里的员工，天天跑来蹲点孙佳佳，已经跟孙爸混熟了。

送上从陆爷爷那里顺来的两条特供烟和两瓶特供酒，孙爸马上接纳了他，还以为陆豫章是来求女儿继续回去工作的，跟陆豫章说："小陆啊，佳佳这个工作真的太辛苦，一年到头都不着家，我们当爹妈的怎么能不心疼呢？她想歇就歇，想干就干，咱们不拦她。"

可也不会帮陆豫章说好话，孙妈妈就不一样了，她时常给孙佳佳包点包子饺子送过去，她有钥匙，开门放在冰箱里，再替女儿收拾收拾屋子洗洗衣服。

陆豫章和孙佳佳住对门，孙妈妈可不止一次看见这个小伙子的女朋友，反正每回都不是同一个，个个光怪陆离，看着就不是正经姑娘。

孙妈妈一直担心女儿跟这么个老同学创业，现在女儿终于想通了，得赶紧给她找个稳定的男朋友，工作的事情不着急。

看来陆豫章盯得还挺紧的，苏南轻笑一声问孙佳佳："那你感觉怎么样？感动吗？"

"我快气死了。"孙佳佳很着急，她一句话都不肯跟陆豫章说，可眼看他在葡萄架子下面跟爸爸下一天棋，她就火冒三丈，恨不得揪着他的耳朵让他回去工作。

苏南哑口无言。

马屁拍到马腿上，陆豫章越是这样，孙佳佳越是觉得自己原来是脑子进水，竟会觉得他对待工作有冲劲有责任心。

孙佳佳说完觉得心里舒服点，她告诉苏南："这两天你家里有点事，我妈说听见你两个姑姑老是在吵。"

两个姑姑都吵点什么？大概就是房子的事，老苏一家到现在住的还是苏奶奶的老房子，这算是苏奶奶的遗产，两个女儿替苏奶奶养老送终，当然是要分房子的。

苏南眉头锁住了，她靠在椅背上不再说话，回家一看，老苏就坐在院子里抽烟，一下子老了十岁。

苏南印象中，妈妈走的那年老苏长了第一根白头发，现在他黑发中生着根根银丝，那银丝已经藏不住了，老苏佝偻着背，抽一口烟就叹一口气。

他抬抬眼看见女儿回来了，把烟往鞋底上一按："南南回来了。"

说着就要站起来给女儿做饭，苏南眼眶湿润，走过去按住他："爸，你怎么又抽烟了？"

老苏看着女儿，扯出笑："就抽一口。"

苏南不说话了，她也没法说话，屋子刚刚是一阵静默，突然又爆发出争吵声，除了两个姑姑的，就是宋阿姨的。

她一个人力战苏南两个姑姑，苏南从不知道，宋淑惠的嗓子能这么大，说话能这么不客气。她拉着小北说是老苏家的根，这房子就是老太太留给大孙子的，谁也不能动。

眼看老苏没有一点要进去阻止的意思，苏南总要进去看看，小北才多大，裹挟在一堆大人中间，瞪着眼睛，满脸都是惊恐。

苏南脚步一动，老苏仿佛是想要留住女儿，不让她搅和到这些事里去，可他肩膀一动又停下来，一句话都没说。

苏南走进屋里，宋淑惠一看见苏南来了，一把拉住苏南，对她两个姑姑说："南南回来了。"说着又看向苏南身后问，"小夏没跟你一起回来？"

好像突然之间苏南成了她的支柱，苏南对她说："他过两天就来。"

宋淑惠有了底气，两个姑姑却不好对付："她回来又怎么样，老太太还能把钱给她？养老送终都是我们两个女儿干的，这钱就得有咱们一份。"

小北缩在屋角，苏南走到他身边，他从来没见过妈妈跟人这样吵架，他吓坏了。

苏南拍拍他，指指孙家说："你去找孙姐姐玩，让她带你出去转一圈。"

小北点点头，走出屋门，看了爸爸一眼，老苏又点了一支烟，他只好去孙家找孙佳佳。

"老苏，老苏你说句话！"宋淑惠几乎是在喊，可她喊不动丈夫。

苏南深吸一口气，走到她面前，问她们三个："奶奶有留下遗嘱吗？"老太太能有多少钱，不过是退休工资，就算她不吃不喝，也不至于让三家人撕破脸。

宋淑惠脸色难看，房子早就过户到了丈夫名下，可老太太的存款没有说法，两个姑姑得意起来："这钱就得平均分。"

宋淑惠最后看了丈夫一眼，看他还低着头，佝着身子，好像屋里再吵也跟他无关，她转过脸恨恨说道："这钱是苏南妈妈给苏南的！"

苏南瞬间脸色发白，她看向宋淑惠，不明白宋淑惠说的话是什么意思。

宋淑惠又看了老苏一眼，她几乎是得意地说道："老太太那一笔笔钱都是苏南妈妈寄回来的，你们去查都是美国打回来的钱，每一笔都有数，在老太太那儿攒了这么多年，你们花掉的零头咱们就不计较了，还想分这钱，那不能够！"

苏南也转头看向爸爸，老苏连脸都不敢转过来，苏南想问那是不是真的，可她声音卡在喉咙里，怎么也问不出来。

宋淑惠对丈夫终于绝望，她发泄出心中这么多年来的不满："我们还有信做证。"

所以这么多年，妈妈都有写信寄钱回来，她不是一走就没回头。

第十二章

苏南站在门口，她好像又回到了发现秘密的那个晚上，脸色苍白，嘴唇发抖，进而整个人都在抖，抖得她不得不靠在门框上。

苏南几乎是立刻就相信了宋淑惠，可两个姑姑没有。大姑姑还将信将疑，小姑姑已经顾不得苏南在场，她嗤笑一声："你说我就信？老太太可从来没说过，她到死都偏心儿子，咱们俩忙前忙后，哪一点不顺她的心意？给她养老送终，临了还要合着儿子媳妇欺负女儿！"

大姑姑也回过神来，她剜了苏南一眼："那女人怎么进的门，怎么跟人勾搭跑出去的，咱们大家都知道，就她那样的还能寄钱回来？你要蒙人你也编得像样点。"

说着两个人就要上来撕扯宋淑惠，要抢她手里的存折，宋淑惠一把推开了苏南的小姑姑，她这么瘦，力气却大，差点把人推个仰倒。

她扭头就冲进屋子里去，一边走一边说："我拿给你们看。"

两个姑姑不动了，她们还是不相信苏南的妈妈会寄钱回来，这么些年老太太瞒得风雨不透，要不是她这回走得急，这钱说不准也就悄悄给了弟弟。

可两个人又对望了一眼，要不是苏南妈妈寄来的，老太太哪来的这么多钱呢？那可不是三五十万，那可是三百万！

那苏南妈妈又是从哪儿来的这么多钱？

两人把头凑在一起窃窃私语，谁也没有去看院子里坐着的弟弟，只偶尔把目光瞥向苏南，狐疑地看她两眼，终于出声试探："南南，这事儿你知不知道？"

苏南耳朵里嗡嗡的，那声音好像隔着一层膜，她什么也听不见，只知道两个姑姑的人影在她眼前晃，她紧紧抓住了门框。

可她能听见宋淑惠打开大衣柜的声音，家里的大衣柜还是她小时候那个，说是老苏为了娶苏南的妈妈专门让木匠打的，安了大镜子，在当时是很时髦洋气的。

苏南还能听见衣柜里的东西被翻出来的声音，铁盒子"叮叮当当"，终于宋淑惠找到了那个存着信的铁盒。宋淑慧捧着那盒东西出来，眼睛通红，嘴唇却没有一丝血色，她当着三个人的面，把盒子递给她们看。

这是个装月饼的铁皮盒，上面画着嫦娥玉兔，苏南想要伸手，被两个姑姑抢了先，盒子盖得太紧，费了点力气才打开，里面的信好像被压紧的弹簧那样弹了出来，散在地上。

苏南倚着门框蹲下，伸手捡了一封，她把那封窄而长的信捏在手里，半天都不敢拆开，姑姑们已经在拆她的信了。

连着几封，每封信的开头都是这次又汇了多少钱。

宋淑惠大声念出来，她急着拆开每一封信，每读一句就再换一封，眼神里带着灼人的绝望光芒，让她好像是变了一个人。

老苏终于动了，他脚上像是灌了铅，每一步都迈得很沉重，一段路走了很长时间，他好不容易走进屋子，抖着嘴唇叫了一声"南南"。

苏南没有看他，她不知道要用什么表情去面对爸爸。

然后，老苏又习惯性地去瞪妻子，可这回宋淑惠不怕他了，她没有一点退缩，扬着那些信纸，凝聚了十来年的恨意终于一朝发泄："你不说，我来说。"

然后宋淑惠就不再说话了，她看着苏家两个女人紧紧缠着丈夫，一左一右地让他给个说法，小姑子凌厉些，指着哥哥的鼻子骂他："这么多年你可管过咱妈一顿饭？你带她出去溜过弯没有？她有个头疼脑热哪回不是我跟我姐跑前跑后？你这个当儿子的，过来坐一坐，说两句好话，就把她骗得团团转，咱们呢？咱们这二十几年呢？"

大姑子看着弟弟："咱妈在你身上吃的苦受的罪最大，到她死了也没埋怨你一句不是，这不是咱们的争不着，是咱们的，咱们就该争一争，就当给自己争口气。"

她们已经完全相信了这钱是苏南的妈妈寄回来的，谁也没再看那张红存折。

老苏终于开口说话了，他脑袋都抬不起来："那钱是苏南妈妈给苏南的，老太太替我存着，一分一文都没动过。"

苏南妈妈走后确实没有音讯，等到老苏再婚，娶了宋淑惠，宋淑惠肚子里有了小北的时候，老苏才收到了前妻第一封信第一张汇款单。

老苏谁也没告诉，自己闷在心里，被常上门看怀孕儿媳妇的老太太给看出来了，老太太骂儿子："她的种她不该养？你媳妇肚子里这个才是你的，你敢给我动那歪心思，我就敢往你门口挂一条绳子吊死。"

老苏觉得拿了钱窝囊，可不拿这钱，两人就再没联系了，他也开始写信，寄苏南的照片过去，问她能不能回国来看看苏南。

可他不敢告诉苏南，怕她会像她妈妈那样离开，这个秘密越是埋藏，就越是不能挖出来；越是瞒得深，就越是张不开口，他还怕苏南会埋怨他会恨他，于是一个字也不敢说。

之后的每一年，苏南妈妈都会打钱来，再过两年苏南生日的时候也会多有一笔钱，这些钱一直存在苏老太太那儿。

苏老太太好不容易在儿子脸上看见点笑影，又得了大胖孙子，反而劝起儿子来："你不想花她的钱就不花，咱们也少不了这一张嘴的饭。"

老太太嘴上是这么说的，可自己的儿子才赚多少钱，下岗之后一直没能再找个像样的工作，还要养活苏南一个外人。这会儿她还小，以后要读书要成家，笔笔都是钱。

老太太替儿子守着这笔钱，总有他要用的那一天。

老苏不理会他两个姐妹，从妻子手里要那张存折，宋淑惠不肯给，她知道丈夫是什么性格，可小北才这么点大，往后有的是用钱的地方，丈夫这个身体要怎么保障儿子。

两个姑子扯她的时候，她没哭，丈夫伸手过来抢存折，她的眼泪就滚出来，死死揪住不放，可终于被夺了过去，宋淑惠像是被抢走了最后的希望，她软在地上号啕大哭起来。

老苏拿着这张被捏皱的存折，交到苏南手里，张着嘴半天都没发出声音，他不敢看苏南的眼神，心里知道这一天总会到的，他哑着声音告诉苏南："这是你妈妈给你的。"

苏南木然接过去，她还想多知道一点妈妈的事，可又不愿意触碰伤口，她一个字也没说，转头冲出院门。

老苏要来拉她，被三个女人围住了，宋淑惠把这么多年没喊过的委屈一口气喊了出来，她捶打老苏："你是不是男人。"

苏南刚出院门就碰到了陆豫章，他脖子里扛着的是小北，苏南没去管小北都这么大了还坐在他脖子上，闷头冲出胡同。陆豫章在后面喊了她好几声，她都没答应。

陆豫章掏出手机给夏衍打电话，告诉他苏家好像出事了。

苏南无处可去，坐上了出租车，沉默了半天才报出夏衍的地址，她哆哆嗦嗦从包里掏出纸巾，司机从后视镜里看见，跟她说："姑娘，没什么过不去的。"

苏南对他点点头，她握着手机，想打夏衍的电话，但不知道要怎么和他说这些，她也想看看妈妈会在信里跟她说些什么。

她手里还捏着那封信，就是她捡起来的那一封，上面的字迹是陌生的、邮戳是陌生的，信纸边缘已经磨得起了毛。

她紧紧握着这封信，坐在夏衍家的黑沙发上，团着身子抱着膝盖，眼睛死死盯着这封信。这是她童年时期就无比渴望的，在妈妈刚刚离开的头两年里，她一直怀抱着期望，希望妈妈能来信。

可等她真的看见信了，又不敢拆开它。

她在房间里来来回回，从黄昏的第一缕光投进落地玻璃窗，到最后一缕光在地板上消失，苏南终于伸手拆开了它。

信拆开来有两三张纸，应该是最厚的一封了，宋淑惠拆开的那几封，有的只有便笺那么长，苏南捡起来的是最厚的。

说是信，可上面没有称呼，连问候也没有，第一句话只是写了这回又寄了多少钱。

然后她问苏南最近怎么样，学习压力重不重，两张纸只写了一件事，说她的状况终于好转了，她终于能把苏南接到美国去了。反复告诉老苏美国的环境更好，希望他能考虑，苏南虽然已经有了心仪的学校，但未必有美国的学校好。她甚至告诉老苏，她已经替苏南把房间都装修好了。

在信的末尾，她求老苏能让她和女儿打个电话。

这封信是苏南高考那一年寄来的，很明显他们不是第一次讨论这些事了，苏南捏着信纸，这回她没有哭，只是茫然地想，原来她早就有机会去美国了。

房门被打开了，苏南没有回头，她落进一个温暖宽厚的怀抱里，夏衍问她："吃饭了吗？饿吗？"

不用回头，她都能知道他现在皱着眉头，还伸手摸她的胃。按一按觉得是空的，他叹息一声，一只手把她紧紧箍在怀中，另一只手打开手机："不管怎么样，也要吃点东西，喝点汤好吗？"

朝思
暮你　164

情绪在受折磨的时候，根本就不觉得饥饿，苏南呜咽一声，她点点头，眼泪一滴一滴落在信纸上。

苏南整个人挂在夏衍身上，半刻也不肯离开他，夏衍去拿外卖，她都要一步步跟在身后，把头埋在他背上。

夏衍让她躺在沙发上，拿勺子一口一口喂她喝汤。

他还不知道发生了什么事，只听陆豫章打来电话就赶来北京。陆豫章这个人虽然不着调，但不会开这种玩笑。

苏南喝了汤，夏衍把她抱进卧室，问她："现在能跟我说说发生什么事了吗？"

苏南闭上眼睛，她紧绷的神经终于松弛，她刚刚不是不想动，是精神受到刺激导致了肌肉紧张，所以才不能动。

她对夏衍说："我妈妈没有抛弃我。"

说抛弃不恰当，苏南妈妈先到香港再到美国，很长一段时间生活都很窘迫，直到苏南十几岁的时候经济状况才好转。但她依旧走了这么多年，苏南把那封信给夏衍看，对他，她没有什么可以隐瞒的，她躺在夏衍怀里，眼睛湿漉漉的，像下雨天被抛弃的小狗那样，呜呜咽咽问他："我只是不明白，她为什么不回来看看我？"

既然她可以寄那么多钱回来，那买一张机票有多难？

夏衍仔细看了那封信，从这封信里可以窥知一些细节，也许不完全准确，但他想让苏南好过一点："那个年代，不是每个去美国的人，都有合法身份能够买机票回来。"

苏南看着夏衍，夏衍抚摸她的背："只是一封信，我们没法定论些什么。"

还有那笔钱，存折里有五百万，确实像老苏说的那样，没有过支出，他把每一笔钱都存起来了，这可能是他最后坚守的一点自尊心。

"你不能每个人的情绪都考虑，每个人的苦衷都体谅，人们总有自己的不容易，但你要先照顾好你自己的情绪。"

夏衍温声开导她，不让她陷在别人的情绪压力里，不如冷漠一些，把这些都抛干净。这不关她的事，不论是两个姑姑要分房产，还是宋淑惠替儿子争取，她都可以不管。

她需要处理的只有跟老苏和她妈妈的事。

"你想让我代你处理吗？"

苏南点点头，她不想再面对两个姑姑，不想再面对宋淑惠，更没办法用原来的态度对待爸爸，她需要一段时间来平复，免得伤害他。

夏衍摸摸她的头："好，那就我来处理这些。"

苏南终于睡着了，夏衍打电话给孙佳佳，拜托她带苏南出去散散心，也拜托她跟着苏南去工作室签约。他看过许多份孙佳佳写的策划书和合同，相信她的能力，并且承诺回报她，如果她真的想要另找工作，或者出售手中陆豫章公司的股份，他可以替她推荐职位，再找个好买家。

就算没有承诺孙佳佳也会来安慰苏南的，苏南的箱子还在孙佳佳车上，她买了菜，买了米，还买了一条大黑鱼，拎着满满的东西上了门，对苏南说："你不是学了炖鱼汤吗？不做给夏衍吃吗？"

苏南完全不想动，她问："他们吵架了吗？"

孙佳佳把米面菜分次放进柜子、冰箱，她打开了咖啡机，给自己磨了一杯咖啡，回身看向苏南："没有，他们还都挺客气的。"

两个姑姑姑父和苏南的姐姐哥哥们都来齐了，夏衍对他们很客气，双方问了好，有一阵尴尬的沉默，接着话题就围绕那笔钱和这间房子。

房子轮不到苏南，可钱大部分是给她的，苏南的妈妈在信上写得明明白白，这钱全是给女儿的。

夏衍一上来就对他们说了法律法条，和之前类似的案件是怎么判的，这些钱笔笔都有记录，老苏和宋淑惠确实能分到一部分，他们抚养了苏南，但苏家其余的人一分钱都分不着。

夏衍从包里取出信封："必要的话，我们也可以委托律师寻找南萍女士取证。"

信封上面有地址，夏衍让他美国的室友查到电话和房主的信息，迈克告诉夏衍，他查找的这位女士住的是栋豪宅，她在十几年前嫁给了一位犹太富商，那位富商十年前已经过世，当年还曾经打过一个很著名的遗产官司，媒体几乎把南萍的底扒得一干二净。

现在还能搜到当年攻击她的报纸文章，她在美国最体面的工作是在中餐馆打工，和好几个男人有过混乱的情史，人到中年，考到了执照当护工，在护理这位富商的时候，和他产生感情，富商和她的婚礼非常盛大，但他的子女并没有出席。

富商还留下了遗嘱，他的公司已经给了儿子女儿继承，也给了他们足够多的房产和钱，他身后的所有都会留给南萍，他在最后的遗嘱中描述她是受过痛苦的灵魂，在刚好的时间里和他彼此滋养。

所有的手续都合理合法，于是南萍继承了富商生前住的房子、一栋夏威夷度假别墅，还有部分股票、艺术品和珠宝，如果她一直不婚，那么信托基金每年给她的钱都会翻倍。

夏衍掌握了苏南妈妈的情况，但他既没有告诉苏家人，也没有告诉苏南，只是指出这一点，他们完全可以联系苏南的母亲，打一个跨国官司。

苏南的两个姑姑已经不想着要那笔钱了，她们又开始为老苏争取："养苏南这么多年，抚养费总要出一点。"

老苏拿得多一点，她们就更有希望分房子和老太太的退休工资了，但老苏说什么都不肯要。

宋淑惠当天就带着儿子小北回了娘家，她对丈夫彻底失望了，藏着这么一大笔钱，就算不拿出来用，也可以让苏南花她妈妈的钱，家里的钱可以全用在小北身上，让他读好学校，上课外辅导班，甚至还能学一门才艺。

家里的墙上到现在还挂着苏南小时候去少年宫学手风琴的照片，小北从来没有接触过这些。

宋淑惠到孙家来接小北的时候，把肚子里的苦水一次倒了个干净，她谢谢孙家这么多年的照顾，然后带着小北回娘家去了，她决定要跟老苏离婚。

孙佳佳隐身在屋里，听妈妈劝宋淑惠："小北才刚要上初中，后面还有这么多年，你离了婚，自己一个人怎么照顾他？"

宋淑惠说："这么多年，我在苏家跟个老妈子似的，到头来一句好都落不着，他愿意惦记前头那个就让他惦记着，我们母子不再受他这份气儿。"连老太太的丧事都不顾了，这是真的铁了心要离婚，"天天摆着张欠他钱的脸，就他一个人难？谁的日子不难？"

夏衍像是定海神针，当他面色冷峻，以苏南保护人的身份站在苏家人面前时，苏家人集体当了哑巴。

"大部分都处理好了，你家里的亲戚不会再来纠缠你了。告别仪式你愿意出席吗？"

苏南点点头，她不可能就这么不见爸爸，她还要去取回那些信，至于是不是要联系妈妈，她还无法决定。

这么多天以来，苏南终于睡了一个好觉，她抱着枕头迷迷糊糊，闻到了厨房里传来的煎蛋煎香肠的香味。

她爬起来赤着脚走到厨房里，张开手从背后搂住夏衍，额头抵住他的背，鼻尖摩挲他的脊背，打了一个哈欠："早啊。"

外面晨光正好，难得在冬天还有这么蓝的天，苏南松开手伸个懒腰，又继续抱着他："吃什么？"

"面包、牛奶和香肠。"他把锅里的香肠和煎蛋盛到盘子里，微波炉热好的牛奶"叮"了一声，夏衍抬高两条胳膊，一只手拿着盘子，一只手拿着杯子，身后还拖了个苏南。

他把盘子放到厨房吧台上："去洗脸刷牙，来吃饭。"

苏南的目光看了看玻璃窗前洒进来的一片阳光，她终于又高兴起来，嘴巴一努："在那里吃。"

夏衍这里连张餐桌都没有，但他们可以坐在地上吃，苏南去刷牙洗脸，回来就看见夏衍盘腿坐在地板上。

苏南坐在他身边，伸着两条光腿晒太阳，这种时刻要好好记录，她摸出手机给早餐拍照片，存在她的"快乐时分"相册里。

明明是这么简单的事，但她感觉满足和幸福，就已经比许多人都要幸运。

夏衍脸上的表情懒洋洋的，他已经很久没有慢悠悠享受过假日了，在海南的时候不算，他们几乎没有休息。

苏南喝完一杯牛奶，决定振作，她不能事事都靠夏衍替她来办，最难的那一关已经过去了，余下的她可以自己处理。

"我今天回家去。"苏南把面包塞进嘴里。

夏衍没有再质疑她，只是点点头："行啊，要我陪你去吗？"

苏南有点犹豫，夏衍支起长腿："本来这些事我就不应该缺席的，你可以把我当作情绪辅助，受不了的时候就跟我求助。"

她把头搁在夏衍的肩膀上，盯着窗外云层下的蓝天，低声把心里最大的不解问了出来："我还是不知道他们为什么这样做？"

夏衍把她的头扳正吻了一下，在她额角上留下一圈牛奶渍："你一个宝宝，怎么能完全理解人性呢？"

苏南被逗笑了，她投入夏衍的怀抱，两个人贴在一起，正觉得安谧祥和，夏衍突然凑到耳边问她："你是不是故意不穿胸罩？"

他从刚刚就注意到了，也没办法不注意，她的胸型美好充满弹性，走动的时候就会轻轻摇晃，晃出令人心驰的弧度，他们已经好几天都没做了。

这几天苏南都沉浸在悲伤情绪中，连舌吻都没有过，总是舌尖一碰，就又退出来，他每天抚摸她的背，把她哄睡着，积攒下来的欲望，早就已经按捺不住了。

苏南耳朵都被他吐出来的热气给熏红了，她除了没穿内衣，也没有化妆，没有一点担负地在家里窝了好几天。

夏衍试探着吻了上来，吮住她的舌头，伸手揉上去，隔着衣服摩挲就已经让她轻喘起来，牙齿轻刮："在这里还是回房间？"

苏南钩着他的脖子，眼睛已经变得水汪汪的："回房间去。"

她两条腿盘在他腰上，夏衍从客厅把她抱到了房间，深吻过后是一场晨间运动，两个人罩在被子里，愉快地出了一身汗。

苏南趴在夏衍身上，眉睫尽是春意，两具汗津津的身体黏在一起，她埋头在幸福里，汲取更多的力量，让她更有勇气去面对。

夏衍手指在她背上轻刮，他满足叹喟："这种修复性的性爱，我们可以常做。"

苏南趴在他怀里轻笑一声，听见手机闹铃声响，挣扎着从他身上爬起来。时间已经不早了，苏南洗澡化妆换衣服，穿了一件黑毛衣，化了个淡妆，把头发全都扎起来，看上去十分朴素。

夏衍也一样，开车回了苏家。

今天访客陆陆续续到苏家来致哀，小院里摆了几个花圈，路就更窄了。

迎来送往都是两个姑父做，苏南走到院门口，也没看见老苏。

今天人到得很齐，几乎所有的小辈都来了，苏家人又像原来那样围坐在一起。

两个姑姑叠着元宝锡箔，叠一只就往身前摆着的麻袋里扔，麻袋都已经半满了，堂前挂着苏老太太的照片，几个人正轻声轻气地讨论些什么。

看见苏南和夏衍进来，一时静默，整个苏家都是中人之姿，夏衍和苏南人才出众，往小屋里一站格格不入，一看就不像苏家人。

是大姑姑先招呼了苏南，脸上觍着笑："南南回来了，来给奶奶磕个头。"

好像苏南是刚刚才回来的，没有撞上那场争吵，也没有因为存折和她们撕破脸，小姑姑还点了香，递给苏南。

大姑的小孙子四五岁大，已经很会学话了，他左右看看，突然说："太姥姥不让表姑姑磕头。"

那孩子眨着一双精灵的眼睛，不懂得大人之间的官司，可他牢牢记着太姥姥死的时候说的话"不是苏家人不用给我磕头"，他又从家里大人的话中分析出来，苏南不是苏家人。

苏南刚要伸手去接香，顿了一顿。

大姑姑尴尬着笑起来，拍了小孙子一下："整天胡说，找你妈去。"说完又宽慰苏南，"孩子话，南南别往心里去。"她一边说一边看了夏衍一眼。

那孩子知道自己没说错，却挨了打，撇着嘴巴要哭，被赶进来的妈妈抱了出去，哄着给他买糖吃。

夏衍不表态，等苏南自己决定，苏南看了老太太的照片一眼，其实她长得是非常慈祥的，但她从不肯在苏南面前表现出一星半点。

苏南没有伸手接香，她对大姑姑说："既然是老太太的遗愿，就让她走得安心吧。"

这意思就是不上香也不磕头了，大姑姑面上讪讪的，小姑姑却说："南南这个脾气，老太太人老糊涂了，走的时候尽说胡话，哪里能当真呢。"

可不论她怎么说，苏南都不理她，那几支香，还是小姑姑插进香炉里。几个人更觉得苏南不好惹，何况她现在有人撑腰，手上还有这么一大笔钱。

大姑姑眼看苏南变了态度，马上软化下来，指指卧室门："你爸在里头呢。"

不认奶奶，还能不认爸爸不成，大姑姑说："你爸身体本来就不好，这几天吃不下睡不着的，南南，你爸一个人带你那几年有多苦，你可不能忘了。"

苏南没理她，往里屋去，夏衍就在客厅等她，刚刚还彼此交谈的苏家人不说话了，前两天他们已经见识过夏衍的脾气，说起话做起事来没有半点商量的余地，都不愿意再和他打交道。

夏衍确实答应出一笔钱，一是担负一部分老太太的丧葬费用，二是还报老苏这么多年的抚养费用，他要是不答应这些，宋淑惠就要跟老苏和苏南打官司。

他不在乎钱，他只在乎苏南的精神状态，她已经接连消化了好几天的负能量，他不想让苏南再看见这些丑陋的事，能够花钱解决，她就永远不必接触。

苏南推开门，房间里没有开窗，屋里弥漫着一股烟味。

老苏没有回头，他"吧嗒吧嗒"吸着香烟，床头柜上还有一碟花生、几瓶二锅头，直到苏南进屋，他都没有抬起眼来看苏南一眼。

苏南拉开窗帘，屋里陡然一亮，她又打开了窗，让风吹散房间里的香烟味，她走到老苏面前："爸，你吃饭了吗？"

老苏胡子拉碴，眼睛里布满了血丝，看上去熬了几个晚上都没睡，一夜之间他的家就散了。他看看苏南，挤出一个笑："南南回来了。"然后他便说不出话来。

苏南忍住眼泪，她抽出老苏手里的香烟，掐掉扔进垃圾桶，把所有的垃圾清理干净扔出去，又跑到厨房找吃的。

大姑姑跟了出来，她看苏南找吃的，叹一口气："还是我来吧。"

她下了一碗面，切了黄瓜丝，浇上炸酱，这两天宋淑惠不在家，大姑姑还是心疼弟弟，把家里做好的炸酱带过来放在冰箱里，可老苏连给自己下面条都不愿意动弹。

大姑姑自己都当奶奶了，一大家子要顾，还要来照顾弟弟，扔又扔不下，苏南要是不管她爸，以后他这个老单身汉的日子可怎么过。

大姑姑一边下面条，一边劝苏南："你爸这些年也不容易，他把你当眼睛珠子似的疼过几年，你就想想他那些好。"

"谢谢姑姑。"

苏南端了面转身要走，大姑姑开了口："你阿姨这么些年，功劳苦功都是有的，你劝劝你爸，跟人拆了伙，他后头可怎么过日子。"

苏南听见了，就当没听见，她把面端进去，搁到老苏手边。老苏端起碗，嗫了两口面，闷声说："爸爸对不起你。"

"没关系。"现在已经没关系了，她已经不再伤痛了，她长出了翅膀，就要飞翔。

♥ 第十三章 ♥

ZHAO SI MU NI

生活是什么？生活就是尽管你有千万种的不如意，日子还得继续。

苏南按照原计划去了柏雪工作室签合同，既然是签约她就特意打扮了一番，她现在的收入置办几件奢侈品品牌套装还是颇有余地的。

按女星街拍的风格穿搭，简单的白内搭和牛仔裤，外面套着去年秋冬的花色粗呢外套和同季节黑白款的经典拼色包。

头发烫成随意舒散的大卷，苏南大眼高鼻，这么穿不仅突出五官优势，还让她看起来颇具文艺气质。

她进了柏雪工作室的大门，就看见墙上贴满了柏雪的电影海报，有大有小依次错落着挂在墙上，有柏雪出道时一炮而红的纯爱片，也有助柏雪夺奖的文艺片。

苏南拿出手机"咔嚓咔嚓"拍上几张，发给了栗子妹。

唐栗回了一长串的【啊啊啊啊啊啊啊啊啊啊】，用惊叹刷了屏。

苏南把手机按掉，正要联系对方的工作人员，就有人过来发表格："面试上三楼，先把表格填了。"

苏南拿在手里扫了一眼，是张角色面试报名表，让她填姓名身高，还有几行面试须知，不能穿鞋不能化妆，有戴美瞳的要连美瞳都摘掉。

陆续又有几个人来，都打扮得十分青春，从前台手里接过报名表，还悄悄打量起苏南来，苏南美得极具辨识度，说不定大家就是竞争对手。

苏南摆了摆手，把表格还回去："我不是来试镜的。"

怪不得说进娱乐圈的年纪上限是二十岁的，这一个个女孩都长腿高个，还一个比一个年轻，皮肤充满了光泽。

既然她不是来面试的，就有人上前跟她搭话，问她借支笔填表，说自己是影视学院的学生,以为千军万马过了独木桥之后就已经跃过一道龙门了,谁知道能不能拍上戏还是一样要抢破头。

彼此都是美女,交流没有障碍,苏南这才知道柏雪工作室要投拍一部青春片,买了大 IP,要选素人演员上镜。

那个小姑娘话又多又密,填了一半自卑起来,悄悄看了苏南好几眼,对她说:"你真是天生一张电影脸。"

拍电影和拍电视剧不一样,骨相很重要,有的人一个眼神便能传达无尽的意味,有的人只能在电视剧打转,能在电视剧集中排得上号,就已经很难。

苏南笑一笑,觉得这群女孩们叽叽喳喳十分可爱,还有人计较小数点后的数字,认真跟同伴讨论:"我一米六九点三,写一米七行不行?"

来接待的人从十几个姑娘里一眼认出了苏南,还有些惊讶,没想到她真人真的长成这样子,过来跟她问好:"我们去会议室吧。"

一般网红都是"照骗",要么靠鬼斧神工的化妆技巧,要么全靠P图,长成苏南这样的,都已经能进军娱乐圈了。

接待人不时打量苏南几眼,有点可惜,要是早几年签了工作室,是能火的长相,可惜资料上她都快二十六岁了,这个年纪混圈,马上就会显出疲态。

接待人介绍了和苏南签订合约的爱米姐,她短发套装,看上去人很干练,但年纪跟苏南差不多大,第一眼看见苏南就笑了:"是有点像。"

他们是因为那个仿妆视频注意到苏南的,也许美人的五官都是相似的,某个角度看过去,确实有些像。

苏南笑一笑,爱米让人去买下午茶,问苏南吃什么的时候,她说:"我只要一杯黑咖啡。"

爱米叹口气:"是,你们都只喝黑咖啡。"没哪个女明星敢碰一点点糖的。

爱米把工作室做的数据分析拿给苏南看,从数据上来看,关注她的人爱看她旅行美妆的微博,几次推广转化量最大的也是衣服化妆品。

"你可以尝试更多风格或者释放更多的自己,不要端着架子,害怕别人了解你,偶尔尝试一下,增加你的多样性。"爱米在那类型上画了个圈,接着说下一个类型,"还可以挑一个大众热爱的点,给自己贴些标签,要受众广泛的那种。"

爱米接触这么多年的女明星,所有在事业上升期和巅峰期的女明星，能够有个爱好的已经很少，能为了爱好投入大量精力的几乎没有。

下午茶到了，苏南喝着热美式，问爱米："那我接下来要怎么经营微博？"

爱米冲她伸出手："这需要我们一起合作。"

"你这一拨涨粉是踩中了节奏，我们给你提供了这个节奏。"这确实是团队搞定了热搜，柏雪的新电影暑假上映，先期宣传正好有了这个新热点。

苏南签了合同，觉得大开眼界，唐栗的电话抢先一步打进来，她兴致高昂："怎么样，怎么样？"

"签完了。"心中感慨万千，工作室对这套流程这么熟悉，那柏雪为母则刚，为了年幼的儿子再闯娱乐圈的通稿也是一种营销，只是做得很漂亮，让人不能不对柏雪抱有好感。

苏南想了想对唐栗说："不要相信人设，人设都是虚的。"

唐栗一脸问号。

苏南拿着合同回家，爱米还想请她吃个晚饭的，接了一个电话有事要处理，和苏南另约时间，她还把苏南送到了门口，问她有没有开车来。

苏南开了夏衍的车，她不懂车，可爱米看见这车的时候张了张嘴巴，想问问她这车是她自己的呢，还是男朋友的？

但爱米没问出口，彼此毕竟还不太熟悉。

苏南觉得好奇了，她一直没有问过夏衍哪里来的这么多钱，比如那间大房子，上海和北京他开的车，还有上次那个事事周到的司机。

她开着车回去，打开门就闻见热汤香味，苏南来不及脱掉外套，一把抱住了夏衍，鼻尖蹭蹭他的背，很开心地告诉他："我今天学到了好多东西。"

夏衍笑了一声，他买了新鲜的黑鱼，加了两片火腿炖汤，还炒了素菜，听见她终于恢复活力，也很高兴，手里拿着汤勺，转身亲了她一下。

苏南半点也没迟疑地问他："你那车是不是很贵？"

夏衍似笑非笑看她一眼，她可总算是注意到了，意味不明地回答她一声："嗯哼。"

苏南想想这房子车子，算了一笔账之后问："你还有多少贷款？"

夏衍看了她一眼，兴味地想，难道她想和他一起还贷款？于是他轻轻点头："是有很多贷款，我打算跳槽，换一个工作。"

苏南两只脚踩在他的脚背上，告诉他说："我们可以一起还贷款，但要加我的名字。"就当是婚房，但她忍住了没说。

苏南账上确实有了一大笔钱，妈妈给她五百万，但她在想联系过妈妈之后，再决定是动用还是归还这笔钱，还贷款可以用她的收入。

夏衍把她抱起来，放到吧台上，伸手去解她白衬衣的扣子，苏南知道这个眼神是什么意思，他又想要了。

她推他一下："我是认真的。"

夏衍喉头滚动："嘘，专心点。"

苏南无法专心，夏衍的吻又轻又湿，印在她颈项锁骨胸前，她两条胳膊松松架住他的肩膀，于是夏衍停了下来，他喘了几口气，堪堪按捺住心潮。

他胳膊撑在吧台上，抬头看向她："这里的房子是我贷款买的，车是两边送的。"

既然考虑结婚，就要交代身家，夏衍解开围裙放到吧台边，想了一下之后说："除了这些，还有两套在我名下的房子，北京一套，上海一套。"

苏南没有去想这两套房的价值，她有些吃惊："你接受了？"

这不是以前的夏衍会做的事，但自从他回来，他就改变了，好像是国外的生活磨砺了他，他变得坦率变得直接了，不再钻牛角尖，对一切事都换了一种角度去解析。

"是，我接受了。"夏衍点头，这没有什么好掩饰的，他和父母赌气，赌的是什么呢？每个人的欲望和追求很难评判对错。

在他们决定离婚的时候，难道没有想过他的反应？他们考虑过了，依旧决定离婚，离开彼此获得的快乐，比亲密的亲子关系，对他们更重要。

让夏衍吃惊的是苏南到现在才关注这个问题，她从没有想过他是不是有钱，他想了想又添上两句说："除了房子，双方公司股份也有一部分在我名下。"

这是他们刚刚离婚成立各自公司的时候做的，两边好像打擂台，一方给买了房子，另一方就马上跟进，一方给了股份另一方就要给得更多，由监护人代为保管。

夏衍当年对这种补偿怒不可遏，觉得他们是用这种方式来赎罪，坚决不肯用他们一分钱，后来他就懂了，因为情感已经无力补偿，他们又想不出别的办法，所以只好花钱。

苏南的妈妈可能也是这么想的。

苏南经历过的，夏衍早就已经经历过了，当初离婚去追求各自的事业，和"更好的那个人"的双亲，一直对他抱有负罪感，不断地弥补他。

夏衍的父亲很快重组了家庭，娶了一个贤惠的女人，不会在事业上和他争锋，他当年也告诉过夏衍："爸爸累了，爸爸想有个像样的家。"

所谓像样的家，就是妻子会做好饭菜，儿女活泼可爱，住在一栋大房子里，弹弹钢琴画画油画，在他回家的时候有人捧上拖鞋送上饭菜。

而母亲想要一个更强大的男人，一位导师一位对手，而不会因为她女性的生理身份，就强制她回归家庭。

少年夏衍对两个人都无法原谅，但他后来就释怀了，如果事情按照他的愿望进行，他就变成一绳索，把三个人牢牢捆绑在一艘名为"婚姻"、实际将要沉没的船上，结局是显而易见的。

"那他们都找到各自想要的人了吗？"苏南问。

"不知道，也许吧。"但他们联系他联系得这么频繁，可能又再一次发现身边人不是心上人。

夏衍转身把汤锅关掉，既然不做了，那么他们可以一边吃一边说，他给苏南盛碗鱼汤。

苏南从吧台上滑下来，打开电饭锅，给夏衍盛了一碗饭，她自己只喝鱼汤吃清炒蔬菜，咬着筷子等夏衍继续说下去。

"这周末爸爸邀请我去吃饭，你想跟我一起去吗？我想把我的未婚妻介绍给他。"

平时父子相聚总是在酒店里，夏南鹏回回邀约，儿子都不答应，这回邀约，夏衍给了他余地，告诉他考虑一下再回复他。

苏南嘴里咬着的筷子掉了一根："未婚妻？可我还没答应。"

"我答应了。"夏衍夹了一片鱼放在她碗里，一起还贷款，四舍五入就算是未婚妻了，他脸上又浮现了那种懒洋洋，但心满意足的笑容。

苏南无法反驳，她犹豫了一下："那我需要准备些什么吗？他会喜欢那种温柔的女孩子吗？"

"你不需要他们喜欢你。"夏衍摸摸她的头发，"也不用刻意打扮穿着，在他面前你不需要弱势。"

他又往苏南碗里塞了两片鱼，鱼刺剔得很干净，喂她多吃一点，

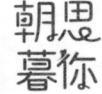

待会儿她就能更有力气。苏南把鱼肉全嚼了，她的碗才放下，人就被抱起来，这回不能在吧台上，他们回了房间。

　　苏南没想到夏衍是个隐形富二代，她之前从没有考虑过这个问题，既然要见家长，总不能太马虎，拉着孙佳佳出去买衣服，要让人一看就温柔、贤惠、脾气好、性格好。

　　孙佳佳想了想："你就按照韩剧家庭伦理剧里的女主角那样打扮就行。"

　　"有道理！"苏南开始挑起连衣裙，她还买了一双低跟鞋，上大学开始，她就不穿低跟鞋子了。

　　她一边试衣服，一边问孙佳佳："陆豫章还赖在你家不走吗？"

　　"我把他送回去了。"孙佳佳实在看不下去，亲自开车把陆总送到了公司，小助理圆子看见她热泪盈眶，恨不得能拖着她不让她走。

　　"真不打算给他机会了？"苏南照着镜子，导购小姐手上拎着两条裙子，等着她换。

　　孙佳佳脸上微红，她已经给了陆豫章机会，只要他认真工作，就可以追求她。苏南换一条裙子的工夫，他已经发了七八条微信来了。

　　这周日陆爷爷九十大寿，说如果不能把孙媳妇带回去，他就甭想进门，陆豫章正在苦苦哀求，求她赏脸，好歹去沾沾座，让老人家高兴高兴。

　　【我爷爷为国奉献一辈子，九十大寿这一天，就让他乐一乐。】

　　孙佳佳还在犹豫，苏南已经把她推进了试衣间："这条裙子，你去试试。"

　　周日一早苏南就起床打扮，她想给夏衍的爸爸留下一个好印象，她穿了一条白色蕾丝裙，低跟鞋，手上挽着粉红色小包，化了淡妆，头发微卷，挑起两绺夹起来，露出整张脸和脖子的线条，手腕上套着夏衍送她的那个手镯。

　　鞋跟一低，苏南就只到夏衍的胸膛了，看上去完全是个很乖很乖的女朋友。

　　"我怎么样？"苏南问他，她不停照着镜子，怕粉底不服帖，怕口红颜色太浓。

　　夏衍对她吹了声口哨。

开车快到的时候，他才想起来："我还有个有一半血缘关系的妹妹。"

苏南盯着他，目光能把他戳在车椅上："那你怎么不早说？"

夏衍只见过这个妹妹一次，还是出国回来之后父子聚餐，夏南鹏把小女儿也带来了，告诉女儿这是哥哥。

"她才五六岁？"夏衍不太确定，是在他出国之后才降生的妹妹，夏南鹏终于有了一个听话的妻子和爱撒娇的孩子。

"我买了娃娃套装，在后备厢里。"连长辈苏南都不用讨好，何况是个毛孩子，夏衍伸手拍拍她，"放心吧，没事。"

车刚停稳，就看见夏南鹏带着妻子女儿站在门口等他们，苏南下了车，才刚刚问过好，夏衍的妹妹就瞪大眼睛看着苏南，她眨巴着眼睛："姐姐真漂亮。"

夏衍看着妹妹，这一半的血缘让他们一样有眼光，他说："你很有品位。"小姑娘乐起来，她咯咯笑，扑在夏南鹏的怀里。

苏南不那么尴尬了，她站在那里，落落大方地问声好。夏南鹏对她点头笑一笑："饭菜已经准备好了，就等你们来。"

夏衍和他父亲长得很像，夏南鹏的脸上几乎看不出是喜欢她还是不喜欢她，他的妻子江暮云负责说话逗趣添菜加酒："也别叫代驾了，房间都是现成的，两边都安排好了。"

儿子是夏南鹏的骄傲，江暮云很清楚这一点，她见夏衍的次数一只巴掌就能数得过来，但丈夫说起儿子的次数却很多。从他高中出国参加奥林匹克数学竞赛一直说到他拿全额奖学金，能跟他的老朋友们说上一整个下午。

夏衍越是不靠他闯出名堂，他就越是高兴，哪一个朋友的孩子能让父母这么面上有光。江暮云于是更加周到地巴结对待继子，她一直没有孩子，好不容易生了个女儿，丈夫虽然宠爱女儿，可他很明确地表示过，公司将来是儿子的。

她的表现让夏南鹏非常满意，他说："你江阿姨都准备好了，就陪爸爸喝几杯。"

夏衍没有拒绝，吃水果的时候，江暮云已经拿出了准备好的见面礼，夏南鹏说："这是我早就准备好的。"

一块钻石腕表，这是儿子第一次带女朋友上门来，一照面他就注意到两人手上套着的情侣手镯，以儿子的性格，如果不是很爱这个女孩，他绝不肯把这种东西套在手腕上。

苏南后知后觉,这相当于把一辆车戴在手上,她终于感受到了夏家多么有钱,夏衍那辆车确实是代步用的。

这表也没什么特别的设计,男式那款黑色表盘上还有碎钻点缀出的银河星空,女式的那款十分简单粗暴,从表盘到表带,满满都是钻。

苏南熟知包的价格,可对表不那么熟悉,毕竟包努力一把还能买得起的,但这块表她可能近十年内都买不起。

苏南大概知道价格,两块表加起来跟她现在银行里的存款差不多一个数,还得加上妈妈给的那五百万。

苏南看了夏衍一眼,他正在对他爸爸颔首示意,她不知道说什么好了,腿在餐桌下碰一碰夏衍。

谁知道夏衍拿起那块镶满钻的女式表说:"你要不要试戴一下?"

扣在她的手腕上,水晶灯下这块表从各个角度折射钻石的光芒,简单来点说就是闪瞎人眼。

夏南鹏拿出这对表,一看儿子的神情就知道他十分满意,老子拍儿子马屁,拍得很成功。

江暮云笑起来:"你爸爸真的是早就准备好了。"一直放在保险箱里,这原来是准备给夏衍当结婚礼物的。

但夏南鹏吃饭吃到一半就改变了主意,提早拿了出来。

他原本打算以他对儿子女朋友的满意程度来送礼物,从钻石手镯到宝石项链,江暮云还去买了个包,这些礼物的价格几万到十几万不等。

儿子既然带着女朋友来介绍给他,那他当然要考查一下,他自己的前一段婚姻谈不上成功,就希望儿子不要走他的老路。

他看见苏南的第一印象就是她很美,外貌上可以打满分,如果以后两人生孩子,他的孙辈一定是朋友圈里最漂亮最可爱的。

他站在那里等儿子介绍女朋友给他,但这个小子只是握着女孩的手,很简单地告诉他:"爸爸,这是苏南。"然后他侧过身,"南南,这是我爸爸。"

别的一句话都没有了,既没有介绍她的职业,也没有介绍她的父母,只说了个名字就完成了这次见面,这个臭小子根本没打算问他的意见。

就像他参加数学竞赛,去国外读书,回国求职,就在同一个行业里,他竟然跳过了红丰,跑去了金策。

夏衍做的一切都事前不说明,事后不解释,夏南鹏本来以为儿子要结婚也会办好了一切通知自己一声,没想到儿子肯带着女朋友正式上门，让他着实有些激动。

等到用餐的时候，夏南鹏看见自己的儿子事事都在照顾女朋友，他还替她把虾肉从虾壳里挑出来放在小勺子里。

苏南的脸微微发红，在长辈面前亲昵让她有些不好意思，但她没有拒绝，她知道夏衍是故意的。

就像在沈黛面前故意替她剥虾一样，他在明确表现苏南在他心目中的地位，让这顿饭吃得更和谐。

夏南鹏笑一笑，儿子回国之后确实变了很多，他把这归于年轻人终于成熟了，他甚至还松了一口气，他本来以为儿子是要跟他赌一辈子的气了，那他打拼的这些产业将来要交给谁？

自己的儿子跑到别家公司里，做得不好夏南鹏不高兴，可夏衍越是干得好，他胸口越是堵着一口气。

夏南鹏假装波澜不惊地对苏南说："他提前两天就打电话回来，说你爱吃虾，这是特意让厨房做的。"

江暮云适时插话，她十分亲切地称呼苏南的小名，像长辈那样说："也不知道这些菜合不合你的口味，下次来吃饭，南南把想吃的直接告诉我就行。"

苏南没想到夏衍的父亲和继母会对她这么客气，特别是他爸爸，看上去人很严肃，但对她却一直带着笑容，知道他们是高中同学之后，他就更吃惊了，还说："怪不得你不愿意高中就出国去。"

夏衍给他爸这个面子，他笑一笑，没说话。

夏南鹏被儿子怼了十来年，今天儿子这么给他面子，让他受宠若惊，于是结婚礼变成了见面礼。

江暮云一看丈夫的眼色就知道那些包包项链不用拿出来了，她打开保险箱，从里面取出手表盒子，顺便把那只包也拿上了，对苏南说："这表是他爸爸心意，这只包是我的心意。"

橘黄色的提袋放在苏南手边，表都收了，包也没什么好推辞的，苏南决定回去一定要给夏衍紧一紧皮，在来之前，他什么都没说过。

接下来是夏家父子小酌的时间，江暮云准备了小菜，父子俩坐在院子里喝酒聊天。江暮云就带着苏南在客厅里，夏衍的妹妹拆开了娃娃套装，拉着苏南的手："姐姐陪我玩。"

苏南觉得她手腕沉甸甸的，有点举不起来，她和夏衍的小妹妹玩了一整套娃娃家，江暮云指一指隔壁那栋房子："那套婚房老夏已经

准备了好多年了，今天他可高兴了。"

要是不高兴，他也不会示意她把表拿出来了。

苏南在观察整个夏家，江暮云也在观察她，看两眼就马上知道，苏南看着艳气，其实眼睛很清澈明亮，是那种很单纯的女孩子。

她也不是没心思争一争，可自己只有一个女儿，这个女儿才五岁大，跟夏衍差了二十多岁，再怎么上进，往后也要靠哥哥，有个好嫂嫂，将来日子能过得舒服点。

像苏南这种人，你敬她一尺，她敬你一丈，最好相处。现在结下善缘，以后说话方便，何必小眼睛小鼻子的，她把那个包拿出来，老夏看她的眼神都透着满意。

夏衍不时看一眼屋内，屋内灯火通明，苏南坐在地毯上，和小妹妹两个玩得很高兴。小女孩长得有点像他，乍看上去就像是苏南和他有了孩子。

夏南鹏看见他这个眼神还有什么不明白，他十分高兴："你陈叔叔年纪比我小，升级比我早，已经是外公了，你也加加油，现在都开放二胎了，再不然去美国生，给我生个孙子孙女。"

夏衍看看里面的小女孩："她跟你孙女也差不多。"

夏南鹏冲儿子瞪眼睛："你怎么说话。"说完这句就不再说了，喝了一口酒，劝儿子，"在金策你能施展手脚的空间毕竟小，你要是愿意待在上海，那就去上海办公室当负责人。"

夏衍看了他爸一眼，他用这么多年证明了自己，他说："我考虑一下。"

语气跟他答应要回家吃饭时一样，夏南鹏终于赢了前妻一回，还劝儿子："你交了女朋友也别忘了跟你妈说一说，双方父母总要见见面，谈谈之后的事。"

夏衍对见妈妈比对见爸爸抵触，他没有掩饰这一点："再说吧。"

于是夏南鹏更高兴了，儿子可是先把女朋友介绍给他的，等他们走了，他就准备给前妻打电话，问她知不知道儿子交了女朋友的事。

夏衍看出父亲心里想的是什么，这么多年，以为离婚了两个人就不再比赛了，反而越比越激烈，越比越孩子气，谁也不肯输，但谁也没有赢。

夏南鹏还是有点好奇，想问问儿子是怎么想通的，儿子竟然没有拿乔，一旦想通立刻就摆出和好的姿态，让他这个当爸爸的很不习惯：

"是为了这个女孩子吗？"

夏衍喝掉杯中最后一口酒，明白他爸问的到底是什么意思，他又回头看了苏南一眼，苏南正和他血缘关系上的妹妹玩成一团，给小女孩的芭比换新装，还用小夹子给金发娃娃别上小帽子。

他说："我只是审视了你们的失败婚姻，知道自己不能失去什么。"

夏南鹏脸黑了，夏衍站起来，拍拍他父亲的肩膀："我准备去加油了。"

夏南鹏隔了一会儿才反应过来，这是要让他升级当爷爷，心想这小子不知道害臊，但嘴角马上翘起来："你喝了酒，天又黑，别让女孩子开车了，对面的房子都打扫好了，住一个晚上再走。"

江暮云送两个人去隔壁那栋房子，小女儿已经和苏姐姐是好朋友了，她扯着苏南的裙子："姐姐你明天还来吗？"

江暮云把女儿哄了回去，回头看见丈夫在打电话，她知道这电话是打给谁的，夏衍的母亲顾姿君。

她无法评价丈夫和他前妻的关系，但她已习惯了两人不时通一通电话，除了互相比较之外，他们的关系仅仅止于前夫妻。

夏南鹏几乎是迫不及待地打电话给了前妻，电话响了很久才接通，但他这次一点也不生气，对面冷冷淡淡问他："你又有什么事？"

夏南鹏得意扬扬："儿子谈恋爱了，你知不知道？"

顾姿君顿了一下："我知道。"夏衍问她借过司机，去横店接人，老王说是个很漂亮的小姐，但儿子一直都没有正式通知过她。

夏南鹏跟前妻针锋相对这么多年，马上听出来"知道"的意思就是不完全了解，于是他更得意了："儿子把人带给我看了，我很满意，我听他这意思是想要孩子了。你说我把花园打通，弄个儿童游乐场怎么样？"

那边把电话挂断了，夏南鹏一把抱起小女儿亲了两口："跟姐姐玩得高兴不高兴啊？"

江暮云把苏南和夏衍带到了隔壁那栋，简单介绍了一下设施，还告诉他们这么多年花园都有人打理："蔷薇已经种了十来年了，夏天的时候会开成一片，非常漂亮的。"

主卧室里的床已经铺好了，有新的睡袍、新的拖鞋牙刷，她事事都打理好了，还告诉他们冰箱里有冷饮和水果，酒柜里有酒，地下室还有健身房和影音室，他们在睡前可以看个电影喝杯红酒。

里里外外转了一圈，最后江暮云说："房子不大，但住得很舒适。"

　　九百多平方米带错层花园的别墅还说面积不大，苏南忍耐着，一直等到江暮云离开，她才抱着胳膊看向夏衍。

　　他们一起度过了整个青春，她从来不知道夏衍家里这么有钱，夏天的时候嗑老冰棍，冬天的时候吃烤玉米，最大的娱乐是骑着自行车满北京溜达，偶尔才凑钱吃顿羊肉，她问：

　　"你这是什么意思？"

　　"我并没有想要瞒着你。"夏衍自以为做得已经足够明显了，可她从来没有问过，从来也不关心这些。

　　苏南抱着胳膊不知道怎么说起，她在原地蹭了两步，问他："那我隔壁那套房子呢？"

　　"那是租的。"限购了，他在上海工作的年限还短，没办法买房，妈妈给他买的那套房子已经买了很多年，还是他未成年的时候入手的。

　　"那你柜子里那些衣服呢？"苏南不是没关注过夏衍的消费状况，他身上的衣服、袖扣、领带通通都是品牌货。

　　苏南还以为他是个月光族，就算赚得多些，也跟自己差不多的经济状况，要供房子，还要高消费，勉强维持收支平衡。

　　"我妈送的。"顾女士为了补偿他，一部分也是为了补偿她自己，她这么多年都没照顾儿子衣食住行，心里总有些愧疚，于是给他买了许多男装，打包送到酒店去。

　　夏衍当时需要这些，他能心平气和地跟父母坐下来吃饭，接受这种父母对孩子最普通的关爱，哪个妈妈不给儿子买衣服，只是顾女士手笔特别大而已。

　　苏南这下更没话说，她站在原地，亏她还想过以后两人可以一起还贷款，她的收入可能会高于夏衍，她也可以支撑家里大部分的开销。

　　夏衍马上说："酒店的套房是我自己租的，你的所有东西也是我买的。"这上面绝没有让父母花费一点。

　　苏南抬头看了看这栋一千平方米的"小房子"，她还像踩在云端上，一时不知道要说什么好，她说："我要去泡个澡，冷静一下。"

　　夏衍做了个请便的动作，还问她："刚刚吃饱了吗？我看冰箱里有鸡蛋蔬菜，要不要下碗面条给你？"

　　"不！我今天已经碳水超标了。"苏南拎着那只橘黄色的大礼品袋，一边上楼一边回答。

她爬到顶楼，喘了几口气，要是以后天天这么爬楼梯，那她就可以减少一点在健身房的时间了。

夏衍不在，她就能放心大胆地看这栋房子了，这里是老别墅区，地理位置好，房子空间大，每栋中间还有草坪和花园，站在阳台上也只能看见别家房子的屋顶，私密性很好。

整个三楼都是主卧区，带一个书房会客室，苏南在房间里转了一圈，这里应该是找设计师特意布置过的，偏法式，颜色用得很大胆活泼。

是苏南喜欢的粉蓝粉红玫瑰金，墙面鲜艳，地毯和家具的颜色就偏重，卧室中间是一张四柱床。

苏南整个屋里转了一圈，打开了衣帽间的灯，柜子直打到房顶，中间有个展示台，就像珠宝专柜那样玻璃面，里面一格一格用来放珠宝。

这个衣帽间是她房间的两倍大，苏南站在那里，晃晃脑袋，不真实感越来越强烈，她还是决定先去洗个澡，平复一下心情。

浴缸可以泡下三个苏南，她放满了水，扔了个浴球进去，看着慢慢浮起来的泡沫，卸了妆躺进去，苏南突然不知道要怎么跟夏衍相处了。

夏衍穿着睡袍端着一碗面进来了，他看见这个浴缸挑了挑眉头，整个房子里他最满意的就是这个浴缸了，他吸了两口面，问她："怎么了？"

苏南报着嘴，她这几天受到的冲击已经够大了，她抬起头，偏着脸问夏衍："你究竟是怎么能死皮赖脸让我请你喝可乐的呢？"

高中时的篮球赛，他越过所有女生，让苏南请他喝饮料，手里转着球，一条腿踩在看台台阶上，身体凑到苏南面前，喘着气冲她"哎"一声："你请我喝可乐吧。"

他一路跟在她身后，不喝到可乐不罢休。

夏衍笑起来，把面碗放到洗手台上，脱掉浴袍，钻进浴缸，苏南扔了他一脸泡沫，他抹着脸说："我也不知道要跟你说什么话好，别人都给我送饮料，你明明想送又不肯拉下脸，我只好找个台阶给你下。"

苏南呸了他一声，夏衍两条胳膊就像游鱼一样在她身前游走，紧紧缠住她："你别想得太复杂了，也别觉得有压力。"

他把她先带来见老夏，就是因为父亲在这方面更宽容，也更能理解他。只要爸爸摆出十分欢迎的姿态，顾女士为了赌一口气，也绝不会在苏南面前摆架子。

夏衍捧了一把泡沫，给苏南搓背，手掌越摸越往前，水的浮力托

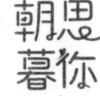

184

起苏南的 D 罩杯，让他揉起来更轻松："等见我妈的时候，你记得把那表戴上。"

苏南一下子软了，她的面颊不是因为水温而泛红，躺在夏衍肩上细喘，他的吻马上盖下来，两人吻了一会儿，苏南才说："能不收吗？"

她不想收下这么重的礼物，这让她很有心理负担。

"我也觉得这表挺丑的。"夏衍舔她的耳垂，难得共浴，不能浪费这个机会，手上动作不停，知道她很舒服，细密的泡沫掩盖住了水下的春光。

夏衍从浴缸里出来，擦掉水珠泡沫，苏南整个人软在浴缸边，像洗白的羊羔那样，被大毛巾裹起来抱上了床。

两人在苏南房间里的小床上也很快活，但大床有大床的好处，何况这还是一张四柱床。

两人胡天胡地一晚上，苏南累得手指头都动不了了，迷迷糊糊还在后悔，早知道这么消耗，她也应该吃碗面的。

第二天醒过来已经十一点了，江暮云让阿姨过来看过，知道两人还没走，马上准备了午饭，夏南鹏一听儿子还在，也不去上班了，等儿子一起吃饭。

他昨天忘记发朋友圈了，今天一定要拍一桌子菜发给顾姿君看看，儿子不仅带女朋友回来了，还在家住了一天。这种胜利果实如何能不拍在失败者的脸上，他要好好得意一把。

江暮云抱了一大把棒花，在客厅里一边插花，一边跟丈夫聊聊家常："还好我没提出来让他去相亲，要不然南南肯定埋怨我。"

夏南鹏一听，从报纸上抬起头来："相亲？"

江暮云笑一笑："是前面的 13 栋的沈家，上次在小区里遛狗碰见她，跟我打听哥哥的事。"

夏衍已经这么大了，早就过了培养感情的年纪，跟着丈夫叫继子的小名有些不合适，于是她干脆跟着女儿叫，这样还更显得亲昵。

"沈华东？我记得他也没女儿啊。"夏南鹏像所有父辈那样感起兴趣来，放下报纸喝了口茶，"他想把谁介绍给阿衍？"

江暮云用剪刀剪掉花梗，插进宽口瓶里，她想了一下，漫不经心地说："好像是他家外甥女，也在金策工作，就在上海办事处。"

"他是怎么知道阿衍在金策的？"这事知道的人极少，沈华东从哪里打听到的消息，还想把外甥女介绍给阿衍。

江暮云马上笑了："就是的，我也这么想，干脆没告诉你，本来我还以为她就是随口一说的，看起来好像是认了真。沈家那个姑娘这两天来得很勤，昨天还送了樱桃来。"

夏南鹏皱了眉头，把报纸叠在一边："他们要真是一起工作，能成早就成了，还用得着介绍相亲？"

夏南鹏想得更复杂一点，儿子去金策工作也有一段时间了，沈华东这个人，无利不起早，也不知道从哪里打听了消息，就把外甥女往门前送。

"你下回就告诉他们，阿衍已经有女朋友了，到时候请他们喝喜酒。"就算不是苏南，也不能是这种女孩，夏家不缺个锦上添花的，缺个能拉得住儿子的。

他这个儿子，不是匹野马也是头孤狼，多大的胆子就敢自己一个人出国去，把他妈急得嘴上长泡，愣是不肯花家里一分钱。

江暮云答应一声，她见过沈家那个女孩，斯文懂事大方得体，一双眼睛直冒精光，这种人相处起来最难。苏南这样看着就简单，要让她这个后婆婆挑，她挑苏南。

江暮云插着花"哎哟"一声："说今天要送草莓过来，这怎么好，彼此撞见了会不会尴尬。"

夏南鹏又有一点和前妻炫耀的资本，他摆摆手："咱们又没答应，你怕什么，那姑娘能比南南好看？"

小女儿在玩玩具，妈妈还没回答，她先抬头："南南姐姐最好看。"有血缘关系的三个人，审美品位完全一致。

苏南趴在枕头上，她睡她的单人床已经习惯了，伸不开手脚，躺在两米的大床上依旧缩在被子里。

夏衍醒了，手肘撑在床上观察她，她睡觉的时候尤其孩子气，嘴巴微微嘟着，睫毛把眼睛掩得密密实实，脸颊两边微微泛红，看上去真的是个苏宝宝。

他抽出苏南一绺发丝，用发梢搔她的鼻尖，苏南还沉在梦里，她翻了个身继续睡，夏衍从身后抱住她，捏捏她的鼻子："起床了。"

苏南昨天晚上累得像跑了十公里，胳膊大腿腰肢都酸痛，茫茫睁开眼睛，才反应过来还在夏衍家："现在几点了？"

夏衍看了眼手机："十一点，我们可能要留下吃午饭了。"

爸爸是不会放人的，也绝不会放过这个跟顾女士炫耀的好机会，肯定已经做好了菜，等着他们过去。

他话刚说完，夏南鹏的电话就打过来了，夏衍装作睡意惺忪的样子"嗯嗯"答应了几声，苏南就在他怀里，听见夏南鹏叮嘱儿子："年轻人，要知道节制。"

夏衍终于怼了他爸一句："这不是在替你奋斗漂亮的孙子孙女。"

他越是皮，夏南鹏越是高兴，觉得千金难买他高兴，昨天那对表送得太值了，挂了电话就问江暮云："买新鲜的鱼虾了没有？"

要给夏家未来的功臣多补一补，夏南鹏有点着急，该跟苏家人见见面，商量商量细节，可不能让前妻抢了先，示意江暮云："这小子一点口风都不漏，你问问苏南，问得细点，咱们提前准备。"

江暮云和丈夫的关系在继子出现之后反而进了一步，她适时说道："好，我跟她聊聊，不当着阿衍，约出来喝喝茶也行，我倒是很喜欢南南这种女孩子。"

苏南完全清醒了，她跳起来洗脸刷牙冲澡，抓紧时间给自己化了个淡妆，她对着浴室里那面巨大的镜子照了又照，皮肤充满了光泽，像朵娇艳欲滴的玫瑰。

不得不承认，亲密是最好的滋养品。

她昨天没有好好吹头发，长卷发一团糟，但她很机智地解决了这个问题，她把头发斜编成长辫子，用小梳子刮得松松的，刘海微微卷曲，穿的还是昨天的那条裙子，但整个人的风格因为发型的改变显得更轻松了。

夏衍还懒洋洋的，他打着哈欠洗了个澡，磨蹭了起码二十分钟，苏南不得不哄着他快点，一边补口红一边催促他。

等两个人终于收拾好，到隔壁去吃饭的时候，已经快要十二点了，进了花园铁门，看见门边已经站着一个人，穿得很休闲，手里拎着个篮子。

苏南一眼就认出了沈黛，她狐疑地看了夏衍一眼，以眼神询问他【她怎么在这儿？】

夏衍也一样用眼神回复【我怎么知道？】

他脸上难得露出了吃惊的神情，他知道沈黛请了假回北京，说是家人病了，撂下项目就走了，没想到会在父亲家的家门口碰到她。

沈黛也同样没想到会碰见苏南，但她明显知道自己会碰见夏衍，在这方面表现得一点都不吃惊，但她也不知道要怎么反应。

夏衍和苏南两个并肩站在花园里，初春的玉兰花树已经打着花苞，苏南站在树下，看上去和花一样鲜嫩，长辫子垂在身前，看上去还多添了几分俏丽。

沈黛没想到会碰见夏衍，她舅妈病了，她回来是来陪舅妈的，舅舅想跟夏家搞好关系，所以让她来送水果，还让舅妈悄悄问她："跟夏衍是不是没办法再进一步了。"

沈黛确实喜欢夏衍，但这种心思被人看破，又有些愠怒，舅妈甚至还打算安排一场相亲，沈黛想要拒绝的，话还没出口却又收了回去，她很想知道夏衍究竟会不会出来相亲。

如果他们在相亲桌上碰见了，又会是个什么样的场面。

但眼前这个场景是她没设想过的，夏衍明显是带着女朋友回来见家长，而她拎着一篮草莓，站在他家门口。

苏南深吸一口气，考验演技的时候到了，她抢先说话："太巧了，你怎么会在这儿？"

沈黛指指夏家的大门，又指了指手里的篮子："我舅妈让我给江阿姨送些水果过来。"她假装刚刚知道这件事，问夏衍，"这、这是你家吗？"

夏衍不打算配合沈黛的表演，他拍了拍苏南的腰，看她的眼神带着宠爱和戏谑，对沈黛说："你不知道？我以为你一个星期前就该知道了。"

沈黛脸上挂不住了，她确实刚知道没多久，还是全靠她舅妈。

沈家和夏家两位太太彼此不是一个圈子的，偶尔遇见也是在小区里遛遛狗，沈太太既没有跟沈黛说起过，也没有跟沈华东说起过。

她终于提了两句是想给沈黛介绍男朋友，说夏家的儿子从美国回来之后去了上海，就在这一类的公司里做事，她想替沈黛做个媒，给两人牵牵线搭搭桥。

这话她原来提过，病中无聊又提了两句，沈华东突然听见夏家的儿子，仔细一想，两人长得确实有些像，仔细打听才知道夏衍就是夏南鹏的儿子。

他还责怪太太怎么不早点说，两家人也好早点认识认识。

沈太太好心反被骂，也摆了脸色："我怎么没说过，她自己眼光那么挑，说看不上那些富二代，我说一句就被她顶回来了。"

这个外甥女被丈夫惯坏了，事事掐尖要强，也不想想富二代看不看得上她，她舅舅是沈华东，又不是她亲爸是沈华东，自己也是有儿子的人。

错失良机，沈黛悔得肠子都青了。

江暮云打开门，看见的就是这副尴尬场景，眼睛一圈就知道三个人之间必定有点故事，但她分得清楚主次，现在这三个人里，主的是苏南。

她还没出声招呼夏衍，先招呼苏南："南南起来啦，赶紧进来，今天的鱼很新鲜，我让阿姨清蒸了，你多吃点。"

沈黛目光和江暮云一碰，马上感受到了冷淡，前几天可不是这样，她把篮子拎一拎："我舅妈让我送来的，说都是日本空运过来的，很甜很好吃，特意送来给江阿姨尝尝。"

要是早知道夏衍带着苏南回来了，她怎么也不会上门自取其辱的。

这些草莓一个个好像红宝石，摆在垫着软布的草编篮子里，江暮云自然要表示感谢，她说："沈太太生着病还考虑这么多，我怎么好意思，你等一等，我这里也有东西送给她。"

一盒虫草，给沈太太补补身体。

苏南和夏衍两个进了门，江暮云没请沈黛进去，沈黛想不想进门是一回事，她客不客气又是另一回事。

苏南换鞋子的时候听见江暮云说："让沈太太少操心，养好身体最重要，下次一起喝茶。"

大好演技没有发挥的余地，苏南还没来得及可惜，就被夏衍的小妹妹一把抱住了："南南姐姐陪我玩。"

苏南跟她讲条件："那要看星星吃饭乖不乖。"

夏衍惊奇地看着她，原来她对小孩子还挺有一套的，也低头伸手摸了摸妹妹的脑袋，感觉细茸茸的："星星说，姐姐漂亮不漂亮？"

星星郑重点头："最漂亮，比宋老师还漂亮。"幼儿园老师已经是小女孩心中最漂亮的女性了，苏南比她还漂亮得多，成为小女孩心里最漂亮的姐姐。

江暮云有些惊喜，知道这是继子投桃报李，他还是第一次对血缘上的妹妹这么关注，她又跟沈黛说了两句。

沈黛告辞要走，刚刚转身，夏家的大门就关上了，声音响得把她震了一震。她回过头，气得胸膛起伏，盯着那扇墨绿色的大铁门，扭头急走回去。

回到家，沈黛就把那盒虫草送给了保洁阿姨，上楼去看舅妈，坐在舅妈身边，给她揉腿揉肩问她："舅妈，你认不认识顾姿君？"

她现在已经不再喜欢夏衍，对他的欣赏和喜爱早已经淡了，可她不甘心受这种气。

沈太太靠在枕头上，不想搭理这个外甥女："不知道啊，没听说过，你年纪也不小了，夏家的不行，去见见别家的，富二代你不喜欢，那官二代怎么样？"

沈黛扯着嘴角笑一笑，没有答应。

夏南鹏点开手机照相机，拍了一桌子菜，发了微信朋友圈。

【儿子带女朋友回来吃饭，一家人其乐融融。】

重点在那个"一家人"上，下面有和顾姿君的共同老友问他【终于要升级当爷爷了。】

夏南鹏回了"哈哈"两个字，他整顿饭都没有停下刷手机，怎么这些老朋友一个个都不问他送了什么见面礼呢？

早知道昨天就该在电话里说上一声的，夏南鹏内心焦急，心想顾姿君也该让人来打听打听消息了。

果然接到了老友的微信，问他【儿媳妇上门来，有没有出出血，包个红包啊？】

夏南鹏整个人来了精神，他字写得飞快【红包太俗气，送了一对腕表，希望小一辈能够珍惜光阴。】

夏衍看着他爸，觉得全场演技最佳的不是苏南，她没有发挥空间，戏全让他爸爸一个人给唱了。

坐在夏南鹏对面的苏南也没闲着，她低头发消息给孙佳佳【男朋友是富二代怎么办？】

第十四章

ZHAO SI MU NI

　　这餐饭吃到下午三点，餐后水果就是沈家送来的日本草莓，夏家的阿姨还用草莓做了草莓奶油水果塔。

　　江暮云找出食品盒，给苏南打包了几个回去，又打包了几样小菜，没用完的草莓也全给苏南带了回去，还客客气气地对苏南说："你们工作都忙，平时在家想吃什么就打电话过来，我做好了让司机送过去。"

　　苏南看她的样子是认真的，便说过几天就要回上海了，江暮云还略略惋惜。

　　而对于苏南来说，现在她最关注的是这些草莓，带回去要摆在漂亮的盘子里拍照片发朋友圈。

　　给沈黛看，气死她。

　　夏南鹏把儿子和准儿媳妇送出门："有空就常过来，这边吃住都方便，你江阿姨还没露几手台湾菜呢，下回来让她掌勺。"

　　"有空再说吧。"夏衍敷衍他爸。

　　夏南鹏也完全不在意，他只要想到顾姿君现在搓火没地方发就乐呵，又对苏南说："这小子脾气不好，你平时受了委屈，只管告诉叔叔，我替你治他。"

　　说得好像夏衍发起脾气来，他这个当爸爸的就有什么办法一样。

　　苏南眼梢刮过夏衍，自从回国之后，他就再没有脾气不好的时候，一直都是他在疏导她，关心她。

　　两人一上车，夏南鹏一直到车开走了才回屋去，逗小女儿："星星喜不喜欢哥哥姐姐？"

　　江暮云是中国台湾人，问丈夫："要不要我让亲戚去订喜饼？最有名的那家要提前一年才能订得上，要送的亲戚朋友这么多，两边加一加最少也要五百盒。"

夏南鹏马上问儿子是不是差不多一年后结婚，有些事情要提前准备起来了。

等了半天，夏衍回复他三个字【准备吧】。

苏南已经缓过神来了，她坐在副驾驶上质问夏衍："沈黛怎么跑你爸爸家来了？"

她鼻尖一翘，明澄娇艳，并不是真的生气，但娇滴滴的样子让夏衍喜欢，好像她干什么他都挺喜欢的。

"我怎么知道，我还想把这个重任交给你呢。你多跟江阿姨接触接触，打听一下她怎么会上门来的。"

苏南其实也并不怎么在乎，江暮云把话说得这么不客气，最后都不把沈黛当客人看了，她才不去打听这些。

"那你爸爸真的喜欢我？"他竟然什么也没问，工作家庭，苏南仔细想一想，觉得自己哪一样都难让夏南鹏看得上。

不是妄自菲薄，是家庭差距摆在那儿，她即使努力工作也无法拉平这一点。

夏衍搓搓她的手："我喜欢你就足够了。"

经过夏南鹏这一关，顾女士那儿再怎么挑剔，夏南鹏都会跟她唱对台戏，到时候矛头就不会指向苏南了。

他的母亲，没有遗传到一点外公外婆身上的包容慈祥，一味争强好胜，是夏衍最不喜欢的那类性格。

苏南感觉自己像是在过关，已经过了第一关，还有第二关等在后面，她有点好奇："你的性格是像你爸爸，还是像你妈妈？"

夏衍想了想："人不能完全摆脱父母的影响，但我努力让自己只接收好的一面。"他其实还是很像顾女士，在执拗这一方面。

苏南从没见过夏衍的妈妈，开家长会的时候，总是顾爷爷去，他的父母从不出席，连领奖也从没来过学校，苏南还是小时候见过他们。

夏衍在红灯前停下车，快速解开安全带吻了她一下："别为了还没发生的事担心。"那样效率太低，不如想想眼前事。

苏南突然想起来昨天是陆爷爷的九十大寿，问夏衍："你有没有给陆爷爷送礼？"

夏衍和陆豫章两个混得熟，以前俩人经常去陆爷爷的小院里混吃

混喝，陆爷爷过寿，陆豫章怎么会没请夏衍呢？

夏衍顿了一下："爷爷的生日不是八月过吗？"老爷子不知道自己生在哪一天，于是把八月一日当作自己的生日，年年都是大夏天过的。

苏南张着嘴，这卑鄙的陆豫章，竟然用这种借口把佳佳给骗走了，她想打个电话给孙佳佳，被夏衍按住了手，他笑看苏南一眼："你以为孙佳佳不知道？"

一开始被哄住了，但孙佳佳马上就反应过来，年年陆爷爷的礼物都是她挑的，她怎么会不知道，感情里的愿打愿挨和阴谋伎俩，彼此不戳穿，就叫情趣。

怪不得她不回消息呢，苏南不着急了，两人这样还有的好磨。

整整一个晚上，孙佳佳都没有回复苏南的消息，等孙佳佳终于回复了，她说他们在山里，之前手机一直没电，好不容易才有电了。苏南一边问她为什么跑山里去，一边扭头问夏衍："他俩跑山里去干什么？"

夏衍卡了一下："这小子还当真了。"

陆豫章来请教他是怎么重新追回苏南的，夏衍仔细想了想，回答他说："在她陷入绝境的时候伸出双臂保护她。"

陆豫章没把这当玩笑，他当真了。

苏南赶紧打电话问她："你怎么样？"

孙佳佳那边的声音时断时续，但听得出来她人还好，不好的是陆豫章，他把腿给摔断了。

电话里还能听见陆豫章哀叫，孙佳佳不住安抚他，最后她吼了一声："你闭嘴。"

陆豫章乖乖听话闭嘴，一声都不吭了。

夏衍听见"呵"了一声，这一招是他准备了没能用得上的，他对陆豫章说："你装不了英雄，就装狗熊，卖惨会不会？"

这家伙还真卖上惨了。

苏南和夏衍到的时候，陆豫章那条受伤的腿架在架子上，他耷拉着脑袋等孙佳佳给他喂吃的。

夏衍手插在西服口袋里，绕床一周："怎么，你手也断了？"

陆豫章气得翻白眼："你是不是人，你还有没有良心，哥们儿半条命都没了。"

他信以为真，把夏衍说的话当金科玉律，夏衍连苏南都又追到手了，夏衍的办法肯定管用，谁知道到他身上一点都不管用，还赔上了一条腿。

这几句说得中气十足，于是孙佳佳把碗往他手里一塞："你挺有力气的，自己吃吧。"说着扭脸出了病房。

苏南跟了出去，她跟在孙佳佳身后，看见孙佳佳低头抹了抹眼泪，两人到走廊窗边，苏南问孙佳佳："这是怎么了，不是挺好的吗？"

两人都一起去短途游了，怎么搞成这样子回来？

苏南其实一直都不懂，为什么孙佳佳会喜欢陆豫章，他跟只大马猴似的跳来蹿去，热闹得过分，怎么孙佳佳这么安静的女孩会看上他？

孙佳佳低头看着鞋尖："我把这么多年要说的话都说了。"

苏南看孙佳佳泛红的眼眶问她："然后呢？他怎么说的？"

孙佳佳摇摇头："他还没来得及说，就这样了。"

苏南忍不住了："你究竟喜欢他什么呢？"对感情迟钝得像只石猴子，石猴都比他有心。

孙佳佳看着窗外点点灯火，玻璃上投映着她和苏南两个人的影子，苏南光看影子，都是极动人的，她突然笑了："苔花如米小，也学牡丹开。"

两人在山里经历了一次从没有过的争吵，单方面的，孙佳佳冲着陆豫章大吼，终于把这么多年的心事都说开了。

陆豫章呆若木鸡，他一直没听她亲口说过她喜欢他，从高中的时候就开始喜欢他了，那天晚上也不是想试试看男人到底怎么样，她就是想跟他发生关系。

然后她说："我错了，我们就各走各的路行不行？"

陆豫章知道男人这时候要大气，他应该点个头，潇洒一点，说点什么俏皮话也好，可他一句话也说不出来。这种感情排山倒海般，一下把他拍在地上，他问孙佳佳："你原来怎么不说？"

"因为我懦弱。"

陆豫章在高中时绝不是成绩最好的那类，他很聪明，可是不肯用功，每回成绩都是堪堪滑过平均线，一中的平均线。只要能及格他就扔掉卷子不管，抱着篮球和夏衍去操场了，一路大笑大闹，仿佛永远没有烦恼。他也不是最帅的那一类，特别是站在夏衍的身边，可他依旧有很多女生喜欢，因为他是最耀眼的那一类。

运动健将，和谁都是朋友，班上笑得最大声的，永远都是他。不论好事还是坏事，到他身上好像都能一笑了之，天大的事也不放在心上，全身都散发着光芒。

这种光芒，温暖着孙佳佳，照耀到她身上。

孙佳佳除了成绩好一点之外，整个青春期都没有什么可以被注意的特点，她就像她的名字那么普通，既没有苏南这么美貌张扬，也没有拿得出手的特长，在藏龙卧虎的一中里，只安静守着自己的角落，很少和人交际。

但他注意到她了，因为苏南也因为夏衍，夏衍坐到苏南后座，他们的早恋需要一个掩护人，同一个院长大的孙佳佳就成了最好的人选。

于是陆豫章跟孙佳佳熟悉起来，那两个人你侬我侬的时候，他们两只电灯泡就凑在一起发光，渐渐成了朋友。

他会在课间坐到她后排，用笔点一点她的后背："老孙，这题我不会。""老孙，下课溜冰去不？""老孙，咱们去爬山。"

孙佳佳的少女心，狠狠动了一下。

班里开始流传他们俩早恋，孙佳佳既忐忑又慌张，但陆豫章当着所有人的面钩着她的肩："说什么呢，兄弟！兄弟如手足。"

于是孙佳佳藏起了她的喜欢，因为有陆豫章在，她那三年过得丰富多彩，所有疯狂的、不属于孙佳佳风格的事，都是跟他一起干的。

孙佳佳原来以为自己这辈子只能当个暗恋者了，可苏南鼓励了她，她决定迈出这一步，然后一切都失衡了。

陆豫章在山里听她表白少女时的心事，知道自己被爱了这么多年，他人生都没有严肃过几回，才刚绷着脸要说什么，脚下一软，滑了一跤，摔断了腿。

然后孙佳佳哭了，她扛着他，让他半边身体全靠在她身上。可是她根本就扛不动他，却还一直逞强，两个人艰难地从山上下来，她一路走一路都在哭。

哭得他的心就要从胸口蹦出来，有什么东西破土而出，扯着他的血脉疯狂生长，这种感觉他从来没有过，对她所有的感觉，仔细想一想都是从来没有过的。

陆豫章躺在病床上，架着他那条伤腿，问夏衍："你说，我这么多年怎么就跟瞎了眼一样。"孙佳佳一直在那儿，他却不知道。

夏衍人靠在窗台上，两条长腿一搭："可能蠢吧。"

这句话差点把陆豫章气死，他指着夏衍："你为了苏南要死要活，喝得烂醉的时候，兄弟嘲笑过你一句吗？哪回不是我把你扛回去，你就这么报答我？"

苏南买了点水果，正要送进来，站在门口听见了，夏衍为她要死要活？她怎么不知道？

两人开车回家时已经很晚了，一个周末发生了这么多事，苏南累极了，她坐在车里就睡着了，还打起了小呼噜。

夏衍听见她打鼾，眉梢都弯了，趁着红灯，把西装脱下来给她盖腿。

车停在地下车库，夏衍先下车，替她打开车门，解开安全带，拍拍她的面颊："宝宝到家了。"

苏南半眯着眼，靠在夏衍身上，她有很多话想跟夏衍说，除了宋晓菁的婚礼给她触动之外，她还想谈一谈以后的生活。

突然发现夏衍的家境比她想的好那么多，说不高兴那就太矫情了，苏南很清楚好的物质生活意味着什么。

苏南从大学开始就想找一个家境好些的男朋友，她想让自己过得舒服一点，最起码能够缓解一下压力也好，特别是在她还完房贷车贷，卡里就只余下七八百块的时候。下一个活儿还不知道在哪里，这七八百块钱也不知道要撑到什么时候，可能加几次油就吃不起饭了。可她又不能没有车，她有时需要工作到很晚，开车更安全。

这些辛苦苏南从没跟人说过，连苗苗和沈星都不知道。

累的时候都渴望有个人能够全盘接收压力，苏南长得美，这种机会对她来说实在太多了。她那群塑料姐妹中，有很多给人当小三小四的，不用工作就有钱花。每天打扮得光鲜亮丽，出入高档餐厅，和姐妹聚会吃下午茶，到后来就替人牵线搭桥，有长期的短期的，甚至还有一夜两夜的。

凭着年轻和美貌，这种机会唾手可得，那个美妆节目的嘉宾，从上到下几乎一半是靠着关系进去的，还有两个女孩靠的是同一个人，她们彼此知道，暗暗较劲，表面上却像不知道男朋友是同一个人。

比起累死累活从早到晚地忙，这样来钱多容易，谁不想躺着花钱呢，只要肯对那些男人假以辞色，他们就像蜂鸟食蜜一样，成群结队飞过来，吮食花蜜，然后给她们许多好处。

一部新款手机、一个包包、一辆车、一套房，所有的东西明码标价，只要肯付出，就能得到。

苏南收到过大把名片，各行各业的都有。

可真等她发现夏衍是富二代，原来向往过的生活唾手可得的时候，

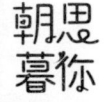

她又不想过那种日子了。

江暮云应该是没有工作的，她的工作就是夏太太，把家里打理得井井有条，像个女总管，她那么周到仔细，很像个酒店管理人员，苏南不想像她一样。

揣摩丈夫的每一个眼神、每一句话的语气，完全迎合丈夫的喜好，那样太累了，她做不到，也不想做。

苏南坐在地板上，夏衍给两人都倒了一点红酒，这个夜晚稍显漫长，他说："你想说什么？"

苏南洗了澡，浑身香喷喷的，她靠在窗玻璃上，外面霓虹闪烁，她转着水晶高脚杯问夏衍："我们以后会怎么样呢？"

夏衍没能马上明白她的意思："你是指我们以后的关系，还是以后的生活？"

"生活，工作。"苏南学到他的坦率，明明白白告诉他，"我不可能像你那个……那个江阿姨那样，我不是不喜欢她，和她相处是很舒服，可她就像个……酒店管家。"

夏衍笑了，他穿着棉质睡衣，难得休闲，头发松松散散耷在额前，他说："你很有眼力，她确实是在新加坡读过酒店管理。"

这也是夏南鹏为什么选了这样一位妻子，他完全以自己的舒适为出发点，挑了一个很有专业素养，绝不会给他造成一丁点麻烦的妻子。

"要是科技再进步一点，他都不用结婚，到日本去定制一个机器人妻子就行了。"夏衍无情地剖析他爸的感情生活。然后他握住苏南的手，目光充满了温存，额头贴过去，微湿的发丝贴在苏南皮肤上，嘴里吐出红酒的甘香味，"在你决定结婚之前，我们可以维持这种生活状态，但如果你想过得更舒适，我们也可以搬家，两种都是我希望的生活。"

生活简单一点，不用那么复杂，安全稳定就足够好了。

苏南一口喝掉杯里的酒，钩住夏衍的脖子，心里觉得快乐，无法抒发，她捧住夏衍的脸，在他额头上、眼帘上、鼻梁上，印上许多吻，一直吻到下巴。

夏衍把她抱起来，有点无奈："我真的累了。"现在状态不佳，但她一吻上来，他就受不了。

苏南也很累，身体和精神都累，她没想做什么，只是接接吻，听见夏衍这么坦白，她"噗"一声笑趴在他身上："我也累了。"

喝完的红酒杯子就放在窗台边，杯沿上唇印叠着唇印。

两人回到卧室，好像是第一次两人一起躺着却没有做爱，苏南的头枕在他结实的手臂上，关了灯闭上眼睛，彼此的呼吸声在黑夜里缠绕。

苏南的呼吸声又轻又浅，她没一会儿就睡着了，夏衍另一只手搭了过来，维持着这个姿势闭上眼睛。

第二天，他们要乘晚上的飞机离开北京回上海去，清晨运动之后，苏南泡了个热水澡，她今天要回家看老苏。

两个姑姑联系了她好几次，发现苏南不会替她们出面说服宋淑惠时就不再联系她了，背地里也要叨咕两声苏南没良心，宋淑惠这个后妈当得够好了。

苏南给爸爸请了个家政阿姨，照顾老苏的三餐，打扫卫生，给家里添生活用品。老苏一开始说什么也不肯，后来苏南说："总不能老是麻烦姑姑们一趟一趟地跑。"

两个姑姑也有自己的家庭，能照顾一时是一时，不能一直照顾弟弟。老苏早已经不是苏南妈妈在的时候那样了，他被宋淑惠照顾得太好，让他重新做饭打扫卫生，苏南也不放心。

试用期一个星期，苏南和家政阿姨说好："别管我爸说什么，钱是我付给你，你每天照来，给他做三顿饭，要有荤有素，每天拍照片给我看，吃完饭就拉他出去散步，看着他不许他抽烟。"

那个家政阿姨拿的钱比普通白领还要多，苏南开了高价，这又是个清闲的活，照顾个单身的半老头子，上哪儿再找这种雇主去。

家政阿姨连着两天按时把饭菜拍给苏南看，每天给老苏炖一个麻油鸡蛋，底下卧点虾仁和蛤蜊。苏南还让她去花鸟市场买两盆花、一只鸟和一个鱼缸，还问孙佳佳讨了一只小猫，家里有点生气，老苏就能快点振作起来。

小时候老苏就是这么哄她的，现在换她哄老苏。

家政阿姨知道雇主要来，做了一桌子菜等着，苏南一回家闻见饭菜香，看到院子里添了绿意，小奶猫在门槛滚来滚去，老苏还坐在院子里的葡萄架子底下，可他看上去精神好些了，人也收拾过了。

宋淑惠来的时候看见的就是这么一副场景，屋里摆了圆桌子，老苏的女儿和女婿一边坐一个，还有个家政进进出出端盘子，她不在，丈夫的日子倒是越过越好了，扭头就要往院门外走。

苏南一看见宋淑惠，就去看老苏的神情，老苏看着妻子，眼神里分明有留恋，可想说的话又卡住了。苏南果断站起来走出门，拉住了宋淑惠，邀请她："阿姨一起吃饭吧。"

追悼会那天，宋淑惠还是带着小北去了，两人还没离婚，老太太这么多年待她待小北总是好的，应该要去。

她本来是一门心思要离婚的，回娘家一趟家里人也支持她，可一发现她想离婚是真的，不是嘴上吓唬人，就又不同意了。

回娘家她住哪儿？小北住哪儿？转不转学？每天早上上学就得花两个小时，孩子也累她也累，亲妈心疼她，让她就跟父母住，可兄嫂受不了，怕她住着惦记房子。

宋淑惠有些尴尬："我是来收拾点东西的。"

苏南拉她进门，阿姨给她搬了张凳子，宋淑惠扭了一会儿，拿起筷子，老苏问她："小北这两天睡得惯不惯？"

夏衍一看两人都有和解的意思，拉着苏南出了门，两人像高中时那样，坐在葡萄架子下面的小板凳上，夏衍还问她："要不要我去买根冰棍？"

苏南揉着那只奶猫，奶猫亲人，在苏南手里呼噜噜的，翻过肚皮给她揉，还在她腿上睡着了，毛茸茸的身体一起一伏。

夏衍真的去买了两根奶油冰激凌，苏南掀开纸舔起来，其实她是希望老苏能跟宋阿姨和好的。

一直到奶油雪糕吃完了，里面还没声音，夏衍拉拉苏南："我们走吧。"

苏南点点头，把小奶猫放到门口晒的棉鞋里，冲屋里叫了一声："爸，我们赶飞机去了。"

老苏开门出来了，他伸手用袖子抹抹眼睛，宋淑惠跟在他后头出来，看样子就算没和好，也有和好的趋势。

苏南放下心头一块大石，在去机场的路上，打开手机，和爱米联系工作。她一刷朋友圈，看见沈黛给她两条朋友圈都点了赞，一条是情侣手镯，一条是奶油草莓塔，她皱起眉头，想到上次沈黛给她点赞就没好事，沈黛这次又想干吗？

夏衍接了个电话，告诉苏南："我妈请我们这周末去吃饭，你愿意吗？"

苏南没有立刻答应，她有些犹豫，直觉夏衍的妈妈不像他爸爸那么好说话，在对待儿子感情问题时，母亲总是比父亲更挑剔，夏衍一直以来的表现也正说明了这点。

他先带她去见夏南鹏，是因为他对夏南鹏的态度更有把握，想让苏南感受到肯定，夏衍的用心她体会到了。

看见苏南担忧，夏衍握住她的手，目光灼灼地看向她，掌心和眼神的双重热度明明白白向她诉说，她不用担心什么。

苏南答应了："好吧，如果你觉得没有问题。"

夏衍笑了，一只手给顾姿君发微信，她想必已经从每一个愿意听夏南鹏炫耀的人嘴里，挖掘出了各种她想知道的消息。

夏衍没有告诉母亲苏南的职业，就是想防止她对苏南有先入为主的偏见，他相信只要他妈妈看见苏南，就会知道苏南是个什么样的女孩。

苏南进入了紧急备战状态，一下飞机就联系栗子妹，先跟她说签长期的化妆合同的事儿，然后问唐栗，她妈妈那样的女士会喜欢女孩子打扮成什么样子。

唐栗的妈妈是教授夫人，书香门第，据说在艺术品鉴赏方面是业内的行家，苏南感觉她的审美能够代表成功的中年女性。

唐栗还在睡觉，接到苏南的电话叹一口气："你真的想看看我妈妈是个什么品位吗？"

苏南十分需要，唐栗挂了电话，重打视频电话给苏南，翻转摄像头，苏南看见了满屋子的蕾丝缎带，她不知道唐栗竟然睡在风格这么浮夸的公主床上。

"蕾丝渗透在我房间的每个角落。"屏幕那头传来唐栗痛苦的声音，"我这二十年，都在跟妈妈的审美做抗争。"

苏南沉默了一会儿："……打扰了。"

唐栗完全醒了，她在家待着也没事，开着她的小车跑到苏南家。苏南和她女神的工作室签了合同，她又跟苏南签了合同，四舍五入，她已经是她女神的人了。

唐栗乐呵呵，带了一堆吃的来，坐在苏南面前吃薯片啃鸭脖子，看苏南查儿媳妇上门攻略，嘬着骨头点点电脑屏幕："我觉得这一套不错。"

唐栗舔着手指头问："你未来婆婆投资艺术品吗？"

苏南灵机一动，搜索起了顾姿君，网上还真有她的照片，在各种商业新闻里，还有公司的十周年年会。

顾姿君看上去是一个十足的职业女性，一头短发，身材修长，体形保持得非常好，眉目就透着凌厉，看上去很不好惹。

从照片上，苏南看不出夏衍和他妈妈相像的地方。

唐栗盯了屏幕一眼，缩了缩脖子，忍着没说什么打击苏南的话，她说："这类婆婆会不会喜欢小白兔型的女孩儿？"

苏南不是这种型，拍照可以靠化妆角度和光线让她看上去像，可真人面对面，她作不了假。

苏南长叹一声，关掉网页："算了，我放弃了。"

唐栗啃完了鸭脖子，打开手机，想让她高兴点儿："你看咱们新推广的转发评论量。"

爱米效率极高，这才两三天的工夫，苏南的微博涌入一批水军，《红楼金粉》出的一则短预告片里，给了她一秒钟的镜头。

短短一秒烟视媚行，剧方在艾特演员时，把苏南也囊括进去了，她的名字当然排在最末，可能跟一众大咖排在一起，对她就已经是种殊荣了。

苏南转发了这条微博，她的性格就是这样，别人她都没有交际，除了戏骨陈老师，苏南再次感谢了他。

苏南的粉丝们发现原来她动态也这么美，一个镜头怎么能过瘾，问她还有没有接新戏，苏南也大大方方回复，目前没有，没人找她。

《红楼金粉》的选角导演再次联系苏南，希望她能来继续补拍一段，价钱当然比原来要高得多，报的数让唐栗吐吐舌头："这都已经是七八线的价钱了。"

苏南问了爱米，爱米同意了，很快给出合同副本，告诉她说之后就尽量少接剧，这部剧前期的口碑还是不错的。

爱米的短期目标，是要把她捧进微博红人节。

唐栗"哇"一声，紧紧扒住苏南："等你去微博红人节的时候一定要带我，你说他们会请柏雪吗？不对，柏雪顶级咖，肯定不会去什么红人节。"

苏南被她逗笑了，两个人在小客厅的地毯上滚成一团，门忽然被打开了，夏衍穿了一件黑衬衣，围着一条格子围裙，告诉苏南："饭做好了。"

夏衍看见个长相甜甜的小姑娘埋头在她女朋友胸里，一副意犹未尽的样子，他站了一会儿。唐栗爬坐起来，她有点尴尬，非礼人家女朋友被抓包了，她飞快拎起背包："南南姐，我先走了。"

走过夏衍身边的时候，夏衍还打量她两眼，唐栗想说明什么，但她哈哈两声，啥也没说出来，一溜烟跑了。

关上门，夏衍挑挑眉头，他解开围裙："原来你喜欢这样。"

苏南快被唐栗笑死，她拍了夏衍一下："别闹。"

夏衍耸耸肩："可以，我们晚上闹。"

苏南伸出胳膊，半撒娇似的吐露心事："我还是有点紧张。"她没有接触过这类女性，也不懂得怎么讨她们喜欢。

夏衍的手掌从她腰间往下挪，手掌包裹住整个蜜桃臀："那我们现在就来让你开心一下。"他把苏南抱起来，学着唐栗刚刚的样子，埋了进去。

丰盈度、柔软度都让夏衍满意得不得了，他们在各个方面都是契合度很高的情侣。

苏南捶了他一下："我真的担心，我总觉得有什么不好的事会发生。"

沈黛为什么莫名其妙给她点赞，她的人生百分之八十是完美的，为什么非要一心破坏别人的感情？

苏南只要想想沈黛发的那两颗爱心，就想拎着沈黛的衣领把她扔出去。

夏衍放开她："好吧，如果你真的有这么大压力，那就不去，我来解释。"

苏南把脑袋重重搁在他身上："已经答应了，不去更失礼。"

顾姿君把午餐安排在酒店里，她临时改了地点，夏衍带着苏南到酒店的时候，她正在打电话，看见儿子和他女朋友进来，并没有停下，冲他们点点头，示意他们坐下。

　　菜也已经点好了，人一到齐就开始上菜，这个电话到苏南头道汤喝得差不多了，才停下。

　　顾姿君比照片上显得更年轻，她一挂掉电话就先说抱歉："是工作的事，推不掉，汤还合口味吗？"

　　夏衍放下勺子，不知道顾女士是哪一根筋搭错了，他拿餐巾按了按嘴唇，向她介绍："这是苏南。"

　　顾姿君看了儿子一眼："我知道，你爸爸说了很多。"仿佛是在生气他们先去了夏南鹏家。

　　苏南有点后悔没把那块手表戴出来，接着她听见顾女士说："南南在大学里就已经很出名了。"

　　苏南怔住了，她一下就懂了夏衍妈妈的意思，她不担心那些视频，爱米和她签了合同之后第一件事，就是把所有的视频都删除了，还让苏南有什么事提前说，这种视频只是小儿科，她们还处理过更难搞的。

　　可苏南没想过大学里的那些污蔑她的帖子重新涌现，她坐在桌前，手里还拿着汤勺，一句话都说不出来。

　　顾姿君说完，对侍者点点头："上鹅肝吧。"说完叫了儿子的小名，"这里鹅肝煎得好。"

　　夏衍一言不发，他推开汤碗，替苏南拿走铺在腿上的餐巾，拉起她手，出了包厢的门。

　　苏南没有和母亲相处的经验，她妈妈离开的时候她实在太小了，也不懂事，能记得的不多，但她见过孙佳佳的妈妈是怎么对待孙佳佳的。

　　孙妈妈爱唠叨爱操心，一拉着女儿说起话来就没个完，半哄她半骂她，骂完了自己又心疼，再下厨给女儿做好吃的。

　　苏南以为那就是母亲和孩子的相处了，总要吵点架，可到底还是互相为了对方好。

　　她没见过夏衍是怎么和他妈妈相处的，顾姿君每说一句话都是笑眯眯的，眼睛在苏南和夏衍的脸上瞥来瞥去，可说出来的话像刀子一样扎在苏南身上。

　　苏南被夏衍拉起来的时候，整个人都是蒙的，好像听见顾姿君说了一句什么，可是夏衍没理会她，走到门边碰到来送鹅肝的服务员，夏衍一步也没停留，搂着苏南出了酒店，快步走到停车场，上了车。

他不知道这其中发生了什么变故，让顾女士改变态度，但他来来回回抚着苏南的背："挑一个你想吃的，我们去吃顿高兴的饭，然后再解决问题。"

苏南差一点就要哭了，这跟他保证的不一样，她坐上车，开始发脾气："你保证了。"

"是，我保证了，我会解释。"他抽出两张纸巾，"别哭。"

苏南拿纸巾按掉眼角快要冒出来的泪花，看见夏衍皱着眉头，手机在他裤子口袋里不断振动，应该是他妈妈打来的。

苏南想说明一下大学里的事，她觉得自己还是应该告诉夏衍的："你妈妈说的那些事……"

夏衍打断了她："你不用解释，如果你觉得不舒服的话。"

苏南想了一会儿，还是要说，这没有什么好隐瞒的，她没有做错任何事："你妈妈说的应该是大学校园论坛，不知道是谁发的帖子，从我进学校开始到毕业，每年选校花的时候总会提两句。"

但那些早就过去了，总不会过了几年还有人翻出来，难道那些无聊的人除了每天摸键盘之外，就没有自己的生活，不用为了三餐和房贷发愁？

苏南打开手机，上论坛想搜个关键词，找找那些帖子，然后她呆住了。这些帖子重新又被翻出来，第一页还出现了大量新帖，最热门的帖子的回复已经有十几页，标题是所谓的"网红校花八卦汇总"。

苏南滑动手机屏幕，粗粗看了一遍，除了大学论坛以前黑过她的话之外，还有些所谓的新爆料，比如放了很多年前她拍的杂志内页，当时的化妆技巧和杂志风格和现在相差十万八千里，于是就有人说她是整容整成现在这个样子的。

她不敢相信居然有人这么闲，她都已经毕业这么多年了，帖子里面连她大一时的照片都上传了。当时追她的几个学长都已经过了而立之年，说不定现在都当爸爸了，谁还会在网上重新黑她呢？

夏衍看她的表情，把手机从她手里拿过去，他简单浏览了一下，知道这件事没这么简单，他握紧苏南的手："没关系，你别有压力。"

顾女士的电话不断地打进来，夏衍一只手掌紧紧包裹住苏南的手，一只手接起电话，他明白了顾女士为什么会改变态度，但这不能成为她的理由。

苏南缩在座椅上，紧紧揪着包带，她今天打扮得比去夏南鹏那儿还要乖巧多了，只露出一点锁骨，穿着平跟芭蕾鞋子，整个色调都是柔软的，她还以为夏衍的妈妈会喜欢她呢。

她脑子里乱糟糟的，直觉这事跟沈黛脱不了关系，可又觉得沈黛不会这么疯狂，这简直就是神经病干出来的事。

苏南拿过手机，她打开微博，今天早上她刚刚拍了自己打扮得很乖很淑女的照片，说要出门吃饭，一直都没有刷过留言，一刷新就看见下面有许多挂链接的，还有校园论坛过来打卡的——

"嘀，网红校花观光卡。"

"校花扒皮全记录，附网页地址。"

这样的留言先是十几条，然后越来越多，有小粉丝在问她发生了什么事，还真有点进链接去"吃瓜的"，然后再跑回微博说："我太失望了，还以为粉了一个网红中的清流。"

夏衍接起母亲的电话，没有客套，也没有避开苏南，开门见山问她："你要么解释一下，要么我们不必吃饭。"

顾姿君刚刚还怒气冲冲，儿子一句话让她冷静下来，他们仿佛又回到夏衍十几岁的时候，母子关系重回冰点。

不知道她在电话那头说了些什么，夏衍说："我真是失望，我早就知道你和爸爸都有严重的性格缺陷，但我没想到，你能让性格缺陷操纵你，可能这就是你事业上赢不过前夫的原因。"说着他挂了电话，问苏南，"这些事是什么时候开始发生的？"

苏南不懂他要问什么，追究怎么发生的有什么用？她想联系爱米，微博上的公关是爱米管的，学校论坛当年就没有删帖，现在更不会删帖了。

苏南很抵触去回忆这件事，她自己也不知道是惹到了谁？她觉得很普通，有男生献殷勤，而她不愿意接触，拒绝是很正常的事，怎么会越传越离谱，变成一个巨大的黑点。

夏衍伸手摸她的头，倾身过去抱着她："你要先告诉我，我才能解决这件事。"

苏南已经记不清确切的时间："可能是大一入学半年的时候。"

她开始立志要在上海买自己的房子，上网找工作机会，找到拍杂志的工作，先是本土杂志，然后是日系杂志。那本杂志之后两年还开创了自己的服装品牌，苏南一直都是模特，她的人气还让她登上过该本杂志最受喜爱的模特排行榜的前三。

第一、第二位都是日本本土的模特，苏南当时有去日本的工作机会，但她拒绝了。

那本销量颇高的杂志让苏南成了校园名人，走到哪儿都被指指点点，然后论坛里所谓的扒皮帖就开始了。

夏衍沉默了片刻没有说话，那段时间也是他刚去美国最艰难的时光，他紧紧抱了苏南一下，对她说："别担心，我来跟爱米联络，你别看这些了。"

他们没有出去吃饭，直接开车回了家，苏南叫了寿司刺身外卖，她其实没想过自己会这么心平气和，当年她看到这些帖子的时候暴跳如雷，恨不得揪出这个人，把他拎到阳光底下晒晒太阳。

夏衍在客厅里打电话，他打给了夏南鹏，让夏南鹏给他推荐一位律师。

儿子的声音一听就很严肃，夏南鹏知道今天儿子要带着女朋友去跟前妻吃饭，父子俩聊完了正事，他问："跟你妈聊得怎么样？"

夏衍把他对顾女士说的话，跟夏南鹏也说了一遍。夏南鹏在听见儿子说自己有严重性格缺陷的时候，沉着脸不乐意，可当他听见儿子说前妻被性格缺陷操纵的时候，他一下子就乐了。

然后又听儿子夸奖他比他前妻的事业成功，夏南鹏本来不准备多问的，儿子有能力解决问题，他只需要提供一些微小助力就行，在听了这番夸奖之后，他问："有什么要爸爸帮忙的吗？"

夏衍很不客气地答应了，他想快速解决这件事。

夏南鹏挂了电话，翻了半天朋友圈，转发了一篇文章，标题是这样的"人只有克制自己的性格缺陷才能走向成功"。

苏南往酱油碟里倒了酱油，一只只打开食品盒，焦糖鹅肝寿司还是烫的，她听见夏衍打电话给律师了，简单地描述了一下事情的经过，他把这归为长达八年的污蔑诽谤，除了要告始作俑者之外，他还要告校方不作为。

苏南咬着筷子，看着夏衍在窗边踱来踱去，他脱掉了外套，衬衣袖子卷到手肘，领口微微敞开。他语速很快，目标很明晰，偶尔看她一眼，眉眼含着笑意，明明神态慵懒，但让她觉得锐利。

夏衍终于挂了电话，他说："事务所接手了这个案子，他们已经在打印帖子的内容，搜集各方面的证据，去公证处公证。我和爱米已经联系过了，他们会先清除微博上的相关留言，我们把那个人揪出来。"

他目光松软，神态安闲，好像所有的事已经解决，给苏南夹了一片三文鱼腩："饿吗？吃饭吧。"

苏南没有动，她看着他，眼泪凝在睫毛上："我有没有说过，我爱你。"

苏南不知道这一天是不是她这段时间过得最糟糕的一天，男朋友的妈妈明确不喜欢她，以为已经过去的校园网络暴力又一次卷土重来，对她的伤害比以前要更大。

她只知道此刻是她人生中最快乐的时刻，是闪闪发光的值得她回忆的片段之一，她永远会牢牢记得现在心中涌动的感情——感动、幸福、缱绻和勇气。

夏衍怔住了，他喉咙微哽，一时说不出话来，只是伸手抚上苏南的面颊，拇指指腹最柔软的地方摩挲着她的耳郭。

苏南这样热烈表白的时候并不多，他们俩都一样，很少说我爱你，明明是一对少年恋人，在爱意的表达上却宛如一对中年夫妻，他们更多的是做，不是说。

但她今天说了，她仰着脸，面貌晶莹，乌浓的眼睛专注地盯住他，瞳中就只有他，用毫不掩饰的感情和语气，说出她爱他。

夏衍不知如何回应，才能让她知道自己此刻的心情，他深吻她、索取她、给予她，他也这么做了。

苏南以为他会说"我也是"，两人接个吻就可以继续吃饭了，她现在挺饿的，可夏衍一言不发把她抱了起来。半托半抱着把她放在床上，好像是想做，又好像不是，他比任何时刻都更沉得住气，吻她眉毛的时候，手指刮着她的下巴。

苏南眯起眼睛，濡湿的吻从鼻尖到嘴唇，和舌头小小勾缠，又滑到颈间，他每吻一下，都从喉咙里发出喟叹似的低吟："我爱你。"

苏南一路都没有哭的，她很勇敢地忍住了，决定接受一切，直面一切。可她在一声声"我爱你"里抽泣起来，细细的，胸脯一颤一颤，哭起来娇滴滴的。

眼泪还未滑出眼眶，就被细吻吮去了，夏衍没有像平时那样高效地带动她的身体，他缓慢挑动她，指尖和嘴唇在她身上燃起一簇簇火星。

这样细致的爱抚让她蜷起脚指头，两人这次额头抵着额头，望着对方的眼睛，让目光诉说爱意。

接下来几天他们都待在一起，夏衍递交了辞呈，之后会去红丰在上海的办事处，他给自己放了几天假。

两个人窝在房里哪儿也不去，裹着毯子坐在沙发前看老电影，吃比萨，吃蛋糕，吃炸鸡。苏南也给自己放假，原来不碰的东西，她都解禁了，薯条和大杯可乐真的能让人心情愉悦。

偶尔还会说一说分开那段时间两人的生活是什么样的，夏衍还问她："你想去美国看看吗？我读书的学校，我住的地方。"

苏南说好，她还想去见一见妈妈，她终于有足够勇敢，可以联系她妈妈了。

夏衍不当着苏南的面和顾女士打电话，苏南知道顾女士一直不停地尝试联系儿子，可夏衍不理会她，他对苏南说："她既不尊重你，也不尊重我。"

他以为他妈妈这毛病已经改好了，他已经成熟了，并以事业上的成绩换来父亲对他的尊重，可他妈妈还是没变，把他当孩子看待。

顾姿君还尝试联系苏南，苏南的电话很好找，她在许多地方留下过工作电话。顾姿君很快联系了苏南，她这回放软了口吻，对苏南说："你太敏感了，阿衍也是，我的意思是要解决一下这个问题。"

夏衍对苏南伸出手，让她把电话交给他，可苏南没有，她对顾姿君说："谢谢阿姨的好意，这件事我们自己会解决的。"

话说得很客气，既没有借机宣泄因为受到的冷遇而产生的负面情绪，也没有就学校论坛上的帖子做什么解释。

顾姿君顿了一下，她的笑声通过电波传过来："之前那顿饭是我准备得不充分，这次我想在家里邀请你们，你问问阿衍，什么时候有空，商量一下定个日子告诉我。"

苏南拒绝了顾姿君，就当着夏衍的面，礼貌挂断电话，她把头靠在夏衍身上，继续看电影。电影里正演到男女主角深情相拥，夏衍低下头，吻了她一下，表扬她："你做得很好。"

爱米理清了这件事的来龙去脉，编辑了一条长微博，让苏南发在自己的微博上，简洁明了、图文并茂，说明这件事的起因经过，和事隔多年之后原因不明地沉渣泛起。

除此之外还附上一则简短声明，说她当时年轻，没有能力也没有精力来追究这些人、这些事，但幸运的是她现在有能力这样做了，她会用法律做武器，包括转发带节奏的营销号们，她每一个都不会放过。

柏雪工作室的一部分营销号也趁机给苏南炒一波热度，在第一时间就转发了她的那条声明。

爱米直白地对苏南说："续约咱们要加钱。"本来以为她一个小网红，大红之前不需要特别的公关，谁知道签约没两天就搞出了大事。

律所动作很快，自从网络发达之后，这样的事屡见不鲜，名人们还能通过法律手段维护自己的权益，但普通人很少会去这么做，维权的成本太高，得到的结果往往只是一点经济赔偿，投入的精力根本得不到回报。

苏南这件事，可以成为很好的切入点，他们想做一个漂亮的案例。

学校很快接到了律师函，不得不提供发帖人的信息，以为躲在网络后就能无所顾忌地展现人性阴暗面的那些人，一个个被揪了出来。

都是些苏南没想到的人，她努力回想也想不起来什么时候跟这些人有过交集，而她的那些所谓黑料，都是出自这些人的手。

一个二十来人的小群，苏南是他们的话题之一，先是把她当作校园热点那样讨论，然后把道听途说的，经过加工编造放到群里当作谈资。

只要是关于苏南的话题每次都能在群里引起热潮，讨论明星，没有讨论身边人让他们觉得更刺激，没有人提出异议，所以整个群体形成了固定的思维模式。

嘲讽抹黑某个人成为他们交流的主体和巩固感情的方式，并且以为这个小群体才真的看破了苏南的真面目，他们比大众清醒得多，而他们还肩负着戳穿苏南光鲜外表下阴暗内心的重任。

一开始只是在论坛里说些似是而非的"罪证"，比如苏南为人太高调太傲慢，当了个平面模特就用鼻孔看人；比如苏南一开始参加了社团，工作一忙几乎不参加社团活动，她的请假理由被无限放大，说她请假时的口气特别婊，明明就是在炫耀。

这些黑料没什么水花，接着就臆想苏南在学校门口坐豪车一定是被包养了，还每回车子都不一样，也有人质问他们："就不许人家打个专车？"

但他们很快罗列出"证据"，她每次坐车回来，都要换个包。苏南爱美爱漂亮也成了攻击点，她偶尔发的一条朋友圈心情，更被揪着不放，各种解读都有。

这个小群体越是在网上收获到更多的关注，就越是兴奋，他们甚至不认为自己是在黑苏南，自以为说的一切都是真的。

他们还会去接触和苏南有过争执的人，比如那些摆花摆蜡烛追求她，但是被沈星泼了凉水的男生，好像能切身感受到他们追求不得的痛苦，加倍黑苏南，也不管这人是不是第二个星期就交了女朋友。

苏南不懂为什么会这样，她庆幸自己当时被房贷压着，没有多余的时间去关注这些，她疑惑地问夏衍："这些人是疯了吗？"

夏衍给自己倒了杯咖啡："不是疯了，只是个体思想被群体思想取代，形成窄小的社交圈子。十几个人张嘴说着一样的话，既不能独立思考也已经丧失个性，情绪化、无异议、低智商，有趣的是通常他们还会认为小群体的智商在大群体之上。"

苏南说不出话来，眨巴着眼睛看夏衍，觉得他简直太厉害了。

夏衍笑了："这不是我说的，这是一个心理学家说的。"

年轻的时候这种看法做法还能称之为幼稚，上了年纪之后，这种做法看法只能称之为刻薄恶毒。

夏衍还有一件事没有马上告诉苏南，这件事当年确实是个无聊小团体做的，他们也没想到会掀起论坛热潮，但这几天的卷土重来，并不是因为苏南在微博上成了网红，而是有人故意为之。

有个所谓的网红扒皮营销号找到了这其中领头的人，肯出钱买苏南这些黑料，并且希望能微博论坛两边联动，再发起一次网红校花扒皮全记录。

这个领头人大学毕业后成了家庭妇女，嫁的还是当年追求过苏南的男同学，生活过得没滋没味，苏南却越来越漂亮了，不仅漂亮了，还找了个富有的男朋友，人生和她天差地别。

于是她再一次回到了校园论坛，汇总那些帖子，眼看自己那些帖子有十几页的留言，上万点击量，内心的满足感，比拿到那笔钱还让她高兴。

至于那个挑头的网红扒皮营销号也已经被找了出来，是个团队，真的接到律师函就又交代了上家，是个人找到他们，愿意给钱来黑苏南这个小网红。

这个人也已经找到了，就是沈黛。

网红校花遭受多年网络暴力的事，悄然上了热搜。

各大营销号转发了苏南微博里那条整理帖，校花和网红，这两个

词所代表的光鲜亮丽，和网络暴力所代表的阴暗形成了巨大的反差，夺人眼球，是个非常有热点，也非常能引发人们围观讨论的事件。

苏南一夕之间又涨粉无数，她的微博只到声明的那一条为止，不再发布新内容，说要全身心投入解决这件事。她声明说，她已经足够坚强，不再怕那些潜伏在黑暗中准备伤害她的人，她要让他们曝于阳光下。

有支持她的，认为这些人心理阴暗，对一个其实自己完全不了解的人做过分的解读，并在网络上传播，持续伤害。

当然也有"苍蝇不叮无缝蛋"理论的支持者，认为网红能有多干净，看她以前的对比照片一定是整过容的，那些照片也不是空穴来风，不过是苏南现在出名了，有钱了，所以惹不起了，法律是有钱人的武器，要不然她以前怎么不澄清呢？

还有吃瓜看戏的，想引起群体反思的，还有想看看法律是怎么判决的。

其中还有知情人士不断在爆料，爆料苏南确实被包养，说"我们学校都知道"，一经深扒，网友们发现这人和苏南是同一个大学不同年级不同校区的。

……

校区都不同，你知道什么？

这人的微博马上就被留言刷得改了用户名，还不断有人找到他，问他到底是从哪里知道的，既然知道，就拿点证据出来。

终于有个新注册的微博小号脱颖而出，微博名叫"迟来的道歉"，自称是曾经二十一人的小团体中的一员，当年冲昏了头脑，也说过许多黑苏南的话，那些上传在网上的聊天记录截图，有一些被她认领了。

然后她说，脱离这个群体一段时间之后，再次聚会发现大家依旧在讨论苏南，津津有味地嚼着过去的一点沉渣。她像个旁观者那样看着他们，开始反思这件事，发现当年的事大家都像她一样，是听来的，或者想象出来的，根本就没有证据。

她在苏南的微博底下留言，说这么多年欠苏南一个道歉，她一直都心怀愧疚，特别是知道苏南大学几年的学费生活费都是自己挣的钱，她就更抱歉了。她并不指望苏南能够原谅她，但她希望能说一点话，做一些事。

她的微博里放出了一个星期前的聊天记录，是那位收了钱的领头人找到她，问她还记不记得苏南当年的黑料，在她回绝之后，还示意可以给她钱。

这个微博成了新证据，那些原来吃瓜的，都问这人怎么这么闲，处心积虑地想要抹黑一个她根本就没有正式认识过的同学。

"迟来的道歉"说了，这二十一个人，和苏南最深的交集就是其中有一个跟她是同一个社团的，余下的就是一起上过大课的，一起在食堂吃过饭的。

仅此而已。

仅此而已，就能让他们像吸血虫那样盯着苏南，坚持不懈地黑她这么多年，这群人可以当一个心理学研究的经典案例了。

这件事在网上持续发酵，苏南的粉丝和围观群众纷纷跑到苏南微博底下留言。

其中还有些重点不同的粉丝留言"好的，我们知道苏苏确实念的是正经大学，不是野鸡大学网红""原来苏苏在学校里就已经这么优秀，还自强不息"……

还有些去学校官博下打卡的，第一条校园新风尚的微博下面，全是一片打卡声——

"嘀，网络暴力第一名校观光。"

"嘀，吃瓜卡。"

还有人讨论起了学校坐上被告席会怎么判定，依旧觉得这是学生自主自发的事，与学校无关吗？

苏南的粉丝们还结成了小团体，给自己取名叫"护苏宝"。

苏南偷偷刷微博，看到这个名字的时候皱起眉头，她们就不能起个好听点的名字吗，为什么要起这种女性生理卫生用品谐音的名字？

接着苏南的高中同学也纷纷出现了，说苏南在高中的时候因为和学霸校草的事情被同学嫉妒，在校报上写影射她的文章。

然后有好事者放上了一张苏南和夏衍的照片，就是校报上那一张，苏南和夏衍走在校园里，两人穿着蓝白校服。

更有人说他们现在还在一起，恋爱长跑，马上就要开花结果了。

校报的印刷质量不错，翻拍得也很清晰，这张照片被疯转，纷纷感叹这才是校园毕业后恋情应该有的样子，简直可以当校园青春片的电影海报了。

这件事幕后当然有推手，柏雪工作室养活的一批水军营销号起了一个推广作用，但对这件事的热议，也是之前爱米没有想到的。

甚至连那个"迟来的道歉"，也并不是本人在操作。律师在学校提供的那些名单中，快速找到了当年发帖最多、语言最耸动的几个人，锁定了目标，然后分解他们，明白告诉他们，这种事可大可小，于是其中一个就提供了聊天记录。

这明明是发生在苏南身上的事，可她也变成了一个看客，眼睁睁看着热搜往上爬，还有法制栏目、短视频平台和各个新闻媒体要采访她。

苏南一一拒绝了，只说在有了结果之后，会在微博上发布消息。

唐栗看到苏南微博上发的那条声明之后马上打电话给她，本来想要安慰她的，一听苏南语气冷静，并不把这当多大的事之后，唐栗又兴高采烈地邀请她去参加柏雪的粉丝见面会。

苏南这两天被夏衍管束起来，不许她出门，也不许她多上网，他下载了各种电影电视剧，还在家里的墙上装了幕布，如果她愿意还可以看一看书。

苏南问爱米的意见，问她这两天是不是应该避避风头先不出门？爱米在那头吃工作午餐，她很诚实地告诉苏南，这件事并不是他们团队处理的头等大事，工作室旗下艺人被拍到与有妇之夫的导演同上了一栋楼才是要紧事。

爱米嚼着鸡肉面对苏南说："你该吃吃该喝喝，该出门就出门，你没那么红，紧张什么。"

苏南觉得她说得很有道理，这件事也就是在微博上红火。

苏南不准备出门，她关掉了微博，像扔烫手山芋那样扔掉了手机，坐在沙发上抱着膝盖问夏衍："怎么会这样？"

这个发展是她没想到的，夏衍在电脑前与律师联系，那二十一个人中主要的三个人都已经收到了律师函。

两女一男，除了其中一人是家庭主妇之外，其余两个都有工作，赚着普通的薪水，五六千块度日。

律师函发到他们公司和家中，接到律师函的三个人，有工作的两个先表达出了愿意和解的意思，反而是那个家庭主妇，觉得她说的一切都是真的，既然是真的，就不存在诽谤，凭什么告她？

她反而上微博去骂苏南不要脸，自己做的事不敢承认，还要反咬一口。

她在网上收获了一批赞同她的人，也有一批和她掐起来要证据的人，更多的是把她当作精神病，围观她疯狂地一次又一次贴出论坛里那些她说过无数次的话。

苏南觉得她可能是真的有病，经过长年累月记忆加工，她把她认为的都当作是真的了。

已经在走法律流程，她还这么嚣张，律师想打成诽谤罪，而不是侵害名誉，前者量刑更重。

夏衍简单说明了状况，坐到苏南身边，他有话要告诉苏南，这些事都是因他而起的，他想了一会儿，先道歉："对不起。"

连他都被沈黛的表面所欺骗，以为她起码还是个聪明人，没想到手段既愚蠢又卑鄙。

这件事已经透风给了沈华东，沈黛也已经接到了律师函，天下没有不透风的墙，现在圈子里人人都知道她干的事了。

这个圈子经济犯罪常见，像这种事说出来简直可笑。

苏南听见夏衍道歉，问他："为你妈妈，还是为沈黛？"

夏衍抚着她的背："两者都有。"

苏南冲着他："你不用道歉，不用为了她们俩道歉。"

顾姿君这个人，苏南不评价，但她知道沈黛这回确实是冲着她来的，并没有多少因为夏衍的关系。苏南最后一次见沈黛，沈黛的目光并没有过多地放在夏衍身上，她一直都看着苏南。

苏南才是她的报复对象，报复对她的轻视、对她的打击、对她的不尊重以及比她过得好。

夏衍笑了，有点淡淡的骄傲，谁能想到他最任性的宝宝，也会有这样的成长，他正要给苏南一个奖励的吻，被电话打断了。

是爱米打来的电话，她问苏南："你有没有兴趣把你的故事卖掉，拍部电影？"

苏南："你不是说我没有这么火吗？"

爱米说："是，但你的故事可以火，怎么样？"

苏南暗暗激动地问爱米："会让柏雪来演我吗？"

爱米继续诚实地告诉她："你醒醒，柏雪接片要么冲奖项要么冲票房，工作室想买你这个故事立项，抓紧社会热点，捧一捧新人。"

苏南打算考虑一下。

手机铃声响起，夏衍接通电话，是沈华东打来的，他张嘴用的是长辈的口吻："小夏，这件事情就不要做得这么绝了吧。"

夏衍说："如果沈总是这种态度就不必谈了。"

沈华东说："你知道这案子要判也不过是赔点钱，我们完全可以私了。"

夏衍笑了："我们不私了。"

　　苏南本来坐在地板上，跷着一双长腿和爱米发微信，爱米直接给她报了价，还告诉她说，可以把她的名字放在编剧那一栏。

　　价钱并不高，但苏南很心动，她没想过自己的经历有一天能被拍成电影，还想跟夏衍商量商量，一扭头听见夏衍在跟沈华东打电话。

　　苏南跳上沙发，坐到夏衍身边去，一只耳朵贴在他的手机边上，屏住呼吸，她倒想听听沈华东要说些什么。

　　夏衍就在她耳边轻笑，换一只手拿手机，靠近她的这只手抚着她的腰和背，揉揉她的长发，还是那种慵懒的声音："我们不私了。"

　　苏南被戳中了，她觉得自己的男朋友无敌帅气，简直越看越喜欢，凑上去亲了他一口。

　　夏衍对她做了个口型"别闹"，苏南乖乖跪坐着，竖起耳朵去听沈华东说话，夏衍看她这么辛苦，干脆开了免提。

　　沈华东在电话那头，依旧还是一副长辈口吻："小夏，你还年轻，什么事情都是有得谈的。"

　　他知道夏衍不缺钱，苏南飞上枝头成了金凤凰，她也不会缺钱，可天底下什么事都有个价钱，只要有价钱，就能谈条件。

　　沈黛做这件事，沈华东是不知道的，要是知道绝不会允许她这么做，他也不明白一向很聪明的外甥女为什么要干这么蠢的事？

　　律师函发到了金策，现在公司上上下下都知道了，这件事让沈华东很丢面子。

　　沈华东确实是公司的董事，可董事会不止他一个董事，他们既是合作关系也是竞争关系，沈华东刚刚才在年会上把外甥女提起来夸了又夸，没想到她转身就闯出这种祸，别人何止是拿她当笑料，是拿他沈华东当笑料。

苏南翻了个白眼，夏衍忍住笑，他认可了沈华东说的话："是，什么事情都有得谈，我的条件会让律师来谈。"

他们讨论过了，要打诽谤罪是很难的，沈黛没有参与编造那些黑料，但侵犯名誉是逃不掉的，可这量刑很轻，罚款对沈家来说又是九牛一毛。

于是夏衍提出要求，沈黛除了要向苏南当面道歉之外，还要在报纸微博上实名向苏南道歉。

这个条件恰恰是沈华东不能接受的，他压抑着火气处理这件事，想把影响压到最低，可谁知道夏衍竟然这么油盐不进。

"那就是没得谈了？"

"是。"

沈华东缓缓神，他已经很多年没有跟个毛头小子用这种语气说话了，就算夏衍是夏南鹏的儿子也一样。

他心中怒意勃发，但语气依旧温和，劝说道："小夏，做人留一线，日后好见面。退一万步我和你爸爸也是朋友邻居，有些事见好就收，不要闹得太难看了。"

夏衍听沈华东说完，他语气不变："沈小姐已经成年了，成年人就该为自己的所作所为承担责任。沈总和她不过是亲戚，又何必把什么事都揽在自己身上呢？"

沈黛从小是在舅舅身边长大的，在美国时人人都以为她是白富美，富豪千金，可她在沈华东心中其实并没有女儿的分量，以夏衍对沈华东的了解，他会抛开沈黛，不再管她。

夏衍说完就挂断了电话。

苏南张开双手抱住他："我的男人简直太帅了。"

夏衍从鼻子里哼哼出一声，他十分受用"我的男人"这四个字，拍拍苏南的屁股，低头吻了她一下，问她："吃什么？"

苏南抖着脚想了一下："双重芝士比萨！"今天值得庆祝一下。

让沈黛道歉是他们俩商量的结果，苏南不需要钱，她的账户上已经足够富有了，比起钱她更想要沈黛道歉。

因为要她道歉比让她赔钱更让她难受，这就是苏南想要的。

苏南问："那她是不是在金策也待不下去了？"

夏衍扔掉手机，搂住她的腰："这个我不关心。"

沈华东知道夏衍是绝不肯卖这个面子了，他挂断电话，一腔火气无处可发，看见妻子下楼，正要冲她发火，就听见妻子冷淡说道："夏太太昨天来过了。"

沈华东的脾气收了起来："夏家怎么说？"

沈太太冷笑一声："还能怎么说？那边那个是板上钉钉夏家人，大家一样争口气，我都没脸跟她提赔偿的事。"

江暮云带着果篮上门来看沈太太，沈太太被气得不轻，当着江暮云的面就说："小时候看着是个省心的，女孩子一大心思就多。"

她从来都说丈夫这个外甥女不是盏省油的灯，幸亏当年把儿子送去英国，还拉着江暮云吐苦水："我又管不了她，她自己的主意很大，从来也不听我的，年轻人栽个跟头吃点亏，是好事。"

她摆明了不管这件事，还告诉江暮云自己身体不好，要去英国休养："在家里总是不清闲，我已经订好机票了，到儿子身边住一段时间，英国乡下的小别墅，风景很不错。"抱着看戏的心态跟江暮云打听，"这事儿你们家那个怎么说？"

夏南鹏还能怎么说，他一心想把儿子拉回身边，想尽花样拍儿子的马屁，就差问一声拍得舒服不舒服了。

知道儿子这回是真的动气，连带前妻也成了炮灰，夏南鹏高兴得不得了，恨不得替他儿子扛枪，还让江暮云把隔壁的房子再装饰一下："阿衍以后肯定是回来住。"

可这些江暮云不会告诉沈太太，她笑一笑："咱们打开天窗说亮话，儿媳妇可是自家人，外甥女说到底也是外头人，何必为个外人费这些心思，还要替她打点官司，出赔偿金呢。"

沈太太被她点透了，对着丈夫冷嘲热讽："我就说了你这个外甥女心太大，闯了祸还得你给她收拾烂摊子，她在公司待不下去，还能去哪儿？不如就顺了夏家的意思，登报道歉最省事，署的是她的名字，又不是你沈华东的。"

和夏衍的意思差不多，沈华东沉默了一会儿，沈太太继续添油加醋："再说了，你打算给夏家多少钱？三五十万开出口，那边当是听笑话，你还准备替她花五百万一千万？"她叹口气继续煽风点火，"现在这件事还有谁不知道，说她想当夏家的儿媳妇想疯了，原来说愿意跟她相亲的还看得上她？你就当是买了只跌停股，割肉算了。"

这句话说中了沈华东的心思，之前付出的已经不可能有回报了，及时止损，就此决定撒手不管，法院怎么判就怎么来。

他沉默了一会儿："你什么时候去看儿子，咱们一起去。"

沈黛打不通舅舅的电话，急急忙忙从上海飞回北京，发现沈家只留下保姆和司机，连舅妈养的狗都被带走了。

保姆告诉她："太太先生去英国度假，昨天刚走的。"

沈黛一点都不知道，她终于开始慌张了，一遍一遍不停联系舅舅，最后打了表哥的电话，低声请求和舅舅通个电话。

沈华东接过电话，劝她："小黛，你也长这么大了，自己做的事情要自己解决，对方的要求是道歉，也并没有为难你的意思。"

沈黛握着电话，她想对沈华东说这就是为难，让她去给那个女人道歉？夏衍是聋子瞎子才会相信她的话……

可这些话她没能说出口，就听见一向很疼爱她的舅舅说："以后你的事，舅舅管不了了，你自己看着办吧。"

短短几天，当时其中两个被告纷纷找到苏南，跟她道歉，说自己是年少无知，因为受人挑唆，把编造的事当成真的传播，对苏南感到十分抱歉，希望能够与她达成和解。

只有那个微博名叫"揭露网红校花真相"的家庭妇女还继续在网上散播黑料，账号被封之后又用家人的手机注册了新号，于是成功地把家人也拖下了水。

到这时候她才后悔了，丈夫知道了事情真相，他是当年苏南众多追求者中的一个，直到今天他才知道当时校园论坛上那些黑帖黑料都是自己的妻子发布的。

不仅如此，妻子还收了钱持续抹黑苏南，他的第一反应是找律师，孩子还很小，不能没有妈妈，等咨询过后知道此类案件赔偿金额不大，但妻子可能会面临最高三年的刑期。

对方已经非常明确了，不要赔偿，要她坐牢。

孩子将要入读的幼儿园的面试被拒了，园方挑选家长，认为有这样家长的孩子，不适合入读，连他的公司都被扒了出来，同事们对他指指点点，觉得他娶了一个神经病当老婆。

于是他提出了离婚。

这下那个女人崩溃了，她依旧不觉得自己是编造了黑料，她还认为她说的一切都是真的，她终于肯道歉认错，可那些微博已经成了新的证据。

沈黛终于打了电话给苏南，沈黛在那头很久很久都没有说话，苏南舒舒服服躺在床上，两个人比耐心，终于是苏南先开口，她说："说话，不然挂了。"

沈黛的声音听上去像有根鱼刺卡在喉咙里，她不解释自己为什么这么干，她现在已经想不起来了，没想到要付出这么惨重的代价。

她不打算留在国内，出国去，也许继续读书，但沈家已经不会给她任何经济支持了，她深呼吸一下："对不起。"

苏南坐直了身子，像是直面沈黛那样说道："我差一点就以为你真像你表现出来的那样。"

沈黛没有说话，也没有挂断，苏南知道她在听，继续说："我面对你的时候，一直都很自卑，我没有你的出身，我没有你的学历，我是比你美，可我知道容颜会衰老。"

苏南说的，也正是沈黛优越感的来源，她不知道苏南要表达什么，宣告胜利？

苏南没有，她说："后来我知道了，我根本不用跟你比，反正他也看不见你，你就根本没有资格跟我比。"

苏南还没说完，她不管沈黛是不是气得在对面翻白眼，继续往下说："你根本就不知道你自己差在什么地方，你的修养都是装出来的，他最厌恶的就是虚伪的人，你有什么地方是真实的吗？"

真正有修养的人，不会盯着别人的男朋友。

沈黛早知道要受羞辱的，苏南那么大一笔钱都不要了，就要她的公开道歉，不就是存心想要羞辱她吗？

沈黛已经做好了准备，她在打电话的时候按下了录音键，防止苏南说没有收到她的道歉，再一次羞辱她。如果这样，她就放出手里的录音，让这位新晋反网络暴力的网红再火一把。

可沈黛没想到她会说这番话，在苏南说差点以为她像她表现出来的那样时，沈黛很想嗤笑一声，她懂什么。

但她忍住了，通话还在继续，她甚至希望苏南能说出更恶劣更难听的话来，大众把苏南当作无辜受害者，如果能有这么一段录音，正好让大家听一听，所谓的无辜者是什么嘴脸。

可苏南一个脏字也没说，不仅没说苏南还大方承认羡慕她的家世学历，因为这些在她面前感到自卑。

朝思暮你

沈黛觉得可笑，整件事都充满了荒诞，明明她才应该是被嫉妒羡慕的那一个。可沈黛在心底确实也妒忌苏南，妒忌她的笑容，她的风华，她走到哪里都吸引人的目光，连姜承航这样的男人都会被她吸引。

在遇到夏衍之前，沈黛从未失败过，踢到了铁板，接着又遇到苏南，连番挫败让她急于报复。苏南的存在就像是撕掉了她好不容易裹在身上的皮，露出对这个世界的真实看法和真实感情。

苏南不在乎沈黛怎么想，她很痛快，她面对了自己，而且她还是赢家。

挂断电话之前，苏南补充一句："这个电话我录音了。"

沈黛这才知道，原来苏南的无脑、矫情、傻白甜都是装出来的。

苏南爽快地扔掉电话，她痛快地在床上翻了一个身，把腿搭在夏衍的肚子上，没错，夏衍一直都躺在她身边，一边看书一边听她打电话。

他夹上书签，低头看她："我们宝宝还学会电话录音了。"

苏南吐吐舌头，那是假的，苏南临时才想到的，为了以防万一所以骗了沈黛，诈一诈她，让她不敢再做什么小动作。

夏衍把书放到床头柜上，苏南很了解他，就像他了解苏南一样，他最讨厌的就是虚伪的人，带着目的而来，不管脸上糊多少层蜜糖，都让他厌恶。

苏南确实倔强、任性、骄傲、过度保护自己，但她也天真、纯粹、单纯，她将所有的喜怒哀乐都写在脸上，绝不屑于假装。如果只能看见她皮相的美好，那是完全不懂她。

对他来说，苏南是世间仅有的珍宝。

夏衍不必克制他嘴角的笑意，伸手关掉大灯，只留下一盏床头阅读灯。这个春天他特别躁动，她一个眼神、一点声音都能撩动他的欲火，吐舌头也一样。

苏南一眼就知道他要干什么了，她掀开被子躲进去，想从床头逃到床尾，还是被夏衍抓住。

床应声摇动起来，夹在床头的阅读灯掉在地上，整个房间陷入了令人沉醉的黑暗。

沈黛当面道歉过，还要登报道歉，对方律师指名要在三家有一定影响力的报纸上发表道歉声明，并连续刊登一个星期。

沈黛照做了，那则短短的道歉声明，虽然登在报纸的边角，可依旧刮掉了她最后一点自尊，从始至终她都再没有主动联络过夏衍。

她给自己留了最后一点脸面，沈华东还没从英国回来，沈黛就递了辞职信，然后悄无声息准备回美国去。

沈家不会再给她提供经济支持，沈华东还收回了她的信用卡，沈黛不能再住大房子，在找到工作之前，只能租住在公寓里。

互联网让世界的距离缩得这么小，沈黛还没回美国，留在当地的同学就已经来跟夏衍打听事情的始末。

他们也一样刷微博，这件事闹得这么大，沈黛几乎是灰溜溜夹着尾巴逃去美国的，原来的圈子里人人都知道了。

就连夏衍的室友迈克都听说了，迈克和沈黛算是熟悉，沈黛曾经很多次向迈克打听夏衍和他女朋友的感情生活，人人都知道她对夏衍有意思，只是没想到她会干犯法的事。

她在美国受了几年教育，应当知道这件事的后果很严重，这甚至还会影响到她在美国求职。

还有沈黛以前的同学去几个营销号投稿爆料，说网红校花扒皮事的幕后黑手可不是第一次干这种事了。

这个瓜一层接着一层，吃个没完，苏南累了。

她已经得到了想要的结果，不再关注这件事，只希望能风平浪静，因为连老苏都从姑姑家的女儿那里听到了消息，打电话来问苏南是不是惹上官司了。

苏南不想让老苏替她担心，老苏一辈子少跟人有口角，更别说是官司了，苏南大学里的事，他一点都不知道。

但这件事给苏南带来的利益是巨大的，她的微博粉丝量暴涨，爱米还替她拿到了一张微博红人卡，她马上就能出席微博红人夜，位置还很靠前。

爱米联系苏南，希望她能去一趟北京，工作室通过了爱米的提案，要拍这部关于女性长年遭受网络暴力的电影。

爱米继续诚实地问她："你有抑郁症吗？"

苏南："哈？"

苏南没有，是因为她很幸运地在当时没有空闲过多关注这件事，她除了要上课，还要打工养活自己，供房子还贷款。如果她也像那些论坛造谣者这么闲，可能真的会生病。

"你知道编剧希望能够再多添加一些引人关注的热点。"不管苏

222

南有没有，反正故事里的女主角有了，片头还会打上"本片由真实事件改编"的字样。

爱米简单地说了一下这个故事，经过改编，受到网络暴力的不是网红，而是个小明星，加入时下流行的浪漫爱情喜剧元素，编剧团队已经建立好了："这部电影成本不会太高，但我们工作室的电视剧和电影还是有质量保证的。"

爱米喜欢苏南直来直去的性格，告诉她说："这个项目是我拉起来的，价钱好谈，你愿意不愿意出演这部电影？"

"你的意思是说，我可以在我的电影里演我自己？"

这是一个很不错的噱头，低成本电影，场景相对简单，拍摄周期很短，踩着热点上映，到时候再炒作一波，苏南就算是一只脚踏进了娱乐圈。

苏南想了想，她拒绝了："我希望这是一件严肃的事，而如果由我去拍这部电影的话，就会变成了娱乐新闻，我不希望这样。"

爱米没再多问，她说："你什么时候回北京，我们去吃小龙虾喝啤酒，以后就是朋友。"

苏南这才知道爱米原来是柏雪复出之后的助理，一直跟着柏雪从谷底又回到顶峰，她在柏雪身边那几年，眼睁睁看着柏雪是如何受到网络暴力的，直到现在也没有停止，可能永远都不会停止。

爱米本来提议柏雪拍一部自传式的电影，记录她的工作生活，柏雪拒绝了，她还没有强大到可以用镜头解析自己。

这次替苏南公关，爱米就萌生了要拍这样一部电影的想法，既然苏南不愿意自己演，正好捧工作室的新人。

机会是源源不断的，爱米还问她愿不愿意接商演，比如拍一拍柏雪工作室的 MV 和微电影，报酬丰厚，时间是一个星期，苏南答应了。

她要去北京出差了，这还是她和夏衍重归于好之后，两人第一次分离那么久。

苏南拖着她和夏衍同款的玫瑰金小箱子，给他一个吻："我出去工作了，你自己在家要乖乖的。"

夏衍语塞。

苏南一下飞机就拖着箱子跟爱米去吃小龙虾了，爱米拍着苏南的肩："答应你的，请你吃小龙虾。"

她们要了个小包间，爱米显然是常客，她一坐下就问苏南："你吃得多吗？"

苏南点头，女人的胃能不能装，得看吃的是什么，吃草她两口就饱了，吃小龙虾的时候她仿佛有两个胃。

爱米要了两种口味，十三香和麻辣的，一盘四十只，每只保证二十克，还能让店员把虾壳给剥了，虾头和肉摆在盘子里，视觉效果非常壮观。

苏南连拍好几张，那件事之后她还没有发过微博，修图之后发了一张小龙虾的照片，她想了半天抬头问爱米："我要是发生活很美好，是不是特矫情？"

爱米两只手一张嘴都没空，她点点头，咽下虾肉说："请继续维持你矫情中略带真实的人设。"

OK，苏南了解，她发了出去。

苏南一边吃虾，一边刷留言，嚼虾肉的工夫就涌进无数留言，很多人都在鼓励她，另一半在关注小龙虾，发流口水的表情包，还有问苏南在哪家店吃的。

这次的事件，有一群人在围观，他们一直等到道歉声明和判决，纷纷拍手叫好，还在苏南的微博底下刷起一句流行语——正义可能会迟到，但永远不会缺席。

苏南当时看到这句话，想一想对夏衍说："要不是沈黛，我可能真的不会去追究这件事了。"她已经忘记了，生活推着她一天一天往前走。

天上不会掉馅饼，也不会平白就还她公道，是她终于有能力替自己去讨公道，要不然那些人还是过着自己的日子，根本不会想自己当年做了什么事，又可能会对一个人产生多大的影响。

夏衍这些天一直都陪在苏南身边，竖起壁垒保护她，不让她去接触这些，他们看电影、聊天、打游戏，他想尽办法把苏南的时间填得满满的。

苏南其实已经不在乎了，她以前没时间在乎，那些人也不过在网上说一说，真的在她面前，屁都不敢放。苏南看上去就牙尖嘴利不好惹，从没有人当面对她说什么难听话。

现在她就更不在乎了，她有房有车有钱，还有大把机会不断地工作，看看现实中这些人的生活状态，她更不想计较了。

当年有沈星出马，现在有夏衍，沈星因为这件事还小火了一把，

224

她当年在论坛舌战的截图被放到网上，沈三刀的招牌亮堂堂响当当。

爱米简单地跟苏南讨论了一下剧本，还把合同也带来了，苏南授权柏雪工作室拍这部电影，并且工作室有改编权。

"如果能引起更广泛的讨论就更好了。"爱米还希望苏南能跟编剧开个会，补充故事细节，这个剧本会拍得比较梦幻，比如拯救女主的是位霸道总裁。

苏南看了一下梗概，大部分还是符合的，她签了字，把合同和小龙虾的照片一起发给了夏衍。

夏衍正在开会，但快速回复她【开会中，宝宝多吃点。】

他进了红丰，第一件事就是把那幅油画挂在办公室里，新公司还有女职员认出了他就是网上疯转过一波的"最美初恋"，她们背地里暗暗讨论他。

夏衍经过她们身边，听见两三个词，他停下脚步，大方承认了，打开手机翻出照片给大家看："这是我女朋友。"

女职员们齐齐"哇"了一声，夏衍炫耀完毕，心满意足收起手机去倒咖啡了。

夏衍在夏南鹏的公司里做事，差点把顾姿君气死，夏南鹏时不时就要在朋友圈里戳她的痛脚，前两天他还发了一篇关于婆媳关系的公众号文章，这下他们所有共同的朋友，都知道顾姿君不喜欢未来儿媳妇了。

苏南刷到这条朋友圈的时候，举着手机问夏衍："这样真的没问题吗？"

夏衍没有再提出去见他妈妈，甚至连顾姿君的电话都不当着她的面接了，苏南很高兴夏衍维护她，但她不希望夏衍和他妈妈的关系因为自己弄得这么僵，她不想背负"坏女人"的骂名。

"没问题，等她学会尊重我的时候再说。"他原以为和他妈妈之间的矛盾可以调和了，没想到一时的和解让她变本加厉。

苏南不去干涉他的决定，但她没想到顾姿君会再一次主动联系她。苏南夹着小龙虾，看见手机屏幕时呛了一下，辣味呛进了喉咙里，喝了半杯梨汁才压下去，她匆匆忙忙脱掉手套，拿起手机走到包厢沙发前，接起电话："您好。"

顾姿君问她："有空吗？我们约个下午茶吧。"

苏南马上拒绝："我现在在北京出差。"

顾姿君笑了："我也是。"

苏南刚想用工作会议来搪塞她，顾姿君便说："我们第一次见面不太好，但我们不可能一直不见面。"

苏南想了想，同意了，小龙虾也吃不下了，她没有告诉夏衍，就像顾姿君说的那样，她们是不可能一直不见面的。

爱米以为又有什么事需要公关，问她："怎么了？别告诉我，我的团队又要加班。"

"我要见未来婆婆。"

爱米点点头："需要我们工作室服装顾问的意见吗？我和她私交不错，这次不收你钱。"

苏南低头看看自己，她现在大小是个红人了，出门还是很注意形象的，比如今天，她穿了一件深海蓝的长毛衣开衫，里面是小背心，下面是轻盈裙装，露出两条光腿。

毛衣开衫蓬松柔软，小背心又紧紧勾勒出身材曲线，点睛的是头上的深蓝色帽子，走的是随性优雅风。

见婆婆不太合适，但她不打算花精力换衣服了，她要让顾姿君知道，她已经不在乎穿什么见婆婆了。

爱米冲她竖起大拇指："你牛！"

她们调查过夏衍了，一开始是当作苏南的背景补充资料，之后才发现，苏南真的有个很了不得的男朋友，这个学历、经历和身家，足够让一众女明星垂涎，更别说他颜值还高。

苏南微微点头，笑得矜持："谢谢。"

顾姿君把下午茶约在五星级酒店里，她比苏南先到，一看见苏南就招呼苏南坐下："倒不是专程让你跑一趟，是这家酒店的红丝绒蛋糕很有名气，特意请你尝一尝。"

她的态度像两个极端，上一次是极端看不上苏南，这一次又这么周到客气，既然她客气了，那么苏南也以礼貌回敬她。

"喝什么？红茶还是咖啡？"

"红茶，谢谢。"

顾姿君上回没能好好看苏南，这回仔细看她，好像有些明白儿子为什么喜欢她了。苏南确实很美，明艳中还带着些娇媚，是男人很难抵挡的美貌，即使是她也要用欣赏的目光来看这个女孩的外貌。

酒店服务生很快将红茶和三层下午茶送上来，顾姿君喝了一口咖啡，示意苏南挑喜欢的吃。这个摆盘特别漂亮，苏南牢牢忍着不拍照片，挑了酒店最出名的蛋糕，吃了两口，等待顾姿君先说出她的意图。

顾姿君没想到苏南这么沉得住气，于是她先开口，问苏南的工作："你来北京出差，是忙什么工作？"

顾姿君的语气态度都很和蔼，甚至可以说得上是亲切。毕竟是夏衍的妈妈，她从夏衍的身上得到这么多爱，愿意回报一点礼貌给他妈妈，苏南放下小叉子："有一部公益微电影正在接洽，我还在看剧本。"

其实是个系列，有很多个小片段，三到五分钟的时长，拍的是一系列社会问题，柏雪会出演，这是没有报酬只为公益的电影，但投放量极大，所有的公交车、地铁都会滚动播放。

工作室谈妥了这个项目，用的都是自己的人，苏南因为有爱米的关系，顺利挤了进去，能够出演一小段。

顾姿君点了点头，她确实觉得苏南那些工作不上台面，卖弄姿色，但只要有个好听的名头，她可以接受。

"其实我早就知道你了。"顾姿君端起咖啡杯，比他们认为的要早得多，"你上学的时候，我就知道你了。"

苏南好奇看向她，顾姿君说："我比阿衍想的要关心他，他在学校里干了什么，我都知道。"

苏南脸红了，夏衍高中时的主要生活内容是和她一起。

高中时期，顾姿君对夏衍的关注比夏南鹏要多得多，顾姿君人在上海打拼事业，既不能靠前夫，又不能老是麻烦父亲，她了解夏衍的渠道就是年级主任——董主任。

她知道儿子旷课、打架，在董主任的嘴里，罪魁祸首是个叫苏南的女孩，苏南的名字几乎隔几天就要在顾姿君的耳朵里响一下。

她正处在打拼事业的关键期，一听见董主任说儿子又闯了祸，要被记过要被处分，下一句一定是因为苏南。

她对苏南长久以来就没有好印象。

儿子拒绝了她物色好的相亲对象，为的还是这个女孩，顾姿君再着手调查，发现苏南在夏衍出国那几年，男朋友从没断过。大学同学对她的评价还这么差，而儿子对她死心塌地，顾姿君怎么能够不生气呢。

"你们小辈的事，我不想再过问了，既然他选了你，我愿意相信他的眼光。"顾姿君率先表示接受苏南。

苏南举着红茶杯，她垂下眼睛，鼓起勇气，再抬起头的时候直视顾姿君，眼神明亮诚恳，不卑不亢地说："您对我很不礼貌，因为片面的了解就轻易看低我的人品。"

顾姿君细眉微皱，但她没有打断苏南，她听见这个女孩说："但是为了夏衍，我愿意跟您讲和，我们以后彼此尊敬。"

顾姿君沉默听完，对她点点头："好。"

两个女人面对面坐着，达成了协议，在夏衍不知道的地方决定和平共处，给予对方应该有的尊重。

顾姿君笑了一下，从沙发边取出一只纸袋："这是见面礼，是专门为你买的，一早就该给你，请你收下。"

苏南看着盒子上的品牌，她想说明一下她说的尊敬不是这一种，顾姿君已经打开了盒子，露出里面的手表："我知道老夏也送了你手表，那块太丑了，年轻女孩要戴适合的款式，这一块简直是为你定做的。"

夏南鹏的直男土豪审美被隔空鄙视，这一块表也是钻石镶嵌的花朵形表带，表盘就是其中一朵，像手链装饰品，顾姿君把盒子一转，面向苏南推了过来。

这块手表确实比夏南鹏送的那一块漂亮得多了，顾姿君吐槽她前夫，吐槽得有理有据，令人信服。

嵌钻表带精致细巧，戴上手腕一定是非常动人的，苏南拿在手里，用目光欣赏它，但她没有试戴，她把表放回盒子里，推回到顾姿君面前。

"我下午还有工作，这么贵重的表戴在身上不合适，不如阿姨替我保管，下次和夏衍一起登门的时候再取。"

苏南努力把这番话说得婉转，但其实就是拒绝的意思，顾姿君应该当着夏衍的面送给她，收不收让夏衍做决定。

顾姿君这回意外了，她品味出这是苏南更尊重儿子的意愿，一时心情复杂。她自己希望能够一手掌控儿子，长年努力都没有做到，但她又希望苏南能够以儿子的意愿为先。

她对苏南多了一点满意，她喝完杯子里最后一点咖啡，对着苏南笑着点头："可以。"

想问问他们平时都怎么生活，她可以聘请家政照顾儿子的生活，但她忍住了，她可以等到和苏南再熟悉些的时候再问。

两个人的话题很克制，几乎不谈夏衍，下午茶点心吃了一半，苏南又要了两份打包，大大方方对顾姿君说："我给同事带一些。"伸手招来服务生结账。

顾姿君对苏南的印象很坏，高中时期的苏南在她这里就已经是最低分了，第一次见她的时候更是掉到谷底，没想到第二次见面，苏南的分数缓步上升。

她笑一笑，对服务生说："挂在房账上。"

苏南当然要自己买单，连这一顿都一起请了，她说："阿姨已经送我礼物了，茶当然要我来请。"

礼物没拿走，账单她付了，苏南觉得自己这一手很漂亮。

顾姿君微敛住目光，心中松一口气，以后婆媳相处，倒不像她想的那么难，懂得道理，就能彼此和睦。

儿子是铁了心要娶她了。

顾姿君关注过苏南那件案子，掀起不小的风波，熟人都知道那是她儿子，连几个公众微信号都发布了文章。他们无一例外地选用了夏衍和苏南那张校报照片，来说明苏南是个纯天然校花。

几个朋友一传，不知道的也都知道了，资讯这么发达，想瞒也瞒不住。

顾姿君终于明确认识到这一点，她接不接受苏南对儿子来说并不重要。

顾姿君前期失利，后期就得追赶上前夫，这还只是第一步，她把苏南送到酒店大堂，不急着联系儿子，苏南总会联系的，她等儿子来联系她。

苏南下午其实已经没有工作了，撒谎是因为既不想收下礼物，也不想和顾姿君单独久待。她拎着两只打包盒出来，在街上散散步，打电话给孙佳佳，问问孙佳佳最近怎么样。

孙佳佳很久才接，苏南一听她压低了声音就问："你不会还在医院里吧？"

陆豫章的腿开刀了，摔得不巧，撞在大石头上，粉碎性骨折了，要做手术取出碎骨，恢复期比较长。

他拍了一张特别狰狞的伤口照片发在朋友圈里，收获了无数人点赞，苏南翻了夏衍的朋友圈，看见夏衍也为这张照片点了个赞。

孙佳佳轻声轻气："我在陆豫章这儿，他刚刚睡了。"话音刚落，苏南就听见电话里传来陆豫章的呼唤声，就像雏鸟呼唤妈妈。

他根本没睡着，只是不想让孙佳佳走，他做完手术，还没拆线，腿上很长一条"蚯蚓"，伤口又深又长，他每天把那伤口露出来，他知道孙佳佳心疼他，一心疼就不走了。

要照顾这么一只大马猴，苏南真心实意心疼孙佳佳："你太辛苦了，我给你送点吃的去吧。"两大包点心正好送去慰问孙佳佳。

苏南打车到陆豫章家，他们还住在原来公司租的公寓里，一敲开门，苏南就问孙佳佳："他怎么样？恢复得还好吗？"

"还行，除了躺在床上不能下地之外，他精神头可足了。"

孙佳佳人都消瘦了，陆豫章摔的地方不好，做完手术要躺两个月才能下地，过一年半再取骨头里的钢板，还要看他恢复得怎么样。她这些日子就一直住在这儿，办公加照顾他。

孙佳佳联系了圆子，才知道陆豫章一直没让人事替她办离职手续，孙佳佳回去的时候，圆子都高兴疯了，搂着她说："感谢天感谢地，感谢佳佳姐，这下我全家上下七口又有保障了。"

孙佳佳敲敲她的头，拿走了工作电脑，在家里办公，有文件就定期送回公司去，业务联络和跑投资的事，她想去干，陆豫章不肯。

"我不在你身边，客户再灌你酒可怎么办？有些场合难道你跟着去？"那些会所都有些别的服务，孙佳佳一个女孩子跟人谈投资太吃亏了，原来他就不让，现在要了他的命，他也绝对不让。

好在夏衍鼎力相助，红丰追加第二轮投资，陆豫章这个公司项目正常运转，孙佳佳只要盯住工作进度就行了。

陆豫章打电话给夏衍："哥们儿不说什么了，等你结婚哥们铁定给你挡酒。"最佳伴郎人选、俯卧撑什么的，他都包圆了。

夏衍想一想："你还是用别的办法还人情吧，我等不了你一年半。"

取钢板还得再做手术，他可能等不了这么久了，最多一年就想把苏南娶回家，陆豫章大概要坐着轮椅参加他的婚礼了。

陆豫章急得不行："那不成，苏南肯定得让佳佳给她当伴娘吧，我不当伴郎怎么行？"他现在全身是火星子，一点都不能碰，每天晚上硬着睡，什么荒唐的梦都做过了，还有一次梦见了穿着校服的孙佳佳。

梦醒之后回味悠长，梦里的孙佳佳不是现在的容貌，就是她高中时的样子，她更沉默更羞怯，细瘦的身材，头发规矩地扎在脑后。

陆豫章回想起自己以前的心情了，他就是忍不住想多看她两眼，多关注她一点。

梦里，他们在教室里，孙佳佳还穿着校服，里面是米黄色的小背心，

朝思
暮你

牢牢裹着她消瘦的身材，只在肩胛骨上露出细带。

他为什么会梦见这些，因为他以前就关注过，这些事他想告诉她。

陆豫章的房间被孙佳佳收拾得非常干净，进门摆着女式的鞋子、女士的薄外套，客厅里添了一张工作桌，摆着电脑电话，开放式厨房里炖着汤。

苏南扫了一圈："你这是跟他同居了？"

"没有。"孙佳佳矢口否认。

苏南对她扬扬鼻尖，阳台上晒着两个人的衣服，连内衣都晒在一起，陆豫章的花裤衩旁边是孙佳佳的蕾丝内裤。

孙佳佳微微红了脸："洗衣服的时候，我分开放了。"

两个人几乎二十四小时都在一起，有些事没办法避免，她要工作还要照顾陆豫章，请来的家政都以为他们是一对小夫妻。

陆豫章摔倒她是有责任的，他现在几乎什么事都不能自己做，又死活不肯请护工，还不肯用尿壶。

苏南看看孙佳佳，觉得她明显乐在其中，她们的爱情很不同，苏南自己是不断需要，她希望夏衍爱的储备量像深海中的水，所有的爱都汇集在她一个人身上。

而孙佳佳是不断被需要，可能她把多年爱意汇聚起来，她自己就是一片海。

苏南放下手上的食品袋，摆出里面的各种蛋糕、三明治，孙佳佳去泡茶，苏南去看陆豫章。

陆豫章躺在床上，对着电视屏幕在玩游戏，苏南进来，他按暂停键，伸头往她身后看，寻找孙佳佳的身影。苏南坐到床边的椅子上："她在泡茶。"

陆豫章想请教苏南怎么办，他感觉自己已经尽了最大的努力了，可还是在孙佳佳心口打转，她把他踢出来，无论他怎么敲门，都不给他开门了。

"你看上去还挺享受。"苏南给陆豫章拍了张照片，随手发给夏衍。

陆豫章嘿嘿笑了一声，马上想到好的那方面，比如他上厕所的时候，他总能找到各种理由嚷嚷疼，让孙佳佳扶着他，她会扭过头去，有一次他差点就能哄她扶着别的地方了，差一点！

真的是又享受又煎熬。

天气越来越热，他的伤口还不能碰水，但他要洗澡，他突然就爱

231

上了洗澡，原来大夏天他还能钻进臭被窝倒头就睡呢，现在躺在床上出一点汗他就嚷着不舒服。

一周两次，不能盆浴，只能淋浴，孙佳佳在淋浴房里摆了一张塑料椅子，扶陆豫章坐在上面，用花洒给他洗澡。

每次她都会出一身汗，水珠溅在她身上，陆豫章背对着孙佳佳，让她替他搓背，从头到尾一柱擎天，甜蜜又折磨。

今天又是洗澡的日子，陆豫章牙花子都咧开了。

苏南看他这样子，扭过头去，惨不忍睹，孙佳佳从外面进来："茶泡好了。"

她把每种点心都挑出一点来，摆在盘子里送给陆豫章，盯着他说："少喝点水。"

说完拉着苏南到客厅去，苏南已经吃过了，捧着茶杯喝茶，八卦兮兮地问孙佳佳："你预备怎么办？"

孙佳佳淡笑，她吃了一块蛋糕，用小勺子搅拌杯里的咖啡，她有些拿不定主意，是就这么原谅他了呢，还是继续保持这种态度，可她喜欢陆豫章对她这种黏劲儿。

苏南懂了，她清清嗓子，传授孙佳佳："你既然有这个意思，就多给他一点甜头。"

人一旦吃惯了甜，就吃不了苦了。

　　孙佳佳完全相信了狗头军师给她的恋爱意见，苏南教给她的那些恋爱小伎俩，有的听上去就是在鬼扯，可意外地有用，苏南几乎把陆豫章每一步的反应都给说准了。

　　孙佳佳只能把这归结为，，苏南的天赋技能点都凸显在了谈恋爱上。

　　于是今天陆豫章说要洗澡的时候，孙佳佳到对面拿出了她去法国时买的比基尼泳衣，她套上一件大 T 恤，把陆豫章扶进浴室。

　　她知道陆豫章在看她，她故意穿了他的衣服，然后跟他解释说："我不想再弄脏我的衣服了。"他总是不老实，好像帮猴子洗澡那样，总是弄得她身上沾着泡沫，每次替他洗完澡，孙佳佳自己都要再冲一次。

　　陆豫章动歪心思的时候脑中画面一帧帧的，偶尔还会来个大特写什么的，可等孙佳佳真的穿了他的衣服，他又不敢多看她露出来的两条腿，这个对他刺激有点大，他怕自己受不了。

　　孙佳佳打开了花洒，扶他坐到椅子上，替他冲洗后背。陆豫章从大马猴变成了小乖狗，让他抬胳膊就抬胳膊，让他低头就低头，既不甩水，也不乱动。

　　孙佳佳这点"甜点"送不出去，她鼓起勇气把花洒打偏了，假装是手滑了一下，热水打湿了 T 恤，她把花洒往陆豫章手里一塞："拿着。"

　　然后她脱掉了衣服，把那件衣服扔进了衣篓里，当着陆豫章的面。

　　陆豫章震惊地回过头来，就看见她里面穿的比基尼，他终于感觉出点不对劲了，这个发展他有点承受不住。

　　陆豫章也发现了规律，孙佳佳每次只要和苏南见一面说说话，总会干点出乎他意料的事，第一次他们睡了，第二次他们又睡了，这是第三次，他低头看了看自己的腿，这可怎么搞？

陆豫章一心想要剧烈运动，但医嘱让他想干点什么都得靠右手，可孙佳佳就在他身后，他把毛巾搭在关键部位，给自己打了个码，一条腿用力转过身："你是不是答应了？"

孙佳佳满面通红："转过去！"

陆豫章又转过去了，转过去之后，他继续闷声问她："你是不是就答应我了？"

孙佳佳没想到，这点甜头还真让他又开口了，她依旧害羞，这回没有酒精壮胆，也没有破釜沉舟，她努力镇定："等你腿好了，再说。"

陆豫章"哎"了一声，他决定要像模像样地追求孙佳佳，老实交代自己每一段情史："我高中时没谈过女朋友，那都是胡吹的。"

别人都有，就他没有，太丢份了，于是他假装自己有个外校的女朋友，其实哪有什么女朋友啊，每天跟着夏衍混都来不及。

孙佳佳打着泡沫给他擦后背，浴室里开着浴霸，汗珠顺着她的颈项往下滑，她"嗯"了一声："我知道。"

陆豫章又说："我大学里谈的那个女朋友，她非说你和我不单纯，谈了一个月分了。"还没有进一步的发展，那姑娘就把他给踹了。

那会儿他张嘴闭嘴都是老孙，一门心思想着要创业，现在想想，他自己不觉得，别人早就已经把他看穿了。

孙佳佳不说话，最后陆豫章说："我怎么这么蠢呢，我怎么浪费了这么多时间呢？"他瞥了玻璃一眼，从玻璃上看她窈窕的影子，那一片雪白是她的腰。

要是她敢早点说，要是他能早点懂，他也不用发那么多空炮弹，那日子过得该有多滋润。

孙佳佳终于说话了，她一只手拿着花洒给陆豫章淋水，一只手替他搓脖子和耳后根，指尖在他耳后揉搓："我答应了。"

陆豫章惊喜回头，扯到了伤口，把毛巾也给扯开了。他一边抽气一边龇牙笑，早就有了反应的小陆豫章激动得一抖一抖的，孙佳佳红着脸，把水龙头转了一个方向，冷水淋在他身上，急速替他降温。

苏南教导孙佳佳要给陆豫章一点甜头，出了门就思念起她自己的甜头来。

她要在北京待一个星期，和夏衍有七天不能见面，这才大半天，她已经开始想念他了。七天那么长，她想想就受不了。

明明夏衍之前去了美国这么多年，她也一个人过来了，怎么现在反而受不了这几天的分离了。

苏南克制自己不发消息去打扰夏衍，现在还是他的工作时间，他刚开始上班，一定很忙，她不能让他分神。

苏南的微电影拍摄从明天开始，她看了下手机，到明天上午九点之前，她有整整十六个小时要自己打发。

真是奇怪，和他在一起的时候觉得时光飞逝，一个人待着却度秒如年。

苏南决定给自己找点事干，她找了个商场，看了一部电影，是最近的大热门动画片，迪士尼从不叫人失望，警官兔子和骗子狐狸两个人你来我往，既追罪犯也谈恋爱。

全场一半都是小朋友，苏南看得津津有味，她越看那只狐狸越像夏衍，特别是狐狸笑起来的样子，夏衍就是这么看着她笑的。

看完电影出来，苏南就去买了一只狐狸公仔，想一想它自己一个人太孤单，把兔子警官也买了回来，让它们在一起。

苏南逛了街，买了双舒服的渔夫鞋准备明天拍戏时穿，又买了薰衣草助眠精油，她有预感今天不那么容易入睡，她已经很久没有自己一个人睡过了。

床的另外半边就是他，无论什么时候醒过来，都会被拥入温暖的怀抱中。

习惯真是个可怕的东西，这才多久，她已经习惯了夏衍。尝了甜便不能吃苦，夏衍就是让她上瘾的蜜糖，任何甜味都无法替代。

苏南看完电影逛完街吃了一碗鸡肉沙拉，回到酒店洗了澡，盯着手机屏幕，时不时刷一下微信。

一整天她都没有给夏衍发过消息打过电话，存了一肚子话要告诉他，比如动画电影竟然很好看，兔子和狐狸简直配一脸。她甚至还在网上搜到几张图，画的是兔子和狐狸婚后的"性福"生活。

苏南暗暗把图片给保存了，她准备和夏衍再看一次这部电影，等看完电影再翻出来给他看。

他们可以像上次他出差时一样，隔着屏幕抚慰彼此，好像就那一次，夏衍最后激动喘息，他那么享受，她很高兴。

他们说好了，等夏衍工作结束就打视频电话的，苏南等了很久，

他只简短地发了一条信息【宝宝，我今天要加班，你明天有工作，先睡吧。】

从他语气里都能感觉到他很忙。

苏南忍耐了整整六个小时，等到晚上十一点还没睡美容觉，就是想告诉夏衍她今天自己一个人过得特别充实，结果她就等来这么一条短信！

苏南气呼呼地把兔子警官放在枕头边，把狐狸玩偶扔到窗边。

她躺在床上半天都睡不着觉，气愤地爬起来，在地板上做了一会儿瑜伽，拉伸肌肉放松心情，并愤怒地发了一条微博。

【从明天开始要断糖，去你的小蜜糖。】

微博评论纷纷猜测她是失恋了，一片鼓励声，问小姐姐嫁不嫁，还有疯狂粉丝的求爱私信，苏南被吓到了，她赶紧把微博删掉了。

直到第二天早上，苏南还是气哼哼的，她准时起床，洗澡吹头发化了个打底淡妆，去了微电影的拍摄现场，爱米在那儿等着她。

这场景就是个老式四合院，跟苏南家的结构差不多，里面架着机器，还有十几个工作人员，苏南要拍的是一段亲情戏，希望大家能够多多关注老人的身心健康。

整个故事大部分的场景都会在这个小院子里拍摄完成，第一个场景就是苏南一身职业女性打扮，穿着套装高跟鞋，下了班急急忙忙赶回家来。

演苏南父亲的演员长得实在太像父亲了，头发银白，脸上有皱纹，眼神很疲倦，他演一个得了老年痴呆的父亲，每天坐在院里，等女儿回来。

苏南演的女儿，工作生活压力都很大，要两方面兼顾，还要照顾生病的父亲。为了体现亲情，某些场面要刻意煽情，比如因为父亲，女儿一直无法正常恋爱；比如下了班回来，父亲把家里弄得一团乱。

她只能把厨房给锁上，父亲想办法撬开锁，为了给记忆中的女儿做晚饭，念叨着女儿要放学了，她饿了要吃饭。

这个剧情恶俗，可苏南都不用眼药水，只要拍到她和父亲在昏暗的房间里共同生活的场景，她眼睛里就满含着泪水。

那个微电影导演拍了几个镜头，就在爱米身边感叹："这个演员戏不错啊，情感太丰沛了。"

苏南哭起来当然不如她化着妆踩着高跟鞋在写字楼里那么美，可她不怕做表情，不像有的女演员太关注美丑，只有真诚才最打动人心。

苏南的素颜在镜头下，被灯光烘托，有一种油画般的质感。

拍摄间隙，导演问她："你哪个学校毕业的，怎么一直没作品呢？"推荐来的时候就说她是素人，没有拍过戏，光看这几段，实在太可惜了。

"我没读过电影学院，也没学过表演。"苏南说完，导演的眼睛都在放光，这是一块璞玉，竟然被他给发掘。素人影后又不是没有过，伟大的导演才能发掘这样的女演员，他问苏南："你想不想演我的电影，那个资金吧，就快到位了。"

爱米拍拍导演的肩："克制一下好吧，人家那车两百来万。"跟这位导演想要的前期投资一个价，说着给了苏南一瓶草莓甜牛奶，午饭她都没吃，得补充一点糖分。

苏南摇摇头，冷酷拒绝："我断糖。"

这部微电影是个系列，有名气的导演当然去拍有名气的演员了，这个导演刚刚从学校毕业，一心想要实现电影梦想。

他想法虽然不靠谱，但拍的镜头很具美感，苏南只花了一天，就把预计拍摄两天的镜头给拍完了，只余两场外景要拍了。

苏南收了工，才发现自己收到好几条消息——沈星说她到家了，苗苗说她准备去英国，还有夏衍的，他拍了一张自己光脚站在地板上的照片，照片的角落只有小狐狸公仔。

他说【我来给你送糖了。】

苏南"啊啊啊"叫了两声，拿上包就要跑。爱米还想跟她谈谈接下来的工作计划，苏南真的是一块可造之才，她既感性又性感是个当女明星的好料子，完全不用屈尊在网红里："你上哪儿去呀，咱们不是说好了再去磕三斤小龙虾吗？"

苏南急得不行，她说："我回去吃糖！"

爱米追问："你不是断糖了嘛。"

断糖，不存在的。

苏南喜滋滋地着急赶回家，打开门就看见夏衍的皮鞋脱在门口，他的箱子放在房间里。床铺已经整理过了，兔子警官和骗子狐狸肩挨肩躺在枕头上，狐狸还伸着手，拥抱兔子警官。

苏南还没吃到糖，就已经满心都是蜜意，知道他在，她反而不着急了，听见浴室传来"哗哗"水声，脱掉外套挂上包走进去。

本来只有沐浴花洒的浴室里，装了一个按摩大浴缸，浴缸边上摆着一个盘子、一杯红酒和一碟乳酪。

夏衍就躺在浴缸里，湿发往后梳，人浸在水里，手里举着酒杯，薄唇被红酒染上绯色，怎么看怎么像个花花公子哥儿。

可这个公子哥儿刚刚把苏南扔掉的小狐狸摆上了床。

苏南瞪圆了眼睛，笑得非常不矜持，她高兴坏了，趴在浴缸边："你怎么会过来？不是很忙吗？"

夏衍冷哼一声："再不来，有个没良心的小东西就忘了我了。"

他特意装的这个浴缸，那次在别墅滋味销魂难忘，两个人都能躺进去的浴缸还有这种妙用。夏衍打算和苏南做更多尝试，他提前装好了浴缸，泡在水里等苏南回来。

苏南笑起来，她不知道要怎么表达自己的喜悦之情，她以为那些絮絮叨叨的话会打扰他工作，努力忍耐不去烦他的，她说："我还以为你想要专心工作呢。"

知道她在干什么，他才能专心工作。

"下来。"夏衍沾着水的手去解她领口的扣子。

苏南盘起头发，脱掉衣服，滑入水中，手臂立刻就缠了上去，嘴角擦过他的耳朵，往他耳朵里呼着热气："你是不是想我了？"

"你不想我吗？"夏衍反问，手臂牢牢把她抱紧，让她紧贴自己的胸膛，身体一颤，两人在水下肌肤就有了更多的接触，还没干什么，就已经觉得身体灵魂都无比熨帖，整个人飘飘然的。

苏南先吻过来，吮他舌尖酒意。夏衍闭了眼睛，伸手关掉按摩浴缸的冲击水柱，两只手滑进水中，托起她的腰臀，问她："想吗？"

苏南目光和身体都无比松软，她滑下来的姿势就已经准备好了，她攀住他的腰，主动把腰贴了上去。

温热、湿润、酸涩、肿胀经过思念的浸泡越加美好，苏南趴在他身上，感觉自己的手指头被什么东西给箍住了，她目光往下望，看见泡在水里的一点闪光。

夏衍喘息着，半是低吟半是告白："我本来想等到校庆那一天，在体育楼里给你的，可我等不及了。"

苏南举着手指头，皮肤已经被泡皱了，钻石在水光灯光中依旧闪耀，很简单的一颗石头，没有什么华丽的镶嵌，因为成色足够好，仿佛一点星光凝在她指间。

苏南想哭，她的眼睛跟身体一样酸胀，泪水落下来，滴在夏衍身上，她一边感动一边计较："可我还要当苗苗的伴娘。"

夏衍孜孜不倦地继续他的求婚，从浴缸到床上，一次比一次缓慢从容，把身上最后一点火星给烧干净。两人平躺在床上，苏南脸上的红晕还未褪，就举着手指头欣赏。

她本来是喜欢华丽的那种款式的，像是公主式的、梨子形的，可她现在觉得越简单的越好看，她的手和钻石相互映衬，她抬起手来，和夏衍十指交缠，特意露出那颗大钻石，拍了张照片。

苏南鼓起勇气准备告诉她的闺密们，向她们隆重介绍"王八蛋"，她准备好了接受苗苗的担忧和沈星的嘲讽了。

她把照片发到三人微信群里。

久久都无人回复，苗苗在英国，现在应该是晚上；沈星人倒是在上海，可一点消息也没有，她的喜悦竟然无人分享。

苏南在床上翻来覆去，一定想要祝福，于是她把照片发给了孙佳佳，可就连孙佳佳都没回复她。

难道这个晚上大家都在忙？

苏南很不甘心，她把这张照片发到了微博上，瞬间收获无数点赞，粉丝们纷纷留言问她，是不是和初恋修成了正果。

苏南窝在夏衍怀里，挑几个眼熟的粉丝回复了一个笑脸，她的幸福终于有人分享了。

有夸钻戒好看的，有夸她手好看的，还有艾特自己男朋友的，大部分也都是学生，因为从苏南的恋爱长跑中得到了鼓励，跟男朋友甜蜜表白"我们也要像这样"。

苏南蹬着腿，又累又兴奋，抑制不住地高兴，被夏衍一把搂住，没收了她的手机，放到自己那边的床头柜上，命令她说："睡觉，明天再炫耀。"

苏南抿紧嘴巴，忍耐笑意，心里幸福感满溢，像熬煮浓汤上的泡泡一样毕毕剥剥冒个不停，她反身抱住夏衍，手指头不住抚摸她的大钻戒，脑袋在他胸口磨蹭。

她怎么也无法安静，夏衍按住她的头，吻了她一下："睡觉。"

苏南第二天醒来做的第一件事，就是先看她的手，那颗石头还在她指尖，夏衍已经在做早饭了，苏南悄悄踱过去，一把抱住他的腰："老公早。"

夏衍整个人都僵直了，他缓了缓，背对着她说："你这么改口不合法，我们找一天把这事儿合法了怎么样？"

正好在北京不如把证先领了，然后再商量着补办一切，回上海还要买房子装修、订酒店，还有很多事要忙。

领证……

会不会太快了？

苏南思考了一秒钟，就像当年跳上夏衍自行车时那么爽快，比那时还更少了一份忐忑不安，她搂着夏衍的腰，答应他："好。"

就这么愉快地决定了。

等早饭的工夫，她的朋友们才纷纷回她那条微信，苗苗和沈星都有点蒙，沈星觉得她又在犯傻，苗苗问她【这是求婚戒指吗？】

苗苗知道一点，如果苏南最后还是跟初恋那个王八蛋在一起，她为苏南感到高兴。

沈星完全不知道苏南怎么就在她眼皮子底下跟人复合了，她发了一张扛着大刀的表情包【你是不是要死。】

只有孙佳佳单纯祝福了她【什么时候办喜事？】

这一句她是替陆豫章问的，他一定要当夏衍的伴郎，就算拄着拐杖也要穿西装替他老铁扛酒。两个人躺在床上，陆豫章一条腿不能动，可手和嘴都不停，急吼吼地问孙佳佳："这就成了？"

夏衍回来才多久，这两人简直光速了，陆豫章再想想他自己，浪费了这么多年，想想都一把辛酸泪，他着急了，对孙佳佳说："咱们也不能落后太多了不是，最好以后的孩子还能当同学，他们俩要生女儿肯定漂亮，咱们生个儿子，近水楼台啊，定个娃娃亲什么的。"

八字才一撇，他就想到了二十年后的事，孙佳佳瞥他一眼，陆豫章马上改口："当然了，这还得看你的意思，主要是看你的意思。"

孙佳佳冷冷淡淡"嗯"了一声，转过身才露出一点笑意。

苏南还想挑个纪念日去领证的，这样更有意义，夏衍看了一下日期，告诉她明天就是个纪念日。

苏南想了半天也想不起来究竟是什么纪念日，可夏衍又不肯告诉她，他用一种略带谴责的目光看着她："你真的不记得了？"

苏南傻兮兮地问他："是不是你替我打架的纪念日？"

夏衍追问："哪一场？是溜冰场，还是学校里？"

苏南说不出来了，她不知道夏衍竟然把这种日子都记得这么牢，她有点气怯，乖乖答应他明天就去领证，可她真的完全想不起来了。

她第二天上午忙拍摄，下午去领证，微电影导演不停劝她拍自己的电影，还希望苏南能投点资，不停忽悠她："你这么有天分，一定会一炮而红的，你就是新时代的传奇啊。"

　　爱米紧跟拍摄，和苏南对接之后的工作，紧盯着导演剪一小段出来先发到网上做前期宣传，最好是在苏南参加微博红人夜之前。

　　"你现在的咖位只能参加这个，等电影一上，再多拍点杂志，以后就可以混娱乐圈了。"爱米替苏南接下了珠宝杂志的内页拍摄的活动，封面她是没戏了，但这家杂志足够重量级，要不是柏雪拍封面，工作室也塞不进人去。

　　苏南有点疑惑，她觉得爱米对自己简直太好了，这种机会不留给工作室的签约艺人，竟然都给她。这种资源她能做主，说明爱米在工作室还是有一定话语权的。

　　她一边卸妆，一边问爱米："你对我这么有信心？"对娱乐圈来说，她年纪太大了，主流是很难混的，要付出更多的努力，爱米手上少说也有十七八个新人，怎么偏偏对她这么好？

　　爱米拍拍她："因为我喜欢你。"

　　苏南往后退了一下，爱米看着她脸上的表情翻了个白眼："放心吧，我是直的。"

　　苏南没有放心，依旧迟疑地看着她，爱米干脆说："你欠我一个人情，我不会让你杀人放火牺牲色相的，但你得还我。"

　　苏南眨眨眼，没听明白，爱米有什么人情非得让她还呢？

　　爱米让她放松心情："怎么样？拍完吃小龙虾去？"

　　苏南摇摇头，从脖子里扯出细链子，她拆了一条项链，把戒指套在上面，藏在衣服里，当着工作人员的面大大方方套上戒指，炫耀给所有人看："我今天要去结婚。"

　　说是今天结婚，要准备的东西除了九块钱之外，还有身份证和户口本。

　　两个人的户口本都在家里，夏衍回家一趟，对夏南鹏说需要户口本办一点事，夏南鹏很快反应过来："你要这个干吗？"

　　夏衍面不改色，他不想让他爸那么快知道，他爸一定要大办，说不定要请北京全部的亲友出来吃饭，排场弄得越大，他爸发朋友圈的劲头就越足。

　　他和苏南虽然没有讨论过这个问题，但两人的心意是一样的，先不公开，等广发请帖的时候再向所有人宣布他们结婚了。

"我要在上海买房子，材料还是准备齐全一点更方便，免得我两头跑。"

夏南鹏来劲了，他知道前妻给儿子买了一套房子的，滨江大平层，她一直都自傲于自己的投资眼光，那房子据说夜景漂亮，看出去就是黄浦江。

但儿子好像跟他妈闹翻了，夏南鹏心中暗喜，让妻子把户口本拿出来给儿子，问他："要支持多少跟爸爸开口。"

那意思就是不用去找他妈，他就能替儿子解决了。

夏衍笑一笑："看中了两套，还等南南回去定。"非常顺利地就把户口本给骗到了手。

江暮云说："阿衍真是喜欢南南，提起她的时候眼睛都在发光。"她笑着把苏南的朋友圈点开给夏南鹏看，"你看，南南在拍公益电影，看她多认真。"

这张照片是爱米替苏南拍的，苏南穿得非常朴素，坐在镜头前，盯着监视器，导演正在跟她讲戏。

不论是光影还是角度都很好，这张照片马上就被苏南发到朋友圈里，瞬间获得无数点赞。苏南那些塑料姐妹还在美妆节目里打转，她就已经进军大银幕了，这个系列的微电影虽然不会公映售票，但会在地铁、公交站台滚动播放。

除了给苏南点赞之外，也就没有什么话好说了，从此就不再是一个圈子了。

苏南的户口本就比较难了，在老苏那儿，她一直都没把户口迁走。两人说结婚的时候高高兴兴的，到准备材料了，苏南耍赖皮了，她对夏衍说："你要能拿得出我的户口本来，咱们就今天结婚；要是拿不出来，那就再非法一段时间。"

她低估了夏衍的决心，他先搞定了夏南鹏，又开车去了苏家。苏南回了上海，宋淑惠继续在这个屋檐下生活，但她不像原来那样过日子了。

她把旧家具清出来，给家里重新上油漆，装修厨房和房间，像孙家那样，给厨房也按了台空调。

苏家整个面貌都不同了，换上了新窗帘，所有的家具都是新的，小北的房间里还安上了电视机，贴墙的那种。

漆上奶油色的墙漆，感觉又大又宽敞，靠着墙还钉了几块木板，充当猫爬架。

夏衍去的时候，她大着嗓门让老苏去买菜回来，说小北这个学期功课重了，要给他买条鱼补补脑子。

老苏刚出门就碰到了夏衍，夏衍用同一个办法骗到了户口本，老苏的脸上乐开了花，让夏衍来吃饭，他给他们包饺子吃。

夏衍把两本户口本的照片拍给苏南看，苏南给他发了个爱心，她叫了车，一路喜滋滋跑去民政局。

离民政局越是近，苏南的喜悦之情反而越淡了，她突然想起来，夏衍还没有好好求婚呢，她就这么痛快地答应夏衍，有点亏。

结婚领证是件很神圣的事，一定得有一个特别隆重的求婚，感人至深的求婚词，还要所有的朋友亲人见证，最好还能放点烟火撒些花瓣什么的。

比如点上一排蜡烛从门口蜿蜒到屋内，用玫瑰花拼出爱心，夏衍穿上西装，单膝跪在爱心中，捧出戒指向她求婚。

要不然就像苗苗的男朋友那样，他把咖啡厅装饰成了森林，有千秋架，有蘑菇灯，他在那里求爱求婚，顺利拐走了小白兔苗苗。

她觉得求婚要浪漫要感动，简单地说就是要有仪式感，当她老了，坐在摇椅上时，回想那一切还觉得美好动人。

可她昨天脑袋和身体一起发胀，竟然就这么简单地套上了戒指，今天早上这戒指又闪得她头晕，她糊里糊涂地就答应了夏衍的求婚，自己把自己给套牢了。

那怎么行，她要他郑重求婚。

于是苏南摸出手机，十个手指头"啪啪啪"按键盘，发了一条微信给夏衍【你还没有求婚呢！郑重求婚！】

语气和标点符号都透露出浓浓不爽，仿佛他是个骗子，骗婚的。

夏衍收到微信，想不出还有什么别的方式更郑重更浪漫，要知道他们俩当时是负距离，彼此合二为一，那是水乳交融的时候，再没什么比这个更郑重了。

但他懂得苏南想要一场隆重求婚的心情，除了一枚戒指，她肯定还想要得更多，夏衍立刻打电话给她，问她人到哪儿了。

苏南嘬着嘴不高兴，司机的年纪和老苏差不多，知道她要去民政局，劝她："姑娘，婚前但凡有点啥不高兴的，那可千万不能将就。"

苏南翘起下巴，主动给夏衍打了个电话："我要个特别难忘的求婚。"

"我已经准备好了。"他确实准备好了，就在他的公寓里，气球鲜花和玫瑰灯星星灯，完全是苏南喜欢的风格，本来是他准备的新婚第一夜惊喜，现在可以变成求婚。

苏南没想到他真的有准备，又欢喜起来，脸上多云转晴，像盛夏阳光那样笑得灿烂，她刚要问他准备了什么，车子被猛地撞击了一下。

苏南坐的这辆车连环追尾了前一辆，她的手机一下甩出老远，砸在车子的前挡风玻璃上，把前挡风玻璃撞出一个洞来。

苏南有系安全带的习惯，但她依旧被撞蒙了，司机头磕在方向盘上，满脑袋是血。苏南还没回过神来，后面的车又撞了上来，撞在车屁股上。

手机都摔出去了，夏衍的声音却没断，他大声冲屏幕叫着什么，苏南没听清楚，然后电话就断了。

苏南躺在病床的时候，想起自己看的一部老电影，也是男女主角商量着要买戒指，然后女主角就被炸死了。

想想很不吉利，她在心里呸了一声。

受伤的人都送到了石杨所在的医院，石杨一眼就看见了苏南，然后给夏衍回复了电话。宋晓菁婚礼的时候他们见过，他知道苏南是真的跟夏衍和好了。

苏南那会儿头晕得说不出话来，整个急诊来来回回都是脚步声，她能闻到血腥味，她还恶心想吐，躺在那儿干呕，石杨找了护士推她去拍脑部CT。

夏衍赶到的时候，苏南已经觉得好多了，可看见夏衍时，她还是一秒钟就噙着泪花："你怎么才来啊？"

眩晕感还在，她眼泪还没掉出眼眶，夏衍就到她身边，轻轻扶住她的肩膀，好像她是易碎的细瓷那样，他把她前前后后仔细看了一遍，确定身上只是擦伤，握着她的手，问医生要做什么检查。

"是否在妊娠期？"

苏南听见了，她手指头动了一下，想回答问题，但一阵恶心泛上来，干呕了一声，她听见夏衍回答："她生理期应该就在这两天了，我们有做保护措施。"除了那一次，他们之后的每一次都戴套了。

医生开了张验血的单子，护士推了一辆轮椅来，夏衍推着苏南去做检查。

苏南忍过了一阵，想开个玩笑缓解一下气氛的，他太紧张了，神经紧绷，苏南从没有见过他这个样子，她微微一动，夏衍就俯下身来，轻轻吻她一下："现在好了，别怕了。"

既是跟苏南说的，也是跟自己说的，他急得差点发疯，不停打苏南的电话。撞击声他听见了，更可怕的是撞车之后的沉默，不论他怎么打电话过去，对面都没有人接听。

夏衍靠着民政局大厅的墙才勉强站稳了，他点开手机新闻，事发突然，新闻还没有播报，跟着刷新微博，从微博里看见了车祸现场实拍。

七八辆车追尾，最前面那辆车被撞得车头都凹了进去，车身已经扁了，夏衍想把那几张图点开来放大，手指却不听使唤。

靠近事发地有两家医院，其中一家就是石杨所在的医院，夏衍打电话过去询问，两家医院分别出动了救护车收治伤者。他一边赶往医院，一边给石杨打电话，让石杨去急诊看一看收治的伤者中有没有苏南。

石杨从门诊跑到急诊，一眼看到了苏南，马上给夏衍打电话，告诉他苏南身上只有几处擦伤，还在等待进一步的检查，让他暂时不要担心。

夏衍放心了一半，等他赶到医院，苏南在看见他的第一秒就泪眼汪汪，他整颗心又揪了起来，直到紧紧握住苏南的手，失重感才消失，冷静理智重新回归大脑，他又能思考了。

苏南先验了血，等化验单的时候，她感觉好了一点，想开个玩笑，问夏衍："你说我会不会怀孕了？"

夏衍刚刚有了血色的脸又隐隐发白，他瞳色黑深，嘴唇动了一下，似乎是要说话，但没说出来。

苏南紧紧闭上嘴巴，一句话都不再说了。她也知道她把夏衍吓坏了，他们做了保护措施，应该是不会怀孕的。

她默默等着化验单，一只手还被夏衍攥在掌心中，直到单子显示她没有怀孕，再送去拍脑部 CT。

有惊无险，医生让她留院观察，苏南马上被转到了 VIP 病房，眩晕感还在，她闭着眼睛被推出急诊。

从一众伤者中被推出去的时候，她很不好意思，她感觉自己没什么大事，可夏衍脸色煞白，眉头紧紧皱着，死死抓着她的手不放。

苏南想摸摸她的包，把墨镜掏出来给戴上，这么推出去太招摇了，好像在拍浮夸的偶像剧，经过走廊的时候每个人都要看她两眼。

可她一动就被夏衍按住了手，用命令的口气对她说："你别动。"

苏南马上不动了，她不敢再招惹夏衍了，听他的话乖乖不动，她其实有一百个问题，比如夏衍到底是怎么从老苏那儿骗出户口本的。

但她被送到病房之前就先睡着了，也没来得及看看 VIP 病房长什么样子。

夏衍看她睡着了，才打电话交代工作，联系爱米推迟苏南的微电影拍摄，说苏南出了车祸，需要卧床静养："后续拍摄她不能参加了。"

夏衍的口吻非常强硬，他看过那个合同了，微电影很快就要投放，拍摄行程定得很急，以苏南好强的性格，是肯定要去完成拍摄的，她现在的身体状况不能有这么大的情绪波动。

苏南的拍摄计划有五天，这才两天，她却因为不可抗力无法参加拍摄，他们可以承担损失，但不再参加后续拍摄。

爱米打算到医院来看苏南，她知道苏南今天跑出来是结婚的，问明白苏南受伤不重才松了一口气，她说："这两天拍的素材挺丰富的，我问问导演能不能剪出来，把片子时长缩减一下。"

爱米挂了电话"啧"一声，有钱的主就是不一样，像这种情况是不用赔偿的，但夏衍张嘴就把这事给揽了，让对方想挑刺都没办法。

苏南演得很好，很能让观众产生感情共鸣，爱米跟过一个体验派的演员，知道苏南也是这一类型，一定要替她争取。爱米打电话问导演现有素材能不能剪，后续的拍摄先叫停。

爱米在医院门口的花坊买了一束花，捧着花到了二十八楼，找到苏南病房，进去就看见苏南躺在床上，眉目英挺的男人坐在她身边，凝视她的睡颜。

除了突然被苏到，爱米出于职业习惯还多看了夏衍两眼，他这个长相确实可以去演戏了，他们俩那张校园照片被这么疯转不是没道理的。

她上前做了自我介绍："我是爱米，后续的事我已经联系过了，素材正在整合，苏南演得非常好，我和导演都觉得这么放弃太可惜了，我们可以等。"等苏南休养好了，再重新开工。

苏南呼呼睡着，护士给她打了一针镇静剂，确保她能够好好休息。夏衍冲爱米点点头，接过那束花，摆在电视柜边，问爱米："可以让我看看片段吗？"

苏南和导演有个工作群，导演发了几个片段在工作群里，可苏南不肯给他看，这么多人夸奖她，她还是不自信，想等成片出来，如果效果好才给他看，如果效果不好，就不给他看了，反正他也不会去坐地铁。

爱米点开手机，挑了一段给夏衍看，画面里的苏南素面朝天，她素颜也很美，化妆师不得不把她眉毛盖住，打上比她皮肤深一个色号的粉底，让她看上去肤色暗淡，神情憔悴。

这个片段一分钟都不到，没有音乐也没有几句台词，但光是画面和人物肢体表情就已经足够打动人了。

爱米又一次看得眼眶湿润，她说："你应该看看她在片场的表演，特别感染人，工作人员都被带入戏了。如果不拍，真的非常可惜。"她还好奇地问夏衍，"她这么有天分，怎么没报考影视学院呢？"

从各方面来说，苏南都是个好苗子，身材长相无可挑剔，难得还是张电影脸，大银幕小银幕她都能上，走这条路也许会大放光彩的。

夏衍一直觉得苏南的天赋被埋没，他不想当那个添一铲子土的人，夏衍看了一眼病床上的苏南，让爱米把片场这些照片视频都发到他手机上，他说："还是等医生的诊断，如果医生认为她的身体可以承受，那就继续拍摄。"

爱米笑了，她把这些视频片段发给夏衍："我一直想跟她讨论一下未来的发展，她的年纪已经不适合再混主流流量圈了，那样太辛苦，我觉得拍摄杂志和这类型的微电影更适合她。"

"这要看她自己的意愿。"

夏衍看过她的杂志照片，照片里的眼神就很有冲击感，他知道苏南有天赋，但那些片段依旧让他吃惊，她流的每一滴眼泪都富有真情实感，哭得鼻头都红了。如果她真的喜欢，那他就会支持。

苏南醒过来的时候，爱米已经走了，她看见爱米送来的花，想发消息谢谢爱米，想起自己手机坏了。

护士把餐点送进来，VIP病房可以选菜，但她只能挑清淡的吃。

夏衍打开汤盒饭盒，不让她自己动手，好像她受了重伤那样，把汤一口一口吹凉了，送到她嘴边。

就算加上爱情的滋味，这汤也淡得一点味道都没有，她想吃小龙虾和麻辣烫，但她一点也不敢作，勺子伸过来，她就张开嘴，把一碗汤都喝完了。

喝完了汤，她才问："你害怕吗？"

夏衍听出她语气里的得意，看了她一眼，诚实回答："是，你把我吓坏了。"心脏骤停，头晕目眩，无法思考如果她真的出了什么事要怎么办。

苏南没想到他回答得这么直接，她脸红了，然后她安静地吃完了饭，把不爱吃的菜都吃了，她说："我是不是不能去拍电影了？"

他有多着急她看见了，如果她再提出要去赶工，他不知道会有多生气。

但爱米一直跟她强调说这计划有多赶，苏南是临时被塞进去的，她现在躺倒了，耽误一周这部电影说不定就换角色了。

夏衍没有生气，也没有反对，他只是很轻柔地抚摩她，眼神温柔纵容："等你休息好了再拍。"他鼓励他的宝宝，"你演得非常好。"

苏南连耳垂都烧红了，他们赤诚相见了这么多回，她已经不再害羞了，没想到会因为他的一句夸奖，这么高兴又这么羞涩。

她仰着脑袋，心中因为夏衍的肯定而感到雀跃，嘴上却不承认："那当然了。"

　　VIP 病房的好处就是苏南做任何检查都不用排队了，这一层全是单人间，楼层高视野开阔，设备也很齐全，最重要的是房间里还有一张长沙发，可以当床睡，方便夏衍陪夜。

　　夏衍回家替苏南收拾了几件换洗衣服，又去给苏南买了部新手机，是刚刚上市的新款，苏南挑了部金色的，她这朵桃花开得正好，只需要招财就够了。

　　夏衍问她原来的手机 ID 密码，苏南一时想不起来了，而且是怎么也想不起来，报了几次都不对，夏衍干脆让她用了自己的。

　　两部手机一个账户，通讯录和电话实时分享，她拍的照片他也能看到，就能马上知道她在哪儿，干了什么，吃了什么东西。

　　这次的惊吓已经足够了，夏衍觉得要不是自己平时注意健康，心脏真的承受不了这样的冲击，失去她消息的五分钟里，简直是他人生最受折磨的五分钟，比苏南当初跟他分手还要折磨他。

　　苏南拿着新手机，想装软件添加原来的通讯录，最好能找回一点以前美美的照片当屏保，可她一点开手机就觉得头晕。

　　夏衍收走了她的手机：“我来替你装。”

　　苏南想了想，暂时没有遗漏的：“那……我能不能看剧？”

　　“不行，先好好休息几天。”她看剧的时候特别投入，有时候窝在他腿上会突然笑，突然蹬腿，要是一下子安静了那就是被剧情感动了，在偷偷地哭。

　　情绪波动太大，不适合她。

　　苏南的生活完全向他敞开的同时，他也完全把自己的敞开给她看，苏南有点新奇，她还没有和人关联过手机，打开手机相册，明明她一张都没拍过，里面却全是她的照片，都是夏衍手机里保存着的。

她从里面挑出戴戒指的那一张，设成了屏保，按掉再打开，美滋滋地问："那我能吃蛋糕吗？"

"不行。"医嘱让她这两天尽量饮食清淡，不要吃得太油腻，夏衍也知道医院的饭不好吃，等过了这两天就好了，他哄她说，"你这两天乖一点，等过两天我亲自做饭给你吃。"

苏南唉声叹气，偷眼看看夏衍，又不敢惹他，就问他："这次的车祸，受伤人数多吗？"

夏衍打开了微博，实时新闻热搜就是这个，他越看那些图片，越是后怕，要是她在前几辆车里，那会怎么样。

点开苏南的微博，她已经被人给认了出来，她长相出众，为了今天领证拍照片，穿了一条十分扎眼的红裙子，黑色尖头蝴蝶结鞋，背了个漂亮的包包，被抬上救护车时记者按下了快门。

这张照片被粉丝截图，发到微博评论里，问是不是她？

苏南一听说急着要从床上坐起来，一阵头晕又被夏衍按了回去，夏衍像她肚子里的蛔虫："照片拍得还算清晰。"

要不是露出正脸，粉丝也认不出来。

这张截图被许多人转发艾特苏南，问是不是她，事情已经过去几个小时了，苏南还没有回复，粉丝已经发动说要相约去医院看她。

夏衍替她编辑了一条微博，简单说明记者拍到的确实是她，她在后面几辆车中，受到的冲击力较小，目前有轻微脑震荡的症状，需要安静休养。

短短几行文字，没有配图，一发出去，就有无数留言，都是祝福她的，苏南听了几条又犯起困来，她打着哈欠说："你去工作吧，我没事的。"

夏衍请了一个护工照顾她，晚上再来医院陪夜，他不能在北京久待，还得回上海去，可苏南的状况又不能马上坐飞机。

"我马上回来，孙佳佳说要来看你，应该快到了。"他又等了几分钟，等孙佳佳进了病房才赶回总部。

孙佳佳带了一只水果篮，里面都是苏南爱吃的，草莓、提子、芒果。护工洗了一盘草莓，苏南半躺着吃起来，她先强调："你回去可别告诉我爸。"

她不想让老苏担心，也不想麻烦宋淑惠。

孙佳佳点点头:"我知道了,等你好点自己说吧。我听我妈说,最近你家里挺好的,你别担心。"

苏南出车祸的事,夏衍没有瞒着夏南鹏和顾姿君,两边都说要来看她,但苏南没想到他们会挑同一天来看她,还是在夏衍不在的时候。

顾姿君是来北京出差的,她买了鲜花水果,拎着东西进病房的时候,夏南鹏正让妻子江暮云把家里炖的汤盛给苏南喝。

江暮云把汤碗送到苏南病床桌上:"阿衍这孩子也不早点说,让你吃了两天医院的饭,我天天过来送又不费事。"

夏南鹏把手一挥:"就这么定了,医院都是大锅饭,没味道,我看南南都瘦了,你明天还是过来送点。"

夏南鹏也不只是心疼苏南,他还心疼儿子,那张长沙发上放着枕头被子,夏衍的西装也挂在房间里,这睡沙发还行,吃得不好可不行,除了给苏南送饭,也让儿子吃得好点,还大包大揽:"他总要回去两天,你就住到家里来,就近照顾你。"

这份热情,苏南没法当面说不,别墅是很舒服,可她还是想回夏衍那里,她自己能照顾自己。

江暮云笑眯眯的,还对苏南说:"就住到家里来,你放心,阿姨知道你的职业,肯定给你搭配好,鸡肉鱼肉粗粮,不会让你发胖的。"

顾姿君刚刚开完会,身后还跟着秘书,把花放在苏南床前:"我一听说就赶过来了,怎么样?身体舒服吗?后面几天让人给你送饭吧,找个粤菜馆,汤水也清淡,点心也精致。"

她一面说一面扫了秘书一眼,秘书心领神会立刻定了顿粤菜点心送过来。

顾姿君无视了前夫,也无视了前夫的现任妻子,好像屋里就只有苏南一个人。

苏南已经素了几天了,天天吃没有味道的菜,听见点心乳鸽,口水都要掉下。但这个场面看着平和,可空气里都是火星子,生怕自己一句话让两边大战,她捧着汤碗,吃也不是,不吃也不是,十分尴尬。

好在夏南鹏先引战了,他说:"外面馆子没有家里做得干净。"

顾姿君嗤笑一声:"你原来爱到外面吃的时候,可不是这么说的。"

"那是你做饭太难吃。"夏南鹏毫不客气。

"嫌我做得难吃,你怎么不自己做饭?"

病房成了两人的战场,相互翻旧账,苏南尴尬听着,不得不佩服江暮云，她竟然还能微笑，不仅微笑，她还示意苏南不要在意，继续喝汤。

苏南捧着汤碗，喝了江暮云的汤又吃了顾姿君买的虾饺、糖糕、腐皮包子，她撑得肚子都鼓起来了，好不容易把两边都送走了，她赶紧从床上下来，到处走一走，消化消化。

诚心希望这两人以后还是别来了。

苏南头晕恶心的症状渐渐好转，到第四天时她已经差不多好了。

"我想出院。"苏南觉得自己已经没问题了，可以回家了。

苏宝宝瞪圆眼睛，嘟起嘴唇，可怜巴巴地央求夏霸王。

"不行。"被夏霸王干脆利落拒绝了，夏衍打开了床头阅读灯，他把他的生活必需品都带到病房里来了，每天晚上睡在沙发上陪夜。

那张沙发长度是够了，可宽度不足，夏衍睡在上面翻身都很困难，但他又不肯睡到病床上。那张床足够大，但他怕他自己忍不住，半夜干点什么事。

"可我已经好了。"苏南捧着脑袋，她的短期健忘还没完全好，但已经不眩晕也不恶心了。

"我要回上海两天，你不能自己一个人待在家里，在医院我更放心。"夏衍说完，问她，"你是想回家，还是去别墅？"

两个苏南都不想选，苏家是重新装修过的，但她不想麻烦宋淑惠，连她住院都没有告诉爸爸，就怕老苏天天坐公交车倒地铁费上几个小时来看她。

他们的生活才刚刚走上正轨，苏南不想制造新的矛盾。

至于夏南鹏的别墅，苏南更不会去了，夏南鹏和顾姿君哪个都不好惹，每天病房里都像在摆宴席，餐点按时送到，无论说几次，东西都只多不少。

苏南还要去补拍电影镜头，绝不能多吃，她照着镜子，感觉自己脸已经有圆起来的趋势了。

"那好吧。"苏宝宝妥协了，她还是乖乖在医院里多待两天，等夏衍回来接她出院，但她马上提出了条件，她拍着床，"那今天陪我睡。"

"不是每天都陪你睡吗？"夏衍合上书，从沙发上起来，走到床前，摸摸她的头，自从进了医院，她就更会撒娇了。

"抱着睡。"苏南往旁边挪了挪，空出一半床铺给夏衍。

夏衍最终还是妥协了："好吧，等你睡着。"他躺上去，苏南整个人就扑进他怀里，两人抱了一会儿，虽然她很规矩，什么也没动什么也没摸，但他还是觉得病房里热了起来。

苏南感觉到了什么，她睁开一只眼睛，看了看夏衍，他在深呼吸调整自己，苏南抿着嘴巴偷偷笑，被一巴掌拍了屁股："嘲笑我？嗯？"

苏南摇头，脑袋在他胸口蹭啊蹭："没有，没有，没有。"

夏衍把她按住了，狠狠吻她，舌头吮住每一寸不放，在她唇舌上搅动吸吮勾缠，把彼此胸腔里的空气消耗殆尽，才抬起头来。他一边喘息，一边抬手擦掉唇边沾着的水渍："下次不乖，还这么惩罚你。"

苏南张着嘴，小口小口喘气，她整张脸都烧红了，眼底一片媚意，唇上满含水光，再也不敢闹腾夏衍，她也怕夏衍忍不住。

夏衍早上离开之前，苏南坐在床上，眼巴巴看着他出去，等那门一关上，她就打开手机狂刷微博，她已经忍耐了好几天，一条微博都没发。

病房里的花已经摆满了，单拍能凑齐九宫格，她拍了一张合照，发上去说【我在病房开花店】。

下面全是鼓励她的话，苏南狂刷一通，点赞回复，喜气洋洋，跷着脚丫子躺在床上，她今天终于可以点杯奶茶喝了。

苏南一边嘬着奶茶，一边跟苗苗、沈星打语音电话。沈星连骂她好几句，被苗苗劝住了。苗苗还在英国，比起苏南这事，她成功领了证，还举办了一个盛大的订婚派对。

苏南气得捶桌，这么好的机会，她偏偏躺在病床上，懊恼了一会儿之后问苗苗："那你回来是不是要办婚礼了？"瞬间像打了鸡血，"我们什么时候去挑婚纱？"

给苗苗当完伴娘，她差不多就可以当新娘子了。

一想到要当伴娘，苏南就不再放纵自己了，她开始严格控制自己的糖分摄入，一杯奶茶喝了一半，一口都不再碰，连今天送来的餐点，她也不吃了。

把这几天送的菜和汤大部分都给了照顾她的护工阿姨，短短三天，护工阿姨已经胖了一圈，她也吃不完这么多，问苏南说能不能把这些汤水点心给她孙女吃。

护工已经有了点年纪，苏南马上答应，反正她也吃不完，扔掉太浪费了。

她还从包里摸出一把巧克力给护工阿姨："把这个也给你孙女吃

吧。"这是她那天买来准备当喜糖发的，没能发出去。

苏南这几天没有严格按照夏衍的指示吃饭，她在暗暗减肥，为了贿赂护工阿姨，不让护工阿姨告诉夏霸王，她把柏雪工作室送来的小熊也给了护工阿姨，让护工阿姨送给她孙女。

沈星坐飞机到北京来看苏南，她背着大包出现在医院，把包往地上一扔，架着腿对苏南说："我接了个活。"

她跑北京外拍来了，顺便看看苏南。

苏南高兴疯了，她差点跳起来尖叫，没能跳起来，护工阿姨按住了她，她还没来得及跟沈星说上几句话，今日份的餐点送到了。

沈星看着这十几二十个餐盒"哇"了一声："你这是脑震荡啊，还是坐月子啊！"撸起袖子帮忙吃，她追了极光跑了三个国家，冰天雪地极速消耗热量，回来一上秤，又轻了回去。

苏南还把点心往她面前推："你赶紧补补，我都怕你扛不起那个包来。"

沈星没嘴说话，手冲她比划一下，打了个手势，把桌上的点心席卷一遍，喝了半罐汤把东西全咽下去："成了，我就在你这儿陪夜。"

苏南随手把湿巾扔过去："滚！你来我这儿蹭房来了！"

她嘴上这么说，心里也明白沈星要不是为了她，犯不着跑北京来接活，沈星在上海就能替人拍照，问沈星："你接了个什么活？"

"还能是什么，婚纱照呗。"他们这些干摄影的，接婚纱照是最赚钱的，沈星又有了下一个目标，她要去非洲拍动物大迁徙，为期一个月，卡上的钱又要从零开始攒，不得不多接点这种活。

"拍那个多累啊，也不稳定，你不如拍我吧，我跟你签长期合同。"微博长期要放照片，肥水不流外人田，沈星不在的时候，就找糯米。

沈星知道苏南红了，连她都跟着红了一波，她当年在论坛上跟人掐架的截图都被人放了出来，网友纷纷想扒这位灭绝师太，还找到微博上来了。

但她沈三刀已经封刀退隐，不再过问江湖事，微博里放的都是旅行记录，所以不论多少人留言问她，她都不回复，有这掐架的工夫，她能给自己多攒一天的伙食费。

苏南开了口，沈星也不矫情，她把那罐汤喝到底，抹抹嘴："行啊，你可得红得久红得长，我明年吧，想去拍企鹅北极熊。"最好能把去拍火山的钱也存够。

苏南大包大揽，随口承诺："没问题，保证我出的钱比市场价要高。"想一想又看沈星，"这俩是在一个地方拍吗？"

沈星半点没有不好意思，她抖抖脚，嘿嘿一笑："趁你火，我不得赶紧捞点。"

苏南自己收入暴涨，就想拉扯姐妹一把，先进带后进，大家一起富起来，她正和沈星畅想美好未来，苏南负责想，沈星负责吐槽她。爱米打了电话过来，苏南一接起，她就说："你这两天身体怎么样，能参加首映活动吗？"

"首映活动？"拍之前可没说过会有首映活动。

"投资方把这事搞大了，简单来说就是姐们儿你要红了。"爱米简明扼要，至于投资方是谁，那对苏南不重要，重要的是她可以借着东风，正式出现在媒体面前，而且是跟一众明星大腕一起。

这一系列的公益微电影已经基本剪辑完成，几部片子陆续开拍，有的早就已经剪成了。因为是关注一系列的社会问题，加上有著名导演和著名演员的加盟，资方决定办一个首映会，正式和媒体见面。

爱米还透露了一点小道消息给苏南："这次有报纸媒体联合署名，新闻是肯定要上的。"

现在只差苏南这一部了，她在恰好的时机，拍了部恰好的片子，连爱米都没想到她会这么走运。

如果她能上，爱米就能动用关系，把苏南那部微电影的海报放在会场中相对显眼的位置，到时会有各大媒体进行采访报道。

苏南握着电话怔了一秒钟，她结结巴巴："可电影不是还差几个镜头吗？"

"所以我问你身体怎么样了。"演员这一行，没大火特火之前，都是轻伤不下火线，苏南这么任性的已经少见，还是因为她不是工作室的艺人，背后又有人替她兜着。

苏南好像在做梦，踩在云里，她握着听筒，对沈星说："快！你扇我一下！"

沈星虚出一掌，苏南的皮都没刮到，但她已经清醒了，绝不能放弃这个机会，她说："我马上补拍，我还有什么要准备的吗？"

爱米说："只要美就行了，那天你就全程跟着我，对了，你那个仿妆，别再化了。"

正主柏雪会在，苏南那个仿妆仿得再像，动态也完全不同，不要留下黑点，她只要完全体现出自己的特色就行。

苏南放下电话，对还在吃椰汁红豆糕的沈星说："组织需要你，考验你的时候到了。"

沈星叼着红豆糕，嚼吧嚼吧咽下去："你又要干吗？"

苏南双手合十，哀求沈星："求你陪我去拍电影。"

沈星抱着胳膊："你真的没事儿？"

"真的没事！"苏南发誓，她一直待在医院，就是因为夏霸王不放心，觉得有这么多医生护士看着她，她就能按时吃饭按时睡觉。

其实她手脚灵活，又没病没痛，只要换上衣服就能出病房，掐着点儿再回来就成。

导演已经把素材粗剪过了，只差最后几个镜头的拍摄，都是苏南个人的，其实很快就能拍完，但她被夏衍严加看管，出不了医院。

这么好的机会，苏南不能放过，她决定偷偷溜出去，她先支走了护工，说有朋友在这陪她，不需要护工在，放了护工阿姨两天假。

那边已经架好了机器打好了光，就等女主角了，苏南换上衣服，沈星叫了车，两人结伴偷溜出了医院，沈星事先说明："要是你那位问起来，可不关我的事。"

"你不说我不说，没人会知道的。"苏南觉得这个计划万无一失，等夏衍回来，戏也拍完了，沈星也走了，就告诉他说导演把素材又过了一遍，不需要补拍了。等首映的时候，她只要打扮得漂漂亮亮入场就行了。

苏南做贼似的戴上了口罩墨镜，沈星也斜她一眼，两人坐上车去了四合院。

苏南一进门，导演就激动地要扑上来拥抱她："我的女神，我的……"

话没说完，被沈星一把架开了："说话就说话，别动手。"

导演看了沈星一眼，目光在苏南和沈星两人身上来回，感觉自己懂了什么，可苏南上回提前走不是说要去结婚吗？她难道是要去国外结婚，国内那也不合法呀。

"了解了解，话不多说，咱们就开拍吧。"导演干劲十足，要是早知道能有个首映仪式，还有这么多媒体到场，他肯定要更挑剔十倍。

沈星取出照相机，她的任务是给苏南拍花絮，苏南还拿出自己的手机，点开照相软件，沈星嫌弃得要死："你这是侮辱我的专业。"

苏南摇她的胳膊，要不是爱米忙首映的事不能来，她也不用指望沈星。

补拍镜头非常顺利，沈星还给苏南拍了个工作视频，苏南请大家一起吃下午茶也被拍了进去。

上午一帆风顺，下午茶吃完，苏南的手机屏幕亮了，上面闪烁着三个字"牢头霸王夏"，沈星冲她摇摇手机，吹了声口哨："你的牢头来电话了。"

苏南赶紧走到没人的地方接起电话，她努力镇定，接起电话喂了一声，懒洋洋的，假装自己在睡午觉，这个时间她确实应该在睡午觉："亲爱的，怎么啦？"

夏衍在对面顿了一下，他点开手机相册，在相册里看到了苏南拍的照片，她不仅不听话，还自己留下证据，竟然还要当面装无辜？

夏衍陪她演："今天怎么样？宝宝觉得好点了吗？"

"好多了，就是很无聊，你什么时候回来？我好想你啊，我还想回家去，我能不能出院回家？"苏南完全习惯了夏衍叫她宝宝，捏着嗓子可怜巴巴。

说想他，夏衍感觉自己气消了那么一点，但这种行为不能纵容："无聊？怎么会无聊，你不是在办茶话会吗？"

夏衍决定不演了，她竟然还想套他的话，一点都不知道自己已经露出了马脚。

苏南打了个嗝，她这才想起来，她和夏衍的手机是关联的，她拍了多少张照片，夏衍那里就能看见多少张照片。

她的拍摄花絮全被夏衍看见了，她和化妆小妹开玩笑，请大家吃下午茶点心，统统显示在手机的个人相册里，夏衍一张不漏全看了。

苏南"逃狱"被抓了个现行，而且她还撒谎了。

……

"怎么不说话了？"夏衍在电话那头问她，他连续几天都在忙，参加投资项目的会议，刚刚确定扶持一个共享计划，会议间隙点开了手机相册，里面唰的一下多了百来张照片。

本想打个电话看她知不知道错了，结果她竟然睁大眼睛撒谎。

苏南马上承认错误，她还在持续兴奋当中，状态好得不得了，一秒钟就能入戏："我错了，可我已经好了，而且这部电影还有首映仪式。"

夏衍本来还有一件重要的事想告诉苏南，她妈妈要从美国回来，想见一见她，夏衍沉吟片刻，决定先瞒下这个消息，他说："那我一定要去看我们宝宝走红毯了。"

苏南直到看了爱米发给她的首映地点、参与者名单和出场顺序，才知道爱米嘴里的"一不小心搞大了"，究竟有多么大。

连苏南这种外行人都能看出来，这个系列微电影的宣传，完全就是为了烘托柏雪的，众星捧月，苏南就是其中一颗小星星。

请来了电影圈这么多知名导演演员来拍这个系列的电影，说是公益电影，可这些导演演员早就不缺一部公益电影来炒高知名度了，没点人情人脉怎么可能把人集得这么齐。

连苏南拍这部电影都是拿了钱的，给她的价格还不低，所谓友情执导、友情出演和为公益献身什么的，那都是宣传词。

这回的系列电影连主流报纸媒体都挂了名，柏雪因为丑闻退出娱乐圈，回归的是一部小成本的文艺电影，大陆都没能上映。

虽然拿了奖项，也没能重回主流圈，但这一年里她参与各种大牌代言、杂志封拍，已经做好了全面复出的准备，在她的新电影上映之前，用这种方式，让她出现在多家主流报纸电视台的报道中。

这个资方真是舍得花钱。

苏南的出场顺序很靠前，毕竟她的咖位小，娱乐圈基本查无此人，虽然是众星捧月中的一颗星，那也是颗极小的星。

爱米用红线把她的名字圈出来，发了一段长语音给她："到时候有工作人员引导你，我不一定能顾得上，你先到工作室来化妆换衣服，你的礼服已经给你挑好了。"

柏雪工作室大手笔，此次所有参演的艺人都有礼服，苏南是电影女主角，当然要穿得光鲜漂亮，为了迎合主题，还要淑女端庄。

爱米最后问她："你有没有助理？差不多该请一个了。"以后这种活动只会多，不会少，有个小助理会方便得多。

"助理能跟着进场吗？"

"当然了，你那边几个人，给我个人数，我让人做胸卡。"

苏南把栗子妹报上去了，报上去才打视频电话给唐栗，抖着腿问她："你过几天有没有空来北京？"

唐栗知道她出了车祸，两人还视频过，知道她没有大碍，还以为苏南是邀请她去玩呢："你身体才刚好点，还是多休息休息吧，去北

京的机会有的是。"

苏南眨眨眼："看柏雪的机会可不多。"

唐栗的眼睛瞪得圆溜溜的，像两颗圆栗子，她张大了嘴，指着苏南，尖叫出声："是真的吗？是真的吗！"

苏南故作矜持："首映礼，我给你搞到了一张工作证。"

唐栗差点昏厥，她从床上跳起来，已经听不见苏南跟她解释，说要她当一天的小助理，可能到时候得跑跑腿什么的。

唐栗好不容易冷静下来："只要能让我看见柏雪，我愿意给小姐姐当牛做马。"

苏南一直觉得唐栗是颗福气栗，所有事业上的好运都是从她开始的，她将来一定是颗旺夫栗："那天你先跟我去工作室，化妆换礼服，工作室派车把我们送过去。"

唐栗已经在打包行李了，她把手机搁在柜子上，苏南只能看见她那颗丸子头在动来动去，她拎起一件衣服探出脑袋，问苏南："我穿这样见女神，会不会有点太随便了？"

真的不是她瞎激动，柏雪红透半边天的时候，唐栗还没能经济独立，等到她终于攒足钱能够参加影迷见面会了，柏雪又结婚生孩子去了，然后就因为丑闻息影，职业生涯从峰顶掉到谷底。

"工作室会发工作服，所有工作人员都穿长 T 恤牛仔裤。"苏南挖了一口火龙果，她这两天开始断碳水，喝柠檬蜂蜜茶，想参加首映的时候能再瘦一点再白一点。

唐栗一颗小心脏怦怦怦的，飞快收拾了行李，订了酒店，去北京准备看她的女神。

夏衍要首映当天才能回来，他保证晚上一定入场，苏南要了几张入场券，想给老苏看，跟夏衍说的时候，他劝她："你爸爸不是一直都反对你拍电影吗，不如投放到地铁上，你再告诉他。"

苏南沉默了，这是她事业的高峰，和这么多名人在一起，她想让老苏看看，想让他因为自己骄傲。

可她知道老苏对她进娱乐圈是个什么态度，苏南高中的时候有机会拍饮料广告的，广告要的就是高中生，穿那种衬衣短裙，在校园里拿着饮料打闹嬉戏，要自然真实，苏南回家告诉老苏。

苏南兴高采烈，她还准备把头发剪短一点，这样看上去更青春，可老苏没同意，他跟苏南说："那个圈子乱，你有什么事，爸爸帮不上忙。"

后来苏南没去剪头发，这个广告找了别人拍。

但这回不一样了，苏南对夏衍说："这次不一样。"

她的眼神闪闪发光，执着地想请老苏来看一看，夏衍不知怎么说服她，是老苏联系他的，告诉他苏南的妈妈回来了，两人没有见面，又怎么会出现在同一个场合中。

苏南打电话邀请爸爸，老苏拒绝了，他吞吞吐吐："爸爸很替你高兴，那天爸爸有事儿，那电影不是地铁上就能看吗，爸爸到地铁上去看。"

苏南很沮丧，她想让老苏看到她风风光光地站在台上。

夏衍在工作间隙打电话安慰她："叔叔有些怯场，与其让他不自在，不如就让他在自己觉得舒适的场合看你的电影。他打电话给我了，让我到时候给你送花。"

苏南知道爸爸的想法是让她好好找一个工作，朝九晚五，拿一份有保障的工资，过普通人的生活。但她不想那样，她没办法让爸爸在这点上满意，就只能收拾起那些失望，朝她心中那条路上走。

苏南满心兴奋，老苏不来看她首映，也只让她难过了十几分钟，她要准备的东西那么多，首映礼之后还会有媒体见面会，每个人都有单独采访时间，爱米给了苏南一些问题和答案，让她事先做好准备。

唐栗拿着一根胡萝卜假装是话筒，用各种角度问她这些问题："苏小姐以前并没有拍摄电影的经验，你给这次的表演打多少分呢？"

苏南假装坐在灯光下，她们把屋里能用的台灯都用上了，架在苏南椅子周围，唐栗一边问，一边不断闪着闪光灯。

沈星的婚纱跟拍已经结束，她啃着汉堡去浴室，用看两个傻子的目光看她们，等她啃完了汉堡薯条，下一个外卖送到的时候，这个采访还没完。

沈星拿起摆在吧台上的那张流程表，看一眼对她们俩说："这个采访总共五分钟，你们这都排练了一个小时了。"

就这五分钟的采访还囊括了整个电影的全体主创，导演和苏南每人最多分到一分钟，沈星这种程度的嘲讽完全没有打击她们的积极性，苏南不管，她继续开心。

唐栗给苏南试了妆，完成了采访，直到她们俩都觉得万无一失，首映礼前的准备活动才算完。

苏南直到那天早上起床，才有了些不真实感，她在浴室里洗澡洗头，给裸露在外的皮肤上粉的时候接到了夏衍的电话。

"我提前上飞机了，睡得怎么样？"

"我紧张。"

电话那头传来几声轻笑，夏衍说："你记不记得以前学校里通报批评，早操前读检讨书。"

苏南记得，可那时候她完全不怕，还有一种非常光荣的感觉，把董主任气得眼里冒火星子。

"你那时候要面对的人更多，不是也抬头挺胸的吗？"

苏南被他逗笑了，夏衍那会儿去参加比赛了，他不在，陆豫章替兄弟的女朋友保驾护航，他在下面起哄吹口哨，于是第二天读检讨的成了陆豫章。

"那次我不在，这次我可不会错过了。"

至爱和朋友都会来分享这一刻，苏南看着镜子里的自己，觉得自己从来没有这么有力量过。

爱米给苏南借了一件蛋黄色的礼服短裙，裙上嵌满了水晶，上身几乎是银色亮片裹住雪白肌肤，裙腰上嵌了一圈水晶当作腰带分割。

这条裙子把复古设计改头换面，用水晶点缀出了奢华感，正适合苏南的长相，显得她肤白貌美，银色细带高跟鞋把腿拉长，不知道的还以为她是柏雪工作室最近要力捧的小花呢。

主持人简单介绍了一下苏南，现场虽然已经聚满了媒体和粉丝了，但大咖都没来，人人都有点提不起劲，苏南倒没什么压力，因为也没什么人特意看她。

镜头倒是不断在拍她，没想到苏南竟然也有几个粉丝，在栏杆边上叫她的名字，她侧脸笑一笑，还以为是爱米安排的。

等她进了场，刷开微博，才发现她竟然也被人拍了几张现场照，那个小粉丝甩了满屏感叹号。

【真人又瘦又白又漂亮，太漂亮了，完全不输给女明星啊啊啊！！！】

苏南内心狂喜，但十分"平易近人"地点赞了这条微博，想想还是转发了，谢谢这个粉丝认出了她，她本来还以为会全场寂静地走过红毯。

苏南披上大围巾，到观众入场口去接夏衍，看见夏衍拿着手机，在替一个穿着考究的女人拍照，就在她那部电影的海报前，苏南暗喜，难道她已经收获了这种妈妈级的粉丝了吗？

那个女人回过头来，苏南的脚步渐渐停住了，她知道这个女人是谁，这个女人被深藏在老苏的大衣柜里二十多年，终于被宋淑惠打包寄给了她。

南萍的照片连同苏家的旧家具一起被扫地出门，宋淑惠没法扫干净丈夫心里的柜子，但她终于能把家里的柜子扔出门。

她打了个电话给苏南，话说得很客气："南南，家里要重新装修了，有些旧东西没地方放了，还是寄给你吧。"

苏南什么也没说，她把地址给了宋淑惠，收到的这些照片因为保存得好，这么多年还光彩亮丽。

苏南买了一本新相册，把妈妈的照片一张一张放进去，宋淑惠没有分拣过，她把那一箱东西都寄给苏南了，包括老苏的单人照和苏南的童年照。

苏南认真看过才知道，她和她妈妈长得并不像爸爸说得那么相像。她的眼睛嘴巴像妈妈，但脸型轮廓要更清晰，鼻子比她妈妈高得多，天然就带阴影，显得五官很立体，可能是像她没见过面的血缘父亲。

从照片上来看，苏南的个子也要比妈妈高一些，但妈妈依旧像她记忆里的那样，那么时髦，戴大耳环穿垫肩连衣裙，很早就去拍艺术照，这些照片就像那个时代的电影明星。

苏南在整理照片的时候，还会拍下来发给夏衍，晚上视频时她还在整理，偶尔会拿出几张她觉得最像的给他看。

两人可以很平和地交谈这些，夏衍也很高兴能跟她谈论这个，可她并没想过要这么早见她的母亲。

苏南站在那儿，和南萍隔着几步相望，有提前进场的观众已经看见了苏南，知道她是海报上的女演员，纷纷拿出手机来拍她。

栗子妹从后面出来找她："你怎么在这儿呢，快回去，马上就是首映仪式了。"她当了一个合格的小助理，尽职尽责地把苏南拉到后台去，再补补妆吸吸油，对一遍采访稿子。

那个女人像定格一样站在那儿看着苏南，连栗子妹都看出来了，她问苏南："怎么了？"

苏南摇摇头："没事。"她一眼都没看向夏衍，转身往里走，对唐栗说，"我要去一下洗手间。"

唐栗就在外面等她，苏南穿着礼服裙，手机只能握在手里，为了配合今天的礼服，她还买了一个新的手机壳，背面贴满了钻，十分闪耀。

电话响个不停，苏南两只手紧紧攥着，咬住嘴唇，深呼吸一下才滑开了电话。

夏衍在那头，电话被接起来了，他反而不说话了，苏南克制住情绪，不让情绪控制住她，这是她重要的场合，她不能搞砸了。

“有什么事，首映仪式之后再说。”说完她按掉了电话。

她要关掉自己的触角，就像微博疯转那些校花扒皮帖子时，夏衍教她的那样，他让她关掉一些接触信息的渠道，暂时把这件事抛到脑后，等首映仪式结束再去想。

候场的时候，导演看苏南坐在镜子前面一言不发，对她说：“你也别太紧张了，这种小场面，还是好应付的，你要真是紧张，到时候我来回答问题。”

小场面？唐栗噘噘嘴，他自己不是紧张到不断往厕所跑，竟然也好意思指导苏南，她们把采访稿子都已经背得滚瓜烂熟了，随便提起一句，苏南就能回答上来。

唐栗一边给苏南补粉，一边继续刷手机播报：“林深来了，哇，这里人山人海，林深跟我有同一个偶像，我们俩都非常有眼光。”

她也以为苏南沉默是因为紧张，不断说笑话想缓解一下情绪，流量小生林深是柏雪的资深粉，柏雪复出，林深还帮了女神一把。当时他的一票粉丝都苦口婆心劝他千万别理柏雪，她那个丑闻，谁沾谁倒霉，没想到还有今天。

现在谁都知道柏雪资源厉害了，林深得到了回馈，柏雪工作室一有什么大型活动需要男明星了，第一个选择就是林深。

“你也别太紧张了，讲道理，这么多大咖，到时候大家的注意力分不到你身上。”唐栗看苏南还是不笑，干脆这么安慰她。

苏南终于扯了扯嘴角，唐栗看她笑了，从包里掏出巧克力：“你要不要补补糖分，活络一下脑子。”

苏南确实需要吃点甜的东西，她含着一块巧克力，把巧克力含化了，用舌头一点一点舔进去，舌尖一尝甜味，心里就觉得舒服多了，那种揪心感也减退了，她最后背了一遍采访稿，就进了大厅，坐在贴着她名字的椅子上。

苏南坐在第二排，还算是比较正中的位置，柏雪的位子就在她右前方，柏雪和林深一起进场，两人有说有笑的。

苏南看见柏雪才知道什么叫美人。

她已经三十多岁了，可看上去比苏南还要年轻，状态保持得非常好，苏南自己就是美人，在各种场合也碾压过别人，可看见柏雪，连比较之心都没有。

所有人的目光都在柏雪身上，直到灯光暗下来，场上的闪光灯才停下，要是平时苏南肯定要拍照的，可她现在一半精力在电影上，一半精力在妈妈身上，妈妈一定就坐在观众席里，看她的电影。

这次拍的系列微电影，有宣扬关爱自闭症、抑郁症的，还有认知度不那么高的蝴蝶病，都是为了提升大众的关注度，希望人们能够关注这些病痛。

苏南拍的微电影主要是讲帕金森的，关爱老年人的晚年生活。

等电影第一个镜头出来的时候，她紧张到了极点，两条胳膊绞在一起，都不敢去看银幕上的自己。她看过很多遍了，但那是在手机上，画面放得这么大，还是第一次看。

苏南本来是很紧张的，结果导演比她更紧张，在她身边不断呼气，从西装口袋里掏纸巾，把纸巾都搓成了条。

第一个镜头是苏南在雨夜加完班去赶末班公交车，这个镜头反复拍了很久很久，感情戏她能一秒切入，这种戏份却不能，导演要求她跑了许多次，当时天已经很晚了，零星几个路人也都累得没力气看她，人人都想赶快回家去。

苏南穿着中跟鞋，跑了一遍又一遍，泥水溅在她的套装上丝袜上，终于把她疲倦不耐烦和委屈的情绪统统都逼了出来，最后一条是她拍得最好的一条。

等剧情发展到小院中和父亲的相处，苏南更是没有一点滞涩，她第一次拍电影，感情代入得就这么好。

这整个系列都是打动人心的，到苏南这里还能眼眶一热，体会从镜头中传达出来的无奈心酸疲惫，就已经很不容易了。

导演中途还想伸出手握紧苏南的手，两人像伙伴那样共同进退，苏南伸了手，摸到一掌心汗，从他的纸巾包里抽出最后一张纸巾，擦干手上渗出的汗水，小声说：“我们还是各自紧张吧。”

经过剪辑，电影呈现的感情层层推进，从含蓄到外放，给了人一个积累和释放的过程，导演虽然是新人，但这已经是很棒的作品。

掌声响起来的时候，苏南如释重负，她呼出一口气，惹得柏雪微微侧头看了她一眼，对她露出微笑，颔首道："你演得很好。"

　　被影后这么夸奖，苏南脸烧得通红，诟病柏雪的感情生活的同时，也要承认她的职业素养凌驾众人之上，金马、金像还有银熊，这么多分量的奖项让她头顶光环，她认可了苏南的表演，这比媒体的掌声更让苏南激动。

　　除了感谢，苏南一个字都说不出来。

　　导演比她更激动，他的纸巾用完了，开始用西装擦汗，苏南劝他镇定点，后面还有采访，手机一振，收到了夏衍的短信。

　　【真的太棒了。】

　　苏南抿着嘴唇，依旧为了夏衍的认可觉得高兴，她特别想问一问，她妈妈觉得怎么样，觉得她演得好不好？

　　南萍哭了，自第一个镜头开始，她就热泪盈眶。

　　没有人会懂得，她看见这个在她心底沉淀了多年的梦，在女儿的身上实现时，她的心情是怎么样的。

　　她这辈子都没能实现这个梦想，如果不是怀着这个梦，她就不会到北京来，不会被骗，不会怀孕，不会遇见老苏。

　　她的前半生和后半生，像是硬币的两面。

　　南萍看着女儿在电影里哭泣，每哭一声，她都跟着流眼泪，几乎是泣不成声地看完了这部五分钟的微电影，然后她就提前退场了。

　　她对夏衍说："我今天实在情绪激动，我们不要在这种情绪下见面，如果她愿意来见我。"她把准备好的捧花交给夏衍，让他送给苏南。

　　苏南的采访时间被缩短了，她只匆匆和导演回答了两个问题就被请下台去，导演准备的那一篇为了电影梦想的采访稿全没用上，两人拍了几张照片就结束了采访。

　　苏南等在化妆室里，唐栗到前台去看她女神去了，苏南还在想要怎么和妈妈见面，要怎么和妈妈说说话。爱米进来了，她拉住苏南："跟我走。"

　　苏南问她："去哪儿？"夏衍和妈妈还在外面等她呢。

　　爱米说："还我人情的时候到了。"

　　苏南不明所以，她被带到了柏雪的单人化妆室，几个人替她换礼服，这件衣服是刚刚柏雪上台的时候穿的。

　　爱米说："你的任务是引开狗仔。"她急得头发都要冒烟了，姜承航来了,还被人拍到了,对方联系了柏雪,说要周一见,爱米安抚苏南,"你坐保姆车去酒店,在酒店里住一个晚上,明天再出来。"

"可我男朋友还在等我。"苏南怎么也不能放心自己被人送到酒店去住一个晚上,万一发生点什么事可怎么办。

爱米看看她:"让你男朋友在酒店等你。"

苏南体会了一把巨星出门的风光。

她的妆面由专人负责，贴上双眼皮贴，让眼睛看上去更圆，长发打散，假睫毛分五段贴上去，比唐栗那个仿妆还要更细致，苏南仿佛化了一个特型妆。

爱米左右看她，还是不是很满意，但现在是晚上，她裹得严实一点，狗仔只能拍到模糊的背影，只要有五六分相像，都可以推给角度光线，只要让别人认为她是柏雪就行了。

"这真的不会穿帮吗？"苏南有点紧张，掌心出汗，心跳也很快，万一被人认出来了呢？

爱米拍着她的肩，安慰她："放心吧，没问题，里面也有我们的人，他们会挑最像的角度发稿的。"

苏南被人前呼后拥地出了场馆，她穿上礼服裙就是一个巨大的目标，本来围在门口的记者看见骚动都拥了过来，长枪短炮都往她身上招呼。

好在入夜了天气有些凉，爱米给她裹上一条大围巾，戴上墨镜，只露出最相似的那部分，被十几个保安送上了车。

爱米一直陪在苏南身边，紧紧扶着她的胳膊，小声告诉她不要抬头，他们研究过了，苏南微微低头的角度是最像的。

苏南心跳都快停了，她假装镇定，可百十号人围上来，她还是紧张，万一被人拍出什么来了呢？

闪光灯开得如同白昼，她戴着墨镜才觉得好一些，难以想象明星们从早到晚生活在闪光灯下是个什么感觉。

车门缓缓关上，保安一退，媒体狗仔蜂拥而上，还有镜头贴着玻璃窗想拍她的，苏南没有摘下墨镜，她嘴角保持着微笑，感觉自己浑身都在发抖，这几分钟她人都是蒙的。

"窗户上贴了膜，能拍到什么。"爱米就坐在她身边，轻拍她一下，"放松，到酒店我们再继续。"她冲着苏南眨眨眼，打开手机，从里面挑选出苏南可以接拍的广告，从护肤品到零食品牌，没想到这个人情这么快就用上了。

一路都有人跟车，爱米习以为常，苏南紧张完了，开始觉得刺激，她想问问这究竟是还了什么人情，爱米不说没关系，她还可以刷微博。

果然刷到了头号狗仔的微博，放了一张柏雪成名电影的海报。

粉丝和吃瓜群众纷纷以为柏雪是和前夫复合了，一张海报就让她们吵成了一团，双方的粉丝掐架，什么难听说什么。

光一张海报苏南看不破天机，爱米把手机递给她："这是目前你能接的广告代言，你自己挑一下吧。"

回报分分钟就来了，后续如果她愿意，还可以拍电影，只要有合适的角色，优先考虑的人选都会是她。

苏南看到这个的第一时间就想问问夏衍，可她还想多生一会儿气，夏衍没有提前问过她，就把她妈妈带来了。

苏南虽然发短信告诉了夏衍酒店的地址和房间号，但她没打算这么快就原谅他。

夏衍已经等在酒店套房里，他支着腿看着窗外的景色，不知道自己要怎么跟她道歉，她才能接受。

爱米把人送上楼，整个过程很迅速，苏南紧张得汗都出来了，直到进了房间，她才松一口气。爱米站在门口，里面已经准备好了香槟和餐点，算是为了苏南首次亮相庆祝："你演得非常棒。"

她说完抱了抱苏南："今天就别发微博了。"免得图片上有什么蛛丝马迹被人抓到。

苏南关上门，夏衍从房间里出来，他一只手拎着冰镇香槟，一只手扯开领带："打开吗？为你庆祝。"

这个夜晚对苏南来说冲击太大了。

"妈妈呢？"她终于可以用"妈妈"两个字来称呼南萍了。

夏衍知道她最想问的是什么，他走到桌前，从花瓶里取出那束花："这是阿姨亲自挑选亲自包扎的，是送给你的。"

朝思
暮你

268

苏南还站在那儿，她的目光盯在花上，几枝桃红玫瑰，几朵白色铃兰，和绿叶夹杂着扎在一起，外面束上丝带，绑着蝴蝶结。

这花束很小，可是很漂亮。

"她看哭了。"她不走过来，他就走过去，一步一步，非常狡猾，像只怕惊扰了小动物的狐狸，他走过去把花递给她，"她说她的情绪太激动了，实在不合适在这时候见你，如果你愿意见她，就联系她。"

苏南忘记了要发脾气，她伸手接过捧花，眼泪从眼眶里滴在花瓣上："她觉得，我演得好吗？"

"当然了，她一直都在哭，她说你演得实在是太好了。"夏衍张开怀抱，搂住苏南，趁她忘记生气，把她搂在怀里，"是我自作主张，带她去的。"

南萍本来想请苏南吃饭，她从夏衍这里得知，这些年老苏都没有用她给的钱来养育苏南，她缺失了女儿长大的每一刻，没有资格要求女儿体谅。

痛哭的同时，又非常愤怒，最后还是更悔恨，如果她能硬着心肠，不管女儿是不是恨她，都把她带回身边来，就不会是现在这个样子了。

夏衍出于礼貌安慰她，又请她去看首映会："南南有一部微电影，就这两天有首映仪式，她会走红毯，还会有记者采访，阿姨想不想去看一看？"

南萍惊讶地看着夏衍，她喃喃发问："她心目中的学校原来是影视学院？"

她的脸上有了光彩，她没想过女儿会这么优秀，她同意了，准备看完了就离开，等双方谈过了再见面，没想到会在大厅里碰见，出现那么尴尬的局面，可能还会影响她之后的发挥。

可她不后悔去看女儿的电影，她记忆里的女孩还是苏南小时候的样子，穿红皮鞋，小裙子，老苏虽然有寄照片给她，但只到苏南高中毕业，那些照片上苏南笑得再灿烂，也不如看见真人。

南萍看见女儿光彩照人，又看了女儿的电影，女儿演得这么好，这么打动人，让南萍感同身受，好像那间房子就是她过去的家，她离开了，把女儿和丈夫留在里面。

那个情境让苏南很容易代入感情，南萍也是一样的，她无数次想象过她走后女儿的生活，如今看见女儿在银幕上落泪，她知道那泪水都是真的。

所以她才更没办法面对女儿。

苏南靠在夏衍怀里哭,夏衍不断拍着她的背,知道这时候让她哭出来,她能更舒服一点:"你要是不想见她,她也不会勉强。"

苏南好不容易把眼泪止住,当然要见,她已经做好了准备要见的,妈妈能来看她的电影,她心里其实很高兴。

"要不要泡个澡,我们开酒庆祝?晚点再考虑是不是要见面。"夏衍缓缓吁出一口气,扶着她把她送进浴室,水已经放好了,里面还洒着玫瑰花瓣。

苏南哽咽着卸妆,给自己贴面膜,把手机交给夏衍,让他替她回复那些祝贺的消息。这个首映礼上了当天的娱乐新闻,还会上第二天的北京台新闻,北京台是挂名合拍单位。

老苏今天没来看她,也能在明天的新闻里看见她,苏南所有的亲戚朋友都会在电视里看到她。

她卸完妆,滑进落地玻璃窗边的浴缸里,贴着面膜泡澡,蒸气让皮肤加速吸收精华,她刷到一条朋友圈,是夏衍的,他的朋友圈向来只对她一个人开放,今天却难得发了一条大家都能看见的。

是苏南的微电影,首映之后就在网上播放了,夏衍转到朋友圈,很快夏南鹏也跟着转发,他在拍儿子马屁这件事上,不遗余力。

苏南喝了两口香槟,整个人有点晕乎乎的,泡在水里看到公益微电影上了热搜,她的粉丝们看了她演的片段全都在疯狂艾特她,原来她说的工作,竟然是这么大的项目。

苏南刷着微博出神,夏衍坐了进来,他给苏南擦背,从苏南进了医院到现在,两人都没有这么亲密过了。

又喝了一点酒,放着缓慢抒情的音乐,苏南还沉浸在电影受人喜爱、被人夸奖的喜悦中,所有的事都是刚刚好的。

夏衍甚至还拿了一个杯子蛋糕,把冷烟火插在上面,"嚓"一声点燃了它,关掉房间里的大灯,他的手像蛇一样滑过去。

苏南知道他想干什么,她一言不发,顺势躺在他怀里,嘴唇轻抿夏衍的耳垂,留下旖旎痕迹,她把头搁在他肩膀上,身体水淋淋的,目光也水淋淋的:"我想先要。"

夏衍咬住她的嘴唇,今天这个日子适合浪漫,他把手伸进水中,细致地照顾她的喜好,接吻的频率放慢,手指的动作加快,苏南细喘的时候,就在她耳边讲情话。

苏南闭上眼睛享受，那支冷烟火棒很快燃尽了，屋里只有蜡烛的光亮，和窗外的夜色霓虹，苏南在自己享受的时候，用腰臀去磨蹭夏衍，感觉他越来越难耐了。

水声"哗"的一响，她软软地靠在男人身上，夏衍贴着她的耳朵吹气："该轮到我了。"

苏南半眯起眼睛，外面的霓虹落在她眼里，更添一点媚色，她从浴缸里爬起来，裹上睡袍："没门。"

原来她还在生气。

看得着吃不着的日子，夏衍挨了四十八小时，苏南要么套着他的长衬衣，要么穿着吊带裙，每次都在关键时刻喊停。

夏衍低头看看自己，觉得再这么急刹车下去，对他们俩以后的"性福"生活影响巨大，这刹车可就快要失灵了。

他问苏南："我们宝宝什么时候才能消气？"

苏南不理他，她赤着脚在涂指甲油，从一排颜色里，挑了一个很粉嫩很夏天的颜色，她要拍杂志封面，整个公益电影的系列活动还没结束，这只是宣传的一个环节。

她瞥过目光，扫了夏衍一眼，意味明显，她还在生气，但再哄哄也就好了。

夏衍坐到地板上，把她的脚捧过来，拿过小刷子，替她涂指甲油，一层又一层，刷得饱满莹润，比苏南的手艺要好得多了。

苏南脚心怕痒，但被他手掌钳住，热烘烘的手心贴着她的脚心，苏南忍不住发笑，她颤了两下，看见夏衍专心致志地握住她的脚，用小刷子给她的脚指甲上色。

他这么专注，她只能看他垂下眼帘露出来的两扇睫毛。

苏南不笑了，她把头搁到膝盖上，一只手托着腮，看他把最小最难涂的那片脚指甲涂好，一点颜色都没有沾染上皮肤，还对着脚背吹气，想让它快点干。

她突然之间就不生气了，把手搭在腿上，对夏衍说："我准备好了，我想见见妈妈。"

夏衍没有抬头，他手上还拿着小刷子，随口答应："好啊。"好像苏南只是说要出去吃个饭这么简单。

苏南发现自己喜欢他这种态度，不被他当成易碎物的时候，她就更坚强。

苏南跷着脚等指甲油干，夏衍打电话订餐厅，不知道苏南的妈妈喜欢吃什么，订了南萍酒店楼上的中餐厅，让她离得近一点，也许吃完饭，母女俩还能回房间聊聊天。

苏南答应完了才开始紧张，她开始搭配衣服包包鞋子，试完一套之后问夏衍："她会喜欢吗？"

"我很喜欢。"夏衍撑着头，歪躺在沙发上，看她转来转去，又忐忑又欢喜的模样，微笑说，"你只要穿得舒服就行。"

苏南一出现在妈妈的眼前，就是最风光的样子，她不用刻意打扮，那一幕她妈妈永远都不会忘记的。

苏南依旧花心思打扮了，她穿上连衣裙芭蕾鞋，打扮得比见未来婆婆的时候还要素净。开车去见妈妈的时候，她问夏衍："他们见过面了吗？"

问的是爸爸和妈妈。

夏衍摇摇头："没有，他们双方都认为没有见面的必要。"

托一个小辈在中间传话，老苏不愿意破坏现在的家庭，他终于放下这么多年的执念，而南萍在走的时候就已经没打算再见丈夫了，这段强拧的缘分，时隔二十年，还是断了。

苏南打开小镜子给自己补妆，衣服素了，口红就是她脸上的亮点，薄涂番茄红，显得她气色极好。

他们到的时候，南萍已经到了，她局促不安地等在包厢里，那门一次次打开，每次她都紧张得站起来迎接，发现不是，又重新坐回沙发上，短短十分钟，她感觉像是等了一辈子。

苏南进包厢的时候，她又站起来了，终于等到女儿进门，她反而不知道说什么好，反复酝酿的情绪像休眠的火山，并没有喷发，她站在那儿，叫了一声："南南。"

苏南当面没有叫出妈妈，她只是点点头，两个人都钉在原地，没有谁往前走一步。

夏衍先开口了："来的时候有些堵车，阿姨等很久了吧。"

南萍回过神来："没有，是我提前到了。"

苏南在观察她妈妈，上次匆匆一眼，她已经知道南萍的生活水平很高，比夏衍的妈妈还更显富贵。

不是她的衣服有多考究，也不是她手上的珠宝有多大颗，她也穿得朴素，脖子里就只戴了一串珍珠，可她的气质就是透露出与众不同来，她还很美。

到了这个年纪，还能称赞一声很美，可以想象她年轻的时候那无法领略的美貌。

苏南坐在桌边，夏衍去点菜了，留她们母女独处，南萍先开的口："你演得太好了。"像做梦一样，她的女儿完成了她的梦想。

苏南微微笑一笑，伸手拿起茶壶，替南萍倒了一杯茶，南萍受宠若惊，她捧着茶杯，听见苏南向她道谢："谢谢你。"

她看出妈妈小心翼翼，这种态度苏南很熟悉，老苏也是这么对她的，夏衍一直不回来，她告诉自己成熟一点，既然决定了要见，就把这次见面简单化，她们不用谈过去，她们可以谈现在和未来。

"那个我追公交车的镜头，从天黑就开始拍，一直拍到末班车开走。"苏南笑着告诉妈妈这些趣事，"我穿着高跟鞋，跑了一遍又一遍，脚后跟的皮都磨破了。"

南萍很努力地克制住泪水，她睁大眼睛，微张着嘴，整个人向苏南倾过去，认真听着这一切。

"还有我们租的那个院子，其实特别小，导演的镜头离我就这么近。"她比画了一下，"除了那个追公交车的镜头，别的镜头，我基本都是一次过的。"

南萍年轻的时候去过片场，她就在那儿等机会，知道拍戏有多么辛苦，可是她乐此不疲，直到被一个所谓从香港来的导演给骗了。

她不断点头，想说不要这么辛苦，可看见女儿高兴的样子，又不说了。

原来她也不懂，她只身闯北京的时候家人有多么担心，现在看着女儿，她全明白了，她问："你以后还拍电影吗？"

苏南不知道，她皱皱鼻子，这是她小时候回答不上问题的习惯性小动作。南萍终于忍耐不住，从手包里掏出手帕，按在眼睛上。

她对苏南说："南南，妈妈对不起你。"

普通生活里的琐碎事终于磨掉了她想过安稳生活的心，婆婆不拿正眼看她，丈夫的姐妹也是一样，她在闲言碎语里不得安生，生活把她和老苏打了一个错误的结，她解不开这个结，就只有剪掉它。

可她扔下女儿，也一样是不可挽回的错误，在国外生活更辛苦，她没有脸联系家里，直到她有一份稳定的收入，能勉强维持温饱，才想到联系前夫，问问女儿的近况。

南萍低下头，苏南直视她，想了一会儿，问道："你这些年，过得好吗？"

苏南用眼神问妈妈，你追求到了自己想要的东西吗？

可南萍没有抬起头来，她后半辈子算是好吧，第二任丈夫给了她一个安稳的家，可她热烈爱过的人，一个也没有。

"挺好的。"说回自己的生活，她就有话可说，"我常年在檀香山，那里的气候对身体好，你愿意可以过来度假。"

两人都没想着要弥补缺失了二十多年的母女情，反而让事情变得简单了，南萍不强求女儿原谅她，因为无可原谅，苏南也不想着去体谅妈妈。

苏南点点头："好啊，我可能会去拍婚纱照。"

说到结婚，南萍笑了："你的眼光很不错。"

老苏很满意夏衍，妈妈也满意夏衍，这可能是两个人唯一的共同点了。

夏衍终于点了菜回来，他像是没看见两个人脸上还没褪去的激动，也装作不知道她们眼眶微红，说："这里点心不错，有你喜欢的卡通包子。"

苏南不是喜欢吃，她是喜欢拍照片，各种小动物的，拼在一起发微博，苏南笑眯眯地挽住他的胳膊："我们在说以后要去夏威夷拍婚纱照。"

幸福从不突然出现，它是有了万全准备才降临的，夏衍听见，笑看她一眼，在桌子上就握住她的手："好啊。"

南萍看着女儿，看到她幸福，才觉得自己的人生也没有那么失败，她没有告诉女儿她这次回来是因为她的癌症复发了。

她第二任丈夫一死，她就被检查出得了胃癌，皮肤可以修饰，可她内脏器官受的苦没那么容易恢复，切除三分之二的胃保住了她的生命。这些年她一直都在调养身体，终于回来，是她又要动刀了，想在动刀之前见一见女儿。

她的遗嘱早已经写好了，直到回美国南萍也没有告诉女儿她生病的消息，留给苏南一张卡，对女儿说："这是妈妈给你准备的婚房，密码是你的生日。"

苏南不肯要，南萍却告诉她："女人一定要有自己的房子，不要被人赶的时候无处可去。"

"我有自己的房子。"苏南说，她不记得这是从哪里来的印象了，也许是妈妈灌输她的，一句无心的抱怨耳语，在苏南心里生了根。

南萍上飞机之前，苏南终于叫住她，对她说："妈，等你下次回来，能不能给我做个糖水荷包蛋？"

南萍对她点头，颤抖着嘴唇答应她："好。"

一直到最后，苏南都没有问起她爸爸究竟是谁，这是南萍的伤疤，也是她的，她们已经好了，这处伤口化脓又愈合，已经结了痂，长出了新肉，留下一个淡粉色的印痕，是谁都不重要了。

苏南送走了妈妈，扭身抱住夏衍的脖子："我们买婚房去吧。"说着拍拍胸口，"我来出钱。"

苏南现在是小有资产的，以她的收入买房子绝没有问题，看她眼尾一勾，笑得风情万种的模样，夏衍有一种自己被女土豪包养的错觉。

他在上海有房子，顾女士为了跟前夫比赛，早早买好了一套大平层，就在江边上，风景非常好。但以顾女士的性格，住了她买的房子，她就对你的生活有更多的发言权。

夏衍不会让这种事发生，他搂住苏南的腰："回去就看房，你可以再买一套自己的房子。"

单独写苏南一个人的名字，算她的婚前财产，对苏南这样的女性来说，投资什么都不如投资房产涨得快。

苏南捏捏他胳膊上的肌肉，就这么愉快地决定了。

他们收拾东西回上海去，走之前跟老苏一起吃了饭，这回是老苏掌勺的，宋淑惠打下手，他做了很多苏南记忆中的菜。

"好久不做了，手都生了。"老苏系着围裙，笑呵呵地站在厨房颠勺，油锅"刺啦"响着，油烟中老苏的样子跟苏南记忆中的爸爸重合，这就是她最熟悉的模样。

小北坐在桌前，没看电视，也没玩游戏，他这几个月长大了很多，家里发生的事，小孩子总是最敏感的，他长到这么大，也没有吃过爸爸做的饭。

宋淑惠一下子就闲下来了，她洗了满满两大盆的水果端出来，摆在桌上："菜还没好呢，你们先吃点水果。"

她知道南萍回来了，她没管老苏是不是去见心里这个忘不掉的人，她过她的日子，女人一旦恣意起来，反而过得好了。

宋淑惠气色好了，人都胖了，一起胖了的还有老苏，他又开始干家务活，越干还越精神，絮絮叨叨告诉女儿："南南，这鱼爸爸跑东边菜场去买的，可新鲜了。"

鱼下了油锅，煎得金黄酥脆，捞起来再淋上热酱汁，端上桌又好吃又好看，老苏这一手南边菜，还是为了南萍学的，多年不做手艺还在。

小北看着桌上摆了满满一桌子菜，像过年似的，他比过年还更开心，一边吃一边说："爸爸做的饭比妈妈做的香。"

宋淑惠摸摸儿子的头，给他开了一罐椰奶："那以后就让你爸给你做。"

新养的小奶猫起了个正式的名字，叫元宝，明明才三四个月大，看上去已经像个大毛线球，黄灿灿的，就在脚下打转要吃的。

苏南一点都不觉得尴尬，她笑着坐在那儿，答应下一个暑假给弟弟配一台新电脑，学校总有作业是在电脑上做的，家里那台已经旧了，但他要保证必须考到年级前五。

小北眼睛都亮了，他喜滋滋地看着姐姐，小声问她："你能不能跟我拍张照？我们班同学说你可漂亮了。"

小北非常自豪，他告诉他那些同学，自己班的和别的班的都有，说地铁里放的电影是他姐姐演的。

苏南笑了，她拿出手机，点开相机，顺手把元宝捞起来，搁在脸前拍又萌又显脸小，两人一猫的合影发给了小北。

宋淑惠不再私下跟苏南说什么了，她就在饭桌上说："南南，我带你爸复诊去了，确实是炎症，没有什么大问题。"

吃完饭，宋淑惠收拾桌子，老苏送他们到胡同口去，赶傍晚飞机，夏衍去发动车子，苏南迈过门，听见老苏问她："南南，你见了吧？"

"见了。"这一片砖墙外面爬满了蔷薇藤，春天里生出新绿，天气热得很快，这会儿已经零星开了几朵粉蔷薇，香味很淡，已经有了夏日的气味。

老苏没有再多问什么了，他点点头："见了就好。"

夏衍的车已经发动好了，两人没有再说什么，苏南跟老苏挥手，往车上去。坐上车还看见老苏站在门边，站在蔷薇的绿荫里，她从窗口伸出头去，冲里面喊一声："爸，你回去吧。"

老苏摆摆手，人却没动，看见车子出了胡同，这才转身进去。

苏南在飞机上例行护肤，贴两片补水眼膜，发消息告诉孙佳佳，她要离开北京了，下回等校庆的时候再聚。

苏南照着镜子问夏衍："陆豫章怎么样了？"

"他……他好得很，再吹一口气，他就能成仙了。"像块狗皮膏药似的贴在孙佳佳的身上，现在已经能拄着拐杖去上班了，昭告全公司，孙佳佳是老板娘。

陆豫章还打电话过来跟夏衍呛声，说指不定谁先当伴郎呢，说不准他会先结婚，到时候让夏衍替他挡酒做俯卧撑。

夏衍一听他这语气就把电话给挂了，莫名不爽，就陆豫章这猴子样儿，还想先结婚？那绝不能够。

苏南看了他一眼，知道他为了什么不高兴，没能领成证，时机过去了就是过去了，下回得再认真求婚。

苏南回了家，她这几天没有工作，夏衍工作的时候她去看房，也不用特意发给他看，只要拍下照片，他就能从自己的手机里看见。

看房之前，苏南算了算自己卡上的余额，妈妈给了她那张卡，没有告诉她里面有多少钱，她在 ATM 机上查了一下，被妈妈的大手笔给震惊了，卡上的钱足够她买一套江景大平层。

她立马给夏衍发微信【我现在也是富婆了，可以包小鲜肉的那一种。】

夏衍正在磨咖啡，挑挑眉毛回复她【你不是早就包养了我，一次两百，麻烦请把尾款结一下。】

他发完把手机揣口袋里，端起咖啡杯一路带笑地走回办公室，路上还有女职员问他："夏总，地铁上放的那部微电影，女主角是不是你女朋友啊？"

大家都已经摸清了新来的小夏总，平时绝不带私人感情工作，基本是个工作狂人，但只要讲到他女朋友，他十分乐意跟你聊几句。

果然，夏总笑了，他喝了一口咖啡："是未婚妻。"

苏南收到微信一下愣了，这才想起来他们重逢之夜过后，她给夏衍发了一个两百块钱的红包。

没想到他一直记到现在。

夏衍刚回到办公室坐定，就收到一笔转账，数目有零有整，他粗粗估算了一下，正好是他和苏南重逢之后按每天两百块来计算给他打的钱，里面还很精确地扣掉了她生理期的天数。

他埋头耕耘四个多月，拿到的钱还不够给她买的那个镯子。

夏衍还没回复，苏南又发了一个两百块钱的红包给他，上面还有

一行字【今天晚上好好加油。】

夏衍很爽快地领了红包，决定要谈一谈，给自己涨涨价，包夜是这个价钱，包养可不是这个价钱了。

他按下秘书的电话："下午茶，我来请。"

整个下午，红丰上海办公室都处于一种迷之欢乐的氛围，人手一杯网红奶茶，一个网红肉松包，大家纷纷猜测，公司一定又谈成了什么大项目，夏总工作狂归工作狂，人还是挺不错的。

确实不错，他身体力行下班打工赚钱请员工吃了下午茶。

苏南开始看房子，手里有了钱，能选择的范围就更多了，她有一套小的可以留下出租，再买一套大的。

说是说她来买，夏衍还是给了她一张卡："不多，百来万吧，是我工作攒的钱，给你添砖加瓦。"

然后，他又拿出一张："这个是老夏给的钱，用不用你看着办。"

夏南鹏从儿子回家拿户口本开始就追问夏衍拿什么钱买房子，他知道以儿子工作的收入，只能按揭还贷款在上海买房。

夏衍被他问得烦了，告诉他："苏南买，我蹭她的房。"

夏南鹏被儿子的无耻给震惊了，他皱了眉头："这怎么行呢，买房这钱还是应该我们出。"给块表都两百万，给买房子的钱更不能少，这钱他出得心甘情愿，买房的话就是不住顾姿君给的房子。

夏南鹏给儿子打完了电话又打给顾姿君："你知不知道儿子要买房？你这个当妈的，你也关心关心，让两个孩子跑，他们懂什么，学区地段都要考虑。"

顾姿君一下把电话给挂了，一个电话打过来，也要表示表示："你们年轻人能自己奋斗是好事，我们长辈也要给一点心意。"

这哪里是一点心意，苏南包里揣着四张卡，重得她都走不动路了。

学区地段也是苏南考虑的，看了好几套，市中心学区好，可是房子很普通，早年好的楼盘都已经旧了，要么就是户型不理想，要么就是绿化不理想，有一个小区倒是错层的，可空间又不够大。

跑楼盘真的累死人，苏南几天健身房的运动量都消耗完了，才看中了一套临江的，江景房看外滩夜景，停车库刷卡上楼，出门就是商业区，离夏衍工作的地方很近，早起要是想锻炼，可以走着去。

苏南跑了一天，果断找了一家足浴店泡脚按摩小腿，给她捏脚的小妹子一眼认出了她："你是不是……是不是演电影那个。"

朝思暮你
278

微电影在地铁上不断播出，正是大众记忆最深刻的时候，苏南这一路被房产中介小哥认出来，被便利店店员认出来，现在又被认出来，她为了保持良好形象，赶紧把身体坐直。

回家瘫在沙发上，看看时间已经不早了，发微信召唤她的小鲜肉【速速回来侍寝】，没错，她又接到部宫廷剧的特邀客串戏。

苏南并不急着买房子，一直也没有挑到合适的，干脆就慢慢选，她把那些钱买了个理财，银行工作人员被她手上大笔流动资金震惊，点头哈腰地把她给送了出来。

苏南买了个短期，方便随时取出买房子用，可就算是短期的利息也足够她买买包高兴一下了。

苗苗从英国回来，沈星又往新马泰转了一圈替人拍婚纱照，接到苏南的电话，让她回来准备给苗苗拍婚纱照。

苗苗嘴上说还早，结果已经领了证，是三个女孩里最早的那一个，苏南争不着第一，勇争第二。

沈星一只手往嘴里塞小龙虾，一只手用筷子捞汤里的年糕吃，百忙之中抬起头："放心吧，不跟你抢。"

沈星是个不婚主义者，苏南是板上钉钉的第二名，她嗑完虾壳，把汤里的年糕全吃了，满足地打了一个饱嗝："婚纱照嘛就那样儿，我已经练过手了，放心吧。"

原来她是为了练手才接了那两单婚纱照的活。

苏南这个首席伴娘当仁不让，替苗苗把那些乱七八糟的事都揽了过来，她搂住苗苗："从今天起我就是你的婚礼小秘书了。"

苏南和苗苗同屋四年，两人好得如胶似漆，苗苗的喜好她一手掌握，替苗苗把不重要的问题给过滤掉，拍胸脯保证自己会给苗苗策划一场完美的婚礼。

她买了很多婚礼杂志，关注了各种婚礼策划公司的微博，研究各家酒店菜色，她的微博粉丝发现她的新关注，纷纷问她是不是要结婚了，毕竟之前都是已经晒过婚戒了。

夏衍看她每天都在做新娘功课，揉揉她的头发："提前预演一下也好，我们也该订酒店了。"

苏南算一算确实要订了，提前一年才能选到好日子，可她还是没拿定主意，究竟要办个什么样的婚礼，古堡婚礼正红火，海岛婚礼更浪漫，要二选一，真的很难。

夏衍躺在沙发上看书，听她坐在地板上摊着杂志絮絮叨叨，伸手摸摸她如瀑长发："我们可以两个都办，挑一个办婚礼，再挑一个过结婚纪念日。"

夏衍放下书，看到婚礼杂志的那一页正好是个古堡婚礼，两个小花童像洋娃娃一样可爱，替新娘拎着裙摆。

"要是咱们俩足够努力，一胎双生或者三年抱俩，那结婚五周年纪念日的时候，就是我们的孩子给你拎裙摆了。"

苏南想了想，竟然有点小心动，但她娇滴滴地翻了个白眼："三年抱俩，你当是老母鸡抱窝啊！"

夏衍想到双胞胎问她："你妈妈那儿有没有生双胞胎的？万一咱们真的生一对双胞胎呢，最好一个女孩一个男孩。"

苏南连妈妈那边的亲戚都没见过多少，当然不知道那边有没有双胞胎的基因，婚礼还没选定呢，有的人就已经开始做梦了。

苏南瞥瞥他："我不喜欢女儿。"

夏衍一怔，觉得奇怪，她有这么浓厚的穿衣经，生个女儿打扮成洋娃娃，她应该是很高兴的才对。

苏南伸伸脚，把一家不靠谱的婚庆公司给画掉，她咬着笔杆子说："要是生个女儿，你会特别喜欢她的。"

吃自己未出生孩子的醋吃得理所当然光明正大。

连夏衍都愣了一下，他问："那要是生个男孩，你会不会特别喜欢他？"

一个像夏衍的男孩，苏南翘起嘴角，看着小男孩长大，不知道会不会特别像他，连长相带脾气。

"你要是特别喜欢他，那我也吃醋了。"说着把长腿一搭，感觉早生孩子也没什么好处，他们可以等一等。

苗苗的婚礼就定在苗家的老洋房里，苗苗继承了这栋历史遗产，苏南实地去量过尺寸，觉得这里能办一个小型典礼。

她的想法和程先生请的婚礼策划师一样。

叶秾一看苏南的样子就知道她喜事将近，从包里掏出名片，递给苏南，苏南接过来看，白色暗纹的名片，是一串法文，"MARIAGE D'AMOUR"。

叶秾长得很文气，眉清目秀，但看一眼就知道骨子里很有拼劲，

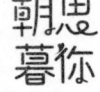

她向苏南介绍自己："程先生原来求婚是我做的策划案，现在离开了原公司自己单干。"

苏南有点诧异，这个公司她曾经关注过，因为十分羡慕苗苗那个求婚仪式，浪漫得要人命，还想这次婚礼也去接触这家公司的，原来方案策划人自己出来单干了。

叶秾知道苗苗的喜好，上一个方案她就非常满意，听说当天晚上就求婚成功了。这次婚礼也由她来负责，跟上一次一脉相承，但要多一点改变，要更浪漫。

苏南看她拿出来的两个方案，这边只是简单的一个仪式，晚上会请亲友到酒店吃喜酒，还有一个仪式，两个仪式是不同的风格。

苏南看过叶秾以前做的方案，十分心动地想把自己的婚礼也交给叶秾来策划，可她还是没想好到底先选哪一个。

叶秾说："目前我还没有办海外业务的团队，不知道苏小姐的婚期大概在什么时候？"

苏南想一想："一年后。"

叶秾思考了一下她的业务规划，她原来就办过海外婚礼，只是单枪匹马自己出来熬，短期内不能保证能办到，但一年后绝对没有问题。

她笑了："如果相信我，可以在我这里预订，到时一定交给苏小姐一个称心的婚礼。"

短短半年，苏南就已经不是过去那个自己接活的小网红了，爱米还承担了一部分她经纪人的职责，爱米依旧是那句话："欠的人情是要还的。"

苏南已经知道为什么要还人情了，柏雪和姜承航的地下恋情，这种八卦属于惊悚悬疑类，不是她问了就能知道的。

但爱米的回馈是源源不断的，她替苏南拿下了一个国产护肤品的广告，虽然是国产，但是个百年品牌，刚刚开始做高端护肤品，原来的就是旗袍美人当广告，现在换成苏南。

也幸亏苏南没有像别的网红那样接廉价低端微商产品推广，哪怕国牌也是有口碑正规生产的。苏南百忙之中抽空拍了支广告片，整个广告拍得很有花样年华的感觉，苏南穿着各色旗袍在老上海背景中穿梭。

早晨起来抹一点雪花霜，用玻璃瓶子喷香水，换上旗袍坐黄包车约会，整个广告拍出了连续剧的感觉，在微博上热转一圈，从来都是羡慕别的国家广告拍得好，这支广告的水平就很高。

广告在黄金时段播出，苏南现在出门知名度更高了，都知道她是广告里的旗袍女郎。

一中在这时联系上了苏南，希望她能在校庆日上台给一中学生做校友讲话，苏南接了电话，表情微妙。从来只有表扬夏衍，她站在底下看的份儿，终于也逆袭了一回，轮到她在台上讲话，夏衍在下面看她。

苏南刚刚扬眉吐气了半天，心里还在想要怎么把这个消息告诉夏衍，要在他的面前好好得意一把。

结果，夏衍回来吃晚饭的时候就告诉她："今天董志新打电话给我，请我去做校友讲话。"

董志新就是董主任，他专程给夏衍打电话，请夏衍回去用自己的经历，来鼓励一中的学弟学妹们，高中毕业之后，夏衍就没做过类似的发言了，董主任说完还告诉他，苏南也会参加发言。

苏南一听"董志新"这三个字，挑了挑眉头："怎么找我的不是他？"

他可能也知道自己在苏南心里没个好印象，打电话来的是当时的英语老师，和苏南关系不错，学校里有什么大活动，都是她挑人接待，每回都有苏南。

有一次接待市领导，所有的女孩男孩都要穿正装，女孩是一步裙，男孩就是校服西装，苏南个子高挑，容貌出挑，被英语老师安排在中间献花。

被选中的女孩本来就是各个班级里长得好看的，但苏南在这些女孩子里还是最扎眼，男孩里是夏衍最吸引人。

他肩膀撑起西装，头一次打了领带，双手插在西装口袋里，斜着坐在窗台边，每个经过的女生都要看他一眼。

那一天他们都穿着正装，人坐在教室里，混在穿校服的同学中，好像提前穿上了大人衣服。

苏南本来回头率就高，脱下宽松的校服，穿着西装外套，露出里面的掐腰裙装，从（7）班走到厕所这一段路都有无数人围观。

英语老师还替每个人都打扮了一下，她用自己的口红，给每个女孩都抹了一点，口红上了嘴唇，苏南就更引人瞩目了。

夏衍还没发现，陆豫章这个大嘴巴跑进教室播报新闻，他上厕所的路上看见苏南被围观，回来拍着夏衍的肩："语文书上那个词怎么说的来着，如过江之鲫。现在咱们走廊上就是乌泱泱那一串，高三高一的都来看了。"

夏衍觉得这是陆豫章文化水平最高的一次，于是等下次苏南再站起来出班级门的时候，他也跟着站了起来，离她不远不近几步路，横眉冷对每一个向苏南投去目光的男性。

他在厕所门边等着，那些女孩都不敢进去，当着男神的面进厕所，多难为情，她们围在一边窃窃私语。董主任经过看见，刚要问夏衍在这里干什么，苏南就甩着手从厕所里出来了。

夏衍随口回答："没干什么，我吹吹风。"

"你跑这儿吹什么风？我看你是抽风！"董主任还要骂，夏衍已经跟在苏南身后回教室去了。

"我还没答复他。"夏衍给两个人一人盛了一碗汤，"你呢？答应了吗？"

苏南想想也没错，夏衍的履历金光闪闪，一中怎么会不请他，他是学霸队的代表，苏南就只能算是文艺界的代表。

"干吗不答应？"一个班里就选了两个，当年他们因为犯错一起站在讲台上做过检讨，现在能一起去大礼堂讲话，吓掉董主任的大牙。

夏衍一看她的脸色就知道她心里想了什么，他曾经在国旗下检讨过和校外小流氓打架，当时咬死了不肯说是为了谁，现在他可以重回国旗下跟她求婚。

她一直想要一个难忘的求婚，这应该是最难忘的求婚了。

苏南还不知道夏衍的大计划，她将将头发，把长发箍到耳后，翘着手指头剥虾壳。她馋小龙虾，可是又要继续拍广告，只能吃白水煮的，买回来加点蒜蓉橄榄油自制，剥出来蘸着老干妈和醋一起吃。

夏衍看她吃得辛苦："偶尔吃两只也没事。"

苏南摇脑袋："小龙虾这种东西，怎么可能只吃两只呢？"一开头就停不下嘴，是保持身材的一大天敌，其余天敌还有炸鸡、薯条、爆米花等。

夏衍放下手里的筷子，替她剥虾："你去洗手，我来弄。"

苏南带着满嘴的蘸料味亲了他一口，跑去洗手台搓干净手，回来他已经剥了五六只了。苏南眼睛一亮："你怎么剥得这么快？"

"熟能生巧。"看她吃得高兴，他告诉她说，"我下个星期要去深圳出差，再下一周要回北京。"

"我下个星期要去拍戏。"苏南一边吃一边把她下个月的行程报了出来，一个月有半个月在忙，还要操心苗苗的婚礼，两人在一起的时间很少。

夏衍从鼻子里哼哼了一声，他当然希望自己的女朋友不离左右，除了工作就腻歪在一起，可苏南这条路越走越顺，他也不想阻碍她的事业发展。

苏南知道他不高兴，他不高兴的时候剑眉会微皱，好像眉头上盘了一座小山峰，她想了想，拿起一只虾仁，蘸了蘸酱，咬在嘴里喂给他。

苏南咬着虾肉送过去，夏衍张嘴接过来，两人交换了一个油腻腻的带着辣味酸味的吻，夏衍一本正经地提要求："我要涨价。"

苏南眨眨眼，长圆的眼睛眯起来，碰他一下："涨多少啊？"说完自顾自地入戏了，"现在经济也不景气，你就不要多提要求，包夜两百块不少了。"

夏衍剥完了一盆虾，洗了手抱住她，两只手在她腰上暧昧揉搓，轻轻在她耳边吹气："一次两百块。"按这个计价，一晚上怎么也得六百块。

苏南歪头忍着笑，不去管那两只魔掌，不能让他坐地起价。

夏衍看她竟然忍耐住了，知道这两天把她喂得很饱，要来一点特殊的诱惑手段，她才会上钩。

夏衍当着苏南的面，开始解衬衫的扣子。

每解开一颗，每露出多一点皮肤，苏南嚼虾肉的动作就更慢一点，等夏衍的衬衫扣子解到腰上，最后那一截紧紧塞在西服裤子里，他抱住苏南，顶了一下。

苏南放下筷子，她胃里饱了，眼睛有点馋，可以吃一点别的东西。最后夏衍终于涨价成功，把自己的价格从包夜两百块涨到了一次两百块。

两人各自收拾行李，买了同一天的飞机票，苏南奔横店去，夏衍飞深圳，在候机处拥抱的时候，苏南心有所感，像是体会了一把空中飞人夫妻的感觉。

拥抱完，两人就拎着同款箱子，往登机口走。

上一部电视剧爱米替苏南在片头争到一个位置，原来是出现在片尾曲里，现在是在片头的友情客串里，能放在这一栏里的，都算小有名气。苏南靠一部微电影一支广告，确实已经小有名气了。

原来的微博红人夜，还要挤一挤才进得去，现在把卡送到爱米这儿，爱米替苏南回绝了："那种场合你现在就不用去了。"

苏南已经不再是个网红，可以去明星夜，位置是偏一点，但圈子不同了。

《红楼金粉》的预告片特意把苏南剪进去，她补拍那几场戏几乎都在里面，粉丝在官博里纷纷艾特苏南，说她是最美旗袍女郎，问官博她的戏份多不多。

苏南刷着微博乐出了声，她的戏份已经都在预告片里了，最多再多两三个镜头，几句台词而已。

爱米还友情给苏南配了一个助理，算是出短差，反正只有几天的戏份，苏南演个因容色过盛遭到嫉妒的宫妃，因为天真又美貌，还没被宠幸就被人害死了。

这种角色她驾轻就熟，台词也不多，这个剧组十分大手笔，服装头饰比上一个剧组的要精致考究多了。

苏南扮上清宫妆，意外地非常合适，她大眼睛高鼻子，长相欧化，没想到把眉毛化细之后，她五官的优势更明显了。

没有夸张的眼妆，更能体现出每个女演员本身的不同，苏南的颜值放在一堆美貌女孩中还是很突出。

她穿着玫瑰红的旗装，戴着华丽的旗头，别人踩花盆底，苏南不用，她个子已经足够高了，再高一截没法跟别的女演员搭戏。

苏南美美自拍一张发给夏衍，顺手就把夏衍备注改成了小夏子，问她的小夏子："我美吧？想我吗？"

小夏子正在商务聚餐，摩挲一下回复她："想。"美不美已经用不着回答了。

这次的宫廷戏，一众知名女演员，苏南也不过混个友情客串，她还问爱米："我这个友情，是谁的友情？"

反正没收友情价，她的片酬从五位数里最小，涨到五位数里的最大，苏南美滋滋地发消息给苗苗和沈星："等我回来，请你们吃饭，咱们去最贵的餐厅！"

用自己的劳动所得，请闺密们吃饭也吃得最香了。

苏南把她的剧照发上微博，上面写【什么都很好，就是很想你。】

她发出去的第一时间，夏衍就收到了通知，点开那条微博，给她点了一个赞，回复她说："我也是。"

苏南拍完了夜戏，才又有空打开微博，看见夏衍那条回复被顶到最高，回复了几百条，都在问他是不是那个校服小哥哥。

苏南一直不知道他竟然偷偷关注自己的微博，点进去一看，微博背景图就是他办公室里那幅油画。

她关注了这个微博，于是粉丝们就知道这是官方认可的男朋友，是真正的"护苏宝"。

苏南刚刚关注夏衍这个小号，就收到他的私信，只有两个字"开门"。

苏南眼角眉梢都是欢喜，关掉私信打开门，她的"校服小哥哥"就站在门外。他风尘仆仆地拉着登机箱，看见苏南，眉尾一挑，扫平了疲倦，冲她露出笑意。

苏南原地"啊啊啊"地叫了两声，踮起脚一把搂住了他的脖子，满心惊喜地问他："你怎么会来？"

不是说去了深圳再去北京的吗，怎么突然就跑这儿来看她了？

"飞机转了个弯，我留一个晚上，明天再去北京。"他除了工作，就是想她，知道她在影视城里过得滋润，也还是想来看看她。

夏衍一进房间就把自己扔进床里，苏南跑前跑后，替他拿箱子，烧开水，洗水果，捧了一碗樱桃进房间，问他："吃不吃樱桃？"

夏衍没有回答她，他的呼吸又深又低沉，虽然是个陌生的环境，被子上枕头上满满都是苏南的味道，香水香体乳两种淡香混在一起，让他一阖上眼就睡着了。

苏南轻手轻脚走到床边，看他睡得这么沉，把樱桃放在一边，坐在床边，伸手拨动夏衍额前的碎发，轻笑一声，向熟睡的夏衍许诺："下次我去找你。"

有来有往，不让他一个人辛苦。

她低头吻了夏衍一下，在门外的把手上挂上"请勿打扰"的牌子，告诉助理今天没事不要来找她。

夏衍和苏南那张校服照被评为最佳校园情侣，这对情侣还在一起，将要修成正果，苏南刚刚关注了他，夏衍就被小迷妹给挖了出来，不断有人在他的第一条微博下问："你是那个校服小哥哥吗？"

苏南点开看了一圈，留言问的头像都是青春美少女，她有点吃醋，眼睁睁看着夏衍的粉丝从零涨到大几千，隐隐有破万的趋势，这下她坐不住了。

她偷偷摸摸伸手从夏衍的裤子口袋里摸出他的手机，密码解锁成功，点开微博登录，不看不知道，一看吓一跳！

夏衍的私信箱已经被塞满了，百来条私信，苏南简单看了一圈，全是问他是不是照片上的男生，有羡慕他和苏南爱情的，也有问自己能不能和男朋友走到一起的。

苏南抖抖脚，这种问题怎么不来问她？她后悔了，她不应该暴露夏衍，指尖一动点开设置，替夏衍把私信给屏蔽了。

看着夏衍还沉在梦乡里，她有点无语，他光凭着一张高中时期的照片就能拈花惹草了。

苏南守着夏衍翻了几页剧本，把自己要说的台词用草莓荧光笔画下来，还要再连几场戏，她就能收工了，到下一个工作之间，有两天时间可以休息，到时候飞到北京去找他。

她悄悄订好了机票，准备到时候给他一个惊喜。

天色越来越暗，苏南趴在夏衍身边，手指头在他脸上摩挲，眉毛鼻子眼睛，用指尖画了一颗爱心。

她也闭上眼，闻着夏衍身上混合着木屑青草味的古龙水，困意上涌，闭上眼睛睡着了。意识模糊之前她决定偷偷去买一瓶同一个品牌的，闻着他身上的味道，她总是能睡得更好。

是夏衍先醒了，苏南把手搭在他胳膊上，睡得正香。他本想抱住她继续睡，可是肚子饿了，整整一天，他还没来得及吃饭。

苏南被他挠醒，她不肯起来，耍无赖似的埋头在他胸口，夏衍无奈地拍了拍她："我真的好饿。"

她把床头柜上的樱桃塞到他手里，打着哈欠点开手机外卖，叫了一个外送火锅，要了六盘羊肉牛肉。

两人凑在小桌子前涮火锅，苏南嚼着肉收到了同组演员的微信，都是年轻女孩子，这一部戏是她们拍的第一部戏，苏南已经算是她们当中有经验的前辈了，大家玩玩闹闹地疯在一起，知道苏南的男朋友来了，在群里问她："出来一起聚餐唱歌吗？"

苏南有点犹豫，夏衍看了她一眼，抖抖筷子："我们还有十二个小时，

你确定要去聚餐吗？"明天早上七点，他就要去赶飞机了。

苏南假装没看见消息，把手机扔在沙发上，目光粼粼地看向他："我的校服小哥哥吃饱了吗？"

夏衍笑了一下："嘴巴饱了，身体还饿。"

剩下来的十二个小时，不够厮磨，只够解馋，一分钟都不能浪费。

第二天送走夏衍，苏南顶着两个黑眼圈去拍戏，几个女孩子一边笑一边偷偷看她，苏南把手一挥："今天晚上我请客。"

苏南本来是友情客串，演完了要走，剧组竟然还给她准备了一个杀青蛋糕，她拍了照片，配上一段文字，发了微博，感谢剧组感谢导演，舍不得这些一起拍片的小伙伴。

然后，她拎着她早就收拾好的行李箱，急匆匆往飞机场赶。前两天是夏衍"送货上门"，现在轮到她了。

夏衍还在上班，苏南先回家洗澡吹头发换衣服，趁着他午休，跑去日料馆里打包了一大袋日料，又买了三大盒甜甜圈，跑去他的公司送餐上门。

苏南穿了一件白 T 恤一条牛仔裙，露出两条雪白笔直的大长腿，脚上是双珍珠鞋带的人字拖，背着一个透明包，她已经提前进入了夏天。

苏南还在想要怎么说服前台小妹，不问过夏衍就让她进去，结果前台小妹看见她就认出她了："你是夏总的未婚妻。"她看上去比电影电视上要年轻得多，打扮得这么简单，又年轻又充满了朝气。

苏南有点蒙，她没想到连前台妹子都认识她，她手上还戴着夏衍求婚的大钻戒，未婚妻这个称呼让她甜滋滋的，笑眯眯地点头，从盒子里拿了一个草莓甜甜圈送给前台小妹："他在吗？"

前台小妹给苏南指了路，苏南把甜甜圈放在她桌上，让她分给大家吃，她自己拎着日料盒子走去夏衍的办公室。

走过办公区，收获无数目光，一直走到夏衍办公室门前，她轻轻叩了叩门，里面传来夏衍冷淡的声音："进来。"

苏南打开门走进去，他还低头在看文件，并没有抬头，手指点一点桌面："把咖啡放在桌上。"

苏南还是第一次看见他这种工作状态，在家里哪怕他在工作，也会时不时地分神看看她在干什么。

苏南转了转眼珠，轻手轻脚走过去，把外卖盒放在桌上，夏衍这才抬起头来，看见是她，笑了起来："你怎么来了？"

他说话的工夫，就要张开手臂拥抱她，想亲亲他的未婚妻，办公室有一面全是玻璃的，苏南一进来，外面走来走去的人影就多了起来。

职员们纷纷绕路经过这一面玻璃，手上拿杯子的拿杯子，拿资料的拿资料，假装自己是在路过，冲屋里投去好奇的目光。

夏衍停下这个拥抱，走到窗边，"唰"一声拉下了百叶窗，然后才回身，又一次张开手，苏南几乎是跳进他怀里，一脸求表扬："我一杀青就赶回来了，连杀青聚餐都是提前吃的。"

夏衍知道她来北京了，他看到她杀青的消息，还想回家的路上买一捧鲜花庆祝，没想到她自己先来了，亲她一下，问她："累吗？"

苏南摇摇头，把外卖食盒铺在桌上，刺身还是冰的，蘸着酱油芥末痛痛快快吃了一顿日本料理，苏南咬着筷子让他多吃点："我约了孙佳佳，你下班之后来找我们吧。"

陆豫章这个跟屁虫是甩不掉了，走哪儿跟哪儿，苏南才给孙佳佳打电话约她出来吃饭，旁边就是陆豫章的声音："谁啊？约你干吗？"

孙佳佳不理他，答应了和苏南出来吃饭，两人也要说说话，交换一下彼此现在的感情状况。

孙佳佳在餐厅里等她，看着苏南推门进来，她穿最普通的衣服，整个人的气色好得不得了，光看她的脸，就知道她过得有多幸福。

苏南像一颗经过打磨的宝石，从各个角度投射出了她本该有的光彩。

还没坐下，苏南就问："八爪鱼怎么没来，他今天不缠着你了？"苏南给陆豫章起的新外号，十分适合他，他就像是八爪鱼，八只脚都牢牢贴着孙佳佳。

孙佳佳低头一笑，光是一个笑容就已经透露出很多信息，她说："他想跟过来的，我没让。"说着把头发钩到耳后去，"你们呢，怎么样？"

苏南伸出手，闪了闪她手指上的那颗大钻戒，结婚只是时间问题，她吸一口果汁，娇滴滴地抱怨："他还没求婚呢，八爪鱼跟你求婚了吗？"

孙佳佳摇摇头，切了一块牛排，嘴角带笑："他每天都说，我反而觉得他不是认真求婚的了。"

苏南一下子戳破了她："他要是不求，你又要不高兴啦。"

一语中的，孙佳佳笑了，她放下刀叉认真看着苏南说："我要谢谢你，要不是你，我可能没有勇气。"

悄无声息地走开，永远都没有一个结果，不管是好的还是坏的。

苏南举起她的果汁杯，想了想，说了一句俗套，但最打动人心的祝福："愿天下有情人终成眷属。"

一中黑色铁门顶上悬挂着巨大横幅"庆祝一中百年校庆"，进门两边的砖红墙上挂着各届校友们送来的对联，整排墙几乎都挂满了。

桃李不言满庭芳，弦歌百年今又始。

百载风雨，青春如歌。

红砖墙内的蔷薇花到了花时，红花白花开得一簇簇的，风一吹就带来一阵蔷薇香气。

苏南毕业之后就再也没有回过一中，夏衍也是一样，两人站在大门边，看着教学楼和楼前的行知路，好像一切都没有改变过，时间在这里停滞住了。

门口有许多校友志愿者，石杨就在其中，他看见苏南和夏衍，招呼他们，给他们俩一人发了一件 T 恤。

一中百年校庆纪念衫，这衣服和他们的夏季校服很像，男女款式一样，只用肩上的红蓝条来分男女款式，石杨说："这是发给大家的纪念衫，可以穿上它在学校里拍拍照片。"

还有纪念册和明信片在售卖，夏衍扫了扫二维码，买了纪念册和明信片，拍了拍石杨的肩："我们先进去逛逛。"

明信片里拍了一中几个风景最好的地方，蔷薇长廊、林荫道和锦鲤池，还有小竹林，几乎每一张都是风景胜地，老师们最爱去那些地方抓人，几乎一抓一个准。

那些男男女女就只挑这几个地方扎堆，花前月下才是谈诗论道的地方，老师们每到午休轮流值班去抓这些人，只要发现一男一女，就要记下班级姓名学号，抓回去写检讨。

苏南拆开这包明信片就笑了，这些地方就是她和夏衍常去的，就像打游击战那样，每个老师都有偏爱的地方，被抓个三四次之后，夏衍就摸清楚了他们的行动路线，之后每一次他们都能刚刚好地逃脱"魔掌"。

有时候就当着董主任的面走过去，他明明知道他们俩刚从小竹林里出来，可就是没有证据。

夏衍拎着纪念衫问："要不要去换上？"

"好啊。"

他们跑去一楼厕所换上衣服，苏南要做演讲，穿了裙装来的，脱掉上衣换上纪念衫，把头发扎起来，脸上化着裸妆，乍看上去倒有点像个高中生。

她出门口就被夏衍帅到了，他穿得更随意，牛仔裤搭配一件纪念衫，就像他们不守规矩、不穿校服时那样。

他看见苏南就笑了，牛仔裤里的那对结婚戒指想从口袋里跳出来，夏衍按一按口袋。两个人沿着走廊想走到锦鲤池去，他刚要伸手去拉苏南，就被人抢先了。

"同学，你是几班的？"

那个男生径直闯过来，涨红了脸，眼睛盯着苏南，苏南愣了一下，他又问："你是礼仪队的吧？"

苏南还真是礼仪队的，不过那是七八年前了，她和夏衍一起被选进去，跟着英语老师学礼仪，偶尔一中有活动的时候就需要他们迎接外宾，给市领导献花。

苏南觉得好笑，又觉得有趣，告诉那个男生："我是（7）班的。"

那个男生还在继续："（7）班的，你是高三的吧？"

哪个女人不喜欢别人夸她年轻呢，一下子重回十八岁，苏南眉眼里全是笑，她笑眯眯的："是啊。"

那个男生竟然一脸遗憾，高三学生都已经考完了，马上就要离开学校了，他从口袋里摸出手机："那你能给我一个联系方式吗？"

"不行。"夏衍一口回绝，目光不善地盯着这个小男生，不长眼的毛头小子。

那个男生到这时候才看见夏衍，问苏南说："这是你男朋友吗？"

苏南还在笑，她笑起来就不像个女高中生了，她很坦然地拉住夏衍的手："这是我的未婚夫。"

夏衍挑眉笑了，小男生看着他们，以为他们是出了学校就准备结婚，虽然不合法吧，可这个精神感人，他"哇"了一声，冲夏衍竖起了大拇指："哥们，你太牛了。"

这人二得就像陆豫章，夏衍懒得跟他多说，拉着苏南的手去了锦鲤池。

池边绿荫环绕，大夏天也很凉爽，几尾锦鲤在小小一片方塘内摇头摆尾，阳光从枝梢透进来，洒了满池金斑。

刚刚高考完，锦鲤池里面铺了一层硬币，在阳光下闪闪发光。

这是一中的校园传说，传说高考前诚心跟锦鲤许愿，就能考上理想的学校，还设定了一连串的苛刻条件，比如要在满月下，等池中一条金背锦鲤鱼头露出水面的时候许愿。

年年高考之前池水里就堆满了硬币，学校都要请校工把池子里的硬币给捞出来。

苏南坐在鱼池边："不知道现在老师们还会不会来抓早恋的？"

"不会了。"

夏衍说完，苏南吃惊地看着他："你怎么知道的？"

他指一指鱼池两边装的摄像头："有这个在，谁还敢过来？"

苏南靠在夏衍身上，坐在这里仿佛是回到了学生时代，他们偷偷摸摸约会，偷偷摸摸亲吻。

苏南想到的，夏衍刚好想到了，她刚刚微微仰起头。

两人甜蜜的吻被人打断，有个熟悉的声音插了进来，他气急败坏："你们是哪个班的？胆子也太大了，知道有监控你们还敢在这里……"

夏衍抬起头，那人的声音卡了壳，苏南从夏衍的身后探出头来，冲他挥挥手："董老师好。"

时隔八年，董老师终于又抓到了夏衍和苏南，他以前就一直弄不明白他们俩是怎么逃脱老师的天罗地网的。

从一个老师换成两个老师轮流在校园里抓这些人，后来教师大会又提议装上摄像头，都是因为夏衍明目张胆地挑战了老师的权威。

董老师从监控里看见两个穿着校服的人在接吻，气冲冲跑过来，跑了一脑门汗，这会儿还在喘，他从口袋里掏出手帕擦汗，指了指夏衍："你们俩都已经毕业了，就要当个榜样，别让学生看见了，学你们的样！"

他简直是痛心疾首，夏衍却还像以前一样敷衍他："知道了。"

董老师也没有别的办法，他知道自己的女儿跑国外去是为了什么，他本来就很不赞同，女儿看不明白的事，他很早就看明白了。

他也不跟他们再计较，摆摆手："行了，赶紧去大礼堂吧。"

说完，他就走了。

夏衍低头看看苏南，两人刚刚找到一点往昔岁月里的甜蜜悸动，有点儿舍不得走。

他问苏南："还吻吗？"

苏南伸出手，把嘴唇贴了上去，这一次不必躲躲藏藏偷偷摸摸了，他们可以放心大胆地吻个够。

吻完了，夏衍问她："还要再许一个愿吗？"

苏南有些吃惊："你不是不相信吗？"

夏衍笑一笑，没有说话，从口袋里摸出一枚硬币，他曾经在这里许过愿，但这事儿简直太傻了，夏衍跟谁都没说过。

一中的女孩子们成群结队地到锦鲤池来许愿，苏南也是其中之一，她那会儿还想拉着夏衍一起来，但夏衍怎么也不肯。

他还说："行知路上还传说闹鬼呢，你们怎么不去行知路上求考题？"

据说第一任校长死了也放心不下学生，一直在行知路上徘徊，要是遇到逃晚自习谈恋爱的学生，就会叮嘱他们要好好学习，真是一个符合社会主义核心价值观的鬼故事。

陆豫章听说这个故事之后问："那校长是不是有一张董主任的脸？"被董主任听见，罚他早操出列，上领操台做检讨。

苏南伸手接过那枚硬币，捏在手里，盯着池水里的鱼和那晃动的水波想起了往事，她隔一会儿才笑了："那条鱼真的挺灵的。"

她当年许的不是考出什么好成绩，而是爱人永在。

夏衍也笑了："是挺灵的。"

他也没有许关于前途的愿望，前途掌握在他自己手里，但爱情不是。

那时他将要离开学校离开苏南，满心瞻顾，前途这条路他看得清楚，但爱情这条路他不知道还能不能再往前走。

他们俩都曾经在这里许过愿，只是一个在白天，一个在夜晚，所幸两人的愿望都已经实现了。

只有一枚硬币，让它承载同一个愿望，两人手交叠着手，在心中默默许愿，然后把那枚硬币抛进了锦鲤池。

池中那条金背锦鲤从水里探出脑袋，苏南看见了，她跳起来，伸手指着那条鱼："你看！"

指尖被夏衍环住，他说："我等不及了。"

苏南看着他，他在锦鲤池边，穿着校服纪念衫，缓缓跪了下去，手里握着两枚戒指，一个简单的圈儿。

苏南幻想过无数个求婚场景，她总觉得要那种盛大隆重的求婚仪式才有浪漫和感动，可现实是她站在池边，心中涌动着各种情感。

那些好的、坏的、甜蜜的、苦涩的、欢乐的、忧伤的，一一涓滴汇聚，冲刷掉她心里的泥沙，在这个时刻这个地方，复苏她心中最本真的悸动，是她初初爱上他时的悸动。

那时我们不懂爱，但好在没分开。

苏南还没说话，但眼睛里已经聚集起泪花，夏衍清清嗓子："什么样的灵魂就有什么样的养料，什么样的灵魂便有什么样的轨道……"

苏南破涕为笑，这是她写给夏衍的，她那时疯狂痴迷爱情小说，满脑子都是粉色梦幻泡泡，把这一句抄在夏衍的同学录上，他的那本上只写了一页，只有苏南。

"别笑。"夏衍有点紧张，他本来以为仪式就只是仪式，但真的跪下去，他就真的紧张了。

苏南忍住眼泪忍住笑，听夏衍继续说他的求婚词，但她一笑让夏衍忘词了，他维持着单膝跪地的姿势，叹一口气："你愿意嫁给我吗？"

当着繁花、浓荫、游鱼，苏南点点头，她把手伸出去，让夏衍替她套上那枚指环，用这枚朴实无华的戒指，套住彼此一辈子。

希望从此以后，你滋养我，我也能够滋养你。

苏南的泪珠涌出眼眶，将要落下，听见楼上一阵喧嚣，有小彩纸屑掉落下来，还有人吹口哨怪叫："有人求婚啦。"

一群还留在学校里的学生，他们一个个都拥有一张充满朝气青涩的脸，第一个人发现了有人在这里求爱，整个班级都围了过来。

苏南有瞬间的恍惚，好像真的回到了十八岁那一年，她和夏衍一起走出教室的时候，同学们就是这么欢呼的。

苏南把戒指给夏衍戴上："我愿意。"

那一群小孩儿热情洋溢，还有人替别人解答，说："这俩人是高三的，我刚刚看见他们了！"

是那个来问苏南要联系方式的小男生，彩纸屑就是他撒的，是准备开班会用的，他还从班会上买的糖里抓了一把撒下来。

夏衍又好笑又好气，此人可能是陆豫章的亲戚。

苏南给夏衍套好戒指，说了一句一样的话："这人也不知道是不是姓陆？"

夏衍拉着苏南的手，抬头冲着窗口喊了一声："好好学习。"

"喊——"这一声拖长了音充满了扫兴，每个刚刚替夏衍呐喊的人此时都在嘘他。

苏南歪在夏衍的身上，两人冲着窗户挥挥手，往学校大礼堂去。

刚刚求完婚的男人都会有些兴奋，夏衍也是一样，在去大礼堂之前，他突然拐了个弯，走小路去了体育楼。

　　苏南知道他心里打着什么主意，体育楼的门是锁着的，夏衍从墙缝里掏出一枚生了锈的钥匙。

　　"看来我们之后的那些学生都没有什么探索精神。"夏衍把钥匙插进门锁里，竟然还能打开门。

　　只是里面已经不是器材室了，东西都搬空了，教室里虽然有些空荡但是亮堂堂的。

　　这里马上就要拆了，趁着暑假推老楼盖新楼，苏南在夏衍怀里靠了一会儿，抿着嘴巴问他："以前为什么不愿意吻我？"

　　很多回他到最后都把她给推开了。

　　这个夏衍现在是能说一说的，他搂住她，这个教室虽然搬空了，但有些条件没有变，苏南还跟他在一起，甚至她还穿着校服，一进来他就条件反射地硬了。

　　苏南凑过去咬他的耳垂，舔舐轻咬，舌头在嫩肉上来回，快感从尾椎骨上升腾上来，他整个人都一阵酥麻，难耐地从喉咙里发出一声轻喘。

　　苏南感觉到了，她有点迟疑地问他："你的性幻想，是在体育器材室？"

　　夏衍没办法骗她，他在这个地方实在忍耐了太多次，有段时间会很密集地做梦，这几乎就像是欲望本身。

　　苏南咬唇笑了，她发现了夏衍的小秘密，决定送他一份求婚大礼。

　　苏南和夏衍的"追忆往昔校园一日游"活动被电话给打断了，夏衍一接起来就听见陆豫章在那头大嗓门地喊着："你们人哪？我跟我媳妇都来半天了，石杨说你俩早来了，哪儿去了？"

　　夏衍回了一句"马上来"，陆豫章还在对面叽歪个不停，夏衍伸手掐断了电话。

　　但这个电话打破了尴尬，两人相视一笑："我们走吧。"

　　苏南眯着眼，把心里的想法藏住，这是给他的大惊喜。

　　夏衍搂着苏南的腰出了体育楼，回头再看，体育楼那三个字已经拆下来了，下个月整栋楼都要拆了。这间教室承载了许多他年轻时的悸动，搂着苏南的手紧了紧，他突然笑了："走吧。"

　　两人出了体育楼，前面就是操场，陆豫章和孙佳佳已经在学校操

场上等着了。

陆豫章拄着一根拐杖站在那儿还不老实，整个人晃来晃去的，孙佳佳扶着他，免得他架着一条腿还想跳。

陆豫章远远看见夏衍和苏南，冲他们挥手，笑得贱兮兮的："你俩是不是旧梦重温去了？"

"是。"

夏衍承认了，陆豫章反而没话说了，他想起自己和孙佳佳能温的一中旧梦不太多，又想捶胸顿足了，要是当年早点谈，说不定现在孩子都能走路了，他可看见好些校友都是带着孩子来的。

陆豫章捶了夏衍一手肘，夏衍伸手扶住他，陆豫章笑得意味深长，冲体育楼挤挤眼睛。上回苏南喝醉了，扒着夏衍的脖子哭喊体育楼要拆了，陆豫章一秒懂了，这两人在体育楼里一定有点不得不说的故事。

夏衍怼他："把你脑子里的黄色废料抖抖干净。"

陆豫章嘿嘿笑出了声，于是夏衍又说："别自己没有旧梦可温就眼馋别人的。"

这下陆豫章被戳中了肺管子，他可不就是没有个旧梦能温吗，他来一中还怕孙佳佳想起那时候的事儿呢。

孙佳佳闻言笑了一下，她抬头看着白条红砖的教学楼，想起高考考完的那一天，大家把教科书、练习册和各门学科的厚卷子都一起扔下来，整栋楼都是欢呼声。

孙佳佳那一天想过要表白，但她犹豫了。

一犹豫，陆豫章就被别的女孩儿堵在教室门口，那女孩大着胆子送给他一盒巧克力、一封情书。

孙佳佳回忆往事，陆豫章已经察觉到她的沉默了，伸出那只不用拄拐杖的手，钩着她的肩，不再跟夏衍久留，万一这家伙再说点什么不中听的，佳佳就更难过了。

他挠挠头皮："要不，咱们也去逛逛？"说完想了一下，"我好像有个小表弟在一中呢。"

苏南听见忍着笑和夏衍交换了一个眼神，刚刚那个二了吧唧的男生，说不定还真是陆豫章家的亲戚。

陆豫章这个样子怎么爬楼梯，他连大礼堂的楼梯都要爬好久，孙佳佳说："不用了，咱们去大礼堂吧，等你腿好了再来。"

陆豫章嘿嘿笑了两声："是，等我腿好了，咱们来这儿拍婚纱照。"

夏衍搂着苏南走在他们后面，也怕陆豫章这拐棍撑不牢，万一往后仰，他还能扶一把，嘴里却继续戳陆豫章的肺管子，和苏南说："不如咱们也来拍一套？"

苏南眼睛都亮了，她说："叶秾说现在的夫妻都把自己故事拍成电影，几分钟的微电影，配上音乐，永久收藏，咱们也拍一部吧。"

就拍他们的高中生活，趁一中体育楼没拆之前，把它拍进电影画面里。

夏衍顿一顿，他知道苏南是很喜欢拍戏拍电影广告的，别人觉得累的工作，她乐此不疲，那么为了婚礼留下影像，她一定很高兴。

"好啊。"

陆豫章气得跳脚，这两人用了他的创意，还想得比他更好，他在前面嘟嘟囔囔的："我总有一天要跟老夏绝交。"

孙佳佳笑了，这话他都说了好多年了，这个"总有一天"一直也没来，陆豫章气不过，他说："咱们也拍电影，抢在他们之前。"

"拍什么？拍你的石膏脚？"孙佳佳瞪他一眼让他安分点，陆豫章的耳朵刚要耷拉下去，孙佳佳又伸手轻轻抚了抚陆豫章的肩，"行了，别闹。"

这下陆豫章不闹了，乖乖进了大礼堂，坐在观众席上。

礼堂里陆陆续续坐满了人，陆豫章和孙佳佳两个坐在前排，苏南还拜托孙佳佳，一定要给他们俩拍张同框照片。

毕业多年又回母校讲话，这种照片很适合放在家里，她连相框都已经买好了，带珍珠嵌边的，只差一张照片了。

大礼堂一边坐着学生，一边坐着校友，穿的都是差不多的衣服，苏南站上讲台，有一种当年董老师让她做检讨的感觉。

她的稿子拟了好几遍，每人只有两分钟，主持人介绍每一位校友从事什么行业，轮到苏南下面有人叫出来，说她就是地铁电影里的女主角、广告里的旗袍美人。

苏南笑一笑，简单地说了一下自己的工作经历，董主任就坐在讲台上，还以为苏南会说些什么惊人之语，整个听下来中规中矩，一颗悬着的心总算落了地。

紧接着就轮到夏衍了，他一站上去就把稿子翻面压在讲台上，这个动作把刚刚倾注在苏南身上的注意力都拉了回来。

"成功秘诀什么的，你们也听够了，我来说点不一样的。"夏衍说，

298

"我刚刚求婚了，就在锦鲤池边。"

底下那群小孩儿"哇"了一声，一中毕业的有谁不知道锦鲤池的传说呢。

董主任脸都绿了，这演讲稿都是事先对好的呀，他怎么不按着稿子念呢？这个学生，在学校里的时候就是个刺头，也不知道是谁非得把他从学员名单里挑出来，让他讲话。

夏衍冲着苏南刚刚下台的地方做了个手势："刚刚那一位是我的未婚妻。"

这下"哇"声此起彼伏，陆豫章虽然腿断了，但他还有手，鼓掌吹口哨："哥们有你的！"

夏衍正色道："我说这些，不是为了鼓励你们早恋，人生很长，会遇到的人很多，我只是很幸运地，在一中就遇到了生命的另一半。"

董老师站了起来，就要上前来抢过话筒，这不光是大礼堂里这些学生在听，每个班还有电视转播，所有学生都看到听到这位学长的现场表白了。

一中的论坛炸了，各种班级群里都在发夏衍和苏南的照片，还有人摸上了网，在苏南的微博下面留言认学姐。

苏南的粉丝们今天没刷她的微博，看到评论才知道她去参加母校的百年校庆了，都在求这些学生多发点她和"校服小哥哥"的照片。

夏衍穿着纪念衫，在台上笑起来的时候，和当年那些他参加辩论赛数学竞赛的照片，没有多少改变。

甚至还有学生把一中历年来的比赛照片扒出来，截图贴上了网，真学霸真校草配上校花，光脑补就能知道这两个人在学校里就是风云人物。

有一群年轻的粉丝给苏南留言【我现在是你们的CP粉了。】

苏南没空刷微博，她坐在第一排，看着夏衍，夏衍也在看她，他最后开了一句玩笑："好好学习，才能和你爱的人永远在一起。"

夏衍又像当年做检讨那样，扔下一个大雷，然后自己下台了。

董主任感觉自己马上就得吃点降压药，他冲着话筒喊了两声，也知道这下那些潜藏着的小鸳鸯要闹翻天了。这次校庆结束，还得通知各班班主任，重新做学生的思想工作。

有学生已经在论坛上留言，这位学长当年是可以保送名校的，人家拿的是全额奖学金，像他们这些还在为高考奋斗的人，就别学人家学霸谈恋爱了。

夏衍讲话的那几分钟，（7）班在座的都好像重回往日时光，一个个都在笑，还有给夏衍录视频的、拍照的，发在班级微信群里。

【了不起，时隔八年，夏衍再次深情表白了。】

大家都还记得夏衍当年在领操台上读检讨的样子，他一个字也没提苏南，可是每一句都在表白。

到场的和没到场的同学们纷纷送上祝福，苏南回复完，就抬起头看着她的恋人，从讲台上走下来，走到她身边，拉住她的手坐下。两人交换一个眼神，然后一齐看向台上的董老师。

论坛已经刹不住车，许多人隔空在表白，有的只有名字，有的把班级都写出来，几个老师不得不登录自己的班级群，发布通知，不许在学校论坛上，讨论与校庆无关的事。

首页全是昔日学霸校花终成眷属的帖子，把校庆都给压到后面去了。

夏衍还不知道闹出这种盛况，他和苏南两个人掌心交叠，苏南凑到他耳边："董主任快冒烟了。"

但这回他没办法让他们俩做检讨了。

苏南的微博在之后几天多了许多学弟学妹粉，这些学生知道一中有个学姐是红人，可谁也没当一回事，直到两人跑到母校秀了一把恩爱。

还有学弟学妹们在苏南拍夜戏拍到凌晨，拍哭戏哭到双眼红肿的微博下面为她加油，转发她的公益微电影，与有荣焉地告诉大家这是学姐拍的。

还有小孩儿感叹说毕业了真好，苏南单挑这一条留言回复转发【读书的时候才是最好的时候。】

她青春年少最快乐的时候就是读书的时候，不用担心工作生活，身边有三五个好友，还有夏衍这个朋友。

大学里，苏南过得很苦闷也很忙碌，日子直到今年才算好转。

夏衍看到她的这条微博，握住她的手吻一下："我觉得现在才是最好的时候。"

苏南因为受到学弟们的关注，翻遍了自己的微博，想一想她发的大部分内容都是有关工作的，只是工作性质不同，又放了心。

夏衍看她翻微博的样子说道："你操什么心，现在的小孩接触信息资讯的渠道太多，说不定比你还懂得多。"半只脚迈进了社会，不再包裹在象牙塔里，有些事自有自己的想法看法。

苏南觉得很有道理，小北有了第一部手机，发的朋友圈里就有苏南看不明白的，他们自成世界，正在成长。

高考之前，苏南还发了一张加油表情包，祝她的粉丝们高考顺利。

参加完一中校庆之后，苏南就挑了一张和夏衍的合照放上微博，合照上她露出整张脸，而夏衍只露出半个身体，她靠在他的肩膀上。

粉丝们留言要看"校服小哥哥"的正脸，苏南扬扬手机，问夏衍："小哥哥，给看正脸吗？"

夏衍登录了微博，这才发现苏南替他把私信给屏蔽了，他发了第二条微博【我是苏南一个人的校服小哥哥。】

发完扔掉手机，苏南眼看着那条微博下的留言越来越多，有感叹自己吃了一把狗粮的，还有打滚说不管不管就是想看的，苏南看着眉开眼笑。

两人坐在地板上，夏衍钩着她的肩："是不是，应该见家长了？"

把结婚的事提上日程，双方父母应当见一见，坐下来吃顿饭，彼此认识一下，走一个过场。

苏南收起笑意，她有些担心，她怕老苏不自在。

老苏和夏南鹏都是父亲，从父亲的角度来说，老苏比夏南鹏给予孩子的关爱更多，但从社会地位来说，老苏和夏南鹏差距太大。

夏衍搓搓她的肩头："没事的。"说完他放下支着的长腿，背靠着沙发坐垫，"有问题也不怕，反正咱们钱已经到手了。"

他摊摊手，拿这个开玩笑安慰苏南，苏南一下笑了："安排在哪一天，你妈妈会来吗？"

夏衍摇摇头："我们回上海再见她。"

意思就是不用安排老苏和顾姿君一起吃饭，反正顾外公和老苏已经是几十年的邻居了，要说熟悉两边其实是熟悉的。

确定了见面的时间，苏南打电话告诉老苏，老苏早已经做好了准备，两个孩子总要走到这一步，家里已经连见面要穿的衣服都准备好了。

宋淑惠这么多年都没有化过妆，为了这事买了一套化妆品，天天把自己收拾得清清爽爽出门去，人人都说她比以前看着年轻多了。

宋淑惠听见电话就问老苏："我买的那几套衣服合不合适？"

老苏想了想："再买两身去。"这回是见个面，之后还要谈细节，再坐下来吃饭是免不了的。

宋淑惠想了想说："要不然我去买条项链？"她还只有结婚时候的金项链，出去吃饭，还是跟夏家，还是再添置点好。

宋淑惠买了一条珍珠项链，挂在脖子里也很像样，知道那边也是后妈来，倒有些放心，就怕是亲妈，挑剔他们家的家境。

见面当天，苏南开车来接老苏，老苏这么多年都没穿得这么正式过，在家里习惯了好一会儿，他问："爸爸不会给你丢人吧？"

苏南替他折衣领："说什么呢，夏叔叔我见过了，他人挺随和的，爸爸别担心了。"

老苏怎么可能不担心，他在镜子前头打转，时不时就扯一扯领子，家里开着空调，他都在出汗。

宋淑惠把她生日的时候，苏南送给她的新包拿了出来，她还一次都没背过，配她今天的连衣裙和珍珠项链。

她也有些紧张："南南，你替我看看，好不好？"

"挺好的。"苏南从包里摸出口红，给宋淑惠轻轻涂了一层，适合妈妈这个年龄段的颜色，宋淑惠看上去气色好了很多。

她忙完了自己又去忙丈夫："你这衣服我替你改了，裤脚都是合适的。"絮絮叨叨地替老苏拉衣服梳头发。

老苏任由她摆弄，头上不停冒汗，一边擦汗一边问苏南："是不是要出门了，咱们可不能迟到。"

"不着急，那边出发了，夏衍会给我发消息的。"

老苏还是紧张，宋淑惠看他这样子，就说："你急什么，两个孩子的事都差不多了，你就点头同意就行了。"

苏南确实跟夏衍已经商量好了，北京和上海都办酒席，两家人今天要谈的也就是有多少亲戚朋友会出席。

一行人到酒店的时候，夏衍已经站在门口等待，他今天穿得比平时还要更正式一点，看见苏南过来，迎上来跟老苏打招呼，请他们进去。

夏南鹏和江暮云已经在里面等着了，看见人进来，站起来迎接。

夏南鹏知道宋淑惠是苏南的后妈，他身边的也不是原配，所以很能理解，可看到两人相貌普通又有点了然，请他们落座。

两边一照面，夏南鹏就知道苏家是老实本分的人家，怪不得教出苏南这样的女孩儿，长得这么好的女孩子，没去走歪路，规规矩矩的，少不了家人的功劳。

彼此寒暄几句，夸奖他们教养了像苏南这样好的女孩，说完又夸苏南的电影，说他那些看过电影的朋友都夸她演得好。

老苏一开始还有些不自在，坐了一会儿，看夏南鹏果然是个很随和的人，对苏南也很满意，就渐渐放下了心。

江暮云坐在一边跟宋淑惠搭话："南南真是讨人喜欢，我家老夏一看就很喜欢她，上回来家里玩，妹妹也很喜欢她，一直说要再请她去吃饭。"

两人都是后妈，心态上竟然有点雷同，江暮云的立场比宋淑惠更单薄，除了不停夸奖苏南，赞同这门亲事也没有别的话能说了。

宋淑惠听了夸奖，谦虚两句："南南从小到大就没让人操过心，自己在上海买房子买车子，是个很自强的女孩儿。"

苏南还从来没从宋淑惠嘴里听过这样夸奖的话，宋淑惠却看了她一眼，称赞她："工作了就每个月寄钱回来，是很孝顺的。"

江暮云脸上从头到尾都挂着笑："女儿是小棉袄，这话是不错的。"

夏衍在桌子底下握住了苏南的手，另一只手给她夹菜，凑到她耳边："说了不用担心的。"

一餐饭从头吃到尾，气氛越来越好，吃得差不多时，夏南鹏说："两个孩子的事咱们也定个日子，把事办了，你等着当外公，我等着当爷爷。"

老苏喝了点酒，脸上酡红，连连点头，隔着桌子看向女儿，感叹："我终于盼到这一天了。"

眼圈一红要哭，被宋淑惠掐了一把，他赶紧低下头，宋淑惠说："两个孩子的事，就让他们自己拿主意。"

该给的已经给了，那些钱办婚礼是足够的，家里再给苏南添些金器买些被子，再算一算酒席上的客人有多少。

老苏喝多了，苏南送他们回去，他躺在床上，宋淑惠去厨房给他做醒酒汤，老苏拉着女儿的手："爸爸真高兴啊。"

苏南也知道他这是高兴，因为高兴才喝多了，走的时候他拉着夏衍的手不肯放："我把南南交给你了，你要待她好。"

从包房到大厅，夏衍一直在笑，也一直在承诺："我会对她好。"

苏南拿毛巾搭在老苏的额头上，老苏拉着女儿的手，想到原来送她上学，去少年宫，她只有那么一点大，干什么都要叫爸爸。

一转眼她就已经长得这么大了，什么事都会自己做，吃饭的时候没流出来的眼泪终于挣脱眼眶。

老苏一把拉下毛巾盖在脸上抹了一把，对苏南说："你有事就忙去吧，跟小夏好好说说。"说着挣扎着坐起来，打开床头柜，从里面翻出一张存折，"这是这些年爸爸攒的，钱不多，你自己看着添点东西。"

苏南不肯收，宋淑惠端了汤进来，看一眼存折就知道是丈夫存了许多年的，说是要留给苏南结婚用。

宋淑惠把汤送过去："南南拿着吧，这是你爸专门替你存着的。"

苏南收下了，回到家夏衍还没回来，她开了一听可乐，打开了存折，上面有十万块钱，存进去的每一笔都有零有整，确实是老苏存了很多年的。

她长长叹了一口气，听见密码锁的声音，夏衍回来了，他在玄关看见了苏南的鞋子："我的新娘子呢？"

从商量结婚，到真的结婚，两人还有很多事要办。

苏家把婚嫁全交给女儿自己操办，但夏南鹏和顾姿君彼此不肯相让，两人因为先在哪个城市举办婚礼怼了起来。

顾君姿还难得打电话给苏南，试图说服她："南南，洋房婚礼和浦江婚礼都是现在时兴的，你就挑你喜欢的来办，婚庆公司也要挑最好的，你不要不好意思，他爸爸那儿我去说。"

苏南在朋友圈里晒过苗苗的婚礼照片，小洋房搭配绿藤白玫瑰的装饰，就在院子里搭出花台，苏南还穿了一件浅绿色蕾丝的伴娘服，拍的照片发在朋友圈里，无数人点赞。

顾姿君当然看见了，她大方表示她这边的婚礼都由她来出钱，把宾客从北京请到上海来，劝苏南说："晚上能放冷烟火，中午就算能放也没这么好看的，婚礼一辈子就只有一次，当然要办最好的。"

苏南招架不住，握着电话递给夏衍一个求救的眼神，用口型说"救救我"。

夏衍坐在她身边看书，一只手接过手机："妈，这事儿你和爸爸商量，两边亲戚都这么多，看你们怎么安排，告诉我出席人数就行。"

夏衍把战火引到夏南鹏那儿去，反正两个人已经掐了半辈子，因为儿子的婚礼再掐一掐也是正常的。

不仅是亲戚，夏、顾二人共同的朋友也很多，要是一起办，两人难保不在现场就争起来，江暮云又身份尴尬，要是不一起办，分开请又耗费精力。

顾姿君听见是儿子接电话，问他："你就不想给南南一个梦幻婚礼吗？小姑娘家都是憧憬婚礼的。"

夏衍确实想给苏南一个难忘的婚礼，但他并不想裹到父母的战火里，何况他已经有了梦幻婚礼的计划。他们准备去夏威夷办海岛婚礼，是苏南喜欢的电影里那种婚礼，穿白蕾丝短裙，海面上摆一个爱心花环，两个人站在花环中宣誓。

他瞒着苏南打电话给南萍，告诉她，他们会去夏威夷度蜜月，再补上一个小仪式。南萍可以回来观礼，也可以在夏威夷参加他们的仪式。

夏衍接过难题，苏南只用当一个美美的新娘子，一年之后才是婚礼，但她已经提前在做护肤减肥的功课了。不仅如此她还带着苗苗、沈星去挑婚纱，前两个月是她陪苗苗挑，当时就看中了这家店的镇店之宝，既然要办两场婚礼，她就可以穿两件不同的婚纱，以她现在的收入，完全能负担得起两场婚礼不同的礼服费用。

一件她想穿鱼尾式，一件就是公主式。

这样的幸福时刻当然要和闺密分享，苏南叫上苗苗和沈星陪她去挑婚纱，沈星现在已经住在她的摄影工作室里了，她可不想每天都看人秀恩爱，光吃"狗粮"对她来说不够营养。

沈星接到苏南的电话，一听说要试婚纱，问她："我能不能带电脑去？"

苏南这个女人，买双鞋子都能挑挑拣拣半个多小时，何况是挑婚纱呢。

"放心吧，苗苗结婚的时候，我都已经看好款式了，只要再去试穿一下就行。"苏南甜蜜蜜地哄着沈星。

沈星一眼就识破了骗局："拉倒，老子才不信呢，你出门都要花两个小时，婚纱你不得试半天？"

苏南再一次突破了沈星对她的认知，她用了一整天。

店员把她们迎到二楼，取出那件苏南早就看好的细纱钉珠鱼尾婚纱，小心翼翼跪在地上替她试穿："这些钉珠都是手工的，难免会有掉落。"

还有些身材勉强撑进去的试穿新娘，动作一大，珠片就掉得更厉害了，但苏南完全没有这个问题，她顺顺当当地滑了进去。

苏南对着巨大的试衣镜照她这条裙子，胳膊往锁骨上一搭，黑发红唇，莹白肌肤与婚纱裙相衬，光是站在那里已经艳光四射。

店员比着苏南的腰臀线："这儿的设计非常能衬托身材。"细腰丰臀完美撑起这件婚纱的，店员也是第一次见，"能不能替您拍几张照片，放在官博上，做一个宣传。"

苏南心痒痒，但她不能，她现在随便做一个推广的费用都在六位数，像这样的照片要是拍了，爱米还不得怨死她。

于是她说："我不想让我未婚夫婚前就看见婚纱。"

店员十分遗憾，像这样条件好的客人，她们也是很难遇到的，把一件纯蕾丝鱼尾穿得这么凹凸有致，他们的模特虽然也能做到，可苏南长得漂亮。

店长亲自交涉："女士要是愿意让我们放在官博上，我们可以送您一条头纱。"店内头纱的租借费用一天就是千元起，长纱又白又细，蕾丝嵌边，戴在头上比裙摆还要长。

如果不是苏南已经确定要买那件裹身鱼尾钉珠婚纱，这条头纱是不送的。

但苏南还是摇头，店长这时候看出来了，能来店里的客人都不差钱，这位可能是不差钱中的不差钱。

她转头就把店里余下的几件拿了出来："如果客人的婚期不在今年的话，明年我们会推出古堡婚礼款。"

先给苏南看画册，是店里要出的一件新款，其中有一件是主打，明星们纷纷到国外举办古堡婚礼，掀起了新流行，这一件就是专门配合主题设计的。

"这件好看。"苗苗觉得苏南一定非常合适，她个子够高，能撑得起这条裙子，婚礼那天穿着它一定非常美。

苏南决定等到了再来试穿，她又怕一年之后这些款式都旧了，店长说："彩纱可能会旧，但白纱里鱼尾式、公主式是绝对不过时的款式，您也可以先付定金，如果有新款到店，我再通知您。"

苏南一口气试了五六件婚纱，问苗苗："哪一件最好看？"

这次她学乖了，不用自己的手机拍照片，以免过早泄露这个秘密，让苗苗替她拍，拍完了再发到她的微信里，她选照片的时候就在微信消息框里挑选。

苗苗替她拍了各个角度的照片，她也挑不出来，不论是简单的白纱和还是重工蕾丝，苏南都穿得很好看，苗苗为难了："我觉得每一件都好看。"

说得苏南心花怒放，冲苗苗飞吻一下："我的小天使。"

对比跑前跑后替苏南铺裙摆穿鞋子的苗苗小天使，沈星瘫坐在婚纱店的长沙发上，一边喝饮料一边吃饼干，苏南换婚纱的工夫，她已经打了两局游戏，这会儿放下手机问："我能不能叫个麦当劳外卖？"

穿着黑制服的店员笑眯眯的："不好意思女士，我们的婚纱都是手工的，细纱蕾丝是进口的，如果沾了油很难洗干净。"

沈星举着手："我保证不碰她。"

于是，沈星吃着汉堡薯条，吸着大可乐，看苏南换婚纱，她捏着薯条对苏南指指点点，"这件胸太低""这件腰太紧""这件裙摆也太长了，你要走几米台啊"。

最后下了结论，穿上这些裙子行动不便，婚礼当天，可能需要几个人把她抬进大厅里，那个鱼尾裙，迈的步子这么小，等她走到台上，凉菜说不定都已经被吃光了。

苏南翻了个白眼："吃你的汉堡！我难道是为了行动方便买婚纱的吗？"

沈星不说话了，她吃了两个牛肉汉堡，大可乐吸到底，瘫倒在沙发上，抖着脚继续打游戏，谢天谢地她是不婚的，结婚这一趟简直比搭帐篷追极光还要累。

苏南最后订下了一件婚纱三条礼服裙，挑的是那种参加酒会首映还能继续穿的礼服，再去定制一件旗袍，衣服就买得差不多了。

苗苗提议："绿色的旗袍吧，你穿那件绿纱旗袍的杂志卖得特别好。"

婚纱和礼服都要定做，苏南回到家，一边做饭一边看苗苗给她拍的照片，发消息告诉夏衍，让他回家吃饭。

【婚纱试完了？】

他果然偷偷看了相册，但那里面什么也没有，今天一整天苏南只拍了婚纱店，夏衍看到这张照片却没看到店内的婚纱，这才发消息问她。

虽然没给夏衍看见婚纱惊喜，但卧室里藏着别的惊喜，苏南买的体育用品送到了，一张绿色的仰卧起坐垫子。

知道了夏衍年少时候的幻想，就大概明白为什么每次在瑜伽垫子上，他都特别激动，这次换了运动垫不知道他会是什么反应。

垫子在阳台晒了一天，现在正静悄悄地躺在卧室角落的地板上，苏南看着时间，换上了校庆纪念衫，下面穿了一条运动裤，乖乖坐在垫子上，等她的新郎回家。

幸福来得没有征兆。

夏衍打开门已经觉得家里有些热，六月底的天气又湿又闷，房间里全是苏南的味道，仔细闻闻不出来，但不经意的时候它便在鼻尖萦绕。

苏南是最怕出汗的，她讨厌皮肤黏糊糊的，就算运动也要开空调，所以夏衍先想的是家里空调坏了。

他放下包就要去对面找苏南，两人虽说准备结婚了，可还是没有搬到一起来住，苏南的东西太多，小两室里全是她的东西，准备等买了房子，再搬到一起。

这里的空调坏了，她肯定是逃到对面去了。

夏衍脱掉西装外套，解开衬衫的扣子，打算换了睡衣去找她，两个人都怕热，这个天气离不开冷气。

他一靠近卧室，就听见里面传来电风扇的声音，可家里没有电扇。

夏衍推门进去，看见台立式的电扇正在摇头送风，顺着电扇看到躺在垫子上的苏南，她穿着那件校庆纪念衫，袖子上有两道红边，长发扎起来。

脚步还没动，呼吸就先加重，这闷热感和这张绿色的垫子，还有垫子上躺着的苏南，一下子就他又想起了自己青春年少时，做过的那些梦。

他有时是做梦，有时不是，他清醒着，想象力在脑中驰骋，再后来又经过艺术加工。

夏衍有很长一段时间都在努力克制胸口这团火焰，他知道自己渴望什么，光是接吻远远不足以安抚他身体里潜藏着的野兽。

夏衍确实没为自己的考试操过心，所以他有更多的精力可以释放，他不得不在自己那张单人床上垫一块毛巾，偶尔还是会出现尴尬的情况。

他们离得太近了，只要掀开窗帘，他就能看见斜角屋子里的灯光，和女孩在灯下的剪影，他不能这么自私地去影响苏南。

但她的热情，他能感受到。

理智在挣扎，感情却每一刻都想要妥协，诱惑着告诉他，体育室里没有别人，那里甚至还有垫子，苏南爱他，要不然她怎么会因为吻就双颊通红，眼睛里含着水光呢？

但夏衍没有越过雷池一步。

此时此刻就像是昨日重现，他经年的梦终于实现了，他们现在是合法的。

夏衍俯下身去，跪在垫子上，苏南的额角已经被细汗浸得微湿了，她没有化妆，鼻尖泌着汗珠，头发一绺一绺地贴在额角，还有一绺长发滑进衣领。

夏衍开始动了，只是开始已经让他颤抖不已。

苏南醒了，她觉得鼻尖痒痒的，眯着眼睛看见夏衍在吻她，他唇畔噙笑，目光火热。

两个人谁也没提起这张垫子，但彼此心照不宣，苏南是个很主动的情人，她从来都是主动的，夏衍也是一样，两个人总是乐此不疲地探索对方，互相摸索着取悦情人的方法。

但这一次苏南处于被动状态，她刚刚睡醒，迷蒙着眼，躺着享受夏衍的吻，他已经很久没有用这么着急的方式吻过她了。

舌头在口腔里刮过，与她交缠，用力吸吮，身体微微颤抖，好像还没开始，他就要到了。

这种态度感染着苏南，她很快就挑起热情，她用胳膊缠住夏衍的脖子，衣服上的阳光味和洗涤剂的花香味糅合在一起，就像是那个夏天。

他好像还能听见蝉鸣声，夏天的蝉叫总是一声高过一声。

夏衍每一步都很急，他的汗珠落在鲜绿色的垫子上，浸出一点一点暗绿，他微直起身脱掉衣服，苏南就忍不住贴上去。

她的衣服被撩高了，露出里面的白色全棉内衣，只在中心处有一只小小的红色蝴蝶结，她呜呜笑着，感觉夏衍倒抽了一口气，然后他着急地埋了进去。

他太过激动了，苏南不得不偶尔让他缓上一口气，轻轻拍他的背，让他无须着急，他们还有很长的一夜，足够做那些他梦里想做的事。

但苏南渐渐没有余力分神顾及这些了，他比每一次都更肿胀，比每一次都更急着攻城略地。

夏衍很快就到了，这一次生理和心理上共同的高潮让他久久回味，那余韵还留存，他就又开始了下一次。

分明已经吃得半饱了，但他还像是饿急了的人冲撞猛击，汗水打湿了头发、脊背，顺着他小麦色的肌肤流淌。

苏南感觉自己像是一根弦，而夏衍就是操控她的手，她偶尔低声细吟，偶尔又抬高声调，那弦不断被拨弄，整个房间都是动人的乐章。

这张垫子堪堪够躺两个人，夏衍把手搭在额头上，耳边还有风扇转动的声音，苏南就在他怀中喘息，她累得眼睛都睁不开了。

夏衍抚摸她的背，这时候才有兴致问她：“怎么想到要去买这个？”

苏南呜一声，她说不出话来，这像是奖励又像是惩罚。

她现在知道了，这个对夏衍来说实在太刺激了，应该给他一个心理准备的时间，不是给他的，而是给自己的。

两人都出了太多汗，垫子上湿了一边，屋里的味道比夏天还多些什么，汗水味和甜腻香味。

夏衍从垫子上爬起来打开冰箱，拿了一听可乐，拉环声让苏南动了动，她太渴了，一口气喝了半罐，又重新瘫回垫子上，用纪念衫盖住自己。

夏衍把她抱到床上，关掉电扇，打开了空调，屋里立即一阵清凉，苏南蜷在被子里，夏衍替她放水洗澡。

等他放好水，苏南早已经累得睡了过去，是他替她洗了澡，擦干净身体，穿上睡衣盖上被子。

苏南醒过来的时候浑身酸疼，就像是徒步爬了山，胳膊也酸腿也酸，屋里的味道已经散干净了，连垫子都搬到阳台上去晒了，苏南决定这个礼物作废，一次就足够了。

夏衍已经出发去上班，桌上给她留了牛奶和面包，还有一张便笺纸，上面写着【礼物我很喜欢。】

苏南很累，没有看见夏衍满足的样子，他多么快活，像个终于得偿所愿的少年，苏南揉着大腿根，刚刚才准备作废的礼物又再次保留下来。

苏南客串演出的电视剧《红楼金粉》开始在暑期档热播了。

这剧里虽然小鲜肉不靠谱，但好歹还有这么多老戏骨撑着，三个主角的线，只有一个掉链子，剩下两个小有名气的中青代演员演得很不错。

两人守着电视机，终于等到苏南出场，她穿那种俗艳的亮片旗袍，化着大浓妆，挽着大佬的手出场，万绿丛中这一抹红色本就亮眼，她站在那里不动不说话，只用眼神演戏。

苏南等自己出场已经很久了，这跟电影广告都不同，她还是头一回看自己的电视剧，一切都还是新鲜的。

苏南拿手机把这一段录了下来，她把这一段视频发给了妈妈。

母女俩现在偶尔也会聊天，南萍邀请女儿女婿到夏威夷去，她在檀香山有一栋靠海的别墅，他们可以去度假。

苏南准备去那里度蜜月，说好了到时候会去看妈妈，两人虽然隔着时差，也终于开始交流了。

唐栗眼睛都不眨地盯着看完，到镜头切换了，她才往后靠，说："你后面的戏份要是放出来，肯定让人难以置信。"

苏南后面补的那几场戏，角色转变极大，大佬死后她接手势力，穿着又是两个极端，在家是以素雅为主，浅色旗袍，配白色开衫，抚养大佬留下的小儿子；在外就以黑色套装为主，薄纱覆面，杀伐果断，从歌女变成了大嫂，这个角色短短几场戏这么多变，苏南演得很过瘾。

有这几场戏，她就已经很满足了，本来就是去跑龙套的，从跑龙套变成了特邀客串，还多了这么多的戏份，昨天剧组放出了预告片之后，就摸过来一拨剧粉，把她在预告片里短短几个镜头给截图。

两个女主角一个是地下党，一个是学生妹，都是走朴素清纯风的，只有苏南出场美艳，声势夺人，竟然因为这个短短的预告片，已经先有了戏粉。

唐栗是看了现场的，苏南出场的戏份还很稚嫩，虽然有天赋，可有些细节还是无法把握，需要陈老师替她剖析角色的内心。

可她演过微电影之后就不一样了，好像突然开了窍，后面的戏份得心应手，台词力度句句到位，唐栗看完一场，激动得喘不过气来，抱着苏南的胳膊夸她："原来你还是戏精啊！"

苏南几场戏拍完，副导演就把下一个剧本递过去，像苏南这样的，女主角是演不上的，资历不够，资本也不够，但一个重要配角她还是拿得下来。

"你先看看剧本，后面的条约咱们再谈。"副导演也知道苏南不一定走电视剧这条路，希望她考虑考虑，"人过留影，雁过留声。你这么好的条件，别浪费了。"

这个剧本就放在苏南的茶几上，唐栗依旧跟组，她从奶酪洋葱薯片吃到原味薯片，吃得手指头上油乎乎，问苏南："你考虑好了？"

爱米的建议是接下这部剧，这个公司擅长拍男主戏，走剧情流，女主女配都是点缀，苏南又不打算正正经经走拍电视剧的路线，那种工作强度，对她来说不必要，只要隔三岔五在观众面前出现一下就行了，她主要的路线还是拍广告、客串电影。

"差不多考虑好了，要再确定一下时间。"开拍的日子又是在冬天，她要准备明年春天的婚礼，两边时间有点撞车。

苏南买的房子是精装修的，家具柜子也要慢慢搬进去，唐栗好奇了："你房子买在哪儿了？"

苏南说了一个地方，唐栗咂舌，那可是本市房价最高的地方，苏南笑了："要还贷款呢。"

这样就有了奋斗目标，是她和夏衍共同买的房子。

电视剧的受众更广，苏南广告邀约不断，护肤品又找她续了一年合约，爱米又替她签下了另一个洗发水的广告。

现在的苏南走在商场里都会被人认出来，她原来出门戴墨镜是为了防止紫外线老化眼周肌肤，怕长细纹，现在她出门是怕被人围观。

叶秾策划了两场主题不同的婚礼，实地跑了一趟北京，回来出了稿子约苏南喝咖啡聊策划。

一场是洋房草坪婚礼，一场是复古式的婚礼，她专程跑去北京看过场地，量尺寸画图稿，也是希望苏南能够替她做个宣传。这段时间是婚礼季，她一边出差，一边不断返稿给苏南。

每一次苏南提出修改意见，不管多晚了，第二天早上八点都会收到回复。

苏南很满意她给出的创意，请一个高端婚礼的策划，能够办一个完美的婚礼就是她的愿望。

苏南架一副大墨镜，穿印花长裙，戴草帽，这样打扮太惹眼，买咖啡的时候就被人认出来，咖啡店的店员问她："你是不是苏南？"

苏南轻轻点头，店员还想要一张签名，苏南替她签在了餐巾纸上，端着咖啡回去，一路都有人看她，这回看她的更多的是女孩子了。

叶秾把头发一拢，从她的大包里摸出发夹，把头发统统夹起来，露出优美的颈部曲线，以苏南的专业眼光来看，其实这位叶小姐也可以当模特，她瘦且白，眼睛很亮，眉毛疏淡，人纤细得过分，是现在最流行的那种高级脸。她把图纸摊开，打开平板调出场地照片给苏南看："这几个宴会厅我都实地去看过了，北京的要求是六十桌，上海的要求是二十五桌，基本都可以办到，但这样的话北京的厅就不能再做过多的装饰，考虑多采用墙面装饰，少占用地面空间。"

苏南已经看过无数次这些图纸了，她很满意，大到风格，小到装饰品，叶秾给她列了厚厚一本清单。如果需要她来采购，那么苏南可以再加一笔采购费用和人工费用。

苏南没想过有一个人比自己更了解她想要的婚礼风格，她戳戳杯子里的冰块，突然发问："你的婚礼策划公司，是不是在找投资合伙人？"

这件事不是秘密，叶秾停了下来，她笑一笑，耳朵上细细一根长链轻晃："是。"

她的公司刚刚起步，虽然有些老客源介绍新客源来，但婚礼的花费巨大，特别是做高端定制婚礼，以她目前的状态要租工作室要扩招人手都有些困难。

"那你觉得，我怎么样？"苏南手上有一笔闲钱，她没有把全部的钱都用来全款买房子，她还想做一点投资。

她觉得这笔投资有利可图，婚庆是个暴利行业，现在虽然还没做大，但以这样的品质只要能打出品牌，就会吸引到更多的客人。

苏南又说："我最怕麻烦，只管投资，年底拿钱，偶尔让我宣传也可以，但别的我不管。"

这是叶秾希望的完美合伙人，叶秾很快调出合同："前期投资是这个数目，赢利之后按股份分账，我要把话说在前头，就算苏小姐是投资人，婚礼策划的钱最多打折，不能全免。"

苏南很喜欢她这种爽快的性子，不粘乎不迂回，她看了看数目，竟然比她想的要少得多，都不必动用妈妈给她的钱，她自己的就足够了，突然有一种翻身成土豪的感觉。

这是她喜欢的投资，与其买房子收租金，不如投她喜欢的，她现在已经能够承担得起风险了。

苏南摇身一变，成了女老板。

夏南鹏找了一个庄园给儿子当结婚场地，知道顾姿君包下了老洋房，还要请他们旧日的朋友从北京到上海去参加婚礼，住宿全包，他马上就觉得五星酒店不够看了。

知道顾姿君要走精致路线，参加完了婚礼都住在洋房里，夏南鹏就想到了郊外庄园，干脆包下两天用来办婚礼。

两边因儿子的婚事杠了起来，顾姿君说前夫暴发户习气，夏南鹏说前妻小家子气，婚礼就应当搞得热热闹闹，人越多地方越大，越热闹。

把苏南和叶秾急得两边跑，苏南现在是合伙人了，也想要熟悉一下流程，她没想到干这一行这么辛苦。

原定的场地作废，新地方要量尺寸，因为挑高太高，上面要换垂挂式的鲜花，叶秾手上那几个人不够用了。

苏南专程回家取了老照片，把每一张有她和夏衍的，都挑出来框起来，打算给新家做一个照片墙，从十六岁到二十六岁，中间没有照片的那几年，他们可以用以后的来狠狠填补。

顾姿君知道前夫跟她唱对台戏，特意绕过苏南找了叶秾，让她把上海的这一场做精致些，必要的话用鲜花把洋房屋顶盖起来都行。

公公婆婆斗法，苏南夹在中间，最后是夏衍开口解决了问题，两边要是再掐，他们就旅行结婚，不办婚礼了。

双方只好偃旗息鼓，暗地里较量，场面上赢不过，顾姿君就开始送珠宝，配苏南的婚纱礼服，红宝石配她的绿旗袍，请了有名的老师傅做，做出来穿上身，顾姿君悄悄问儿子："你们准备什么时候要小孩啊？"

等给她生下孙子孙女来，一定要再大办百日周岁，到时候第一场要在上海办。

南萍做完手术正在恢复期，她不参加女儿的婚礼，是不想让苏南尴尬，到时还要向不熟悉的亲戚朋友来介绍她这个妈妈。

虽然不参加婚礼，但还是希望能送上祝福，她送给苏南一件婚纱。

那个巨大的包裹由专人送到苏南的手上，当面替她打开包装，露出里面装着的星辰嫁衣："南女士希望您能喜欢这件婚纱。"

苏南很喜欢，她微启红唇，一时说不出话来，就在这时收到了妈妈的信息，她拍了一张儿童画给苏南。

这是苏南小时候的画，她在少年宫里画的，上面工工整整写着她的名字，如果不是看到落款，她自己都已经不记得了。

画的是位公主，穿着漂亮的礼服，那是苏南看完《茜茜公主》的电影之后画的，是妈妈租的录像带，苏南的眼睛紧紧盯着电视机里那些漂亮的裙子，然后她画了出来。

南萍走的时候没有带走女儿，带了一点女儿的纪念品，和她相关的纪念品。

知道女儿要结婚了，她把这张画从墙上取下来，连同镜框送给设计师，请她设计一条独一无二的婚纱。

设计师保留了儿童画上的元素，星星月亮和鲜花，一个小女孩能想到的美好的东西都画在上面，她替苏南设计出一条完美的婚纱裙。

苏南当着人的面没有哭，等夏衍回来她扑上去抱着夏衍的脖子哭起来，夏衍一把搂住她，还不知道发生了什么事，拍着她的背，放缓了声调，用尽量温柔的语气问她："怎么了？发生什么事了？"

苏南呜呜哭，想了半天，胸中奔流汇集的感情无法言喻，好久才开口："我就是感觉太幸福了。"

夏衍一下子笑了，他伸手揉揉苏南的头："真是傻瓜。"

"下面有请新娘进场。"

欧式雕花大门从两边被拉开，苏南披着星辰婚纱站在门外。

她披着长头纱也能清楚听见门里的宾客在轻叹，音乐响起，苏南迈出了走向夏衍的第一步，每往前一步，她脚边的长短烛台灯就会依次亮起来，为她照亮前路。

整个大厅已经足够金碧辉煌，两边装饰着漆金雕花和浮雕天使，苏南不满意这个装饰，她希望婚礼看上去更纯洁更梦幻，就像神话电影那样。

于是叶秾把整个大厅布置成了冰雪世界，来配合苏南身上的这件婚纱，她仔细看过花纹，把设计师改良过的儿童画花纹画出模版，定制出来，当作婚礼的装饰物。

冰晶装饰在初夏天气入眼沁凉，每一个走进大厅的人都感觉到了两种截然不同的风格冲撞，外面是堂皇，而里面是圣洁。

除了最开始的惊艳，之后所有的人都没有发出声音，几乎是屏息看着苏南走到场中，她乌发红唇，长发盘起，长纱已经足够华丽闪烁，身上便没有别的装饰，这件嫁衣这条长纱已经是她最好的装饰。

夏衍向她走来，伸出手，苏南挽住他的胳膊，两人缓步上前，交换戒指，然后夏衍掀起她的头纱，给她一个吻。

画面暂停在夏衍吻她的时刻，苏南按下了暂停键，她往回拉一点，又重新按了播放键，整段再次播放。

苏南盘腿坐在沙发上，在重看她的婚礼录影。

夏衍听见声音又停了，从电脑前抬起头来，摘下眼镜揉一揉眼角，这已经是第三遍了。

摄影团队一把片子剪好发过来，苏南就急巴巴地弄了个投影，洗了水果，窝在沙发上重温她至美婚礼的梦幻与感动。

夏衍看着她又一次从坐马车环绕庄园开始播放，乌浓眼珠发光发亮，脸上带着微笑，还往自己嘴里塞了颗樱桃。

他合上电脑，坐到苏南身边去，捞了一颗樱桃往嘴里塞，搂着苏南的肩，看着她焕发光彩的脸："就这么喜欢看这个？"

对他来说这只是一种记录，经历的时刻才是美妙的。

"我还以为，只有我一个人紧张。"

她看上去很镇定，一步都没错，缓缓从大厅那头走过来的时候，不光是宾客们屏息了，夏衍也屏住呼吸，他全身心地望着苏南，好像整个厅里除了他们两人，就再也没有别的人了。

夏衍紧张得出汗，偷偷在西装口袋里塞了一块手帕，掌心出汗就伸进去擦一擦，像这样的场景不用回看录像，他也永远不会忘记。

两人累过这一场，还要忙下一场，苏南数着数吃薯条，吃了十根，她伸着腿长叹一声："早知道就不办两场了。"

再兴奋再梦幻再美得冒泡泡，人还是累。

那一天从早到晚没有歇过，第二天上秤，她又掉了两斤，本来是丰腴身材，已经是个标准瘦子，再瘦下去，罩杯不保。

苏南想想自己瘦了这么多，不再计数了，把一包薯条抱在手上，又用脚指头点一点桌上的鸡米花，然后张开了嘴等夏衍喂她。

夏衍把鸡米花送到她嘴里，伸手替她揉揉腰："结束之后我们就去夏威夷。"前三天他们去潜水观星坐直升机，后面就住在海景酒店里看沙滩烟火，懒洋洋不出门，除了一件事，别的什么也不干。

苏南歪倒在他身上，跷着脚，一副玩世不恭的样子，张嘴大嚼特嚼垃圾食品，恨不得明天就能去蜜月旅行，她要把她穿着婚纱的那张照片送给妈妈。

两人的微电影发到了微博上，这个本子夏衍看过后，特意加了一段，写他为了苏南打架，导演为此还请来了几个演小混混的群演。

学校虽然同意他们拍微电影，但只允许在放假的时候拍，他们顶着大太阳，在校园里每一个地方拍那些镌刻在脑海里的画面。

锦鲤池边许愿求婚，图书馆里的暧昧，还有操场教室里那些眼神的互动，苏南看完他改的那段打架戏问他："你这是变相承认了？"承认他打架就是为了她。

她越来越有恃无恐，心里想到什么就问什么，夏衍穿着一中的校服，头发不经打理，随意拨弄了两下，看上去很有少年气，特别是他咧嘴笑起来的时候。

"不然呢？我还为了谁打过架？"

这个问题苏南想了一下，她指了指在场外跃跃欲试，也想要参加拍摄的陆豫章，戳穿了夏衍："还有他，我记得你们俩为了抢校外篮球场打过架。"

这部爱情微电影放到网上，比苏南拍的公益微电影播放量转发量更大。

【这才是青春校园恋爱电影该有的样子。】

【求拍一部一百二十分钟的，愿意掏钱进电影院看。】

苏南美滋滋地翻着这些评论，给祝福她的评论点赞，还有问她会不会马上生小宝宝的，一条两条三条，这样的评论越来越多。

苏南挑了一条转发回复【不会这么快计划生小宝宝，我和我的丈夫都有各自的事业要发展，等到合适的时机才会计划宝宝的事。】

夏衍刷到了这条微博觉得生宝宝这个措辞不那么恰当，他登录了他的微博号，在这条微博下回复【是贝贝。】

他是苏南的丈夫，苏南的粉丝们都知道，看到他的回复就纷纷点赞，点成了热评，有人问为什么是贝贝？

夏衍没有回答，有个机智的老粉回答了【因为宝宝是我们南南呀。】

夏衍和苏南都给她点了赞，于是这就成了官方答案，评论画风再次转变，不是催他们生个宝宝，是生个贝贝。

婚房照片墙快要被填满的时候，他们终于迎来了这个等待多时的贝贝。

苏南穿着她的沙滩裙，坐在沙发上，吃着草莓当总指挥："那张观星的照片往左边一点，滑雪的往右边，潜水那张放在下面！你就不会把它们摆成心形的吗？"

她怀孕期间变得更加畏热，还易怒，换成平时如果她发脾气，夏衍会离开房间一会儿，给她留一个冷静的空间，等到彼此能够理智看待争吵，再坐下来一边吃东西一边讨论。

但现在不行，他全盘接受她的坏脾气，按她说的调整照片，最后终于从墙上空出一块来，把那个新的镜框安在墙当中。

那是一张超声波片，上面有两个小豆丁，他们开的那个双胞胎的玩笑成了真。

所以苏南才会紧张易怒，她没有准备就要迎接两个孩子，刚刚知道这个消息的时候，苏南大哭了一场，她想到腿会浮肿，会长妊娠纹，会掉头发，就忍不住想要痛哭。

这个时候是妈妈安慰了她，南萍打电话来告诉她，说自己就是双胞胎，是双胞胎里的妹妹，还有一个姐姐很小的时候被有钱人抱养，据说去了香港，但一直都没有联系。

苏南的外婆早就已经过世了，妈妈告诉她说："外婆生了我们也还是苗条，我生你也没有长纹长斑，你不要担心这些。"

苏南不哭了，她有了新目标，她要当个辣妈。

她每天都跟妈妈通电话，走路做瑜伽。夏衍每天晚上都会给她全身擦身体油，从脖子到脚趾，整个孕期她一条纹都没有长，穿漂亮的孕妇装，严格按照营养师的菜谱来吃孕期餐，从背后看根本不像是个孕妇。

到生孩子的时候，苏南也依旧是个很有活力的妈妈。

她和夏衍完美地解决了生男孩还是生女孩的问题，护士推着婴儿床出来，一个粉红包一个粉蓝包。

夏衍两只手抱不过来，护士把女孩抱到他手里，把男孩放到苏南的身边。

苏南还在熟睡，两个孩子也是一样，目前还看不出长得究竟是像爸爸还是像妈妈。

夏衍小心翼翼坐在苏南床前，怀里抱着女儿，眼睛看着妻子，他不知道应当说什么，也不知道心里涌动的情感要如何诉说。

他没有诉说，苏南从熟睡中醒过来，她先看向夏衍，再看孩子，然后她向夏衍伸出手。夏衍一把握住了她，想要说些什么，比如她辛苦了，比如两个孩子都很健康，他第一时间就检查过了手指脚趾。

　　苏南看着这两个红通通的娃娃，吸吸鼻子："男孩是哥哥。"不管先出来的谁，男孩都是哥哥。

　　夏衍笑了，他吻她一下："好，以后我们就是一家四口了。"

♥ 番外一 ♥
ZHAO SI MU NI

　　大贝是哥哥，小贝是妹妹。

　　长幼排位在妈妈肚子里就已经定下来了，更何况小贝生下来就小，哭声都没有哥哥响亮，吃起奶来就像摆酒席，客客气气，慢慢悠悠，含含吐吐。

　　大贝不一样，大贝吃起奶来就像小老虎，嘬空了还恋恋不舍，紧紧抱住不肯放。

　　两个孩子满月的时候，大贝已经是个圆胖小子了，小贝还是小个子，用奶奶的话说，是妹妹长得秀气精致。

　　于是两人虽然是双胞胎，小贝却比哥哥要矮半个头。

　　本来苏南和夏衍是想营造一个公平的环境的，不分男女，也不给两个孩子划分特殊的性别界线，在他们小的时候，男孩想做的事，女孩也可以做。

　　可他们天生就不同，大贝喜欢小兵喜欢飞机，小贝喜欢娃娃喜欢漂亮的东西，两个孩子只有捣蛋的时候才在一起。

　　从他们会爬会站会走会说话开始，苏南都没有跟大贝强调过，他是哥哥，他应当让着妹妹，可他们马上就要去幼儿园了，爸爸妈妈都担心大贝会抢妹妹的饭吃。

　　在家里吃饭就是这样，大贝吃完了自己的，就眼馋妹妹的。

　　小贝很快就发现了这一点，他们还不会说话，小贝就已经知道要把自己碗里的东西给哥哥，这样他们就都"吃完了"。

　　在家里有阿姨看着，到了幼儿园可怎么办？

　　于是夏衍只要下班回家，就会抱着儿子，给他灌输要看好妹妹吃饭，

如果妹妹乖乖吃饭，他就能得到一朵小红花。

集齐七朵，他就可以挑选一样他喜欢的玩具。

小贝也是一样，如果她乖乖听话，牛奶点心午餐都吃得很乖很棒的话，她也可以得到一朵小红花。

进了幼儿园，大贝反而开始担当起哥哥的角色。

在家里轻易不碰的青椒、西兰花，他都会率先吃掉，然后就举着他的小勺子，监督小贝："吃。"

小贝立即泪眼汪汪，这招对爷爷有用，对奶奶有爷，对爸爸有用，对妈妈偶尔有用，但对哥哥大贝没用，他板着一张小脸，神情严肃地看着妹妹："吃！"

大贝盯着她吃掉碗里每一粒米饭。

苏南在监控里看了两天，看到大贝果然担起责任，终于放心，结果第三天就收到了老师的投诉。

说大贝从别的小朋友那里抢零食吃。

大贝否认这个说法，他昂着脑袋："我没有。"

苏南无条件相信了他，和老师一起看监控，她看到这些小朋友用零食换了大贝的玩具，大贝拿着零食给了妹妹。

是其中一个又想吃零食又想玩玩具的小朋友，告了大贝的黑状。

面对监控，王老师先道歉，然后又暗示苏南，对方小朋友的妈妈是知道的，但她觉得只是玩玩具，不应当拿儿子的零食来换，就算不是抢，也是骗。

这个幼儿园里非富即贵，对方上来就打官腔，口口声声说小朋友应当友爱团结，有意无意提两句官职，苏南还是头一回见识这种家长。

苏南问大贝要这些干什么，他挺着胸膛，振振有词："这是奖励。"是他给小贝的，学着爸爸的样子，自己赚来的零食给妹妹。

小贝不爱吃饭，可是最爱吃零食，苏南在零食方面看管得很紧，除了下午一顿点心，两人是没有别的零食可以吃。

小贝知道自己不对，像只毛茸茸的小猫那样缠在苏南身边，在她的脚边绕来绕去，泪眼蒙眬地求妈妈："不怪哥哥。"

大贝听见这一句，小胸脯挺得更高了。

大贝秒变社会贝，罩着妹妹，隐隐有当贝哥的气场，他有最多的游戏机，最多的儿童连环画，因为不管爷爷买了什么，奶奶总会再买一套，娱乐资源十分丰富。

所以换回来的零食也源源不断，小贝的裙兜兜里，每天都有牛奶糖、小饼干、小虾条，她吃了这些，更不爱吃鱼虾蔬菜了。

"我没错。"大贝绝不承认错误，苏南也觉得她儿子没错，起码不是像那位家长投诉的那样，是抢别人的零食。

但她又解释不清楚这么一个复杂的问题，比如为什么在学校里不可以用玩具和别人换零食。

孩子的教育问题，苏南一向是交给夏衍的，他比她有耐心，会跟孩子讲道理，不管他们是哭，还是耍赖皮，还是发脾气，只要不是装可怜，他通通都能对付。

就在小贝绕来绕去，大贝大义凛然的时候，夏衍回来了。

苏南赶紧请了救兵，她倒头躺在床上，夏衍把大贝抱到左腿上，把小贝抱到右腿上，对儿子说："你应该弄明白，谁才是合适的合作对象。"

像那种又要吃又要拿的孩子，离他们远点，大贝和爸爸达成了新协议。

苏南躺在床上翻了个白眼，这不对，可她太累了，也不能当着孩子的面纠正夏衍的说法。等夏衍解决了问题走进来的时候，她好奇发问："你是怎么做到的？"

两张小脸蛋，不哭不闹笑嘻嘻的时候就像小天使，可一旦哭起来，就是小恶魔，他们精力无穷，此起彼伏。

夏衍瞥瞥苏南："我有丰富的实战经验。"这两个小鬼加起来也没有他们的妈妈一半难缠。

苏南明白他的意思，但她提不起劲来打他，对他翻了个白眼，等夏衍来抱她的时候掐了他一把，明确拒绝求欢，她已经筋疲力尽了："我累了。"

自从有了孩子之后，他们的性生活活跃指数就很不能让夏衍满意，他拍着苏南的背："这周还是把他们送到我妈那儿去。"

顾女士的专职司机，现在是两个孩子的司机，他们住在奶奶家的时候，有专人接送，还要保姆准备点心，奶奶还在别墅的花园里给他们建了一个小小的儿童乐园，两个孩子很爱去。

结果顾姿君从孙子嘴里听到幼儿园发生的事，她气得火冒三丈，转头就去找老师理论。

资源互换怎么能算是抢呢？仅仅因为一个可持续利用，一个不能资源再生，所以就算是她的孙子错了吗？

对方家长难缠，顾女士更难缠，苏南送孩子去学校的时候是很低调的，但顾女士的字典里从来就没有低调这两个字，给孙子撑场面，怎么能不尽心竭力。

顾女士论口才、气场、排场，样样都碾压了对方，她赢了一场就算了，还要发朋友圈，专门点名说有些事还是要奶奶出马。

夏南鹏也顾不得面子了，急吼吼地跟她打听，知道孙子竟然在学校里受这种委屈，打了一个电话给儿子："不如就在家里请人教。"

夏衍拒绝了，孩子的社交活动十分重要。

第二天，王老师又打电话给苏南，大贝小贝在学校里打架了，准确地来说，是小贝打架了，大贝是帮忙的。

小贝本来就长得漂亮，乌亮亮的眼睛里含满了泪花，胳膊上还青了一块，看见妈妈赶过来的时候，抱着妈妈就哭，眼泪落在她的红裙子上。

轮不到苏南上场，顾姿君已经和人吵得不可开交，她像一头发怒的母狮子，苏南还从来没看见她这么生气过。

和小贝打架的那个男孩，就是告大贝黑状的男孩，别的小朋友都可以再和大贝换玩具分零食（顾女士友情赞助了一箱），大贝免费请他们吃，只有他没有。

于是他来缠小贝，想抢小贝的游戏机，小贝把玩具藏到身后，快准狠一把挠在他脸上，他推了小贝一把，大贝跑过来，把他打倒在地。

苏南额头一下一下地跳，先跟王老师赔不是，再想跟家长沟通，对方的家长已经败下阵来，顾姿君很会扣帽子，抢女孩子的玩具，还打女孩子，这种小子揍他都是轻的，然后她问王老师："不知道这两位家长都在哪里高就？"

顾姿君十分明显地想要打击报复，苏南赶紧拉住了她，小孩子有争吵摩擦都是正常的，一个已经不理智了，她再添把柴，估计顾女士就能替孙子孙女开个幼儿园。

王老师只能很婉转地表示，等升班之后，就不会再分到一个班级里了，小朋友们都会认识新朋友的。

顾姿君回去的路上还在生气，但她对小贝很满意，夸孙女："小贝像我，有冲劲。"她昨天还说大贝像她，有商业头脑。

苏南只好把两个孩子接回家，让他们背对背罚站十五分钟，以后不允许打架。

　　夏衍回来的时候，两个孩子已经罚站完了，也洗了澡，小贝的胳膊粉嫩嫩的，那一块青十分显眼，苏南忍着心疼给她洗澡，咬牙不安慰她。

　　小贝在妈妈这里没得到安慰，就去找爸爸，眼泪吧嗒吧嗒掉，这回夏衍丰富的实战经验没有效果了，他抱着女儿，等到暑假的时候送两个孩子去了假期空手道班。

　　苏南皱了皱眉头："你这是纵容他们。"

　　夏衍双掌一摊："是。"

　　等他们上了两节课之后，苏南才回过味来，两个孩子的精力被空手道训练消耗了大半，回家吃了饭洗了澡就乖乖上床睡觉了。

　　夏衍一直不满意的性生活指数稳步上升，重攀高峰。

♥ 番外二 ♥

ZHAO SI MU NI

　　两个贝贝越长越大，斗智斗勇的日子提前来到了，虽然两人性格喜好都不同，但他们在捣蛋这件事上是十分合拍的。

　　比如偷东西吃的时候。

　　爸爸妈妈总有很多东西是藏起来偷偷吃的，漂亮铁盒子里的酒心巧克力，听起来就很好吃，是爸爸妈妈结婚八周年的礼物，但据妈妈说这不是普通的巧克力，很苦很难吃，可妈妈爱吃，大贝看见了。

　　再比如蓝色罐子里装的那种会冒泡泡的水，据爸爸说这是一种药，是大人喝的，很苦很难喝，可爸爸爱喝，小贝看见了。

　　他们俩都刚刚过完四岁的生日，觉得自己已经是大孩子了，马上就要念大班，可以吃一点大人吃的东西。

　　小贝扶着椅子，大贝踩在上面打开了冰箱，趁爸爸妈妈还在睡，从冰箱里偷出铁盒子，把剩下的半盒樱桃酒心巧克力全吃完了。

　　是有点苦，但这个味道两人都没吃过，吃完没多久就小脸通红，蜷在游戏房的小沙发里睡着了。

　　苏南出来找两个孩子的时候，两人脸上的红晕还没消，等看见沙发上的酒渍和巧克力包装纸时，她气得涨红了脸。

　　夏衍打着哈欠进了儿童房，头发上的水滴答答往下淌，刚刚洗完澡，想让苏南去换衣服化妆，他来照顾两个孩子。

　　今天是难得的休息日，说好了要带大贝和小贝去科技馆的。

　　他低头数了一下包装纸，一盒一共十颗，他们俩吃掉大半盒，两个孩子一人吃了两颗，情况不算严重。

　　他趁苏南发火之前搂住了她："把他们抱到床上去睡一会儿，我来看着，你好好休息一下。"

苏南叹一口气，对两个精力无穷想法无穷的孩子没办法："明天幼儿园还要交照片呢。"儿童活动越是多样化，家长就越是累，苏南刚刚结束了一个工作，要不然根本就没有时间带大贝小贝去科技馆。

夏衍吻她的面颊，两人刚刚才有过一场晨间放松运动，精神状态正是最松弛的时候，一般这种时候，苏南都不会生气太久。

"那就请一天假，明天再去，今天提前过欢乐日怎么样？"每个月都有一天欢乐日，那一天大贝小贝可以选自己喜欢的事来做，可以看一天动画片，也可以吃比萨、炸鸡翅。

夏衍相对苏南来说，是个宽容的爸爸，特别是他深知这种主意一般都是女儿出的，等小贝醒了知道要被罚，就会睁着她乌溜溜的眼睛，泪眼汪汪向他求饶。

夏衍扛不过这个。

苏南果然没有生气太久，她刚结束了高强度工作，和夏衍小别胜新婚，确实有些腰腿酸软，大贝小贝既然已经睡着了，今天就不用出去了。

他们俩在第一次发现孩子的捣蛋天赋之后，就决定了由两个人平分惩罚，上一次是苏南定的，这一次轮到夏衍。

苏南重新裹进被子里，里面满满都是夏衍的味道，她几乎是闭上眼睛就睡着了，等她再醒过来的时候，已经是下午了。

天光朦朦胧胧，屋子里非常安静，让苏南以为时间还早，可她能闻到芝士肉肠的香气，是大贝和小贝最爱的香肠比萨的味道。

这两个孩子怎么这么安静，难道还在睡？

苏南赤着脚，套着睡衣走到游戏房去，大贝小贝早就醒了，他们没开电视机，也没玩轨道小火车，大贝跷着脚，小贝扒着爸爸的衣襟，乖乖躺在爸爸怀里听他讲故事。

只有在听故事的时候，两个孩子才能安静，夏衍想让苏南多睡一会儿。

小贝已经不满足听公主的故事了，她问："我和哥哥是怎么出生的？"

幼儿园已经讲到孩子是怎么出生的了，他们俩共同的书柜里也有这样的图画书，是苗苗阿姨送的，用绘画告诉他们小朋友是怎么生出来的。

故事告诉他们，每个孩子都是小星星，是爸爸妈妈爱情的结晶，小贝就更想知道爸爸妈妈是怎么把他们生下来的了。

这十分考验夏衍讲故事的能力，他一向擅长理性思维，所有的感性都给了苏南，现在从头跟女儿描述他们的爱情故事。

小贝已经听过许多童话了，她有一柜子公主的书，有些是苗苗阿姨画的，有些是妈妈买来的，打开来还有立体城堡，她希望自己的妈妈也是公主。

"妈妈是公主，爸爸是王子。"小贝是很会讲故事的，她拿了市幼儿园故事大赛三等奖，只有大班的小朋友才能拿到这个奖。

苏南脚步停了下来，她想听听夏衍怎么描绘他们的故事。

夏衍沉默了一会儿，笑了，开始说起这段童话式的罗曼史："很久很久以前，有一个男孩，他的隔壁住着一个长得非常漂亮的女孩。"

夏衍很早就注意到苏南了，起初是因为她长得漂亮。

像是枝梢上盛放的花，开得浓艳招摇，没法让人不注意她，每个看过她的人，也都没法在短时间之内忘记她。

夏衍就是这样，看见了她，忘不了她，于是又更多地看她。

小贝的眼睛变得亮晶晶的，就连大贝都不再摆弄手上的小兵，夏衍继续往下说："他们在一个学校里读书，但女孩一直都没注意到男孩，男孩心里非常着急。"

"那怎么办？"小贝也着急了，她皱着小眉头，跟男孩一起着急。

"不要怕，他一定有办法。"大贝坐起来，摸出他的气球宝剑，勇士都是屠龙的，救了公主，公主就会爱上他了。

"怎么让女孩注意他呢？男孩不知道，他开始干些傻事。"夏衍回忆起年少青涩的自己，勾着嘴角笑了。

他对女孩子不感兴趣，她们总是三五成群叽叽喳喳，像麻雀一样聚集在一起。每当他走过，就像是惊扰了雀群，她们会用一种自以为隐蔽的目光语言来扫视他讨论他。

夏衍反感这种行为，他没想过自己有一天也会有这种行为。

他关注了苏南很久，每到放学之后她就不见人影，等到天色发暗的时候，才会推着自行车回到小院里。

夏衍特意掀开他小屋窗帘的一角，看见苏南从红漆斑驳的窄门推车进来，看见她那间小屋里亮起灯，凝视灯下的影子。

小贝仰着脑袋问爸爸："后来呢？"所有的故事都告诉她，这么看着公主，是得不到公主的。

夏衍拍拍女儿的背："后来男孩开始跟着女孩，希望能保护她，在她需要的时候出现。"

他开始远远跟在苏南身后，她有时去公园，有时去溜冰场，有时是快餐店，点一杯可乐一份鸡块坐上两三个小时。

她完全不在意别人的目光；也并不是刻意张扬性情，夏衍越看，越对她感兴趣。

"女孩很少笑，于是男孩就想知道她笑起来是什么样子。"

这个大贝和小贝都知道答案："送花给她。"

夏衍夸奖他们："大贝小贝很聪明，但男孩没有这么聪明。"

小贝已经知道男孩就是爸爸，她偏向爸爸："这是骄傲。"所有骄傲的王子，都会付出更多的代价，越是谦虚的王子们，都能更容易得到公主。

夏衍有些惊讶，他赞同了女儿："是，男孩太骄傲。"

"喜欢女孩的人很多，但男孩相信自己是最独特的一个。"他继续这个故事。

喜欢苏南的男孩很多，打她主意的也很多，他只是比别人更聪明也更沉得住气。

夏衍并不总是跟在苏南身后，他摸清了她的行动路线，有时从公园的另一个门进来，两人会在湖边相遇。

苏南的目光慢慢开始搜寻，公园湖边的长椅上，溜冰场的栏杆边，她屋里的窗帘掀起一角挂在台灯上，那个位置刚好可以看见大门。

女孩在找男孩。

这种目光追逐让男孩心中窃喜，他们视线交汇的时候越来越多，每当女孩看向男孩，男孩就也看过去，心里有一种细小的颤动，那种颤动感越来越强烈，他感觉有什么事情就要发生了。

小贝不满意，故事不应当这样，所有的故事里都有恶龙、坏女巫、坏后妈，这个故事也应当有。

她拿着她的芭比娃娃，娃娃穿着一条粉红色公主裙，到换成婚纱之前，公主还要再换一条金色裙子。

故事马上有了新变化，男孩为了女孩打架，赶走了女孩身边不礼貌的追求者，大贝兴奋起来，他挥着宝剑，得意扬扬。

"但他们分开了一段时间。"夏衍没有隐瞒，"男孩要去远方学本领，只能把女孩留在家乡。"

小贝的鼻子一皱一皱，她刚刚还偏向爸爸，现在偏向妈妈："那女孩一定非常伤心。"她知道伤心是什么意思，是比吃不到糖果，不能看巧虎更难受的事就是伤心。

"是的，但男孩离开他最爱的女孩也一样伤心。"

苏南靠在门边，她等着这个故事的后续，这个故事里实在有太多的不完美了，连小贝这样的小女孩都不能满意。

"后来，男孩终于学成了本领，他回到家乡，女孩还在等他，他们就幸福快乐地生活在一起了。"

苏南抿抿嘴唇，这一句有些出入，她已经放弃了，如果不是夏衍坚持，她就不会有大贝和小贝，但她决定不戳穿这个故事里的某一些细节。

夏衍一只手搂住儿子，另一只手搂住女儿，两个孩子靠在他怀里，他继续说："然后他们就有了两颗星星，一颗是大贝，一颗是小贝。"

小贝满意了，她不光自己满意，她还打算把这个故事告诉陆知遥，他爸爸妈妈的爱情故事就没有这么浪漫。

苏南听见房间里的响动，缩回脚步，轻手轻脚地回到床上，盖上被子。

夏衍到房间里来叫她，坐在床沿，拍她的屁股。苏南假装自己睡了长长的一觉，伸了个懒腰，转身钩住夏衍的脖子，他比刚刚结婚的时候胖了一点，眼角也已经有了笑纹，但她好像比最初更爱他了。

"你和大贝小贝干什么了？"

"我给他们讲了个故事。"

苏南没有继续问下去，她仰起脸，吻了她的丈夫，大贝小贝的爸爸，这个永远骄傲的男孩。